Gerd-Peter Eigner

DIE ITALIENISCHE BEGEISTERUNG

Gerd-Peter Eigner

DIE ITALIENISCHE BEGEISTERUNG

ROMAN

Kiepenheuer & Witsch

1. Auflage 2008

© 2008 by Verlag Kiepenheuer & Witsch, Köln
Alle Rechte vorbehalten. Kein Teil des Werkes
darf in irgendeiner Form (durch Fotografie, Mikrofilm
oder ein anderes Verfahren) ohne schriftliche
Genehmigung des Verlages reproduziert oder unter
Verwendung elektronischer Systeme verarbeitet,
vervielfältigt oder verbreitet werden.
Umschlaggestaltung: Rudolf Linn, Köln, unter
Verwendung eines Fotos von Gerd-Peter Eigner
Autorenfoto: © Renate von Mangoldt
Gesetzt aus der Stempel Garamond
Satz: hanseatenSatz-bremen, Bremen
Druck und Bindung: GGP Media GmbH, Pößneck
ISBN 978-3-462-04031-9

dem Krö

I

Der Sprung

Eine Woche vor ihrem Tod sagte mir die Frau, mit der ich ein Vierteljahrhundert gelebt und drei Kinder großgezogen hatte, daß sie immer nur ihn geliebt habe.

Er sitzt neben mir, in Reichweite. Er hält die mit randscharfen Altersflecken getupften Hände, ineinander verschränkt wie die abgegriffenen Knollen eines Wurzelstocks, unters Kinn. Sein Blick geht in die Ferne. Ich komme mir vor, als wäre ich nicht da. Er läßt es mich spüren, daß ich nicht da bin.

Auch ich blicke in die Ferne, vor die sich das Geländer der Terrasse schiebt.

Über den Bergketten, aus deren Gliedern luftige, duftige Bauschungen weißer Wolkenballen quellen, entsteht eine Ordnung. Sie ist ein Raster. Und ein Modell. Die schmalen, schwarz gestrichenen Eisenstäbe des Geländers teilen den Raum in Segmente und machen ihn zur Fläche. Wäre ich einer dieser romantischen Maler, ein Nazarener, und läge das, was heute ist, zweihundert Jahre zurück, könnte ich zu Pinsel und Palette greifen.

Ich hebe meine Hand waagerecht gegen die Sonne, um besser zu sehen. Die Konturen treten hervor. In der Ebene vor den Bergketten blitzen an verschiedenen Enden Lichter auf. Es sind bewegte Spiegel. Die wie ferngelenkte

Schnecken ihres Wegs kriechenden Fahrzeuge blinzeln sich zu und bilden unter Zuhilfenahme des blaß-scharfen Blaus des Himmels ein eigenes Kommunikationssystem. Sie sind im Gespräch. Jedoch nicht miteinander. Wie gigantische, Papstegrüfte und Heerführergräber abdeckende Platten aus geschliffenem und poliertem Marmor, die sich flimmernd in die gelben, roten, auch schon gräulich versengten Felder, die Weinberge und Olivenhaine schieben, will mir das erscheinen, was wohl nichts anderes ist als mehr oder weniger straff über Gewächshäuser gespannte Plastikfolie.

Ich beuge mich vor, greife mit der freien Hand nach meinem auf dem Geländer abgestellten Glas. In der brütenden Mittagshitze Wein. Ich hätte mir diese grüne Baseballkappe, die er mir angeboten hat, über den Schädel ziehen sollen. Aber jetzt mag ich nicht darauf zurückkommen. Mag mich nicht erheben. Die Kappe liegt auf dem Steintisch, der unter der Pergola steht. Ich lasse die gegen die Sonne gehaltene Hand sinken, blicke noch einmal aus den Augenwinkeln auf den Gastgeber. Er rührt sich nicht. Es kommt mir vor, als genösse er meine Anspannung. Als speiste er ein Phlegma aus der Hilflosigkeit, die ich an den brütenden Tag lege. Er hat sich eine knallige karminrote Schiebermütze in die Stirn gezogen. Auf deren Schild prangt ein Schriftzug, irgendein Schriftzug in Schwarz und Weiß, eine Firmenwerbung. Etwas Schweizerisches, das endet auf … *li*. Über uns, zu unseren Köpfen, hängt eine Art Sonnensegel durch, ein licht- und sichtlich auch wasserdurchlässiges Kunststoffgewebe, das so gut wie nichts bringt. Eine Bahn strammer Persenning wäre hier effektiver gewesen.

Jetzt ist es da, plötzlich, wie aus den länglichen Rechtecken des Geländers geschnitten, aus denen die Landschaft – Berge, Schnecken, Dörfer, Städte, Siedlungen, Schleimspuren, die Autobahnen, Alleen, auch immer wieder vereinzelte Pinien wie Pilze, der ganze glühende und glimmende Mittagsglast – verschwunden ist. Ist da wie ein Bild, ein Bild in Bewegung, der Streifen. Mitsamt ihm. Dem, der neben mir sitzt und nicht trinkt.

Er tritt an. Er schlottert. Er hat mit uns anderen im Nichtschwimmerbecken seine Züge gemacht. Hat sich wie wir anderen, die noch nicht ins Tiefe dürfen, abgequält und am flachen Türkis des Bodens abgestoßen mit den Füßen. Nur die wenigen, die bereits den Freischwimmerschein gemacht haben, dürfen auf die 50-Meter-Bahn. Während diejenigen, die im Nichtschwimmerbecken schon zweimal die 15 Meter hinkriegen, Aufstellung nehmen, um der Reihe nach von Dr. Weingart im Tiefen an die Angel genommen zu werden. Sie unterweist er vom Beckenrand aus, kontrolliert Armzug und Beinschlag, brüllt seine Verbesserungskommandos. »Kneif die Backen zusammen, bevor du mit den Vorderflossen deinen Untergang besiegelst.« Dr. Weingart, Englisch und Leibesübungen, war bei der Marine, dort hat er ausgebildet. Draufgegangen seien die anderen. Die von den kämpfenden Einheiten und Verbänden. So sei das Leben. »Jungs, wir halten die Ohren in den Wind und blicken nach vorn. Verstanden?«

Theo Bronken also wie ich in der Gruppe der Nichtschwimmer, der größten der drei Gruppen. Der, welcher unser Meister den Rücken kehrt. Bronken schafft im Nichtschwimmerbecken gerade mal die Strecke, die ich schaffe. Ich würde sagen: allenfalls zehn bis zwölf Züge. Die uns allerhöchstens sieben bis acht Meter weit bringen. Vorausgesetzt, daß wir nicht mogeln. Wer mogelt – frag Dr. Weingart! –, steht vor sich selber am Ende schlechter noch da als der, der's nie begreift und absäuft.

Ich gehe davon aus, daß Bronken nicht gemogelt hat. Aber eines ist klar: der kommt, ohne sich unter Wasser abzustoßen, keinen Zentimeter weiter als ich.

Und da geht er nun hin und macht sich an Tiefensolz ran. Tiefensolz, unseren Star und Liebling nicht nur der gesammelten Lehrerschaft – sein Vater ist Eigentümer (manche behaupten: lediglich Geschäftsführer) des Lesemappenzirkelvertriebs Nord-West, gewähltes Mitglied des Stadtrats sowie Vorstand im Elternbeirat des Goethe-Gymnasiums –, sondern auch Gegenstand, um nicht Verkörperung zu sagen, der Bewunderung fast aller anderen in unserer 5 c (und wohl noch darüber – 5 a, 5 b, 6 a, b, c und sogar welcher aus den Siebenerklassen – hinaus), schon weil er die fünfzig Meter drüben auf dem Sportplatz an der Friedenstraße in einer Zeit abspult, von der unsereins, außer Dschurra vielleicht, nur träumen kann, Jonny Dschurra, der noch schneller ist mit seinen Affenarmen, die ihm, wie wir alle glauben behaupten zu dürfen, an den Enden, d. h. den Händeenden, den Fingern, auf dem Schotter der Laufbahn schleifen beim Laufen, was genau genommen, d. h. Dr. Weingart beim Wort genommen, gegen die Regel und also nicht statthaft ist, denn es handelt sich beim *deutschen* Laufen um, ich zitiere: »ein Laufen auf zwei Beinen und nicht vier Extremitäten«, da könne ja jeder kommen, und da seien sich auch alle die, die es wissen müssen, einig, daß einer, der sich im fairen Wettkampf des Primatenstils des

Jonny Dschurra bediene, einen Vorteil schinde, der nicht gerechtfertigt sei, was natürlich automatisch zur Disqualifikation führe …, an genau den, will sagen, eben nicht den Dschurra, sondern den anderen, den Tiefensolz, macht Bronken sich ran, an den nicht nur absolut schnellsten aller sauberen und fairen Läufer, sondern auch schon Schwimmer, Freischwimmer, wahrscheinlich sogar Fahrtenschwimmer, was ja bekanntlich bedeutet, daß er bereits einen Sprung vom 3-Meter-Brett absolviert hat, kurz: an den, *den*, macht er sich ran. Schlotternd, wie auch ich übrigens, denn obwohl die Sonne scheint, scheint sie doch nicht so, daß man, wenn man schon zwanzig Minuten im Nichtschwimmerbecken zugebracht hat, um schwimmen zu lernen, nicht fröre. Es handelt sich um die erste Schulstunde des Tages, es ist nicht später als halb neun. Und, nicht zuletzt zu bedenken, noch nicht einmal Juni.

So.

Tiefensolz sitzt da auf dem Kokosläufer des 1-Meter-Bretts. Wir können davon ausgehen: trocken. Er hat sein Handtuch um den Nacken geschlungen, die Enden des Tuchs vor der Brust verknotet. Während Bronken – mich, ich weiß nicht warum, im schlotternden Schlepptau – sozusagen an ihn heranschlottert. Und haltmacht. Er baut sich förmlich vor dem anderen auf. Und scheint gleichzeitig zu wachsen. Schlotternd baut sich der schmale und nicht eben große (oder gar besonders kräftige) Bronken vor dem auf dem Brett sitzenden, lässig seine schlanken und zugleich muskulösen Unterschenkel baumeln lassenden und vermutlich bis zu diesem Augenblick tief in sich versunkenen Schwimmer Tiefensolz auf. Um – wenn das kein reiner Widerspruch: oder wenigstens eine an Selbstverleugnung grenzende Verwegenheit ist – dem anderen schlotternd entgegenzuschleudern: »Tiefensolz, ich mach dir einen Vorschlag.«

Tiefensolz hebt den Kopf, blickt auf. Sagt aber nichts.

Augenblicklich hört Bronken – und seltsamerweise höre auch ich – auf zu schlottern.

Ich stehe seitlich hinter ihm.

»Wenn ich«, höre ich ihn sagen, während der Ellenbogen des Arms, den er mit Verve gen Himmel streckt, spitz mein Ohr trifft, »da hoch«, er hält inne, entschuldigt sich mit einem bedauernden Achselzucken bei mir und fährt fort, »da hoch«, er sagt: »auf 10 Meter, auf den Turm ...«

Tiefensolz *kuckt* Bronken verständnislos an, während ich mir die gekrümmte Hand auf die Ohrmuschel lege, dabei jedoch die Finger spreize (denke ich), denn ich muß ja hören und dabei aus dem Hintergrund das Grölen und Pfeifen und Plantschen, das Blubbern und Gurgeln, samt den hinreichend lautstarken Anweisungen Dr. Weingarts, die auf den gerade unter seiner Angel nach Luft Schnappenden hinabgehen, vernehmen, so daß mir am Ende auch tatsächlich nichts entgeht, vor allem nicht das, worum es geht, nämlich, und jetzt kommt es, worum es geht, nämlich das Wort, das alles entscheidende Wort: »und wenn ich dann springe ...«

Innehalten. Ja, was dann? Niemand fragt: Was dann? Auch nicht der Angesprochene.

»... dann«, sagt Bronken, »brauchst du mir nichts zu geben.«

Wie bitte? Wenn er springt, braucht Tiefensolz ihm nichts zu geben? Man schüttelt den Kopf.

»Sehr zuvorkommend«, sagt Tiefensolz, »geradezu

großmütig.« Und wendet sich wieder der für ihn typischen, selbst im Sitzen noch leichtfüßigen Versunkenheit zu, die viel zu tief ist, um als schlichte Unnahbarkeit aufzutreten.

»Halt«, sagt da Bronken, und er scheint noch einmal ein wenig zu wachsen, sieht jetzt schon um einiges kräftiger aus, als er von Natur aus ist. »Halt«, *sagt* er nicht: er *ruft* es, so daß auch andere, die herantreten, ihn hören können, »nur damit du begreifst: Wenn ich nämlich nicht springe, damit du es weißt, dann kriegst du von mir einen Groschen. Zehn Pfennig, damit du es weißt. Hast du begriffen?«

Tiefensolz, das versteht sich, versteht nichts. Nicht einmal ich versteh was. Aber unser beider Verständnis wird nicht auf sich warten lassen. Es folgt buchstäblich auf dem Fuß, wenn auch, genau genommen, auf dem Bronkens.

Der nämlich peilt den Turm an, der sich über dem 1-Meter-Brett erhebt. Als erstes kommt das 3-Meter-Brett. Dann kein Brett mehr, sondern die Plattformen. Erst die 5-Meter-Plattform, dann die 10-Meter-Plattform. Darüber der Wolkenflug. Möwenweiß. Die allerersten Schwalben. Oder so etwas in der Art. Und das Blau des Himmels, das bekanntlich immer wieder einmal, wenn auch allein in Weltgegenden wie der, um die es hier geht – und warum dann nicht ganz besonders an diesem unvergleichlichen Frühsommermorgen? –, einen ganz speziellen Anstrich hat. Entweder es hat einen Grünstich, dann spiegelt und amalgamiert sich in ihm, ohne dem Wolkenflug auch nur im mindesten zu nahe zu treten oder gar ins Gehege zu kommen, in milchigen Schlieren das Dunkelgrün der Deiche. Oder es saugt einen Graustich in sich auf. Der kommt unmittelbar vom Meer, besonders bei Ebbe, dem sich in den Prielen verästelnden Niedrigwasser, wo das Meer sozusagen meerlos, will heißen: zum Wattenmeer wird. Wenn sich dann auch noch der Grünstich über den Graustich – oder meinetwegen umgekehrt – legt, dann haben wir, zumal im Frühsommer, das Blau, das ich für mein Teil das heimatliche nenne.

Schon über der dritten Stufe zum 3-Meter-Brett hängt das Blechschild *Betreten verboten*. Da dürfen nur die Fahrtenschwimmer unter Aufsicht und nach Anweisung hinauf. Über den Stufen zum 5-Meter- und zum 10-Meter-Turm, das sieht man, hängen weitere Schilder, die gar nicht da zu hängen bräuchten; denn wer schon nicht auf 3 darf, kann, das liegt in der Natur des Aufstiegs, erst recht nicht auf 5 oder 10.

Jetzt folgt ein Achselzucken, in diesem Falle keines des Bedauerns, eher eines der Gleichgültigkeit, des Vergeblichen. Jedenfalls bei Bronken. Das fast gleichzeitige, das Tiefensolz sehen läßt, wirkt dagegen wie eines, bei dem sich gewissermaßen am unteren Ende des Zuckens einer schon die Hände in Unschuld wäscht. Es ist eine Art trockener, geriebener Unschuld.

Und so nimmt das Unweigerliche seinen Lauf. Um nicht zu sagen: es schreitet. Und zwar in Gestalt eben Bronkens, der mit hart auf die Fliesen platschenden Fersen seinen Gang geht, durchaus – zumindest fürs erste – etwas steif in den Hüften (auch deshalb wird man von schreiten reden können), dann taucht er, nachgerade behende für einen, der eben noch geschritten ist, unter dem Verbotsschild weg, nimmt, in sichtlich irreversibler Würde, die Stufen, eine um die andere, immer leichteren, von Stufe zu Stufe, scheint es, leichteren Fußes: Er macht es, man wird es nicht glauben, er wird es, sofern er nicht doch noch Angst kriegt und umkehrt, machen, er ist schon auf 3, dann nimmt er die nächste Treppe, wir sehen, ich sehe von tief unten die gelbe Goethe-Dreiecksbadehose Bronkens, 5, dann verschwindet er schon im Blau, andere aus dem Nichtschwimmerbecken tauchen auf, sind aufgetaucht aus dem Seichten und nehmen Schritt um Schritt rückwärts, durch die Fußdesinfektionswanne schlurfend, Abstand, betreten den freien Rasen, den geschorenen, weiten, um mit Abstand in Augenschein zu nehmen den, der dabei ist, die 10-Meter-Plattform zu erklimmen und sich noch einmal über das Geländer zu beugen, um zu ihnen hinabzublicken und schließlich endgültig zu verschwinden. Dann erblickt man einen Schatten am Himmel und, meint man, zwei große Zehen vom ansonsten nicht allzu Großen, dem Bronken, er ist an die offene Seite des Gevierts getreten, dorthin, wo es hinuntergeht, wenn es sich derjenige, der sich da mit seinen Zehen blicken läßt, nicht doch noch einmal anders überlegt und Abstand nimmt, Abstand seinerseits von seinem Plan, nach hinten, antretend den Rückzug.

Bronken aber, Theo Bronken, wer es nicht mit eigenen Augen gesehen hat, wird es nicht glauben, nimmt keinen Abstand und tritt keinerlei Rückzug an. Er springt. Oder genauer: Er macht einen offenkundig zögerlichen, eigentlich wie vorprüfenden, dann aber eben doch unwiderruflich ausreichenden Schritt über die Turmkante, er läßt sich fallen. Fußsprung natürlich, was sonst. Er hält die Beine beieinander, er breitet die Arme aus, so als könnte er doch noch einmal umkehren (gleichsam unter dem Schirm der eigenen Arme eine Bö nutzen als Aufwind) oder wenigstens die Fallgeschwindigkeit mindern. Er hält sich nicht die Nase zu.

Es klatscht ziemlich, als er auf die Wasseroberfläche prallt und bevor er versinkt, um hinter sich und über sich einen kreisrunden Schaumstrudel zu lassen.

Hoffentlich, durchzuckt es mich, hat er nicht vergessen, kurz vor dem Eintauchen noch einmal tief Luft zu holen (was einen so durchzuckt, wenn man machtlos dabeisteht und nichts tun kann).

Es ist dann nicht klar, ob er genug Luft geholt hat. Oder vielleicht zu viel. Jedenfalls schlägt er, als er endlich wieder auftaucht, wild um sich. Und scheint selbst erst jetzt zu begreifen, was er gerade getan hat. Oder doch zumindest, was es nun zu tun gilt, damit er irgendwann wieder festen Boden unter die Füße kriegt. Schwimmen, Züge machen, ja. Ich zähle mit. Drei vier sieben. Zwölf dreizehn vierzehn. Es wird knapp. Zwischendurch geht er verschiedene Male unter. Dann erreicht er endlich die Leiter. Noch wellt das Wasser über die ganze Breite und Länge des Sprungbeckens von seinem Sprung, wellt hinüber auf die 50-Meter-Bahn. Hat es der Doktor mitgekriegt? Hat er es gelesen in den Wellen, die ihm die Halbschwimmer an seiner Angel in Wallung brachten? Oder hat es ihm einer von denen, die hingelaufen sind, um ihn an seiner alten, faserfahl verwaschenen Reichsmarinetrainingshose zu zupfen, gesteckt: »Theo ist gesprungen, Herr Dr. Weingart, vom 10-Meter-Turm, Bronken.«

Indessen.

Bronken hat sich, noch eine Hand am rostigen Halterohr, geschüttelt. Hat es gemacht wie ein Hund. Um sich dann souverän mit der flachen Hand über den triefenden

Fassonschnitt zu fahren. Er blickt, wie um sich zu orientieren, noch einmal kurz um sich. Dann schreitet er – wieder ist es ein Schreiten, wenn auch ein elastisches und geradezu beflügeltes diesmal – über den schmalen, schwarznassen, mit Grobkieselbetonplatten ausgelegten Steg zwischen Schwimmer-, Nichtschwimmer- und Sprungbecken, dem Dr. Weingart entgegen, der, wenn auch ein wenig schleppend, ebenfalls schreitet, dabei in den wulstigen Mannesarmen aber, möchte man meinen, *irgendwie* (und seltsam) beschwingt, und, möchte man überdies meinen, fast so stolz auf seinen Nachwuchskühnling wie der auf sich selbst, denn dieser schreitet nun, wenn auch von einigermaßen schmächtiger und ungleich kleinerer Gestalt als der andere, als könnte er sich mit dem allein kraft seines Stolzes auf Augenhöhe bewegen, auch *irgendwie* beschwingt, beide schreiten sie unausweichlich beschwingt, träte einer von ihnen, da sie nun schon fast bis auf anderthalb Mannesarmlängen aufeinander zu geschritten sind, beiseite, so stürzte er unweigerlich in die Tiefe des Sprungbeckens, sofern nicht ins Flache des Nichtschwimmerbeckens, je nachdem und wer auch immer von beiden, noch zwei kurze Schritte, einer von diesem, einer von dem. Und Wummms. Oder Zack. Flatsch. Voll auf die Backe. Ich kann es nicht so genau sehen, da ich hinter einem der Größeren stehe. Aber ich höre – und verstehe – doch alles.

»Ja, ist denn dieser elende Blinddarmkacker von Bronken von der transatlantischen Flottillensau gerammt? Das Klassenbuch, Tiefensolz!« Wozu man wissen muß, daß Tiefensolz Klassensprecher ist und als solcher grundsätzlich – also nicht speziell vom Dr. Weingart – eingeteilt, das Klassenbuch heranzutragen, bereits an der richtigen, der Schultages-Seite aufgeschlagen, versteht sich, wenn es gilt, einen Tadel nicht nur auszusprechen (und Ohrfeigen zu verteilen), sondern aktenkundig zu machen, was es jeweils zu korrigieren gab. Und zu ahnden gilt für alle Zukunft.

Es liegt auf der Hand, auch der, die nur zum Füllfederhalter griffe: so ein Sprung läßt sich nicht rückgängig machen. Aber wie auch immer. Und wozu überhaupt? Bronken hat mich beeindruckt. Tief beeindruckt. Und das ist es, was zählt. (Daß er auch den Weingart beeindruckt hat, und zwar gewiß nicht weniger nachhaltig als mich, bleibt ein Verdacht, der mich fortan begleiten wird. Die, welche wir als Respektspersonen kennen, können sich selbst Respekt – außer halt den Selbstrespekt, den sie sich von weiß Gott woher holen – nur in den allerseltensten Fällen leisten.)

Ich frage mich natürlich, und das über Wochen, ob Bronken nicht doch Angst gehabt hat. Angst dort oben am Himmel. Ich habe mich sogar einige Tage nach dem Ereignis und nach dem Schließen des Schwimmbads durch den Verantwortlichen – den zu dem Zeitpunkt, denke ich, schon von den Briten bestellten und bestallten Schwimmbadverwalter Hermann Starr – an einer Stelle hinter der Pappelreihe, die ich zuvor ausbaldowert hatte, in der hereinbrechenden Dämmerung durch eine Lücke im Maschendraht gezwängt und bin in das leere Areal eingedrungen. Nur um selbst einmal oben zu stehen. Und so habe ich es Bronken gleichgetan, bin hinaufgestiegen. Und bin, ohne auch nur eine Sekunde das Seitengeländer loszulassen, an die Kante getreten. Habe hinuntergesehen. Ich kann nur sagen: Der

Blick verursacht Schwindel. Und Übelkeit. Tiefdunkel-türkis schimmert das winzige Rechteck, in das er sich hat fallen lassen. Wie ein tiefdunkeltürkiser Seifennapf, den einem hinterrücks jemand zwischen die großen Zehen geklemmt hat. Weich in den Knien trete ich den Rückzug an, hangele mich an den verschiedenen Geländern die Treppen zurück zum Fuß des Turms nach unten. Die ganze Zeit aber läßt mich ein Gedanke – oder vielmehr: das todsichere Gefühl – nicht los: Selbst wenn man sich noch so zaghaft fallen läßt, die größte Gefahr besteht darin, daß man danebenspringt.

Also frage ich dann, später. Das heißt: Ich passe ihn, Bronken, nach der letzten Stunde im großen, sowohl vom naturwissenschaftlichen Leibniz- als auch vom humanistischen Goethe-Gymnasium genutzten Fahrradschuppen am äußersten Ende des früheren Marine-Exerzierplatzes, der nun unser Schulhof ist, ab. Er ist über sein Fahrrad-schloß gebeugt. Ich trete von hinten an ihn heran. Ob er mal, frage ich, einen Augenblick Zeit habe.

Habe er nicht, sagt er. Fragt aber doch sofort, worum es denn gehe. Er sieht mich nicht an, hat offenbar ein Problem mit seinem Schlüssel und seinem Schloß.

Ich lasse mich nicht abschrecken. »Sag mal«, sage ich (so oder ähnlich), »da im Marinebad, als dir der Weingart eine geknallt hat …«, ich zögere.

»Natürlich«, fällt mir der sich mir nun Zuwendende ins noch gar nicht ausgesprochene Wort, »natürlich habe ich Angst gehabt. Und zwar eine ziemliche«, sagt er. Es sei ihm aber nichts anderes übriggeblieben. Er habe gar keine Wahl gehabt. Und nicht die Spur einer Chance. Er hätte ja sonst dem Tiefensolz den Groschen geben müssen. Den, welchen er nicht gehabt habe. Er habe nicht einmal die Aussicht auf einen Groschen gehabt, den er ihm hätte geben können, sagt er. »Was soll man da machen?«

Nun weiß ich wirklich nicht weiter. Stelle also die Zusatzfrage. Wieso, frage ich, er dann dem Tiefensolz überhaupt das Angebot gemacht habe, ihm, wenn er denn tatsächlich spränge, seinerseits nichts geben zu müssen, ihm nichts zu schulden. Immerhin trüge der doch allerwegs ein ganzes Geklimper von Groschen in seiner Hosentasche mit sich herum, oder?

Ich hätte, antwortet nun Bronken und sieht dabei an mir vorbei in irgendeine Ferne, die sich ihm an der schwarzen, schmierölgetränkten Bretterwand des Fahrradschuppens zu eröffnen scheint, ich hätte nichts begriffen. Ihm liege nichts an Wetten. Und genau genommen auch viel weniger an Tiefensolz, als es vielleicht, von außen gesehen, den Anschein habe. Der Tiefensolz sei einfach der Geeignetste gewesen.

»Wie bitte?«

Und da kommt dann dieser absonderliche Ausspruch aus dem sich in diesem Augenblick fast ein wenig maliziös und mädchenhaft spitzenden Mund Bronkens, einer, den ich, so oft ich ihn auch um und um drehen werde in der Folgezeit, um so seltsamer und – ehrlich gesagt – geschwollener finde. Er lautet: »In gewisser Weise habe ich den Tiefensolz für meine Zwecke mißbraucht.«

Jetzt hat er knotige Hände, trägt einen massigen Schädel auf massigem Hals, hat etwas sehr Kompaktes und sitzt schweigend in seinem Arkadien. So macht jeder auf seine Weise seinen Weg. Und sagt dann, wie dieser etwa, indem er mir seine mehr schon weiße denn graue Unrasiertheit zuwendet: »Soll ich dir die Mütze bringen?«

»Wenn du willst.«

Er erhebt sich aus seinem Aluminium-Gartenstuhl, er stemmt sich auf die Armlehnen. Und geht mit leicht nachschleppendem Bein in Richtung auf den Marmortisch unter der Pergola davon.

Ich habe nicht gesessen, ich habe gelegen. In der Strandliege. Ich mag mich auch jetzt nicht erheben. Ich fühle mich etwas dumpf im Kopf, darin – oder wo auch immer sich die Wörter ausbilden, oft kommt es mir vor: im Darm oder im Genick – stellt sich ein das Wort *erinnerungsgeschwächt*. Aus dem entsteht das Substantiv *Erinnerungsgeflecht*. Und aus dem wiederum das Adjektiv (ist es überhaupt eines?) *erinnerungsmüde*.

Die Flasche steht auf dem Tisch, im Schatten. Das Glas habe ich geleert und in der Hand behalten, als ich durch die Stäbe des Terrassengeländers in die Ebene und auf die sich dahinter erstreckenden Bergketten blickte. Auf die den Raum und, wie ich jetzt, im nachhinein, weiß, auch die Zeit modellhaft rasternden Segmente.

Bronken bringt mir die Mütze, faßt diese Anderthalb-Liter-Plastikflasche mit dem Roten am Hals und schenkt mir ein. Dann schenkt er auch sich ein. Erst eine ganze Weile, nachdem er die Flasche, die rundum eine fleckig abgegriffene und an ihrem Rand eingerissene Mineralwasser-Werbe-Banderole ziert, wieder auf dem Wachstuch des Terrassentischs abgesetzt hat, läßt sie, entlassen aus dem entschiedenen Griff, das knackige Knistern hören, mit dem sie in ihre ursprüngliche Form zurückfindet.

2

Du bist hier der Gast

Ich bin noch keine vierundzwanzig Stunden da. Je länger ich da bin, desto gegenstandsloser will mir der Grund meines Kommens erscheinen. Auf eine mir nicht erklärliche Weise, mittels einer Art gegenläufigem Sog, von dem der sie auf mich Ausübende selbst vermutlich am wenigsten weiß, läßt er mich von meinen Absichten und meinem Hauptanliegen abdriften. Er drückt mich weg. Um auf das unaufdringlichste, aber doch nachhaltig, allen Raum einzunehmen. So wird er selbst zu einem Bestandteil der Landschaft. Der Umstände und Bedingungen. Ja, des Klimas. Er war schon immer ein Brocken.

Er betrat nach der großen Pause immer wieder einmal als letzter das Klassenzimmer, er betrat es nach dem Lehrer, der schon seine Lehrermappe aufs Pult geschmissen hatte. Wer genauer hinsah, bemerkte, wie der Türrahmen, durch den Bronken trat, seine Form änderte. Es war absurd. Es war eine Bewegung, wohlgemerkt, die nicht von der Tür her rührte, die er mit Achtsamkeit schloß, es war die Ausbuchtung, die Theodor Bronkens Erscheinen im Rechteck des Türrahmens bewirkte. Man kann es nicht erklären. Es hatte nichts mit Physik zu tun. Noch weniger aber, wie man jetzt meinen könnte, mit Magie. Oder irgendeinem anderen Hokuspokus; etwa der Kategorie halluzinatorische Verblendung und Entrückung. Es war, obwohl er nun wirklich, vom Äußeren her zumindest, zu den eher Unauffälligen, ich würde sagen: den Hechten unter uns, zählte, vielmehr eine Art Überpräsenz. So als hätte ihn allein das Betreten des Klassenzimmers – und also der Türrahmen, der ihn ja nun wahrlich nicht beengen konnte – zu einem Ausladenderen zu machen vermocht, als er tatsächlich war. Dabei gab er sich durchaus bescheiden. Sogar irgendwie unbeteiligt. Wenn auch sich seiner Unbeteiligtheit vollkommen bewußt. Es hatte zugleich aber immer, wie beiläufig und unspektakulär sein Als-letzter-das-Klassenzimmer-Betreten auch erschien, etwas Verschmitztes. Vielleicht war es tatsächlich das. Bronken als der geborene, alle äußeren Evidenzen usurpierende Kommödiant. Der, je beiläufiger und unprätentiöser – und vor allem ernster und ernsthafter – sein Auftritt ist, desto stärker an den Grundfesten des Raums rüttelt, in dem er sich bewegt. Den er, ohne selbst rütteln zu müssen, bewegt. (Ein Phänomen, das ich später, viele Jahre später, erst wieder bei den Auftritten dieses oder jenes, zumindest bis dato, noch mit Pfeil und Bogen auf die Jagd gehenden Eingeborenen im Hinterland von Fortaleza und Recife in Brasilien vor Augen geführt bekommen sollte; daß die dann von den europäischen Ethnologen, die ich – genötigt in die seemännische Warteschleife der Häfen – gelegentlich zu unbedeutenderen Forschungskurztrips ins Binnenland begleiten durfte, immer auch als Schamanen bezeichnet wurden, die nie, nicht mal auf gefährliches Getier bzw. Nahrung versprechende Kreaturen, schossen, sondern immer nur so taten als ob, ändert daran nichts.) Trotzdem erachteten wir Mitschüler diese kleine Eigenart oder Attitüde Bronkens – er sprengte ja nicht wirklich Rahmen, er verdrängte sie bloß – als etwas Normales, Naturgegebenes sozusagen. Ob unsere Lehrer dies aber auch taten, daran waren Zweifel erlaubt. Er eckte, da schien Einhelligkeit zu herrschen, ja so schon hinreichend an. Allein durch sein So-Sein. Er provozierte, ohne mehr zu tun, als durch einen Türrahmen zu treten und dann die Tür bei durchgedrückter Klinke weitgehend geräuschlos und achtsam zu schließen.

Jetzt rüttelt er, in der Mittagsglut, am Grill. Der steht am Rand der Terrasse, ein offenbar von Hand geschmiedetes Stück. Man denkt sofort: den hat er sich selbst gedengelt und gehämmert. Er klemmt Zeitungspapier und Reisig unter den Rost, er hält das Feuerzeug darunter. Er hat sich sein Sweatshirt vom Oberkörper gezogen. Er ist nicht dick. Er ist rund und kräftig, rundum. Die farbsprühenden Boxershorts, die ihm bis in die Kniekehlen reichen, lassen feste, von der Sonne gebräunte Waden sehen. Die Flammen springen ins Gegenlicht. So als wollten sie sich auch noch die vorderen Zweige der Olivenbäume mit einverleiben. Das satte Grün des an Rostdraht gegen den Hang gehängten Weinlaubs erreichen sie nicht.
Ich bin seit knapp vierundzwanzig Stunden da.

Es hatte mich einige Umstände und Umwege gekostet, ihn mit dem am Flughafen gemieteten *Panda* zu finden. Erst einmal landete ich schon nach wenigen mehrspurigen autobahnähnlichen Kilometern in einer Sackgasse, weil die Abfahrt, die ich nahm, keine Abfahrt war. Dort gab es eine Trattoria. Ich stieg aus dem Wagen und erkundigte mich. Aber man verstand mich nicht. Oder besser gesagt:

Ich verstand sie nicht. Was ich aber auf die Auskunftgebenden zurückführte, nicht auf mich. Sie drückten sich auf eine seltsame Weise aus. Es war nicht allein der Dialekt, mit dem sie mir kamen, es war die Absicht. Irgendeine Absicht, die hinter dem steckte, was sie mir mit ihrem so vollkommen unitalienisch vernuschelten Zungenschlag als Auskunft erteilten. Gut, ich kann genau genommen kein Italienisch. Aber ich verstehe – eine Folge der Jahre, die ich den Weltmeeren opferte, das heißt: auf engem Schiffsraum notgedrungen in unmittelbarstem Kontakt mit den Sprachkörpern multipler Rassen und Nationalitäten, sowie, dank der zu jener Zeit (siehe nicht zuletzt meine Ethnologen) noch möglichen ausgiebigen Landgänge, auch bewandert in manchem, selbst dem Weitgereisten nicht gerade geläufigen Idiom – für gewöhnlich fast alles. Ich bestellte mir an der Bar einen Espresso und griff zum Handy.

Wie schon am Vorabend mit ihm vereinbart, würde er sich in seiner Wohnung bereithalten. Er besitze kein Handy. Nun konnte er mir zwar nicht unmittelbar aus meiner Sackgasse heraushelfen, aber die Richtung, die er vorgab, versprach zu stimmen, zumindest im Prinzip: zum Flughafen zurück.

Ich also zurück. Ich ließ es noch einmal in Ruhe angehen. Warum ich mir aber keine Straßenkarte kaufte? Ja, nun. Wo hätte ich, dort in den weitläufigen Flughafenarealen, wo es gewiß Straßenkarten gibt, einen Parkplatz finden sollen? Die Suche nach einem Parkplatz und die Wege dann zu Fuß hin und herum und zurück hätten länger gedauert als die mir von Bronken angekündigten achtzig oder hundert Kilometer Fahrt, die ich zu absolvieren hätte: So zumindest schätzte ich die Sache ein. Da setzte ich doch besser auf ihn. Und blieb für den Rest der Strecke die ganze Zeit eng mit ihm in Kontakt.

Er wurde zu meinem Leitsystem. Das mich vor allem anwies, mich so weit wie möglich vom Zentrum der Hauptstadt und von verschiedenen besonders kritischen, sie kreuzenden und umgehenden Tangenten fernzuhalten. So daß ich, ehrlich gesagt, am Ende, als ich nach vielerlei Überführungen, Unterführungen, Staus, Unfällen, Absperrungen, Umleitungen, Schleifen, unentzifferbaren grünen Autobahnschildern, die über den Fahrbahnen an Rockkonzertbühnen gleichenden Stahlrohrkonstruktionen angebracht waren, sowie durch, nach dem Verlassen der Autobahn völlig überraschend, kühle – ah! das offene Seitenfenster meines *Panda*! – Wäldchen und – dann wieder – verrammelte, sowohl bröckelnde als auch neubaumoniereisenstrotzende Städtchen und die gewissermaßen finalen, wunderbar halsbrecherischen Serpentinen hinauf, schließlich doch noch glücklich in den Ort einfuhr, schon einigermaßen geschafft war.

Ich solle, hatte es geheißen, an der Piazza, das heiße, an dem Platz vor dem Ortstunnel, auf ihn warten.

Parkplätze genug an der Piazza. Weit und breit niemand zu sehen. Nur das schwarze Loch des Tunnels im Berg. In der Tür der Bar rechter Hand sichtete ich einen jungen Mann, der rauchte und, wie mir vorkommen wollte, jede meiner Bewegungen mit einer allzu gelangweilten Aufmerksamkeit verfolgte. Und, in unmittelbarer Nähe zu der Markierung für meinen Wagen, noch ein Alter unter den Schatten der Pinien auf einer Steinbank. Er schien im Sitzen zu schlafen.

Ich stieg aus und blickte mich um. Die luftige Frühnachmittagswärme trieb einen Papierfetzen über die Straße zwischen dem Schlafenden und dem mich im Visier Behaltenden in der Tür der Bar. Ein wie ein Kartoffelsack im Rinnstein abgelegtes gelbgraues Knäuel rührte sich und schleppte sich mit hängendem Kopf und schlaffen Ohren davon, als sich ihm der Papierfetzen näherte. Es überließ ihm, ohne ihn auch nur eines Blickes zu würdigen, seinen Rinnstein. Und sackte im Schatten eines Kleinlasters gegenüber der Bar wieder in sich zusammen.

Dann sah ich Bronken kommen. Er kam mir zwischen den Pinienstämmen im Inneren der Piazza, der Anlage mit den Bänken und dem im Sitzen Schlafenden, entgegen. Er ging, als öffnete er – und schlösse leise hinter sich – eine Tür zwischen den schorfig gezackten Stämmen. (Die beulten sich natürlich nicht, eher wirkten sie mit ihrer schrundigen Rinde, den senkrecht klaffenden Spalten wie ein Rahmen, der schon größeren Ausdehnungskräften standgehalten hatte als denen, die man einem Bronken zutrauen darf. Selbst wenn er heute alles andere als ein Hecht ist.)

Und dann diese mich ein wenig irritierende Gleichzeitigkeit. Er umarmte mich nicht, er fuhr mir mit der Rechten an die Schulter, wo er sie kräftig und freundschaftlich festhielt. Während er die Linke mit der Handfläche an meiner anderen Schulter vorbei nach vorn streckte, ganz so, wie es gerade noch die verschiedenen Straßenbauarbeiter und Verkehrspolizisten gemacht hatten, um meine Anfahrt zu behindern. Ich wandte den Kopf. »*Ciao Tè*«, rief der junge Mann aus der Tür der Bar zu uns herüber. »*Ciao*«, antwortete Bronken, das heißt: er murmelte es so vor sich hin, daß der andere nun wirklich nichts davon vernehmen konnte. So nahm ich, den mit einem eigenen Begrüßungswort zu bedenken sich Bronken erspart hatte, die Gelegenheit wahr, die kleine vertrauliche Alltagsformel auf mich zu beziehen. Und fand sogar, daß sie paßte.

»Wo steht dein Auto?«

»Da.« Ich zeigte es ihm.

»Hol deine Sachen.«

Nun hatte er mir, damals, vor acht Jahren schon, angeboten, mich, sofern es mich einmal in die Gegend verschlüge, bei sich unterzubringen. Aber acht Jahre sind eine Zeit, in der viel passiert und Angebote leicht zu Auflagen führen. Für den einen nicht weniger als für den anderen. So war ich, obwohl er mir andererseits am Vorabend noch, am Telephon, dasselbe Angebot gemacht hatte, ganz selbstverständlich davon ausgegangen, daß er mir ein Zimmer bestellen würde. Immerhin hatte er ja auch diese Möglichkeit in Betracht gezogen. Wenn es mir lieber sei, hatte er gesagt. Was dazu führte, daß ich annahm, es sei *ihm* lieber, wenn ich es vorzöge, in irgendeiner nahen Herberge, einem Hotel oder auch einer Pension, zu nächtigen.

Er griff dann aber ganz entschieden in den Kofferraum meines *Panda*, hob mein einziges Gepäckstück, die große Reisetasche, an beiden Henkeln heraus, schwenkte sie, als ich sie, nach dem Verriegeln des Kofferraums und einem letzten Blick auf den uns beobachtenden jungen Mann in der Tür der Bar, an mich nehmen, sie ihm abnehmen wollte, auf die Seite, wo ich nicht ging, und sagte: »Du bist hier der Gast.« Für so zuvorkommend hätte ich ihn gar nicht gehalten. Und da mir, als ich neben ihm herging, zum ersten Mal auffiel, daß er leicht hinkte – oder vielmehr in der Frühnachmittagsstille auf den hellen Pflastersteinen hörbar aufflatschte mit dem rechten Fuß –, wagte ich erst recht nicht, ihm in seiner Zuvorkommenheit zu nahe zu treten. Ich ließ ihn tragen.

»Wenn es dir nicht bei mir gefällt, mußt du es nur sagen.«

Nach einem kurzen Spaziergang die schmale Straße entlang – zur Rechten abgestellte Fahrzeuge, geschlossene Ladengeschäfte, Wohnhäuser, das Rathaus, pastellen, sienabraun schimmernd; zur Linken, zwischen abgestellten Fahrzeugen, Ladengeschäften, Wohnhäusern und einem Kriegerdenkmal, dem muskulösen Bronzemann mit beherrscht gegen den eigenen Schenkel geballter Faust, zu dessen Füßen ein Kranz mit schwarz beschrifteten Silberschleifen abgelegt war, in Einschüben ein Panorama, das einen Ausblick in die Tiefe und Weite versprach, wie sie mein Anstieg im zweiten Gang die Serpentinen hinauf schon angekündigt hatte – dann die sich steil aufrichtenden Altstadtmauern, auf die wir zusteuerten. Und in die wir schließlich eindrangen. »Da haben sie einen Durchbruch in die alten Befestigungen gemacht«, sagte Bronken.

Ich wußte nicht, wo ich war, als wir nach einigen engen, mehr oder weniger scharfkantigen Biegungen und Seitenschritten durch das Tunneldunkel wieder ans hellere Schattige traten. Licht stand hier nur in schmalen Streifen oder Dreiecken zwischen den Dachfirstspalten. Wie aus schadhaften Regenrinnen tropfte es in ausgedünnten Schlieren die Mauern und Wände herab, um auf den steilen Stufen und in den abschüssigen Abflußrohrsystemen zu versickern. Kaum zwei Menschen kamen da aneinander vorbei.

Tatsächlich gab es auch niemanden, der an uns hätte vorbeikommen wollen. Weit und breit – wo so schon alles *alles andere* als weit oder breit ist – keine Seele zu sehen. Die Fenster vernagelt oder verschlossen. Die Türen, verrottet in den aus dem Gemäuer gerissenen Angeln hängend oder, eine Handbreit daneben, gezimmert im frischlasierten Baumarkt-Rustikaldesign des sowohl letzten als auch derzeitigen Jahrhunderts, verrammelt. Stege, Treppen, Stiegen, Brücken, Überbauungen, wie in einer architektonischen Endlosschleife aus der einen Fremde in die andere führend. Zugleich aber alles, ob mit ein paar Eimern pastellfarbener Wandtünche bepinselt oder im Zustand roher Vermörtelung, kompakt wie eine Lieferung von Braunkohlebriketts.

Wir stiegen abwärts. Die Ecken und Kanten und Abschottungen stiegen mit. Wir bewegten uns auf die innere Befestigungszone zu, den Kern und den Kerker, in dem, wollte mir scheinen, Eigengesetze herrschen und Ausnahme-Codices gelten, Gesetze und Codices, die der Uneingeweihte, der noch nicht Eingewiesene, nicht kennt. Es ist das Urmuster des Labyrinths. Die Einfriedung schlechthin. Die, in der das Selbstgenügen sich als Kriegszustand kundtut. Daß sich mein Gastgeber allerdings darin wie in seinem Wohnzimmer bewegte, irritierte mich schon. Auch wenn ich alles daransetzte, es mir nicht anmerken zu lassen.

Er erklärte nichts. Er humpelte voran. Ich folgte.

Und dann, unvermittelt, der Schwindel, der mich erfaßte. Er war von seltsamer, zugleich fleischlich sanfter und wie elektromagnetisch gesteuerter zentrifugaler Gewalt. Ich hatte das Gefühl, ich müßte in alle Himmelsrichtungen greifen. Ich stützte mich mit den Fingerkuppen ab an den verschiedenen Gemäuern und Felskanten, in die die Gemäuer hineingemauert waren. Dazu versetzte mich die ja an sich keineswegs sonderlich beunruhigende mittelalterliche Architektur in so etwas wie ein inneres Gestolper. Und verursachte in mir einen immer tiefer in die Fundamente dringenden Schub von Orientierungs- und Selbstverortungsverlust. Ich sah mich gleichsam in die Rolle des Ritters gepreßt, der an der falschen Zinne kratzt. Und unter dem sich nun zwangsläufig die Falltür öffnet. Da sind natürlich die Ratten los. Die werden ihn lecken. Und nach den Handlangern quieken, die ihn alsbald in den Ofen schieben. Günstigstenfalls steckst du, dachte ich (sofern es sich dabei überhaupt um Denken handelte), im Schacht, in dem sich die Lemuren und Steintiere tummeln. Du verspürst eine Art in den Baugrund ausgreifende Ungewißheit, so etwas wie ein generell und prinzipiell Vertikales, in das du allein – und das heißt nun *wirklich* allein – als Horizontales eingebettet, um nicht zu sagen: einbetoniert bist. Obwohl doch vermutlich all die Bewohner dieser Gemäuer, es ist die Zeit der Siesta, eher die sind, die liegen, während du steif und gehorsam folgst deinem Cicerone. Der dich in diese sich dir denn doch ein bißchen zu zweischneidig öffnende Unterwelt führt. Und dich letztlich, wie gesagt, ziemlich allein läßt.

Aber dann: unverhofft Entsatz. Ein weiterer Tunnel. Durch den es aus der Enge hinausgehen könnte. Der schien zwar schwärzer und endloser als der erste, mußte jedoch hinausführen, schon weil es nicht endlos so weitergehen konnte, hinaus aus dem verqueren und abstrusen Abstieg, dem Gestolper und der Bedrückung. Ins Freie.

Aber es ging nicht hinaus, es ging vielmehr noch weiter hinein.

Bronken schloß die Tür auf. Wir betraten einen kleinen Vorraum. Bronken machte Licht. Da hingen Kleidungsstücke an Haken. Dann schlug er einen Vorhang beiseite. Nahm zwei Stufen. Und wir standen in der Bibliothek.

Ich weiß, was es heißt, einen Raum zu betreten, in dem der, der ihn betritt, alles andere erwarten darf als eine Bibliothek. Ich habe selbst nicht wenige Besucher, nicht nur Mannschaftsgrade, auch Offiziere, die ich zum Rapport – oder einfach auf ein Glas zu mir – in die Kajüte bestellte, in Erstaunen versetzt. Das war unvermeidlich. Niemand, nicht einmal die ausgefuchsteren unter den Leuten, die Jahrzehnte als Mitglieder von festen Besatzungen die Decks und das Innere von Schiffen bevölkern, kann sich vorstellen, daß es außer ein paar Schiffskarten, vielleicht noch Reiseführern und natürlich den unvermeidlichen Unerschöpflichkeitsarsenalen von pornographischen Schriften, an Bord noch etwas anderes Lesbares und zu Betrachtendes gibt.

Nachdem ich schon lange vor dem damals so genannten Einjährigen, der mittleren Reife, aus Desinteresse an der Schule und dem, was sie mir vermitteln wollte, eben diese, die ebensogut jede andere hätte sein können, verlassen hatte, um zur See zu fahren, hatte ich, spätestens nach dem ersten Halbjahr als Decksjunge, angefangen, mir Bücher zu verschaffen und zu lesen. Die meisten stahl ich bei meinen Landgängen in Buchhandlungen und öffentlichen Büchereien. Es macht sich keiner eine Vorstellung davon, was ein Schiffsjunge verdient. Hatte ich meine Bücher ausgelesen, gab ich sie, sofern Interesse daran bestand, weiter an andere Fahrensleute, die mir – nie im Tausch, aber doch immerhin leihweise – die Pornos zur Verfügung stellten, auf die auch ich nicht verzichten mochte. So schlug ich (und so schlugen die Gewitzteren unter den jeweiligen Besatzungsmitgliedern, ein jeder auf seine Weise) zwei Fliegen mit einer Klappe. Erst als 2. Offizier begann ich, mir meine eigene Grundbestandsbibliothek zusammenzustellen und einzurichten. In der habe ich mich um die Welt bewegt. Die Welt, ihre Weite, führt bekanntlich, wenn schon nicht oft genug in die Irre, so doch vor allem in die Enge. Es bleibt einem gar nichts anderes übrig, als sich mit Büchern zu umgeben, damit man in die wirklichen Weiten vordringt.

Nun wußte ich zwar, daß Bronken noch ein oder zwei Jahre länger auf unserer gemeinsamen damaligen Schulbank ausharrte als ich und am Ende, wo und wann auch immer, sogar das Abitur nachgeholt hat, sonst wäre er nicht das geworden, was er geworden ist und ja auch heute noch ist, aber daß er einmal über eine Bibliothek – und dann auch noch, wie ich auf Anhieb erkannte, eine solche – verfügen würde, das hätte ich denn doch nicht für möglich gehalten. Ich hatte gedacht, ihn interessierten immer nur die Weiber; so, wie wir sie damals alle, ob Mädchen oder Frau, nannten. Interesssierten ihn mit derselben so hartnäckigen wie unerfüllten Ausschließlichkeit wie mich. Oder doch wenigstens mit ebenso hartnäckiger Ausschließlichkeit wie mich. Für so etwas wie Erfüllung gab es ja schon sehr früh bei ihm Indizien. Vielleicht hat er es deshalb noch ein oder zwei Jahre länger auf der Schulbank ausgehalten. Oder vielmehr, fällt mir jetzt ein, die mit ihm. Ist er nicht geflogen? Vom Gymnasium *relegiert*? Eben wegen so einer Weibersache? Das hat mir doch unlängst noch der Kalle Mencken, heute Stadtkämmerer, der sich im glatten Durchgang bis zum Abitur durchlavierte, in Erinnerung gerufen. Und zwar nach der Beerdigung, auf der Trauerfeier, beim Essen. Er hat es mir zum ich weiß nicht wievielten Mal erzählt. Je älter man wird, desto öfter kriegt man dieselben Geschichten zu hören. Das mag manchen stören, mich stört es nicht, ich mag auch die Variationen. Sie gehören dazu. So wie ich auch gewisse Bücher, die mir wertvollen, nie austauschte. Ich ließ mir am Ende bei jedem Schiffsführungswechsel ein halbes Dutzend Bibliotheks-Überseekoffer von einem Schiff auf das andere hieven, um sie immer in Reichweite zu haben. Gewisse Bücher muß man alle paar Jahre wiederlesen, um zu begreifen, wieviel man bei den vorangegangenen Lektüren nicht begriffen hat. Bzw. was man jedesmal anders begreift, weil man selbst im Laufe der Jahre zu einem anderen wurde.

Ich glaube auch nicht, daß jeder, der einmal seinen Doktor gemacht hat, Bücher liest. Bekanntlich lesen die meisten, nicht nur die medizinischen, Doktores, nur bis zu dem Zeitpunkt Bücher, da sie eben diesen ihren Doktor machen. Wenn sie promovieren. Oder promoviert werden. Wenn sie es dann einmal hinter sich gebracht haben, ist Schluß mit den Büchern, jedenfalls denen, die ich meine. Fachbücher sind für mich keine Bücher, das sind Schriften. Dicke oder dünne Schriften, aber immer Schriften. Mit denen können sich ihre Leser allenfalls auf dem Laufenden halten. Etwa, um nicht den beruflichen Anschluß zu verpassen. Aber wirklich weiter bringen die Schriften nicht. Ich für mein Teil lese überhaupt keine Schriften. Ich lese, versteht sich, keine *mehr*. Denn um mich als Seeoffizier auszubilden, mußte ich mich natürlich auch einmal in Schriften versenken, klar doch. Das ist jetzt vorbei. Das letzte Mal, daß ich mich in Schriften versenkte, war, als ich die Zusatzausbildung machte. Aber das ist auch schon sehr lange her. So lange, wie ich Aischa hatte, Aischa, meine Frau. Die Mutter meiner zwei Kinder. Und des anderen Kinds. Und gewissermaßen auch noch des vierten, das ich, genau genommen, zusätzlich mit aufgezogen habe. Auch wenn es nicht Aischas Kind ist. Oder war. Und ebensowenig meines.

Hatte ich mir noch bis zum Betreten der Wohnung vorbehalten, Bronken für das Tragen meiner Tasche und sein Angebot, bei ihm zu wohnen, zu danken, um mich dann doch, mit welcher Begründung auch immer, nach einem Hotel- oder Pensionszimmer zu erkundigen, war mir nach dem ersten flüchtigen Blick in die Runde des ersten Raums klar, daß ich bleiben würde. Ich hätte sogar, bei der literarischen Ausstattung, die ich buchstäblich zwischen den Regalen *erroch*, seine Anwesenheit in Kauf genommen. Aber zum Glück ließ er mich, da er seinerseits mein schnelles Einverständnis offenbar *erroch*, alsbald wissen, daß er oben schlafen würde. Oben in seinem Horst. Er dächte, sagte er, mir als altem Fahrensmann, dem mangelnder Auslauf vertraut sein dürfte, machte es nichts aus, in einer Höhle zu nächtigen. Für gewöhnlich pendele er, je nach Wetterlage und Laune, zwischen Höhle und Horst. (Um was es sich bei dem Horst handelte, ahnte ich zu dem Zeitpunkt noch nicht; jedenfalls mußte es sich, das schien mir klar, um eine weitere Übernachtungsmöglichkeit handeln.)

Ich lasse mich also einweisen.

Die Couch, die er, im übrigen inmitten der Bibliothek, in der ich mir fast den Kopf an den alten maroden Deckenbalken stoße, für mich aufklappt, ist exakt dasselbe Modell, das ich einmal für meinen Älteren, den Johann, bei *Ikea* in Bremen kaufte. Die Bibliothek hat kein Fenster. Tageslicht fällt nur durch die beiden Türen der Frontseite herein. Zum Lesen müsse man, sagt Bronken, die verschiedenen Lampen einschalten. Am besten man lasse die Kugelsparlampe, solange man anwesend sei, durchgehend an. Durch die Tür rechter Hand (ich folge) geht es ins Arbeitszimmer. Dort stehen eine Liege und, ein Schritt weiter, zwei Schreibtische sich einander gegenüber. Dann schon eine weitere Tür. Durch die die tief blendende Grelle des Tages dringt. Es ist wie die Erleuchtung, in die – ich bin touristisch vorbereitet – der heilige Benedikt tritt.

»Jetzt stehen wir auf dem Balkon«, sagt Bronken; was ich selbst sehe. Daß sich aber hinter einer niedrigeren Tür linker Hand, den Balkon um einiges verkleinernd, das Klo verbirgt, kann ich natürlich nicht ahnen. Gleich daran anschließend geht es wieder ins Innere der Höhle zurück. Jedoch in die Küche. Perfekt. Ein Rundgang, den ich – gerade auf engerem Raum – seit Schiffsreisezeiten liebe, führt mich also von der Bibliothek, der stockdunklen, über ein Arbeitszimmer auf einen Ausguck mit Klo und, wird mir zudem noch avisiert, unter eine Dusche, über die ich auf dem kürzesten Weg über die Küche wieder zurück in die Bibliothek finde. Wie sagt der Italiener? *Assolutamente perfetto!*

36

Nach der Besichtigung und der Einweisung in meine Unterkunft machten wir einen Spaziergang. Alte Frauen saßen inzwischen in Schürzen auf den Absätzen, Stufen und Bänken, die zuvor menschenleer gewesen waren. Sie blickten uns nach. Und tuschelten. Wir stiegen durch das Gewirr der Stiegen, Steigen und Verschläge. Dann tranken wir im *Centro Diurno Anziani*, dem Altentreff auf der zuvor menschenleeren Promenade, auf der nun kein Durchkommen mehr war, ein paar Gläser. Daß wir die erst gar nicht zu bestellen und am Ende nicht einmal zu bezahlen brauchten, gehörte zu den ersten Geheimnissen des Orts. Auch Bronken hatte keine Ahnung, wer die Zeche übernahm.

Wir mußten die Zeit bis zum Öffnen des *Sora Maria ed Archangelo* überbrücken.

Dort aßen wir dann, als es soweit war, ausgiebig und gut. Ich weiß nicht mehr, worüber wir sprachen. Gegen Mitternacht brachte er mich zurück zu seiner Wohnung, der Höhle. Er griff ans Bücherregal rechter Hand, an der ein Motorradhelm hing. Dann verließ er das Haus, drehte sich noch einmal zu mir um und sagte: »Wenn du auf den Balkon trittst, kannst du mir winken.«

Er muß im Tunnel weitergegangen sein, um unter seinem Balkon wieder im Freien aufzutauchen, er ging wenige Schritte unter der mattweißes, diffuses Licht streuenden Laterne, dann verschwand er hinter einer Mauer und trat an den Motorroller, der an deren Vorsprung stand. Er betätigte das Pedal, das Fahrzeug sprang dröhnend an, er schnallte sich den Helm auf, wandte mir kurz sein verkleinertes Gesicht zu und gab Gas. Ich glaube nicht, daß er gesehen hat, wie ich winkte.

Unter nicht mehr als einem dünnen Laken fiel ich in einen tiefen Schlaf, aus dem ich erst am späten Vormittag mit erstaunlich schmerzlosem Schädel erwachte.

Gegen Mittag erschien er, um mich unter Hinweis auf die an diesem Tag »stehende Hitze« auf seinem Roller mit hintendrauf zu nehmen. Der Helm, den er mir gab, klemmte derart, daß ich am Ende, als wir oben in seinem Horst anlangten, doch noch Kopfschmerzen bekam.

Und nun, in »stehender Hitze«, der Fortgang der Dinge. Der Grill.

Ich lasse ihn machen, bleibe unter der Pergola mit den über den Steintisch hängenden und schon fast ausgereiften weißen Trauben, über die sich ein großer Baum neigt, sitzen und harre der Dinge.

Die Hitze, in der Bronken steht, schlägt Wellen von dort, wo die Glut glüht. In dem Schweißfilm auf den Schultern des Mannes, so sieht es aus, verfangen sich Fruchtfliegen und Mücken, die ersaufen. Während sie über mich herfallen. Ich hatte immer gedacht, es bräuchte ein bißchen Feuchtigkeit in der Luft, damit die Viecher hervorkriechen aus ihren Larven. Binnen kürzester Zeit bin ich von oben bis unten zerstochen, durch mein Hemd hindurch, durch die Hosenbeine, um die Fesseln herum. Sogar im Gesicht, das ich mir kratze.

Scharfe, schmackhafte Würste, der Länge nach aufgeschnitten, auf meinem Teller. Weißer Wein. Ein Stück Käse. Schmackhaftes helles und knuspriges Brot. Und Tomaten. Tomaten, die wir, als die Würste schmorten, nach kurzem Aufstieg, aus den Sträuchern gepflückt haben. Die hat der Nachbar Bronken in die ihre Grenze markierenden Weinstöcke gepflanzt. Tomaten von einer Süße, von der ich mir gar keinen Begriff mehr machte.

Der Baum über der Pergola trägt schwarzrote Früchte in seinem fetten Blattwerk.

Bronken scheint mir anzusehen, daß ich mich etwas frage.

»Ja«, sagt er, »das habe ich mich auch zwanzig Jahre lang gefragt. Es ist ein Kirschlorbeer. Da mußte erst eine Ungarin kommen, um mir zu verraten, was das ist.«

Er behauptet, daß nicht einmal die Einheimischen wüßten, was das ist. Die interessiere allein das, was man essen könne. »Dabei«, sagt er, steht auf, greift nach einer Traube dieser Kirschen, reißt eine einzelne ab, steckt sie sich in den Mund, »kann man sie essen. Probier selbst.« Und schon habe ich, da ich nicht aufgepaßt und meinen Mund offenstehen gelassen habe, selbst eine davon im Mund. Sie schmeckt etwas stumpf und bitter, aber es geht.

»Nicht giftig«, sagt Bronken.

Ich spucke den Kern aus.

Dann blicken wir, nebeneinander auf der Steinbank sitzend, in unserem Rücken die Mauer, auf die zwei verzinkte – steht rot draufgeschrieben – 1.500-lt.-Zinkblechbehälter aufgebockt sind, unter dem Laub des Kirschlorbeers hinweg in die Tiefebene und auf die Bergketten dahinter, die inzwischen wolkenfrei sind. Sie haben sich an ihren Rändern aufgelöst in einem großen sphärischen Dunst.

»Und die Familie?« frage ich ihn. Ich weiß nicht, wie ich gerade in diesem Augenblick darauf komme. Aber irgendwo muß die ja abgeblieben sein. Ich erinnere mich ziemlich genau an das Kind, mit dem er bei uns im Norden zu Besuch war, damals, vor acht Jahren. Dieses zartgliedrige blonde Geschöpf, das sich da, als ich ihn abholte zum Versetzen, die ganze Zeit bei seiner Schwester auf dem Sofa räkelte und mit nichts anderem abgab als mit dem Hund.

»Was für eine Familie?« fragt er zurück.

»Hattest du nicht Frau und Kind?«

»Doch, sicher.«

»Und die sind in Deutschland geblieben?«

»Die Frau und das Kind sind in der Schweiz. Dort, wohin sie gehören.«

Nach meiner Familie erkundigt er sich nicht.

3

Welpen

»Und die Arbeit? Arbeitest du überhaupt noch?«

»Ich arbeite immer«, antwortet er. Und grinst. »Am meisten, wenn man es mir am wenigsten ansieht.«

»Ausgezeichnet. Und wo sind deine Patienten?«

»Ich habe keine Patienten.«

Ich schweige. Er will offenbar nicht. Jedenfalls nicht, daß man sich für seine derzeitigen Lebensumstände interessiert. Nur zu wissen, daß er Arzt ist, besagt ja noch nicht allzuviel. Und dann: Bevor ich ihn hier unten in seinem Ausweichquartier anrief, hatte ich es schon verschiedene Male unter der anderen Nummer, der deutschen, versucht, die er mir zusammen mit der italienischen überlassen hatte. »Sofern es dich einmal in die Gegend verschlägt!«

Auf dem deutschen Beantworter hatte es lediglich geheißen, man könne eine Nachricht auf dem Band hinterlassen oder ein Fax senden. Was ich denn auch tat. Ohne je einen Rückruf zu erhalten. Da durfte ich dann annehmen, daß er hier ist.

Mundfaul, der Mensch, denke ich. So kenne ich ihn eigentlich gar nicht.

Aber das soll sich als nur vorübergehend erweisen. Schon erhebt er sich. Und bereitet mich auf den Rundgang vor. Es entgeht ihm nicht, wie es um mich steht. Er sieht die Stiche.

»Besser«, sagt er, »du ziehst dir dein Hemd aus und benutzt es als Waffe.«

Er greift nach seinem eigenen Hemd, dem Shirt, auf der Sitzbank und demonstriert den Gebrauch der Waffe. Er schlägt sich abwechselnd mit dem Kleidungsstück auf die eine und die andere Schulter. Dann schenkt er sich noch ein Glas ein. Mich vergißt er. So bediene ich mich selbst. Und schon geht es los. Er und ich, ein jeder sein Hemd in der Hand, mit dem wir uns abwechselnd auf die eigenen Schultern schlagen, steigen abermals in Richtung Tomaten. Von ferne und durch ein starkes Rohr betrachtet – sagen wir: von einem der Paraglider aus, die von dem langgestreckten, den südlichen, sozusagen romantischen Bergkettenbereich bei weitem überragenden Koloß im Osten abheben –, dürften wir ein eigentümliches Gespann abgeben. Sicher nicht leicht zu sagen, wer Sancho, wer der Don. Zwei sich beständig und ausdauernd wechselseitig helle Hemden über die eigenen Schultern schlagende Männer nehmen sich – zumal für solche, die sich von hoch oben stürzen und dann über die Täler, Wäldchen und Auen, die Städte und Dörfer bis tief in die Ebene schweben, die sich in Richtung Neapel erstreckt – aus wie bedauernswürdige Konkurrenten, die den von vornherein zum Scheitern verurteilten Versuch unternehmen, sich aus eigener Kraft, allein mittels rhythmischer Baumwollhemdschläge auf je beide Schulterblätter, von ihrem vergleichsweise mäßigen Hügel in die Lüfte zu erheben. Menschliche Basismodelle von Helikoptern sind noch nicht *per se* und allein aufgrund purer Willenskraft Helikopter.

Aber was bleibt den von Mücken Verfolgten anderes übrig? Inzwischen rotten sich auch schon Bienen-, Wespen- und Hornissenstämme zusammen.

Nur mein Gewährsmann stellt auf stur. Um nun doch in der bekannten Manier und Eloquenz loszulegen. Er erklärt mir sein Gärtchen und berichtet, wie er zu ihm kam. Ich mache es so kurz wie möglich, was nicht ganz leicht ist. Aber fürs erste dienlich, denke ich. Dann kann man weitersehen.

Vor Jahr und Tag ging einer, der lange studiert und sich zum Mediziner sowie, in der Folge, auch noch zum Facharzt der Anästhesiologie hatte ausbilden und, wenn ich mich jetzt richtig erinnere und es richtig wiedergebe, im Anschluß daran in einem Berliner Krankenhaus festanstellen lassen, in sich und kam zu dem Schluß, daß es so nicht weitergehen könne. Aufstehen, rasieren, hinfahren, Kollegen begrüßen, Personal anweisen, Auswahl des Narkoseverfahrens, Medikation, Schläuche, Vakuum, Druckluft, Sauerstoff, Lachgas, Intubation, beiseite treten, den Operateuren das Feld überlassen, auf die Hinterteile der Schwestern blicken, während die hurtig die geöffneten menschlichen Leiber samt den Monitoren und vielerlei Wiederbelebungsinstrumente im Blick behalten, für die eigentlich er, der Anästhesist, verantwortlich ist, dann, wenn die Operateure ihre Arbeit getan haben, sich ihrer blutigen Handschuhe entledigen und verschwinden, um anderntags am Bett der von dem Beiseitegedrückten, nämlich ihm, dem Anästhesisten, wieder ins Leben Zurückgerufenen, heißen Dank, nicht selten auch Blumen, goldene Armbänder und Anhänger, manchmal ganze Anteile an Erbschaften zu ernten, während er bis ins verschattete Nachhinein die ganze

Verantwortung trägt, sie sogar nach Feierabend noch mit zu sich in seine bescheidene Wohnung schleppt, um sich erschöpft, müde, ausgepowert, niederzulegen, nachzudenken über den schmalen Grat zwischen Wachen, Träumen und Schlafen, und so wegzunicken, das Abendprogramm verpassend und wissend, schlafend zu wissen, daß es am folgenden Arbeitstag von vorne losgehen wird: so, sagte er sich, geht es nicht, geht es nicht weiter. Der Anästhesist und seine Arbeit werden unterschätzt. Dem Anästhesisten und Anästhesiologen wird nicht die Würdigung zuteil, die ihm zusteht. Soll das von der Approbation bis an die Bahre resp. den Tag der Pensionierung immer so weitergehen? Tagaus, tagein? Freitag Bier, Samstag Wein, Sonntag Ausflug. Oder, falls es der Dienstplan so will, Montag Bier, Dienstag Wein, Mittwoch Ausflug. Und dann noch ein bißchen Urlaub. Wer denkt an des Anästhesisten Nerven? Seine nicht unbegrenzte Widerstandskraft? Und vor allem an seine eigentlichen Bedürfnisse? Das mithin, was ihn über die narkotischen Fragen hinaus umtreibt?

So ungefähr.

Unser Anästhesist, der in sich gegangen ist nach ziemlich genau zweieinhalb Jahren Mühle, in die er sich begeben hat (und sich vermutlich sogar, wenn nicht alles täuscht, schon nach seiner ersten eigenverantwortlichen Anästhesie wie durchgemahlen, wie, wer weiß, ein Sack voll Mehl, vorgekommen sein muß), macht sich nach reiflichem, genau genommen sich über zweieinhalb Jahre erstreckendem Nachdenken, mit dem Gedanken vertraut, abzuspringen; nur wohin? Er kann nichts anderes als Anästhesie. In allen anderen medizinischen Disziplinen hat er nach zweieinhalb Jahren längst den Anschluß verpaßt. Er hat immer lediglich die jeweils letzte Auflage des *Larsen* (bei Urban & Schwarzenberg, ließ er mich sogar unnötigerweise wissen) zur Hand. Und das Skalpell, das zur Hand zu nehmen ihn schon hin und wieder, wenn auch nicht für den spezifischen operativen Eingriff, sondern »nur einfach so« (möglicherweise, um es im Dunkel der Mühle einmal blitzen zu lassen), reizte, ist bekanntlich in seiner (eben des Anästhesisten) Hand bereits der Straftatbestand *an sich*. Jeder beschränkt sich auf seinen klar abgegrenzten Bereich. Dort kann er werkeln. Und wurschteln. Im übrigen herrscht Generalverdacht. Und strenges Belauern. Dem Kollektiv entgeht nichts. Es sammelt Wissen. Vor allem jenes, das sich mit den persönlichen Neigungen und Schwächen eines jeden seiner Mitglieder befaßt. So macht es sich selbst unangreifbar. Wenn dann noch, wie in unserem Falle, hinzukommt, daß der Anästhesist, obwohl in den entscheidenden Phasen und Momenten des Operativen (sozusagen) abgewandt und im Dunkel stehend, genau genommen kein Blut sehen kann – er wird sich nie daran gewöhnen, daß es, wenn auch zumeist in seinem Rücken, schließlich doch immer wieder reichlich fließt –, dann erkennt auch der Laie, wie etwa ich, den Zwiespalt. Und die Not.

Da nun also Bronken zu einem bestimmten Zeitpunkt nichts anderes konnte, aber doch noch anderes wollte, blieb ihm nur der Ausweg Urlaubsvertretung. So würde er wenigstens ein wenig freier über sich und sein Leben bestimmen. Und im übrigen, hörte ich, gern auch, sobald er sich wieder einmal zur Verfügung stellte, Überstunden absolvieren und nächtliche Intensivdienste übernehmen. Wenn er eben nur aus der Mühle rauskäme, für mindestens die Hälfte des Jahres weg und raus aus allem. Weg von den Operationstischen, weg vom Blut, von Wundbrand, Katheter und Herzversagen. Und weg aus der Not, nicht zuletzt der der anderen, so gern er sie im einzelnen auch ohne Unterlaß hätte lindern mögen. Weg von den Leichen.

Wir sind inzwischen, der Rebstockreihe mit den dazwischengepflanzten Tomatenstauden folgend, auf der Kuppe von Bronkens Grundstück angelangt. Er zeigt mir den Graben, der die, wie ich höre, eintausendneunhundertundfünfzig Quadratmeter umfassende Fläche – oder besser: den einigermaßen steilen Hang – von dem Grund des rückwärtigen Nachbarn trennt. Der ist nicht der, der Bronken die Tomaten pflanzte. Über diesen Graben, sagt er, hätte ich bis vor kurzem noch nicht treten dürfen. Drüben sei feindliches Gebiet gewesen. Über fünfzehn Jahre hin. Die Sache sei mittlerweile bereinigt.

Das ist es dann auch schon. Keine weitere Aufklärung. Die Sache bricht abrupt ab. Und ich denke, daß ich besser nicht nachfrage. Sonst kommen wir, die wir uns weiterhin die Hemden über die Schultern schlagen, hier nie zu einem Ende.

Eintausendneunhundertundfünfzig Quadratmeter gesenste und in der Sonne verdorrte Wiese, ockerfarbene, schwarze, graue Stachel, durchmischt von zartem Grün. Bei uns nennt man so etwas einen Schrebergarten. Auf dem einstmals feindlichen Gelände ein hellgetünchtes hochgiebliges Haus, die Fensterläden geschlossen, die Balkone im Rohzustand, ohne Balustrade oder Geländer. Die sich im Schein der sich nach Westen neigenden Sonne in der Ferne erhebenden, über den dunkelbewaldeten Kragen kahlen – fast, als handelte es sich um Schnee, weißen – Massive sind keine Bergketten mehr, sie sind Gebirge.

»Die Abruzzen«, sagt Bronken.

Wir schreiten die verbleibende Grenzlinie ab.

»Alles, was gemäht ist«, sagt Bronken, »ist meins, eingeschlossen der Baumbestand. Den Wein habe ich rausgerupft. Mir reichen die dreißig Olivenbäume. Und der Rest.«

Der Rest sind Feigen, verschiedenfarbige, blaue, violette, grüne, gelbe. Und Haselnußsträucher. Zwetschgen. Pflaumen. Pfirsiche. Dazu ähnliches mehr.

Ich greife nach einer Feige, prüfe. Ich beiße, ohne die Haut zu schälen, hinein. Sie gehört zum Süßesten, was ich bislang an Feigen zu schmecken bekommen habe; und übertrifft natürlich jede Süße von Tomaten.

Und dann der Bericht über die Hunde, genauer: die Welpen. Und der Anlauf, den sie erfordern.

»Im Grunde«, sagt er, »verdanke ich alles den Welpen. Je länger ich nach der Tat über sie nachgedacht habe, desto deutlicher wurde mir, daß sie allem zugrunde lagen. Sie zeigten Wirkung. Und ließen mich nie mehr los. Nur waren sie selbst nicht mehr da. Es war der Ort der Tat, der mich an ihrer Stelle festhalten würde. Daß es so war, weiß ich erst heute.«

Wir haben übrigens gerade unseren Gang über sein ungewöhnlich vorteilhaft in die Landschaft gelagertes, geradezu kühn exponiertes Grundstück, das von seiner Kuppe aus fast einen 360-Grad-Blick erlaubt, unterbrochen und uns auf die Bank unter der großen Kastanie gesetzt. Die Bank hatte er sich, nachdem die Weinstockreihen »herausgerupft« waren, selbst aus den schweren Betonpfählen gebaut, die zuvor die Reben zwischen den gespannten Drähten hielten. Das hat er mich, noch bevor wir uns setzten, wissen lassen.

Inzwischen bin ich es leid, mich selbst zu flagellieren. Sollen sie stechen, die Viecher. Entweder hören sie irgendwann von allein auf, oder ich gewöhne mich an das Jucken und Brennen. Wenigstens bin ich nicht mehr den allem noch eins draufsetzenden Strahlen der das Fell röstenden Sonne ausgesetzt.

»Ich war«, fährt Bronken fort, »damals auf dem Weg nach Tunis für ein paar Tage hier zu Gast, gar nicht so anders als du heute bei mir. Nur logierte ich in dem großen Anwesen, an dem wir zwischen der Altstadt unten und dem Friedhof vorbeigekommen sind.«

Tunis. Gut. Aber welches Anwesen?

»Mein Gastgeber«, ergänzt er, »war ein junger Komponist, den ich in Köln, wo ich eine meiner Vertretungen wahrnahm, kennengelernt hatte.«

Köln.

»Neben den Urlaubs- gibt es natürlich auch immer wieder krankheitsbedingte Vertretungen.«

Ich sehe den Zusammenhang nicht. Sage aber nichts.

»Nachdem ich«, sagt er, »zehn Jahre gebraucht hatte, um mich von einer tiefsitzenden Abneigung gegenüber komponierter, in erster Linie klassischer Musik, die mir der schulische Musikunterricht zugefügt hatte, zu befreien, führte mich jener junge Mann mit seinen Kompositionen wieder an die sogenannte E-Musik heran. Jetzt lief sie neben dem Jazz her, der mir allein die Jahre überbrückt hatte. Und der aus dem Jazz hervorgehenden frei improvi-

48

sierten Musik, die noch einmal etwas anderes ist als das harmonisch und rhythmisch Gebundene, das zum Free-Jazz führte, ohne sich an ihr oder mit ihr zu stoßen, verzeih«, sagt er, »daß ich abschweife.«

Ich verzeihe. Nur …

»Dieser junge Mann nun«, sagt Bronken, »hatte ein Stipendium, ein Auslandskompositionsstipendium. Drei Monate großzügig dotierter Aufenthalt in eben dem Anwesen, an dem wir vorhin vorbeigekommen sind.«

Ja, vorbeigekommen sind. Ich darf davon ausgehen. Nur vergißt er offenbar, in welchem Stil er mit mir hinter sich durch den Ort und seine verwinkelten Gassen gekurvt ist. Um dann, hinter dem Friedhof, noch mit Karacho die Schlaglöcher und Risse im von Unwettern unterspülten Schotter zu nehmen. Es war halsbrecherisch. So daß ich nun wirklich keine besondere Aufmerksamkeit für einzelne Anwesen aufbrachte.

»Und dorthin«, sagt er, »hatte er mich eingeladen. Sofern es mich einmal zufällig in die Gegend verschlüge.«

Bei dem Satz zucke ich zusammen. Zufällig in die Gegend verschlüge! Sind wir alle nur eine Abfolge irgendwelcher Zufälle, die zu Einladungen führen? Die dann damit enden, daß man sie annimmt?

»Und so reiste ich«, sagt Bronken, »eines schönen Tages, eines Sommertages nicht unähnlich dem heutigen, an.« Nicht im Flugzeug wie ich, holt er noch einmal aus. Damals sei es noch der Zug gewesen, mit dem zumindest er gereist sei. Ein Auto besitze er ja bis heute nicht. Er habe eines der zahlreichen Zimmer in dem »zu der Zeit noch nicht restaurierten« staatlichen Stipendiatenanwesen bezogen. Und es sei der zweite Tag gewesen, den er dagewesen sei.

Er hält für einen Augenblick inne. Ich rekapituliere vor mich hin: Anwesen, Welpen, Zimmer. Improvisierte Musik.

»So wie du heute bei mir«, setzt er ungerührt fort. »Am Abend sollten weitere Künstler, ein Kollege des Komponisten, sowie ein Schriftsteller und ein Maler aus Rom, zu uns stoßen. Sie wollten sich mal den Ort anschauen.« Auch sie hätten, sagt er, ein Stipendium gehabt. Nur sei das um einiges höher dotiert und auch nicht nur auf drei Monate begrenzt gewesen wie das seines Freundes. Sie hätten ein volles Jahr in dem nicht zuletzt auch mit seinen – ich habe richtig verstanden: *seinen*, Bronkens! – Steuergeldern finanzierten, alle Risiken freien Künstlertums ins sozusagen Frührentnerische bettenden Institut verbracht, das sie dort in der Stadt beherbergte, die ja auch nicht zufällig die ewige heiße.

Mich scheuern mittlerweile, ohne daß ich mich rührte, die groben Betonpfähle unter meinem Gesäß.

»Nachdem wir«, sagt er, »ähnlich wie wir beide gestern, einen Rundgang durch den Ort gemacht und in irgendeiner Weinkneipe, einer sogenannten *Fraschetta*, die es heute nicht mehr gibt, ein paar Gläser vorab getrunken hatten, gingen wir alle gemeinsam essen. Du wirst es dir schon denken können.«

Ich denke mir, ehrlich gesagt, nichts. Schon längst nichts mehr. Jedenfalls nichts, was sich etwas deutlicher abzeichnete in den Nebeln der Unübersichtlichkeiten Bronkenscher Vergegenwärtigungskunst. Es haftet nur der Eindruck, daß er irgendwie auf etwas, womöglich ein ganz anderes Leben als das, das er selbst führt, abhebt. Ich habe ihn eigentlich nicht als einen in Erinnerung, dem Neid und Mißgunst zusetzten.

»Genau. Ins *Sora Maria ed Archangelo*, genau das Ristorante, in dem wir gestern zu Abend gegessen haben. Einen Augenblick«, sagt er.

Er steht auf, tritt an den zwei Meter von mir entfernten Stamm der Kastanie und beginnt, mir den Rücken kehrend, sein Wasser abzuschlagen. Dabei hört er aber keineswegs auf zu reden. Er redet, als ob nichts wäre, weiter. Auch wenn ich nicht alles – und vielleicht auch nicht alles richtig – verstehe. Wenn ich ihn richtig verstehe, war damals noch der Vater des jetzigen Besitzers des *Sora Maria ed Archangelo* der Chef. Wenn ich ihn richtig verstehe, war der damals noch am Leben. Wenn ich ihn richtig verstehe, trank man damals mehr als heute, war das Essen besser als heute, wobei jedoch die Zubereitungszeit die gestrige um das Drei- bis Fünffache übertraf.

Bronken läßt den Gummizug seiner Shorts zurück auf den Bauch flapsen.

»Die Welpen«, sagt er unvermittelt. Er setzt sich wieder neben mich. »Falls du dich an die Kirche erinnerst, an der wir heute mittag vorbeigekommen sind, ich meine die noch vor dem Stipendiatenanwesen, die linker Hand vor der steilen Kurve.«

An die erinnere ich mich, wenn auch nur vage. Erinnere mich an den Glockenturm. Und die sich zum Platz hin weitende Straße.

»Unterhalb dieser Kirche gab es damals ... nein«, sagt er, »ich muß es anders angehen.«

Wieder verschränkt er, vornübergebeugt, seine Hände wie den Wurzelknollengriff eines alten Gehstocks unter dem Kinn.

»Wir sind fünf Leute. Wir haben ausgiebig und gut gegessen. Und ausgiebig und gut getrunken«, sagt er. »Die drei aus Rom kommen noch mit hoch zu dem Haus, in dem mein junger Freund wohnt, um ihren Wagen zu holen. Wir nehmen uns Zeit. Als letzte Gäste im *Sora Maria ed Archangelo* sind wir dann auch die letzten, die durch die Straßen, Gassen und Treppen ziehen. Die anderen sind in angeregtem Gespräch. Ich höre zu. Denn obwohl ich selbst, wie du weißt, nicht wenig rede, wenn es drauf ankommt« – zumal, wenn er etwas getrunken hat, möchte ich der Vollständigkeit halber hinzufügen –, »halte ich mich in dieser lauen Sommernacht zurück. Wo andere über ihre persönlichen Belange und Spezialitäten reden, mische ich mich ungern ein. Nur so lernt man. Und kann sich die Freiheit nehmen, sich selbst nicht in die eigenen Belange und Spezialitäten hineinreden zu lassen. Ich bin kein Diskutant. So lausche ich den Künstlern und ihrem dem Wein geschuldeten temperamentvollen Diskurs, der vor allem Fragen der Versorgung, Betreuung und der für Künstler zuträglichen oder nicht zuträglichen Inanspruchnahme durch die Institution gilt, in der sie ihre Stipendiaten- und Standesprivilegien wahrnehmen. Ich versuche, mich still und mit dem gebührenden Respekt in ihre Probleme hineinzuversetzen. Dem Eifer und der Lautstärke nach sind es Probleme, die Aufmerksamkeit verdienen.«

»Trotzdem«, sagt er, »höre ich das kleine Jiepen. Ich bin ein ziemlich guter Hörer, das hat mir auch mein Komponist bestätigt. So war es ja überhaupt dazu gekommen, daß wir uns kennengelernt haben. Heute ist er ein erfolgreicher und über die Grenzen unseres Landes hinaus bekannter Mann.«

Irgendwie stört es mich, daß er mir seinen Namen nicht

nennt. Glaubt er, ich hätte von Musik keine Ahnung? Wahrscheinlich denkt er, ich könne vom Gehör her nur Schiffsmaschinenleistungen schätzen und Grundberührungsgefahren orten.

Er jedenfalls erlauscht in jener lauen Sommernacht etwas, das aus einem Container kommt. (Nicht viel anders, vermute ich sogleich, wie einmal die Hafensicherungskräfte von Vancouver etwas erlauscht haben dürften, das aus einer von mir gelöschten Containerladung kam; aber das gehört nicht hierher. Und kam natürlich auch aus einem ganz anderen Typ Container als dem, um den es hier geht.)

»Das Jiepen, das ich auch ein zartes, fadenfeines Wimmern nennen könnte«, sagt Bronken, »kommt aus dem Müll. Erst denke ich: Ratten, die sich gütlich tun an dem, was wir ihnen lassen. Aber die pfeifen bekanntlich, wenn's ihnen gutgeht. Ich bleibe stehen, lausche. Jetzt bleiben auch die anderen stehen. Sehen, wie ich lausche. Jetzt lauschen auch sie. Und sagen: Da. Da ist was drin. Ja, sag ich, was drin. Gucken wir nach, sagt einer, und greift auch schon an einen der zwei Griffe der gebogenen Öffnungshaube. Schiebt sie nach oben. Das Unheil nimmt seinen Lauf.

Jetzt recken alle die Köpfe und stecken sie in den Gestank, der uns aus der Tiefe des Unrats und der Abfälle entgegenwallt. Da bewege sich was, sagt einer. Etwas in einer Tüte. Einer Plastiktüte. Da müsse man nachsehen. Und schon hält ein anderer mit spitzen Fingern in die Höhe, was der erste gesichtet hat. Sie heben die Tüte, die an ihrem Griff verknotet ist, ans trübe Licht der Straßenleuchte, legen sie ab auf dem Pflaster, dem Asphalt. Da muß man doch nachgucken, heißt es. Ja, dann *kucken* wir eben. Jetzt, wo es ohnehin zu spät ist. Einer entknotet das

Bündel, das sich bewegt wie ein mit vielerlei Gliedmaßen ausgestattetes Tier. Nichts kommt hervor aus dem aufgeknoteten Bündel. Bis einer an einen Zipfel der Tüte greift und ihn in die Höhe hebt. Da purzeln sie, purzeln sie alle, eins nach dem anderen, die verschiedenen kleinen bräunlichen Knäuel, die aufgehört haben und nun wieder anfangen zu jiepen. Und haarfein zu wimmern. Jetzt ist es wie ein Schreien, das nicht aus den Schnäuzchen zu unseren Füßen, sondern von sehr weit her, wie gefiltert durch eine hochsensible Schallmembran, aus dem All, aus dem Unendlichen, dem Nichts buchstäblich, zu uns dringt. Wir müssen sie mitnehmen, sagt einer. Jeder nimmt eins, die können wir nicht so lassen. Können sie nicht so hier liegen lassen. Das nächste Auto, das kommt. Es wird sie plattmachen. Jetzt erst wird gezählt. Sieben. Ja. Hunde. Welpen. Keine Katzen. Aber wir sind nur fünf. Zwei müssen zwei nehmen. Und sie aufziehen, wohl oder übel. Wer nimmt zwei? Keiner will zwei. Wir sammeln sie ein und … Wer tut sie in den Container zurück? Mörder, sagt einer. Ein anderer sagt: Die haben ja noch die Augen zu. Die können nicht sehen. Sind blind. Noch einer sagt: Selbst wenn jeder einen nimmt und zwei zwei, die bringt keiner durch. Die brauchen doch noch die Milch. Von der Mutter. Keine Chance. Wenn sie aber auch noch nicht sehen können, wenn ihre Augen auch nur kleine verklebte Schlitze sind, so können sie doch kriechen, sie kriechen auseinander, in alle Richtungen, auf dem Asphalt, und schnüffeln können sie auch schon. Sie rutschen beim Kriechen und Schnüffeln nur immer aus und kippen zur Seite. Weil es auf allen vieren noch nicht geht.«

Bronken zieht Schleim hoch in seiner Nase, spuckt ihn

sich vor die Füße. Scheint sich zu verlieren mit dem Blick auf den Glibber, der zwischen zwei Unkrautstrunken hängengeblieben ist und glitzert.

»Ich weiß nicht mehr, ob es einer ausgesprochen hat«, sagt er. »Ich weiß nur, zwei wollen türmen, wo geht's hier weiter, sagen sie, die anderen beiden zerren sie an den Schultern zurück. Mitgefangen, mitgehangen. Wir sitzen. In einem. Boot. Ich weiß dann aber nicht, ob es wirklich einer ausgesprochen hat. Oder ob es in uns allen steckte. Unisono: Wer tät's denn? Wer bringt es fertig? Hat hier irgendeiner den Mumm, so ein Lebewesen an die Kirchwand zu klatschen? Ich weiß wirklich nicht, ob es einer ausgesprochen hat. Aber ich weiß, daß sie alle es gedacht haben. Keine Chance. So führe ich, dem nichts Besseres einfällt und der glaubt, es sei besser, wenn wir es so erledigen, statt die Unschuldigen zurück in die Tonne zu schmeißen oder gegen die Wand zu klatschen, die mit mir in einem Boot Sitzenden an das Becken hinter der Wegbiegung gleich unterhalb der Kirche, dem Trinkwasserspender, an dem ich beim Abstieg in den Ort am Nachmittag Frauen und Kinder habe stehen sehen, die ihre Kanister füllten. Wenn überhaupt, dann. Was? heißt es. Ins Wasser, sage ich. Erst kommen meine Begleiter, bis auf den, der die Knäuel mit der Stiefelspitze, falls doch noch wider Erwarten ein Auto durch die Gasse rauscht, Richtung Rinnstein schiebt, einer nach dem anderen hinter mir her, wollen den Trinkwasserspender sehen. Er war ihnen am Nachmittag entgangen. Sie begutachten ihn, betasten den Schnabel des Speiers, schütteln sich, schütteln den Kopf. Dann geht einer die wenigen Schritte zurück, greift nach der Plastiktüte, aus der die Tiere gepurzelt waren, bückt sich und beginnt, jedes einzelne wieder einzusammeln und hineinzustecken. Ein anderer hilft ihm, greift selbst mit zu. Und dann tritt er mit der Tüte an mich heran. Da! Da hast du sie! Ich greife nach der Tüte. Ich trete an das Becken, stelle das lebendige Bündel zu meinen Füßen ab, greife hinein, der Speier über dem Becken speit spärlich. Ich habe eines der Tiere in meiner Hand, es verschwindet in meiner Hand, der Hand, die ich in das Becken tauche. Ich denke zu warten, bis es sich nicht mehr bewegt. Aber es hört nicht auf, sich zu bewegen. Es zuckt, es räuspert gleichsam, nicht anders fühlt es sich an, sein Fell in meiner Hand. Es füllt sich mit Wasser. Es füllt sich nicht mit Wasser. Es kämpft nicht. Es will gar nicht aus meiner Hand, es will sich nur immer bewegen und winden. Es geht nicht. Es will nicht aufhören. Will nicht. Es zuckt. Dann hebe ich es wieder aus dem Wasser. Einer ist an meine Seite getreten. Die übrigen sind verschwunden. Oder, was weiß ich, wenden sich ab. Ich reiche dem anderen das triefende Knäuel. Jetzt du. Er tut es. Aber auch er hält nicht durch. Es will nicht, sagt er. Wir stopfen das Knäuel zurück zu seinen Geschwistern in die Tüte. Halt, sage ich, dann gehe ich los und hole, einen nach dem anderen, die anderen zurück, fange sie ein, fasse sie an, nicht sanft, nicht heftig, ich sage nichts, ich schieb nur, ich lege einem die Hand auf die Schulter. Einer entkommt doch noch. Dann tauche ich die Tüte mit allen sieben Tieren darin so in das Becken, daß von oben das Wasser hineinläuft. Ich greife zu den Händen der restlichen drei und führe sie, während ich mit der Rechten auf die Tüte drücke, damit sie nicht aus dem Wasser aufsteigt, behutsam mit der Linken auf die zuckenden Körper. Vier Hände schließlich auf sieben Körpern. Einer von denen, die drücken, bricht in Tränen aus, schluchzt, hält aber bis zuletzt mit durch. Das heißt, drückt, wie wir anderen, so lange, bis sich nichts mehr regt unter der Oberfläche des Wassers. Wie lange es dauert, bis sich nichts mehr regt? Zehn Minuten. Zwanzig. Fünfundzwanzig. Entsetzlich lange. Das zumindest hätte ich wissen müssen. Es ist unglaublich, wie lange etwas lebt, das noch gar nicht gelebt hat. Am Ende«, sagt Bronken, »werfen wir sie wieder zurück in den Müll. Einer behauptet, er habe beim Weggehen gehört, wie sich mindestens eines der Ertränkten noch einmal irgendwie aus der Tiefe äußerte, sich räusperte, fiepte. Ich glaube, es war mein Komponist. Aber zurück geht keiner. Gehen wir«, sagt Bronken.

Wir gehen den Pfad um den kleinen steinernen Schuppen herum abwärts zurück zum Haus.

Wir stehen unter der Pergola.

»Wie wär's mit einer Dusche«, sagt Bronken.

»Wenn ich noch einmal auf die Sache zurückkommen darf«, sage ich.

»Welche Sache?« fragt Bronken.

»Die mit den Tieren.«

»Bitte.«

»Hätte es nicht …« – ich zögere, setze ein weiteres Mal an –, »hätte es nicht, gerade für jemanden wie dich, ich meine, den Fachmann für Einschläferungen und Narkosen …«

Er unterbricht mich: »Ich bin kein Fachmann für Einschläferungen.«

»Hätte es nicht«, beharre ich, »eine andere Lösung geben können, eine schonendere Methode?«

»Das ist es ja«, sagt da Bronken, »wenn es wirklich drauf

ankommt, ist alles, was wir einmal gelernt haben, weg. Vergessen.« Außerdem, sagt er, reise er grundsätzlich ohne medizinisches Gepäck, ohne Pharmazeutika und ohne Geräte. Man dürfe sich nicht abhängig machen. Weder von der Moral noch von der Moderne. Die schlössen sich im Prinzip ohnehin gegenseitig aus.

»Es geht mir nicht um Moral. Und nicht um die Moderne«, sage ich.

Worauf er nun sagt: »Ich habe nicht behauptet, daß es richtig war, was ich tat. Ich weiß sowieso nicht, was richtig ist in den entscheidenden Fragen. Ich zahle meinen Preis.«

»Und«, frage ich, »der wäre?«

Er habe es schon gesagt, sagt er, er sei abgereist. Und zurückgekehrt. Zurück an den Ort der Tat. Daß es dann auch noch ein Moribunder sein würde, dem er an dessen Sterbebett im Klinikum in Rom den kleinen Garten abkaufen sollte, sei eine Ironie gewesen, die nicht er zu verantworten habe. Sie hätten ihn an das Bett gerufen. Nicht um zu heilen, sondern um der künftigen Witwe die Mittel zu verschaffen, die nötig seien, um den in Kürze Dahingehenden – und natürlich später dann auch sich selbst – angemessen unter die Erde bzw. in eines der ihnen bestimmten landesüblichen Schubfächer zu bringen. Und außerdem, sagt Bronken, das zeige die Praxis und die Erfahrung, sei es denen, die gehen, immer lieb, wenn es ein Arzt ist, der ihnen folge.

»Ich denke, du findest den Weg zu Fuß allein zurück. Immer nur abwärts, am Friedhof und dann unterhalb des Stipendiatenanwesens vorbei, in die Altstadt. Falls du dich nicht wieder in Unkosten stürzen willst – übrigens, Dank für die Einladung gestern –: bediene dich aus dem Kühlschrank.«

Er schickt mich einfach weg. Und ich bin, ehrlich gesagt, sogar froh darüber.

Als ich abwärtssteige, verfolgt mich keines der Tiere mehr, die mich hätten stechen oder beißen können. Ich blicke mich noch einmal nach Bronken und seinem Horst um. Es will mir vorkommen, als hätte er mir mit seinem Bericht die Insekten vom Leib gehalten.

Den Abend verbringe ich dann damit, daß ich seine Bibliothek näher in Augenschein nehme. Nur lesen kann ich nicht. Kaum mache ich es mir auf meiner aufgeklappten Schlafstatt bequem und will mich in eines der Bücher, die ich mir aus den Regalen gezogen habe, vertiefen, rutscht mir der Blick weg ins Deckengebälk und in die geweißten, sichtlich vor mehr als nur einem oder zwei Jahrhunderten von Hand mit dem Beil geschlagenen Bretter. Ich lese nicht.

Und öffne auch nicht mehr den Kühlschrank.

4

Caterpillar

Pflegt dieser Mensch hier irgendeinen Umgang?

Sicher, er hat dem jungen Mann da in der Tür der Bar an der Piazza am Tag meiner Ankunft sein *Ciao* zugemurmelt, ohne daß der es hätte hören können. Aber gegrüßt hat er ihn ohne Frage. Auch nickten ihm die Alten, wohl überwiegend frühere Angestellte, Ladenbesitzer und Landarbeiter zu, die offenbar unsere Zeche am späteren Nachmittag übernommen hatten und deren Händen und Gesichtern man ansah, daß sie sich täglich Sonne, Wind und Wetter aussetzen. Gesichter von Witz, Wehrhaftigkeit und jener unverhohlen bodenständigen Würde, die an Verschlagenheit grenzt: sie stellt die eigene Haut aus als Holz, und zwar jenes vom besten und feinsten, das als Nutzholz gehandelt wird, zwar hier und da durchzogen von Splitterungen, Gegenmaserung, Rissen, dafür aber abgelagert und für die vielfältigsten Zwecke verwendbar; richtet man dann noch den Blick abwärts, auf die Hände, die mit List, der allerschönsten Seite der Altersanmut, das Gichtige als Puppenspielzauber verkaufen, den Zauber nämlich geschnitzter Figuren, die ihre Wendigkeit und ihr Geschick aus dem Unsichtbaren beziehen (dem, das längst nicht mehr ist und, glücklicherweise, nie mehr sein wird), dann ist der menschliche Charakter, der uns insgesamt abhanden zu kommen droht, komplett. Da fällt unsereins, selbst

Bronken, der ja nun auch seine Schrunden und Striemen aufweist, doch noch um einiges ab.

Oder Franco, der Wirt des *Sora Maria ed Archangelo.* Freundschaftlich ging der mit Bronken um, legte ihm die Hand auf den Unterarm und entsprach geduldig jedem von der Karte abweichenden Wunsch. Mir war es schon peinlich. Und hat er, Bronken, nicht selbst gesagt, es seien vor allem die Jahre, die sie verbänden? Er habe den Franco schon als Kind an der Schürze der Mutter in der Küche hängen sehen. Aber ist das bereits Umgang? Da gehörte ja jeder zweite Gasthausbetreiber, an dessen Tische und Theken man rutscht, zum inneren Zirkel. Auch betonte Bronken, daß er selten essen gehe. Er koche so gut wie immer selbst. Und für sich. Nur wenn sich einmal Besuch anmelde und er nicht für den mitkochen möge, reserviere er bei Franco einen Tisch.

Im übrigen ist mir auch der, der ihm die Tomaten gepflanzt hat und, wie er mich inzwischen hat wissen lassen, »unmittelbar« unter seinem Bettgestell und seiner Matratze dort oben im Horst Trauben keltere und presse, noch nicht vorgestellt worden. Ebensowenig wie einer von »drüben«, von jenseits des Grabens, wo sich über fünfzehn Jahre hin feindliches Gebiet befand. Und wo folglich auch der anzutreffen sein müßte, mit dem es etwas zu bereinigen gab.

Zugegeben, ich bin erst den dritten Tag da. Und hatte, wenn ich es genau bedenke, von vornherein nicht angenommen, daß sich Bronken aus den heimischen Umständen (der Mühle) samt deren beruflichen und gesellschaftlichen Implikationen hinauskatapultiert hatte, um, saisonal der beruflichen ledig, die gewonnenen Spielräume dazu zu nutzen, sich um so besinnungsloser in erweiterte gesellschaftliche zu stürzen. Das Gegenteil habe ich gedacht. Er ist kein Romantiker, jedenfalls keiner von der Sorte, die aussteigt, um nach der Phase des einsamen Blumenstreuens und Teppichknüpfens als sozialer Zusammenrotter und Menschheitsumschlinger zu enden. Und schon gar nicht einer, der sich katapultiert, um zu stürzen. So einer katapultiert sich, um überhaupt erst richtig auf die Beine (und sein Eigenpfund, sozusagen) zu kommen: um sich selbst auf die zwei Beine zu stellen, die ihm den Halt geben, der ihm im rundum Gesicherten und Gefestigten fehlt.

Kaum jedoch stellt man sich Fragen, stellen sich, auch das kommt immer wieder mal vor, Antworten ein.

Bronken klingelt. Bei mir. Bei sich. Seine elektrische Klingel hat etwas Anheimelndes. Es ist ein klassisches Klingelingeling, wie man es heutzutage nur noch selten zu hören bekommt. Ich schlage den Vorhang beiseite und öffne die schwere eiserne Tür. Es ist Morgen, später Morgen. Theo Bronken die Tür seiner Höhle öffnend, habe ich das Gefühl, ich empfinge einen Gast. Ich weiß, daß mein Gefühl etwas Anmaßendes hat. Aber was soll man tun, wenn man es hat? Ich habe es schließlich nicht gerufen. Übrigens nicht weniger als ihn.

»Darf ich?« fragt er (fragt er tatsächlich!). Und tritt auch schon ein. Er hängt seinen Helm an die Bibliotheksstrebe, legt meinen, den zu engen, den er mit heruntergebracht hat, auf den Schrank mit dem Spiegel und sagt: »Mir ist aufgefallen, daß du dich nicht ganz wohl gefühlt hast hinter mir auf der Vespa. Aber das ist kein Problem. Wo wir etwas zusammen unternehmen, fährst ab jetzt du. Das ist für jeden von uns von Vorteil.«

»Und wo soll es heute hingehen? Wieder hoch in dein Land?«

»Nein, runter ins Land. Dorthin, wo wirklich Land ist. Landwirtschaft. Nicht nur Landschaft. Da mach ich gelegentlich mit. Je älter man wird, desto lieber tut man ja das, wovon man am wenigsten Ahnung hat. So ergeht es jedenfalls mir. Ich hätte mir nie vorstellen können, daß ich mich, einmal abgesehen vom Wind, vom Wasser, vom Wolkenflug und dem Fels, den unsereins ja genau genommen nur in Gestalt von ins Watt gesenkten und dann von den Tommys in die Luft gejagten Seeschleusenkammern kennt, je für die Natur interessieren könnte.«

Ein wahrhaft wahres Wort, das er da ausspricht, denke ich. Bronken und die Natur, Bronken und ein Gärtchen, Bronken und die Schnibbelei und Harkerei, das hortikulturelle Verharren. Und jetzt auch noch, wie es den Anschein hat, die Landwirtschaft. Das muß man sich erst einmal zu eigen machen, verdauen. Wir sind beide von allem Anfang an allenfalls Kellerasseln. Und Bruchsediment. Mithin selbst Natur (und also keine Besteller, Bewirtschafter, Heger). Sind Kavernenkratzer und Kapazitäten der Karbidlampenbläue, die wir in den geschleiften Dockanlagen entfachten, um uns gegenseitig in die Nasenlöcher und sonstwo hineinzuleuchten. Bunkerabraum, Bunkerbesatz. Sprengstoff und Sprengmeister, der ihn zündet, in einem. Und vor allem Ruinenscheißer (wo sollte der frei Herumstreunende sonst erledigen, was ihn drückt, die gesprengten Kasematten und verkohlten Baracken des ehemaligen Reichsmarinestützpunktes waren die einzigen öffentlichen

Bedürfnisanstalten, die es gab). Daß meinem Banknachbarn aber einmal das an Natur zuwachsen würde, was er im Begriff ist, mir nun hier zu eröffnen, hätte ich mir – im übrigen nicht weniger als das, was mir einmal zuwachsen würde – nicht träumen lassen. Irgendwie freut man sich. Vor allem natürlich, zumal wenn ich an Aischa denke, darüber, daß man überhaupt noch am Leben ist.

Ich also fortan der Fahrer. Und er der Fahrdienstleiter, sozusagen. Ich weiß ja nicht, wo's langgeht. Bin vollkommen abhängig von ihm. Und komme mir einigermaßen willfährig vor. (Willfährig wie einer, dem ein Wink genügte, um etwas am Wegrand Fiependes, sich womöglich verzweifelt aus dem Unendlichen, dem Nichts, Meldendes, ja, wohin? ins Elend etwa des Hiesigen? Irdischen? des nur Lebbaren zu befördern? Ich weiß es nicht.) Es ist sein Territorium. Auf dem er sich bewegt, als wäre er weiß Gott mehr als nur der Beseitiger von unter allen Umständen verlorenen Kreaturen. Er paßt, finde ich und bin darüber nicht einmal verwundert, in die Gegend, zu den Platanen und Plantagen, den an den Horizonten auftauchenden natürlichen wie von Menschenhand geschaffenen Plateaus und Prätentionen. Ist auf eigentümlich altertümliche und zugleich vegetative Weise angepaßt an die Verhältnisse, die er vorfand. Die historischen Proportionen und die landschaftliche Position. Ist selbst Restpfosten (oder auch -posten) kaiserlicher Aquädukte und Tempelanlagen. Die Verschränkung, ja Verquickung des Flexiblen mit dem Robusten. So, als hätte er von den frühesten Ursprüngen an souverän und höchstpersönlich am Aufstieg ebenso wie am Untergang des ganzen Römischen Reiches mitgewirkt.

Wer nun aber glauben möchte, er ließe sich irgendwie

touristisch oder landeskundlich vernehmen, der irrt. Bronken tut, als wenn nichts wäre. Als säße er – neben mich gefläzt in meinen *Panda* – sozusagen: wo immer. Als säße er nicht an (respektive geleitete mich zu) einem bestimmten geographischen Ort, bewegte sich nicht in einer nachvollziehbar lokalisierbaren Topographie – oder eben an eine mehr oder weniger exakt zu beschreibende historische Scheide –, sondern als bewegte sich alles, zeitlich wie räumlich, um ihn. Um ihn herum. Und seinen massigen Schädel. Er ist gewissermaßen die Krümmung des Raums. Und zugleich ein absolut lineares Geschehen. Als wäre er (ich weiß, es klingt kompliziert, ist es aber mitnichten) selbst schon ganz Bestandteil einer nicht mehr aufzuhaltenden Zukunft. Dabei sagt er nichts, behauptet nichts, er erklärt und erläutert nicht einmal die Fahrtrichtung. Er reckt lediglich das Kinn, wenn er mich wissen lassen will, wo er hin will. Wie in einer Klassenzimmertür durchmißt er, wenn auch in diesem Falle in einer Art Hockstellung (die Handflächen zwischen seinen Knien), den Raum und Räume und dehnt sie wortlos aus. Fast hat es den Anschein, als wüßte er selbst nicht, wie ihm geschieht. Zuweilen ist etwas durchaus Unschuldiges an ihm.

Ich folge seinen Anweisungen. Die sind gelassen und wie beiläufig. Im ganzen so, als glaubte er, ich kennte schon die Strecke.

Es ist ein schmiedeeiserner Zaun auf der engen, zwischen Olivenpflanzungen hindurchführenden kurvigen Straße, an dem zu halten er mich auffordert. Am schmiedeeisernen Tor, an dessen Angel er einen Knopf drückt, erscheinen zwei Hunde. Ein Irish Setter, soweit ich mich da auskenne, und ein Dalmatiner. Sie wedeln im Takt mit dem Schwanz. Kaum läßt sich ein Summgeräusch vernehmen, kratzt der schwarzweiß Gefleckte mit der Pfote im für uns unsichtbar aufgesprungenen Spalt zwischen den beiden schweren Flügeln des Tors. Er öffnet den Spalt. Und schon sind beide Tiere, Bronken fast aus dem Gleichgewicht bringend, an und zwischen seinen Beinen hindurch und vorbei, weg.

Die Frau kommt uns, die wir die Stufen zum Haus hinabsteigen, entgegen. *»Salve«*, sagt sie. Bronken stellt uns einander vor. »Gianna«, sagt er. Und: »Rolf.«

»Piacere.«

Cesare sei unten, sagt die Frau, am See. Da sei irgend etwas (Bronken übersetzt, auch wenn ich das Italienisch der Frau im großen und ganzen verstehe), irgend etwas nicht in Ordnung. Sie wisse nicht, was. Cesare habe gesagt, er, Theo, solle nachkommen, falls er noch vor zwölf auftauche. Irgendein Problem mit der *ruspa*, sagt sie.

»La ruspa?«

»Der Bagger«, sagt Bronken, »das Schürfgerät. Du wirst selbst sehen. Und staunen. Vergangenes Wochenende haben wir angefangen. Und heute wollten wir eigentlich fertig werden mit dem See. Jedenfalls mit dem Schürfen.«

Gianna tippt etwas ein auf dem Handy, das sie in der Hand hält. Sie führt es zum Ohr, wartet, blickt auf das Display, führt das Gerät zurück an ihr Ohr.

Eine kleine, zarte Frau mit dunkelblondem Kraushaar. Um einiges jünger als wir. Da ist ein Zug um ihren Mund, der mich irritiert.

»E arrivato Teo. Con un amico. Sono pronti per scendere«, spricht sie in ihr Handy.

Bevor wir aber losgehen, bringt sie uns je einen Espresso. »*Freddo*«, sagt sie, »*se non le dispiace. Ma con questo caldo ...*«

Ja, es wird, das spüre ich schon, wieder einmal ein heißer Tag werden.

Gianna greift hinter sich zum Tisch unter der Veranda, sie übergibt Bronken einen Rucksack. »*Un po' di vino*«, sagt sie, »*e acqua.*«

Und dann geht es los, zu Fuß, vorbei an dem aquamarinblauen Swimmingpool, einer sich unmittelbar anschließenden festen Überdachung, unter der verschiedene landwirtschaftliche Geräteteile, Eggen, Grubber, Pfluggestelle und ähnliches, stehen, sowie einem großen, schon in den leicht abschüssigen Weinberg hineinragenden Hundezwinger. Dort blicken uns vier oder fünf zugleich furchterregende wie zutraulich unseren Weg durch den Maschendrahtzaun verfolgende beigeweiße Tiere an. Sie ähneln Schafen und sind von beträchtlicher Größe. Sie machen keinen Mucks, bewegen sich nicht.

Wir ducken uns unter den bereits schweren Trauben und folgen den tiefen Reifenspuren, die sanft abwärts führen. Wir passieren zwei auf massivem Fundament errichtete Bambushütten, Gerätedepots und Vorratskammern, die Bronken, wie er mich wissen läßt, im Laufe der Jahre gemeinsam mit dem Freund errichtet hat. Unterwegs bleibt er stehen und weist mit der Hand auf den entfernten Höhenzug im Nordwesten. Dort am Hang, sagt er, hätten wir gesessen. Der helle Strich im besonnten Gelände sei die Mauer seiner Terrasse. Ich habe Mühe, die Mauer auszumachen.

»Orientiere dich an der Pinie«, sagt er, »die Pinie meiner

Tochter, die ich zu ihrer Geburt gepflanzt habe. Hast du sie nicht bemerkt oben?«

Sicher, hatte ich, nur wußte ich nichts von ihrer Bedeutung.

Bronkens Garten, sein Land, liegt denn doch, stelle ich fest, um einiges oberhalb des Hangs, den wir jetzt hinabsteigen. Und auch weiter weg, als ich dachte.

Wir steigen, immer den breiten Profilspuren landwirtschaftlicher Fahrzeuge folgend, hinab in ein Wäldchen. Kastanien, Eichen, Eschen, Birken, ein Laubwald, durchsetzt von Haselnußsträuchern und Apfelbäumen. Rechter Hand, jenseits eines ausgetrockneten Bachbetts, eine weite Walnußpflanzung. Und, über das Bett hinweg, eine Brücke. »Von Cesare«, sagt Bronken, »entworfen und erstellt. Aus Baugerüstrohren.«

»Sie könnte«, sage ich in Anbetracht ihrer Leichtigkeit und ihres diskreten Schwungs, »über plätscherndes Quellwasser in einem japanischen Ziergarten führen.«

»Fehlt nur der Bonsai«, sagt er.

Und dann kommt uns auch schon der Konstrukteur entgegen. Mit schwerem Landmannsschritt in schnürsenkellosen klobigen Lederstiefeln, deren breite Nahtwülste um die Knöchel rotieren. Die Military-Shorts schlabbern im strammen Gürtel unter dem Bauch, der sich prall hervorwölbt aus dem ansonsten eher schlanken, wenn auch insgesamt durchaus muskulösen Leib. Ein freier Oberkörper, der im durchs Laubwerk der Bäume dringenden Sonnenlicht flimmert wie der Leib eines in seiner Bewegung verlangsamten Tänzers im Stroboskopgewitter. Kein junger Mann aber. Und gewiß nicht viel jünger als Bronken. Schweiß in den Augenwinkeln wie eine Prismenergänzung des dunklen Blicks.

Er trägt eine Plastiktüte in der Hand. Lächelt. Blickt mich aufmerksam, fast ein bißchen abschätzig an.

»*Benvenuto*, Rolf.«

Wenn er meinen Namen nicht schon im voraus von Bronken erfahren hat, dann von Gianna.

Bronken blickt ihm über die Schulter. »Und wo ist der Bagger?« fragt er.

Cesare stellt die Plastiktüte, die umfällt, in die Reifenspur, hebt eine der Plastikflaschen – genau die Art Mineralwasser-Plastikflasche, aus der mir schon Bronken am Tag zuvor eingeschenkt hat – heraus und streckt uns von unten eine Anzahl von ineinandersteckenden weißen Wachspapierbechern entgegen.

»Ihr werdet es gebrauchen können«, sagt er. Dann zieht er Bronken den Rucksack von der Schulter, öffnet den Reißverschluß und verstaut die Flasche, aus der er eingeschenkt hat, neben dem von uns mitgebrachten Vorrat.

Dann sagt er: »*Venite!*«

Und in genau diesem Augenblick trabt ein großer fahlweißer Hund der Rasse, die ich schon in dem Zwinger habe begutachten können, heran. Dazu preschen aus dem Dickicht unter den Bäumen genau die zwei Hunde herbei, die zuvor an und zwischen Bronkens Beinen vorbei aus der Umzäunung am Tor geschlüpft sind. Sie haben offenbar einen direkteren und schnelleren Weg zu ihrem Besitzer gefunden.

Das, was ich für eine Lichtung hielt und was sich ja schließlich auch in gewisser Hinsicht als Lichtung herausstellt, ist ein Loch.

»*Il laghetto*«, sagt Cesare. Der See. Das Seechen.

Der Tümpel, aus dem vielleicht einmal ein Teich werden könnte, würde ich eher sagen. Er ist umgeben von frischem, bröckeligem, wie zu einem Deich aufgeworfenem Aushub. Ich schätze ihn in seiner Länge auf 100 bis 120 Meter und in der Breite auf allenfalls 60. Inmitten des Lochs eine Erhebung von höchstens fünf Metern Durchmesser. Darauf eine Trauerweide. Oder so etwas in der Art. Stehengelassen. Zwischen dieser Erhebung aber und dem sich oval rundenden Ufer, das sich unterhalb des Aushubs noch einmal über zwei Stufen senkt, hart an der Kerbe mit den Krallenspuren im hellen Erdreich, die er selbst bei seiner Arbeit hinterlassen haben dürfte, kopfüber der Bagger. Ein schöner, neuer, kräftiger Caterpillar mit in der Sonne blitzender Hubhydraulik, die tief im Morast steckt. Denn es steht schon ein bißchen Grundwasser in dem gut und gern sechs bis sieben Meter in den lehmigen Waldboden hineingetriebenen Loch. Neben dem gelben Bagger, Modell CAT 318 C, wenn ich mich richtig erinnere, die Hand auf der mächtigen, in die Luft ragenden Raupenkette, der Baggerführer im orangegelben Blaumann. Er wirkt, nicht nur wegen der Farbgebung seiner Arbeitskleidung, wie ein Bestandteil seines Arbeitsgerätes. Ganz offensichtlich hat er sich beim Kippen des Ungetüms nichts getan. Es hätte ihn auch leicht unter sich begraben können. Wenn ich die senkrechten Sturzspuren am Hang verfolge, wird mir für den Mann noch im nachhinein übel. Wie ist der nur aus seiner Kabine gekommen?

Cesare wischt sich den Schweiß von der Stirn.

»Und wie ist das passiert?« fragt Bronken.

Cesare zuckt die Achseln, zieht die Brauen hoch und blickt in jenes Loch zu unseren Köpfen, das das unten in die Erde gebaggerte auf den ersten – entfernten – Blick wie eine Lichtung hat erscheinen lassen. In den Himmel und sein Blau. Das beschattet ist von den dichten Laubkronen der Bäume.

»Und wie willst du ihn da wieder rauskriegen?« fragt Bronken.

»Das«, sagt der andere, »ist nicht das Problem. Jetzt siehst du, wozu es gut war, die Rampe zu baggern.« Ich sehe die Schräge, die aus der Tiefe des Lochs hinaufführt auf das obere plane Gelände. »Nicht nur für den Fall, daß dann später einmal, wenn der See aufgefüllt sein wird, jemand, der hineinfällt, auch ohne fremde Hilfe wieder herausfindet, auch damit man einen Bagger, der beim Baggern hineinrutscht, wieder herauskriegt. *Capito?*«

»*Capito.*«

»Also drehen wir nach dem Mittagessen das Ding wieder um, stellen es auf seine Ketten und lassen es von selbst hinausfinden aus seiner Zwangslage.« So jedenfalls verstehe ich den Mann und das, was er sagt. Während Bronken kaum merklich den Kopf schüttelt und sich etwas in sein Stoppelkinn murmelt, das ich nun überhaupt nicht verstehe.

Wir gehen dann noch einmal gemeinsam um das Loch und das Grabegerät mit seiner wie eine – von einer Seite mahnenden, von der anderen drohenden – Faust aus dem Grundwasser ragenden Schaufel herum. Und kriegen den Pavillon gezeigt. Die wie die Hütten, die Bronken mit dem Freund gefertigt hat, mit Bambus verkleidete, mit sozusagen atmungsaktiven Bambusmattenummantelungen ausgestattete Plattform. Sie ragt freischwebend weit hinein in den zukünftigen See.

Nachdem Cesare den Zugang zu seinem Pavillon geöffnet hat, versetzt er dem darin untergebrachten Truthahn, der, als er meiner gewahr wird, mit seinem rotsackumschwabbelten Schnabel schon zum Angriff übergeht, einen gewaltigen Tritt mit dem Stiefel. Das Tier flattert auf in die Ecke. Und schnarrt und gurgelt sich dort irgendwie fest.

Es sind im Inneren des Pavillons Motoren und Aggregate aufgebockt. Cesare erklärt das System. Bis hier herunter in die Senke beabsichtige er, keinen elektrischen Strom zu führen. Ob ich die Photovoltaik bemerkt hätte? Die auf dem Dach.

»Nein. Doch.«

Die werde für die nötige Beleuchtung sorgen. Und die Energie für die Umwälzpumpe liefern. Ohne zusätzliche künstliche Sauerstoffzufuhr sei so ein *Laghetto* nicht zu halten.

»Und ohne Fische bliebe unser *Laghetto*«, Cesare blickt hinüber zu Bronken, »nichts als ein gewässertes Loch. Morgen übrigens kommen die Fischer. Ich hoffe, ihr beide kommt auch.«

Der Baggerführer hat die Hand von seinem Bagger genommen. Von oben aus betrachtet sieht es aus, als tätschelte er ihn noch einmal, bevor er über die Rampe zu uns heraufsteigt. Dann wendet er sich an Cesare. Sie besprechen jetzt etwas miteinander.

Als wir über die filigrane Gerüststahlrohrbrücke hinweggehen, sagt Cesare, daß wir die Sache für heute auf sich beruhen lassen sollten. Es werde, selbst dort unten, am Nachmittag zu heiß werden. Außerdem warte erst einmal Gianna mit dem *Pranzo*, dem Mittagessen. Nach dem gelte es dann auch noch den Traktor und die Raupe umzurüsten, mit denen er die Sache in der Frühe anzugehen gedenke.

Der Baggerführer, der, erfahre ich, auch der Baggereigentümer ist, besteigt seinen kleinen Fiat und fährt weg. Wir besteigen Cesares Pick-up und fahren im großen Bogen durch das Tal und dann wieder hinauf zu dem Haus, der kleinen Villa, in der die Frau auf uns wartet. Auf halbem Weg führt Cesare sein Handy ans Ohr und sagt: »*Pronto.*« Wir zumindest seien auf dem Weg, sie könne die *Pasta* ins Wasser tun.

Den Pick-up fährt Cesare nicht an den Straßenrand in der Nähe des schmiedeeisernen Tors, sondern durch ein weiteres Tor gegenüber. Dort steigen wir aus. Er werde mir, sagt er, die *Cantina*, den Weinkeller, nach dem Essen zeigen.

Und dann ist fast nur noch die Rede von Aalen.

Ich vergewissere mich. »Aale?«

»Hast du den Bach gesehen?« fragt mich Cesare.

Bronken übersetzt.

»Das Kiesbett?« frage ich zurück.

»Die Quelle des Flüßchens entspringt unweit des Lands von Theo.« In Jahren, da es genug Niederschläge gebe, erreichten die Tiere problemlos den Standort. Mittels Reusen sammle man, wenn es soweit sei, die Tiere dann ein, um sie die paar Meter hinaufzuschaffen in den See. Der werde im nächsten Jahr voll sein. Wenn nicht, werde er ihn füllen. Dann pumpe er eben das Nötige aus dem Flüßchen hinauf.

»Worauf der um so sicherer trockenfällt, oder?« wende ich, schon um überhaupt etwas zu sagen, ein.

Bronken sagt nichts, außer das, versteht sich, was er zu übersetzen hat.

»Dann fällt er eben trocken«, sagt Cesare. »Wozu hab ich sonst meine Fischer. Schaffen die Tiere es nicht von allein, dann müssen sie sie mir eben bringen. Was den Weg von der Sargassosee über den Atlantik bis zum Tiber und den dann noch hoch in den *Lago di Alviano* und bis nach Todi schafft, das schafft es auch hoch unter meine Steineichen und Oliven. Ihr werdet sie kennenlernen« – (wen? Die Aale? Die Fischer?) –, »sie kennen sich aus.«

Und dann, übergangslos: »In der Früh holen wir den Caterpillar aus dem Loch, und um Punkt eins« – Blick hinüber zu Bronken, der nach vorn gebeugt über seinen Spaghetti hängt – »sitzen wir pünktlich wie immer wieder zu Tisch beisammen.«

Ich erlaube mir, daran zu erinnern, daß auch von Fischen die Rede gewesen sei, die vorgesehen seien für den *Laghetto*.

»Sicher«, sagt Cesare.

Und Bronken ergänzt: »Man baggert keinen See, um nur Aale zu haben. Auch Fisch gehört auf den Tisch.«

Welcher Art Fisch das sein werde, möchte ich noch wissen. Wenn man schon mal dabei ist, dann will man auch in vollumfassendem Umfang teilhaben.

Und da spult dieser erstaunliche Mensch von Landmann und Schürfer mit dem schönen Cäsarennamen denn auch, was hätte ich anders erwarten dürfen?, eine ganz gehörige Anzahl von Fischnamen ab. Bronken versteht lediglich *lupo di mare* und – ist es der Mittagswein, der ihm zu Kopf gestiegen ist? er summt ein paar Takte Schubert – *trotte*, Forellen. Die anderen laß ich mir von Gianna in mein Notizbuch schreiben. Ich werde in meinem Langenscheidt nachsehen, denke ich.

Bergaale. Fische. Sternschnuppen. Seesterne, Kaulquappen. Korallenflundern. Hydrenhäuptergeschlinge, das, kanadischen Lachsen gleich, die Kaskaden im Flug nimmt. Ich könnte Knurrhähne beisteuern, zwar wie das meiste, was mir vertraut ist, ebenfalls eher ein Salzwasserfisch, aber wenn Aale … Vielleicht auch ein paar Heuler von den heimischen Sandbänken pflücken und in stoßfesten Wannen über den Brenner und den Apennin. Die sind zwar keine Fische und auch keine Aale, aber.

Vielleicht sollte man Seen und Meere dort belassen, wo sie von selbst entstanden und sich immer von neuem füllen. Man muß sie nicht unbedingt auf die Berge verlegen.

Immer am Samstag und nicht selten auch am Sonntag fährt Bronken hinunter. (Denn, wie gesagt: sein Berg überragt noch den seines Freundes.) Da packt er mit an. Hilft, erfahre ich, beim Roden und beim Aufforsten des Landes. Zwar schwingt er sich nicht selbst auf den Traktor und rührt auch die Kettensäge nicht an. Aber es gibt sonst noch genug zu tun. In aller Regel, so richtet er es sich in Absprache mit der Agentur ein, die seine Vertretungen in den deutschen Kliniken und Krankenhäusern regelt, ist er zu den Ernten zur Stelle. Legt mit Hand an beim Schneiden der Trauben. Beim Keltern und Filtern des Weins.

Hält den Schlauch, wenn es gilt, Bütte, Presse und Lesebehälter zu reinigen. Steckt ihn auch hinein in die alten Weinfässer und die neuen Edelstahltanks, um sie zu reinigen. Das passiert meist im September.

Im Oktober oder November ist er dann bei der Olivenernte dabei. Er breitet mit den hinzugezogenen Hilfskräften die Netze aus. »Im übrigen ist er«, sagt Cesare, »unser Spezialist für die hohen Sachen.«

Er lächelt kaum merklich.

»Er steigt auch noch da in die Astgabeln und streift die Früchte ab mit der Hand, wo wir es inzwischen vorziehen, vom sicheren Boden aus mit dem Stabrüttler vorzugehen.«

Nach dem *Digestivo*, einem *Limoncello* aus der Eigenproduktion des Hauses, folgen Bronken und ich dem Hausherrn über die Straße in die *Cantina*. Die sieht aus, wie privat betriebene *Cantinas* halt aussehen. Fässer, Flaschen, Pressen, Filteranlagen. Bretter, die sich biegen, rotschwarze Schlieren und Streifen vom Wein in Richtung Abfluß im leicht geneigten Zement. Ich habe derlei nicht nur einmal auch andernorts gesehen. Nur daß diese *Cantina* keineswegs ein Keller ist. Sie ist ein schmucklos in der Landschaft stehendes Gebäude, in dem ebensogut die Trecker und Traktoren und Zugmaschinen untergestellt sein könnten, die in streng ausgerichteter Reihe vor ihm stehen.

Was einen dann aber nicht unbeeindruckt läßt, ist der Blick. Ein ähnlich wie bei Bronken sich nach Süden hin öffnendes Panorama. Mit der weichen zentralen Mulde, die sich zwischen die beiden Höhenzüge senkt.

»Ist der Streifen, den man dazwischen sieht, das Meer?« frage ich.

»Nein«, sagt Bronken, »das ist dahinter, hinter der Erd-
krümmung. Jenseits.«

Ehrlich gesagt, ich fühle mich, was wahrhaftig nicht oft
bei mir vorkommt, in diesem Augenblick ein wenig in meiner Berufsehre gekränkt. Was will mir dieser Anästhesiologe oder meinetwegen auch Anästhesist eigentlich damit
sagen? Jenseits! Wo sonst ist das Meer, wenn man's nicht
sieht. Wir steamen hier nicht in Wettern.

»Gut«, sage ich, »lassen wir's.«

»Was«, gibt er zurück, »willst du eigentlich von mir?«
Jetzt klingt er beleidigt.

»Behalt deinen Theodoliten für dich«, sage ich.

Und da plötzlich wallt etwas fast Triumphales in Bronkens Stimme auf. Es gebe Tage, zwei oder drei höchstens
im Jahr, da könne man von ihm aus, von ihm aus und von
nirgendwo sonst, von oben, von seiner Terrasse, tatsächlich das Meer sehen. Meist liege es nämlich im Dunst.
Und sei nicht zu unterscheiden vom Himmel und den
Dünen, die den Küstenstrich bildeten. Stehe aber eine
dichte Wolkenbank über dem Meer und geschehe dies in
den Wintermonaten und gegen Abend, wenn die Sonne
für ihn schon untergegangen sei, sich aber so schräg von
rechts aus ihrem unsichtbaren Horizont hervor über
das Undurchdringliche lege, daß sie sozusagen die Wolkenbank untertauche, dann werde das Licht selbst zum
Spiegel. Dann glühe es auf, sagt er. »Das ist dann das
Meer.«

Er hält inne.

»Wenn auch nur für wenige Minuten«, fügt er hinzu und
klingt mit einem Mal überhaupt nicht mehr triumphal.
»Eine Silberfolie«, sagt er, »bestrichen mit Rot.«

Ich habe dann das Gefühl, daß es besser wäre, wenn wir uns verabschiedeten.

Cesare ist uns auch in seiner *Cantina* noch mit Wein gekommen, hat mich aufgefordert, das Glas, das er mir reichte, unter den Hahn der verschiedenen 1.000-Liter-Stahlbehälter zu halten und ihn selbst zu betätigen. In so einer Situation ist man ja kein Prüfer oder Verkoster, der das, was er auf der Zunge und unter dem Gaumen kostet und prüft, im Anschluß so ohne weiteres wieder zu Boden spucken darf.

Irgendwie ist was zwischen Bronken und mir.

Fangen wir schon an, uns aneinander zu reiben?

Will er mich los sein?

Leerlauf.

Eine Leere.

Auch seinen Freund, den Cesare, finde ich im Augenblick schon viel weniger beeindruckend als vorher.

Ich finde, es wäre besser, wir gehen.

»Gehen wir?« sage ich.

»Gut. Fahren wir«, sagt Bronken.

Dann aber greift Cesare noch nach einer bauchigen Flasche, einem Fünf-Liter-Ding, und fordert mich auf, sie mir mit dem Wein, der mir am besten geschmeckt habe, abzufüllen. Ich geh in die Knie und lasse laufen. Gegen Ende verzögert sich das Tempo der Abfüllung, da der Rote, auf den meine Wahl gefallen ist, zum Flaschenhals hin ziemlich schäumt. Ich mache es schubweise. Dann schraube ich den Verschluß zu.

»Also dann, bis morgen.«

»Bis morgen.«

»Was ist mit dir los?« sagt Bronken, als wir zurückfahren.

»Was soll los sein?« frage ich zurück. »Habe ich etwas falsch gemacht?«

»Um Gottes willen«, sagt er. »Ich habe eher das Gefühl, daß ich was falsch gemacht hätte.«

»Blödsinn«, sag ich.

»Boddensiek«, sagt er, »so kannst du nicht mit mir sprechen.«

So. Erstmals spricht er mich mit meinem Namen an. Der Rolf war ja eher für Gianna.

»Wie spreche ich denn mit dir?«

»Ach, laß mich in Ruhe.«

Wir fahren dann zehn Minuten, ohne zu reden. Eine Rückfahrt, zumal in immer noch glühender Spätnachmittagshitze, ist in jedem Falle etwas anderes als eine Hinfahrt. Wenn ich nicht weiterweiß, verringere ich das Tempo. Da mein Beifahrer noch immer nichts sagt, bleibe ich stehen. Ich sehe ihn aber nicht an. Dann hebt er den Daumen in die Richtung, in die es gehen soll. Ich schalte und fahre im ersten und dann allenfalls zweiten Gang weiter.

Ich komme mir inzwischen vor wie in Begleitung von Aischa. Komme mir vor wie ein Gatte an der Seite der Gattin. Und das heißt: Nicht gerade wie ein Zeus, der antritt, Dioskuren – die allerersten der Retter aus Seenot – zu zeugen; dafür ist Bronken zu wenig Leda ... und bin ich nur allzu unzureichend Schwan.

Irgendwann halte ich es nicht mehr aus.

»Was hat eigentlich die Gianna?« sage ich. »Ich meine diesen Zug, den sie um den Mund hat. Hat sie den immer?«

»Es ist eine Lähmung«, sagt Bronken. »Sie ist damit

noch ziemlich gut dran. Wenn du sie vor zehn Jahren gesehen hättest.«

»Und da läßt sich nichts machen?«

»Nein. Nichts. Sie kann nur hoffen, daß es weiter zu-
rückgeht. Aber sicher ist nichts.«

5

Die Versetzung

Wir haben den Sonntag, jedenfalls bis zum allgemeinen Aufbruch, hinter uns gebracht. Es war ein schöner, entspannter, wenn auch zwischenzeitlich etwas anstrengender Sonntag. Zwar haben wir den Caterpillar nicht geschafft, aber wir sind doch weitergekommen. Innerlich. Irgendwie. Eine gute, männliche Atmosphäre. Eine klare Sache. Keinerlei Spannung mehr zwischen Bronken und mir. Ich hatte die Nacht noch lange wachgelegen und darüber nachgedacht, was es gewesen sein könnte, das uns so kribbelig gemacht hat, Animositäten sind eigentlich nicht meine Sache. Man sagt, was man zu sagen hat. Man spricht aus, was man aussprechen kann. Oder man schweigt. Aber etwas zu sagen, ohne zu wissen, was genau man sagen will, das ist eigentlich nicht die Methode, mit der ich vorgehe.

Es muß an ihm liegen, dem alten Gefährten. Falls ich so weit gehen darf, ihn Gefährten zu nennen.

Und damit wären wir vielleicht auch schon an dem Punkt. Vielleicht läßt sich eben gerade an diesem Beispiel ablesen, was es sein könnte. Vielleicht läßt es sich auf diese Weise entschlüsseln. Denn er war ja nie ein Gefährte. Er war der, der niemanden begleitete, einer, der sich am Rand hielt. Oder vollkommen unerwartet ins Zentrum zielte. Beziehungsweise, ob er wollte oder nicht, in ein Zentrum geriet. In dem er dann nicht selten

wie in einem Netz zappelte. Von dem aus er wiederum
zuweilen schwer oszillierte, sozusagen. Während ich, genau genommen, ausschließlich am Rand stand. Immer.
Im Dämmer. Oder auch Zwielicht. Deswegen wohl letztlich unsere einigermaßen unterschiedlichen, um nicht
zu sagen: geradezu diametral auseinanderdriftenden
Karrieren.

Theodor Bronken war nie Rolf Boddensieks Gefährte.
Er war der um ein gutes Jahr ältere Mitschüler, der sich,
obwohl versehen mit vergleichbarem Interesse an den
Zielen und Absichten alles Schulischen, jedem übrigen
Vergleich entzog. Daß wir uns überhaupt einmal so nahe
kommen würden, wie wir es inzwischen – nach nicht
mehr als vier Tagen – sind, grenzt ohnehin schon an ein
Wunder.

Was unseren Bagger und unsere Bereitschaft anbelangt, so
stehen wir wie vereinbart Punkt sieben auf der Matte.

Ich habe Bronken oben in seinem Horst abgeholt; noch
immer habe ich im übrigen nicht seine dortige Unterkunft
betreten. Alles, was sich bislang in diesem ländlichen
Fluchtpunkt hinter dem Friedhof abspielte, spielte sich
draußen im Freien, auf den verschiedenen Ebenen und Ter-
rassen, ab. Nur einen Raum, die frühere *Cantina* seines Be-
sitzes, die jetzt eine Mischung zwischen Geräteschuppen
und Notunterkunft ist (die er mir freundlicherweise nicht
als Nachtquartier andiente, obwohl sie neben zwei kleinen
Tischchen auch einen Stuhl und eine Liege aufweist), habe
ich betreten. Man kommt ja schließlich auch nicht an ihr
vorbei, wenn man die Stufen zu ihm hochsteigt, um an
den Tisch unter der Pergola, auf die große Terrasse und

das über diesem Raum von einem Geländer abgesicherte Flachdach zu treten.

Dort oben erwartete er mich, als ich ihn abholen fuhr. Er blickte auf mich herab.

Und nun, wie gesagt, der Bagger, unser CAT 318 C.

Nach Cesare, dem Eigentümer und Führer des Baggers und uns ist jetzt auch noch Orlando, Cesares Arbeiter, der am Vortag auf seinen eigenen Anpflanzungen zu tun hatte, dazugestoßen. Ein kleiner, untersetzter Mann mit Halbglatze. Er hat auf dem Traktor mit Anhänger verschiedene Ketten, Stricke und Zugseile mitgebracht. Den Raupenschlepper mit den beiden Richtungshebeln fährt Cesare. Es gilt ja, mit Bedacht und Kompetenz den Gestürzten wieder auf sein Fahrwerk zu stellen.

Die Ketten, Seile und Stricke werden an verschiedenen Stutzen und Bügeln, an denen Schäkel hängen, mit dem Maschinenhaus und dem Ausleger des Fahrzeugs verbunden. Orlandos Traktor und Cesares Raupe postieren sich außerhalb der Aufschüttungen, die vom Aushub stammen. Obendrauf, auf der obersten Kuppe der Aufschüttungen, steht der Eigentümer und Führer des Baggers. Bronken und ich werden insofern aus dem Geschehen ausgeschlossen, als Cesare uns hinter den Pavillon mit dem Truthahn verweist. Falls Stricke reißen und Stücke fliegen, nehme ich an.

Blickkontakt zwischen dem oben Stehenden und den Fahrern des Traktors und der Raupe, die gewissermaßen an einem Strang ziehen (obwohl jedes der Fahrzeuge für sich mit dem im Grundwasser Gelandeten verbunden ist). Sie stehen in spitzem Winkel zueinander in Richtung Anfahrtsweg. Der Baggerfahrer und -eigentümer gibt ein Zeichen. Raupe und Traktor ziehen gleichzeitig – zunächst, bis zum Spannen der Seile und Ketten, vorsichtig – an. Jetzt das zweite Zeichen. Der Mann hebt den Daumen. Und sie legen los.

Binnen kürzester Zeit drehen die Reifen des Traktors, der kein Spielzeug ist, durch. Während die Raupe noch einigermaßen raupt. Aber dann, fast synchron, schieben sie sich, aufjaulend und dröhnend, immer tiefer ins Gelände, kommen keinen Zentimeter voran, sondern graben sich zu allem Überfluß auch noch selbst immer tiefer hinein in die Erde, durchschneiden mit den Seilen und Ketten wie einen gut durchgebackenen Bröselkuchen die Aufschüttungen, die sie von dem, den sie aufzurichten trachten, trennen, es ist nichts zu machen. Es ist vergeblich. Die Motoren der Zugfahrzeuge verstummen. Cesare steigt von seiner Raupe, besteigt die Aufschüttungen an seiner Seite und blickt schweigend, ich würde sagen, mindestens drei Minuten lang, ohne sich zu regen, hinab in die Grube, in der der CAT inzwischen noch ein Stück tiefer versunken ist. Dann ruft er uns alle zusammen, bespricht sich wie am Vortag mit dem Baggereigentümer und -fahrer und teilt uns anderen am Ende mit, daß nun Schluß sei. Er werde sich mit Rom in Verbindung setzen, um sich für den folgenden Tag freizunehmen. Er werde, wenn es irgend gehe, nicht nach dem *Pranzo* mit den Fischern zurück nach Rom fahren. Er werde bleiben und dafür Sorge tragen, daß ein Gerät von mindestens dem Kaliber unseres teuren und geschätzten Seeaushebers herbeigeschafft werde. Nur ein Ebenbürtiger könne es schaffen. Also abspannen.

Und was nun? Was nun bis zum Eintreffen der Fischer aus Rom? Es ist gerade erst acht.

»Oh. Es gibt immer genug zu tun«, heißt es. »Der Bambus dort hinten am Bach, der muß weg.« Was an erforderlichem Werkzeug nicht schon von Orlando mitgebracht worden sei, könnten wir, zum Beispiel Theo, der sich auskennte, und Rolf (ich), aus der oberen der Hütten holen, wo es bereitstehe.

Ich steige dann, zwar nicht in Sonntags-, aber doch auch nicht gerade in Rodungsklamotten, mit Bronken durch die Rebstockreihen nach oben, um das Nötige zu holen. Und hole auf dem Weg nach, was ich schon die ganze Zeit tun will. Fragen nämlich, sofern ich überhaupt alles richtig verstanden hätte, was Cesare denn offenbar so dringlich in Rom zu tun habe, daß er sich erst freinehmen müsse.

»Ist er kein freier Bauer?« frage ich

Bronken lacht und schüttelt den Kopf.

»Ich dachte«, sagt er, »ich hätte es dir schon gesagt. Er ist der Chef der Ophthalmologie, verzeih, der Augenheilkunde, im *Fattebenefratelli*, dem Hospital auf der Tiberinsel.«

»Wie bitte?« Das ist nun aber wirklich eine Kehre. Die zumindest ich vollführen muß.

Also noch so ein Doktor. Da haben sich offenkundig zwei gesucht und gefunden. Obwohl, wie mir scheint, der eine von beiden hier etwas verdoppelt, das der andere halbiert. Mithin, genau genommen, das Vierfache leistet.

»Wieviel Land bewirtschaftet dein Kumpel?« frage ich sicherheitshalber nach.

»Es dürfte sich inzwischen um die fünfundzwanzig Hektar handeln.«

Ich rechne: Ein Hektar macht zehntausend, eintausendneunhundertundfünfzig (Quadratmeter, Bronkens Grundstück), macht quasi zweitausend, macht ein Fünftel von zehntausend. Also fünf mal fünfundzwanzig. Macht einhundertfünfundzwanzig. Cesare bewirtschaftet das Einhundertfünfundzwanzigfache der Fläche, die Bronken bewirtschaftet. Oder doch immerhin sensen läßt. Nicht schlecht.

»Und wo hat dein Ophthalmologe das ganze Land her?« frage ich, als wir uns schon im Inneren der Bambushütte befinden und uns nach Macheten und ähnlichem umsehen.

»Cesare stammt – genauso wie Gianna – von hier. Aus dem Ort. Von seinem frühverstorbenen Vater erbte er zusammen mit seinen fünf Geschwistern ca. zwei Hektar. Die teilten sie sich. Vor fünfzehn Jahren baute er sich auf dem ihm zugefallenen Stück das Haus mit dem Swimmingpool für seine zwei Töchter. Seitdem kauft er weiter Stück um Stück auf, alles, was seinem Vater einmal gehört hatte, bis den die Umstände, die pure Not, zwangen, Stück um Stück zu verkaufen. Inzwischen grenzt das äußerste Ende der zahlreichen zusammengekauften Parzellen an die Landwirtschaft des Bruders, der seit eh das Land, das er von seinen übrigen Geschwistern übernahm, als Bauer bewirtschaftet.«

Bronken macht eine Pause.

»Ich weiß allerdings nicht, ob er noch aufhören kann. Er dürfte längst das Vielfache von dem besitzen, was sein Vater einmal besaß. Jedes Wochenende, ob Frühling, Sommer, Herbst, ob Winter, kommt er aus Rom, wo er werktags seiner ärztlichen Tätigkeit nachgeht und auch mit seiner Familie wohnt, heraus und stürzt sich buchstäblich in den Boden. Selbst seinen Urlaub gibt er der Leidenschaft dran. Ein einziges Mal hat er sich losgerissen, oder vielmehr: losreißen lassen. Da ist er mit Gianna und den Töchtern angereist, um sich anzuschauen, wie es aussieht im Berlin nach der Wende. Danach ist er wieder zurück in sein Joch. Seine Freiheit, wie er es nennt, das Graben im Land. Und das Pflanzen. Aber«, sagt Bronken, »so sind nun einmal die inneren Verhältnisse. Hat man einmal gehungert, muß man für Vorräte sorgen.«

Wir haben uns beide inzwischen je zwei Handsägen und zwei von den Geräten, die ich Machete nenne, gegriffen und machen uns auf den Rückweg.

»Was mich noch interessieren würde«, sage ich, »wie hast du den Kollegen eigentlich kennengelernt. Bei einer Urlaubsvertretung?«

»Unsinn. Ich vertrete nicht im fremdsprachigen Ausland. Da versteht man meine Anweisungen noch weniger als so schon.«

»Also«, sage ich – ich weiß, eine Spur über das hinaus, was mir zusteht –, »ist dir ein Splitter ins Auge geraten, den er dir dann herausgeholt hat?«

Wieder einmal lacht Bronken auf; was mich selbst nun auch wieder froh macht.

»Nein, viel einfacher«, sagt er, »die Wirtin, bei der ich früher immer meinen *Aperitivo* nahm, ist die Schwester von Gianna. Und da ich beim Nehmen meines *Aperitivo*, wenigstens zu einer bestimmten Zeit, meine Tochter …«

»Die, die ich auf dem Sofa deiner Schwester habe sitzen sehen, als ich dich zum Versetzen abholte.«

»Genau die«, sagt er, »da ich die also immer mal wieder an der Hand hatte beim Nehmen meines *Aperitivo* und mich weigerte, haufenweise in die auf den Gestellen an der Theke angebotenen Chips und Erdnüsse und Marsriegel und Zuckerstangen sowie in alle möglichen sonstigen versalzenen und übersüßten Gifte zu investieren, schlug die gute Frau eines schönen Tages vor, sie mit mir und der Mutter einmal zum Swimmingpool ihres Schwagers zu chauffieren, damit das arme Kind wenigstens irgend etwas habe vom Leben. Ja, genau so ist es gewesen. Ob du es glaubst oder nicht.«

Ich weiß nicht, warum ich es nicht glauben sollte.

Ein Wort zur Versetzung. Ich meine nicht die, die Bronken wie mir nach der 9. Klasse, der damals noch bei uns so genannten Obertertia, nicht gewährt wurde und er wiederholte, während ich von der Schule abging, um auf dem nächstbesten Kümo anzuheuern, ich meine die Lotsenversetzung. Der ja letztlich alles zugrunde liegt. Wenigstens der Umstand, daß wir uns nach den vielen Jahrzehnten wieder – oder überhaupt erst – nahekamen.

Ich hatte nach zwanzig Jahren Seefahrt und der sich ihr anschließenden Zusatzausbildung in den Lotsendienst der Lotsenbrüderschaft Weser II/Jade gewechselt, für die ich auch schon wieder an die fünfzehn Jahre tätig war. Soweit ich mich erinnere, hatte ich Bronken seit meinem Abgang vom Goethe-Gymnasium nicht mehr gesehen. Nur gehört hatte ich nicht wenig von ihm. Weniger von den früheren Klassenkameraden, die allesamt auch nie wirklich wußten, was aus ihm geworden war – nur daß er Medizin studiert hatte, war durchgesickert –, als von Aischa. Das, was ich von ihr zu hören bekam, war allerdings eine ganze Menge. Wenn es auch nicht seinen weiteren Verbleib und sein weiteres Fortkommen betraf, sondern allein die Vergangenheit, eben die Schulzeit. Aber das steht hier zunächst einmal nicht zur Debatte.

Es ist jetzt, ich sprach schon davon, acht Jahre her, daß ich ihm persönlich wiederbegegnete.

Ich habe dienstfrei. Bin ein bißchen über die Deiche geradelt. Dann stehe ich bei Tchibo. Am Stehtisch. Ich denke, ich sehe nicht richtig, als er die Röst- und Mahlstube betritt. Obwohl ein ganz anderer, derselbe. Bronken. *Ti äitsch* Bronken. Theo, Theodor. Der im Fußballtor (er fungierte tatsächlich, schon allein wegen seiner hohen Flugtauglichkeit und der Fähigkeit, sich in jeden Dreck zu schmeißen, in unserer Klassenmannschaft als Torwart).

Auch er erkennt mich sofort. »Mensch, Boddensiek«, sagt er. »Laß dich anschauen.« (Schauen haben wir übrigens früher nie gesagt dort oben an der Küste. *Kucken* ja, aber nicht schauen.) Ich will schon in aller Ruhe anheben, um ihm zu berichten, was schließlich gegen alle einstmaligen Unkereien doch noch aus mir geworden ist, als er mir mitteilt, Frau und Kind seien mit seiner Mutter und seiner Schwester um die Ecke, bei Leffers, einkaufen. Er habe nicht viel Zeit, wolle nur seine Tasse Kaffee trinken. Natürlich aber müßten wir uns sehen, zusammensetzen, ein Glas trinken. Wie es mit dem Abend wäre, demselben.

Da hatte ich, erinnere ich mich, ein Schiff. Und darüber hinaus weiß man ja nie. Man steht zu jeder Zeit zur Verfügung. Auf Abruf. Das ist es ja, was die Gemeinschaft der Lotsenbrüder, das Grundprinzip überhaupt der ganzen Lotsenbrüderschaft ausmacht.

»Vielleicht morgen«, sage ich. Er solle mir seine Nummer geben. Ich greife mir unter den Pullunder und fingere – ich weiß es noch, als wäre es gestern gewesen – meine Karte aus der Brusttasche des Hemds, während er mir seine Nummer mit dem Kugelschreiber auf das dünne, runde, saugfähige und leicht angebräunte Untertassenpapier schreibt. Er muß in seinem Notizbuch nachsehen, hat die Nummer von Mutter und Schwester nicht im Kopf.

Es klappt dann tatsächlich am darauffolgenden Tag. Ich habe frei, rufe an. Sie holen ihn an den Apparat. Wir verabreden uns in der *Kajüte*, nicht gerade mein Stammlokal, aber doch dasjenige, das für ihn, der mir sagt, wo seine Mutter und seine Schwester wohnen, auch zu Fuß ohne Umstände erreichbar ist.

Ich bin schon etwas eher da, sehe ihn aber, obwohl ich mich so ans Fenster der Kneipe setze, daß ich ihn durch die geraffte Gardine sehen müßte, nicht kommen. Wie aus dem gewachsten Dielenboden gewachsen steht er plötzlich neben mir. »Na?«

Jever Pils und *Linie* Aquavit, der Norweger. Wenn schon, denn schon.

Ich weiß nicht mehr genau, worüber wir im einzelnen an diesem Abend reden. (Eben doch Pils und Aquavit.)

Wahrscheinlich gebe ich ein paar Döntjes aus meiner Fahrenszeit zum besten. Wir *kucken* auch vor allem viel in die Luft, die Schlieren der verrauchten Stube. Die Bedienung schielt nicht nur aufmerksam, sie schielt nachgerade umsatzgeil, wie man heute wohl sagen dürfte, immer wieder zu uns herüber, um bloß nicht den Augenblick zu verpassen, an dem wir vielleicht mal nix im Glas haben. Sie tritt in ihrem rosa Mohairpulli, der oben herum ziemlich quillt, immer schon zu uns an den Tisch, wenn das Pilsglas noch halbvoll ist. Seltsam, denke ich, Bronken, der nicht raucht. Schon mit fünfzehn war er einer, der wie ein Schlot rauchte. Auch ich rauche ja seit dem Infarkt nicht mehr.

Wahrscheinlich reden wir über unsere Beschwerden. (Damals schon. Oder noch. Wenn dann erst einmal alles nur so knirscht und weh tut, also heute, dann hält man sich ja wieder zurück, sonst würde man zu überhaupt nichts mehr kommen. Ich erinnere mich aber nicht mehr an die Beschwerden, die er gehabt haben könnte.)

Und dann rede ich wohl doch noch ein bißchen von meinem Dienst. Dem Streß. Der Verantwortung, ja, der Verantwortung. Dem Einsatz bei Tag und bei Nacht. Bei jedem Wetter. Auch wenn inzwischen, nicht anders als in anderen Bereichen, im Lotswesen die Moderne eingekehrt ist. Ich erwähne die Helikopter, ihren Einsatz beim Lotsenversetzen. Man muß ja zum Glück heute nicht mehr auf irgendwelche klapprigen Schoner. Auch die Lotsenzubringer jüngerer Generation sind nicht mit den früheren Einsatzschiffen zu vergleichen. Da habe sich, erkläre ich, schon viel getan.

»Helikopter?« (Ich erinnere mich, wie Bronken aufmerkte. Er hatte keine Ahnung. Wahrscheinlich erinnere ich mich auch nur deshalb so gut, weil sich mir dann die Folgen so unvergeßlich einprägen sollten.)

»Ja«, sage ich, noch am Morgen sei ich mit einem im Einsatz gewesen, draußen in der Deutschen Bucht. Vor Helgoland. Hätte irgend so einen russischen Seelenverkäufer durch die Fahrrinne manövriert und an die Pier geschoben. Trotz der Baggerei: das Jadefahrwasser sei und bleibe eines der heikelsten Zuführungsgebiete.

Dann läßt er sich von mir, was ich gern tu – und im Rausch nicht schlechter kann als im Schlaf –, den Versetzungsvorgang speziell per Hubschrauber erklären:

Anruf. Blick auf die Uhr. Falls Zeit ist, rasieren. Raus aus dem Haus. Runter. Ins Auto. Raus zum Flugplatz. Dort wartet schon die Besatzung. Zwei Mann. Rein in das Gerät. Der Rotor rotiert schon. Man hebt ab. Die Linkskurve nach Norden. Und raus über die Jademündung bis dorthin, wo sie auf die Wesermündung trifft, linker Hand Wangerooge – »Erinnerst du dich«, sage ich, »das Landschulheim?« »Und ob ich mich erinnere«, sagt er – rechts hinter mir schon Mellum, vor mir Rotesand, wo früher einmal eines der in der Wesermündung stationierten Feuerschiffe lag, ja und dann, vor Helgoland eben, das Ganze hat nicht mehr als fünfundzwanzig Minuten gedauert, das Anpeilen des gelben Punkts, das Abseilen, das Niedergehen aufs Deck des jeweiligen Schiffs.

Ich sehe, wie Bronken der Blick verschwimmt. Ich sehe, wie er sieht. Und grübelt. Er bestellt, obwohl wir noch nicht einmal den letzten *Linie* angerührt haben, schon die nächste Lage.

»Sag mal«, sagt er schließlich geradezu versonnen, »wenn ich richtig informiert bin, dann ist doch eines der Hauptmerkmale so einer Lotsenbrüderschaft, daß jedes ihrer Mitglieder gleichberechtigt ist.«

»Ja«, sage ich.

»Daß es also keinen Chef gibt.«

»In der Tat«, sage ich, »keinen Chef. Der Chef bin ich. Wir alle sind eine Art Bande von Kommunisten. So jedenfalls, wie sich der Kommunismus mal die Zukunft vorgestellt hat. Kriegen die aber alle nicht hin. Bei uns funktioniert es schon seit einigen Jahrhunderten. Und zwar allein deshalb, weil jeder das tut, was er für richtig hält. Und die anderen tun läßt, was sie für richtig halten. Nur so kann Solidarität klappen.« Ich glaube, ich stocke. Um hinzuzufügen: »Natürlich gehen nie zwei Brüder zur selben Zeit an Bord desselben Schiffes.« Wir verdienten, sage ich, aber alle dasselbe.

»Meinetwegen«, sagt Bronken, ist irgendwie, scheint mir, nicht bei der Sache. (Das zumindest habe ich im Ohr und steht mir, je länger ich daran denke, um so deutlicher wieder vor Augen.)

»Was ist?« sage ich. Ich habe schon Bedenken. Vielleicht verträgt er die Kombination nicht mehr. Pilsschnaps. Muß er sich vielleicht erst wieder dran gewöhnen.

Aber dann bricht es geradezu aus ihm hervor, dem alten Kunst- und Turmspringer: »Kannst du mich mal mitnehmen?«

Ich weiß nicht mehr, ob ich gleich ja sage. Oder ob ich mir zuvor noch ein Glas zur Brust nehme. Jedenfalls sage ich im Laufe dieses feuchtforsch versonnenen Abends irgendwann ja. Und wenn ich einmal ja gesagt habe, dann bleibt es beim Ja. Er werde, sage ich, von mir hören. Ich wolle ihn nicht mit jeder Wetterlage konfrontieren. Da es aber danach aussehe, als bliebe der August stabil, könne er mit einem Anruf in den nächsten Tagen rechnen. Ich er-

kundige mich nur noch nach der Dauer seines Besuchs bei
Mutter und Schwester. Er bleibe eine Woche, sagt er. Er
solle sich bereithalten, sage ich.

Der Ablauf der Aktion ist schnell protokolliert:
Ich habe ein Schiff. Und ein Wetter, das paßt. Bei dem
Schiff handelt es sich um einen mehr als Halbdicken, Mittelgroßen. Rohöl. Vom Golf. Ich weiß nicht mehr, unter
welcher Flagge der fuhr.

Natürlich herrscht keine Windstille, Windstille herrscht
nie über der Nordsee. Vorab habe ich den Jungs von der
Station, der Einsatzzentrale, sicherheitshalber auch denen
vom Radar, schon mitgeteilt, daß ich bei der anstehenden
Versetzung einen Assistenten mit an Bord nehme. Ansonsten tue ich, was ich immer tue. Das, wie gesagt, was ich
für richtig halte.

Es ist vormittags gegen elf. Ich wähle die Nummer, die
mir Bronken gegeben hat. Ich sage ihm, daß es soweit sei.
Wann? Ich käme in einer halben Stunde. Wo ich ihn abholen könne? Er gibt mir die genaue Anschrift von Mutter
und Schwester. Die wohnen ja auch von mir aus nicht weit.
Ich sage ihm, er solle sich eine dicke Jacke anziehen.

Als ich dann den Wagen an den Bordstein lenke, steht
er bereits hinter dem knietiefen Lattenzaun vor dem Häuschen. Der Garten wuchert, scheint mir, alternativ. Da
kommt auch schon die Frau, offenbar seine Schwester,
gelaufen, und bittet mich hinein. Falls noch Zeit für einen
Kaffee sei. Zeit für einen Kaffee ist bei meinen Zeiteintei-
lungsusancen immer. Ich trete durch den Hintereingang,
vor dem ein weiteres üppig alternatives Gärtchen mit einer
gemütlichen Sitzecke wuchert, in die gute Stube. Setzen

mag ich mich nicht. Als ich dieses koloniale Flanellsakko sehe, das Bronken über dem Unterarm hängt, dazu den lässig über die Schulter geworfenen Schal, weiß ich, daß ich recht daran getan habe, ihm eine meiner Einsatzjacken, die Spezialanfertigung, einen daunengefütterten Friesennerz sozusagen, mitzubringen. »Laß gut sein«, sage ich. Der Mensch hat im Laufe der Jahrzehnte, die er weg ist, vergessen, woher er stammt.

Auf dem Sofa das Kind, das blonde. Und der Hund. Weder Kind noch Hund scheinen zu merken, daß ich da bin, obwohl ich in Reichweite stehe. Nein, setzen will ich mich nicht. Ich trinke den Kaffee – einen guten, kräftigen – im Stehen.

Die Frau Bronkens, die ja angeblich auch da ist, kriege ich nicht zu Gesicht.

Und dann los.

Bronken sitzt schweigend neben mir im Wagen. (So wie dann meist auch später, an anderem Ort. Dort. Unlängst.) Ein bißchen Genugtuung verspüre ich schon, schon im vorhinein. Denn so etwas wie der Sprung, den dieser Mensch einmal vor meinen Augen und den Augen aller anderen vollführt hat, haftet. Jetzt ist es an mir, zu zeigen, was man nicht von vornherein ist, sondern durchaus auch erst im Laufe eines Lebens werden kann. Das wird der nicht vergessen, weiß ich schon jetzt. Und verrät mir ja auch sein Schweigen.

Um Bronken zu entspannen, beginne ich bereits vor Besteigen des Fluggeräts, ein bißchen über die Einzelheiten heutiger Versetzungsverfahren zu plaudern.

Natürlich, sage ich, gebe es auch heute noch den klassischen Lotsenversetzdienst über Lotsenboote. Die operierten von der auf Helgoland eingerichteten Einsatzstation für die vorgeschobene Lotsenstation »Deutsche Bucht«. Wenn aber wegen plötzlich veränderter Wetterlage anstelle des Hubschraubers vom Festland das Boot von der Insel aus eingesetzt werden müsse, sei eine kurzfristige Umdisponierung der an Land bereitstehenden Lotsen nicht möglich. Deshalb sei von vornherein ein gemeinsamer Einsatzort für Hubschrauber und Boot angestrebt worden. Aus verkehrsgeographischer Sicht habe dies allein Helgoland sein können. Nachdem einmal verwaltungsseitig auf dem Verhandlungsweg die Mitbenutzung des Flugplatzes der Marine-Rettungshubschrauber (SAR) auf Helgoland erreicht worden sei, habe die Inselgemeinde die Durchführung eines auf vier Wochen befristeten Lotsenversetzdienstes mittels Hubschrauber genehmigt. Der im Februar 1982 aufgenommene Betrieb sei jedoch bereits nach 14 Tagen abgebrochen worden. »Die Insulaner«, sage ich, »stellten eine für den ohnehin stagnierenden Fremdenverkehr unzumutbare Lärmbelästigung fest.«

Ich merke, daß Bronken nicht zuhört.

Natürlich sei es in der Anfangsphase, bemerkenswerterweise allein über der Elbe, nie jedoch über Jade und Weser, zu Abstürzen gekommen, aber das sei vorbei. Wenn man im übrigen bedenke, was der Lotse seit Beginn des Lotsenwesens an Opfern zu bringen immer bereit und auch gewohnt gewesen sei, fielen derlei Verluste letztlich nicht ins Gewicht. Außerdem seien zu Beginn des Verfahrens nur Freiwillige herangezogen worden.

Ich klopfe, während ich das sage, meinem Freiwilligen *nicht* ermutigend auf die Schulter. Vielmehr sage ich die

Wahrheit, wenn ich sage, daß inzwischen Hubschrauber mit zwei Triebwerken eingesetzt würden. Da könne so gut wie nichts mehr passieren.

Ich will nun nicht behaupten, daß Bronken (der vor acht Jahren schon recht ausladend war) schrumpft, als ich ihn in den Sitz hinter den beiden Piloten drücke, um ihn anzuschnallen und mich dann neben ihn zu setzen. Aber ich spüre doch so etwas wie einen Willen, sich nicht schwerer und ausladender zu machen, als er tatsächlich ist. So ein Versetzhubschrauber ist ja kein amerikanischer Truppentransporter, das ist auch ihm klar. Also wechsle ich nach meinem ersten, sichtlich erfolglosen Versuch, ihm die Sache so angenehm wie möglich zu machen, das Thema.

Gerade will ich anfangen, als Überbrückung ein paar Worte zur Tankersicherheitssituation im allgemeinen zu sagen, und kaum haben die Piloten, die an uns vorbei nach vorn gestiegen sind, die Ein- und Ausstiege geschlossen, fragt Bronken, wie es denn nun weitergehe. Ich sage, wir flögen hinaus, wir orteten, er werde es sehen, den avisierten Tanker (übrigens die »Donavania«, die Topeinheit, erinnere ich mich jetzt), drehten, je nach Windverhältnissen, draußen – wir würden vor uns Helgoland sichten –, hinter dem Schiff bei, versetzten uns selbst in seine vermutlich schon um einige Knoten verminderte Geschwindigkeit, peilten den gelben runden Punkt auf dem Deck an und gingen dann an Bord.

»Was heißt: Gehen an Bord?« fragt er.

»Wir seilen uns ab«, sage ich.

»Was heißt: Wir seilen uns ab?«

»Wir lassen uns abseilen«, sage ich. »Ich habe dich vorgewarnt, falls du dich erinnerst. In der *Kajüte*.«

»Ja«, sagt da mein Assistent irgendwie vorwurfsvoll, so als hätte er sich den Service etwas anders vorgestellt, »setzen wir nicht insgesamt mit dem Fluggerät auf dem von dir erwähnten gelben Punkt auf. So wie jeder normale landgestützte Helikopter?« Jede dritte Klinik, um von seiner Branche zu reden, sagt er, verfüge über den gelben Punkt oder irgendeine andere Kennzeichnung, auf denen die Rettungshubschrauber landeten.

Ich muß ihm leider klarmachen, daß ein Tanker nun einmal keine Klinik sei, in keiner Hinsicht. Bewegte sich eine seiner Kliniken mit der Geschwindigkeit über Land, mit der heutzutage die Großschiffe, die Gas- und Rohöltanker und Containerschiffe, die Meere pflügten, würden die ihre Patienten und Ärzte auch abseilen lassen.

Jetzt schweigt er. Und hat – so ist man halt, hinterrücks gewissermaßen, in einem solchen Fall gezwungen, Einfluß zu üben – gar nicht gemerkt, daß wir inzwischen längst abgehoben haben und Kurs nehmen. Ich habe es selbst nicht einmal gemerkt.

So schnell lasse ich mich jedoch nicht aus dem Konzept bringen, wenn ich die Verantwortung trage. Ich habe bereits von der Verantwortung gesprochen. Und ich werde mich auch weiterhin nicht daran hindern lassen, von der Verantwortung zu sprechen.

Die Tankersicherheitssituation also.

Ich erinnere Bronken an die Tankerunfälle im Englischen Kanal, die Havarien der »Torrey Canyon« und der »Amoco Cadiz« (ich könnte weitere anführen), ich spreche von der Einführung des Wegerechts für Großtanker in der *Precautionary Area*, der noch gar nicht so lange zurückliegenden Einrichtung der Landradaranlage Jade, der Notwendigkeit der Verbreiterung von Trassen im Bereich der Fahrwasserkrümmungen, der Zurverfügungstellung eines Notankerplatzes vor Wilhelmshaven und der immer noch nicht ausreichenden Bereitstellung von meteorologischen und hydrologischen Daten. Ob er sich nicht z.B. an das Wrack des Panzerkreuzers »York« erinnere, der während des Ersten Weltkrieges in der Innenjade auf eine Mine lief und sank und von dem wir doch alle schon als Kinder gewußt hätten. Das sei erst 1983 beseitigt worden. Als ich bereits gute vier Jahre im Lotsendienst gewesen sei und diesem außerordentlichen Gefährdungspunkt, den es zu umschiffen galt, Tag um Tag und Nacht um Nacht Auge in Auge gegenübergestanden hätte.

Aber dann lenke ich schon wieder ein, damit er nicht denkt, daß wir mit unserer »Donavania« nach dem Abseilen auf eine Mine laufen. Und erläutere ihm, mehr technisch-konstruktiv sozusagen, das Funktionieren der Landradarkette der Jade mit dem Sprechweg 63 sowie den weiter ausgreifenden sogenannten Weitbereichsradar Helgoland und die neuen Hoheitsgrenzen, die wir auch Küstenbox nennen.

Die knappe halbe Stunde, scheint mir, vergeht für meinen (zwar auch zu der Zeit schon nicht mehr ganz jungen, jedoch keineswegs begriffsstutzigen) Assistenten wie im Flug. Was sage ich? Im wirklichen wie im sprichwörtlichen Flug, sollte es wohl eher heißen.

Und dann hinein in die Hose. Er gehe voran. Er hat gar nicht gemerkt, daß wir schon über dem Koloß stehen und den Punkt anpeilen. Wahrscheinlich hat er absichtlich in die falsche Richtung geblickt. Heb das Bein, alter Knabe. Ich schnalle ihn in die Abseilschlaufe, die ich mir erlaubte,

Hose zu nennen. Der Ausstieg wurde schon von vorne geöffnet. Bronken sitzt wohlweislich an dessen Seite. So braucht er sich, am ausgefahrenen Galgen hängend, nur noch ein wenig abzustoßen. Denn, wie das nun einmal ist, jedes Lüftchen dort draußen über der See ist immer schon ein ordentliches Windchen, das einem nicht nur durch und durch gehen kann, wenn man es nicht erwartet, sondern das einen auch ganz schön wiegt und schaukelt. Man wird ja nicht gleich zu einem Sturzhelm greifen wie einer, der gezwungen ist aufzusitzen auf dem Vespasitz eines Bronken.

Er schwebt hinab. Die Zuständigen unten eilen herbei, befreien ihn aus der Hose, die wieder zu mir hochgeseilt wird. Er ist exakt auf dem Punkt gelandet. Auch ich lande auf dem Punkt. Das Fluggerät dreht ab. Und wir stiefeln über das Deck zur Brücke, wo der Kapitän mit seinem Steuermann schon auf mich wartet, um endlich die Verantwortung los zu sein, die nun allein, ungeteilt und vollkommen, in meinen Händen liegt.

Ich werde Bronken nicht erzählen, was es heißt, so einen 300 000-tdw-Tanker mit einem Tiefgang von 22 Metern durch die auf eine Fahrrinnentiefe von 23 Metern gehaltene Jade zu lotsen. Auch ist nach dem Einlaufen mit einem 330 Meter langen Schiff in die 300 Meter breite Trasse logischerweise ein Umkehren und Ankern nicht möglich. Jede Abdrift des Schiffes von der Mittelachse führt zu einer Grundberührung von möglicherweise katastrophalen Ausmaßen. Auf die Dauer holt man sich einen Infarkt nicht von nichts. Leg einen von diesen Ungetümen einmal quer, der bricht in der Mitte auseinander. Wenn die landseitigen Kontrollinstanzen wüßten, in was für Situationen ich in meinem nun auch schon dreiundzwanzig

Jahre dauernden Lotsenleben hineingeschlittert bin, hätte ich mir schon weit mehr als ein gutes Dutzend Seeamtsverfahren eingehandelt. Aber zum Glück hat nie einer etwas gemerkt. Zum Glück verstehen ja die Besatzungen, oft selbst die Steuermänner, nicht viel von der Sache. Sie kennen nicht die Gefahren, sie sind nicht von dort, von wo der Lotse ist. Deswegen ist der ja Lotse.

Die »Donavania« ist kein Sub-Standard-Ship, ihr Kapitän ist ein Ehrenmann, mit seinem Rudergänger kann ich mich halbwegs verständigen. Das ist nicht die Regel. Abgesehen davon, daß gerade auf unter sogenannten Billigflaggen fahrenden Schiffen, deren Besatzungen ungenügend ausgebildet sind und deren Offiziere nicht selten mit falschen, für Geld erworbenen Befähigungszeugnissen agieren, erlebt unsereins oft Haarsträubendes. Ich spreche ein ziemlich gutes Englisch. Ich erteile, die Anweisungen der Kollegen von der Radarberatung im Ohr, den Radarschirm und zugleich den Leuchtturm am Westende Wangerooges, das Seefeuer und das Leitfeuer im Blick, Anordnungen, die der Kapitän neben mir in norwegischer Sprache an den Offizier an der Back weiterleitet, wo dieser versucht, seiner spanischer Mannschaft den Befehl ins Spanische zu übersetzen. Daß ein Gutteil Spanier wiederum ein ausgeprägtes ostasiatisches Aussehen hat und zuweilen mitten im Manövriervorgang, den ich anstrebe, kleine Matten auslegt, um sich auf den Knien Richtung Mekka auszurichten, ist dann noch die geringste Beeinträchtigung, die meiner Arbeit widerfährt; denn diese Menschen können (und brauchen sowieso) nicht (zu) wissen, wo es langgeht. Vielleicht wollen sie es selbst nicht einmal.

Auch mein gereifter Assistent neben mir weiß nicht,

wo es langgeht. Er fragt mich, als ob ich das Schiff, das ich gerade erst übernommen habe, schon wochenlang durch vielerlei Sturm, Dünung, Wellengang und Hagelschlag gelenkt und dazu auch noch in allen Einzelheiten seines Inneren erkundet hätte, kaum daß ich meine Position eingenommen habe, nach dem Klo. Ich gebe an den Kapitän weiter. Der gibt seinerseits weiter an einen, der mit verschränkten Händen im Rücken im Brückenhintergrund steht. Der wiederum nimmt Bronken, als hätte er nur darauf gewartet, ohne ein Wort zu sagen – dafür aber auch, ohne ihm ansonsten in irgendeiner Weise nahezutreten, mit Händen und Füßen sprechend, gestikulierend – beiseite. Das ist alles, was ich sehe. Ich muß mich auf die Fahrrinne konzentrieren.

Als er dann zurückkehrt – ich brauche gar nicht erst hinzusehen – und er wieder neben mir steht, sage ich: »Na, Dünnschiß?« Worauf er mir antwortet: »Erraten.«

Ich habe es gewußt.

Ich glaube sogar – wir brauchen dann ja noch ein paar Stunden zwischen den verschiedenen Feuern und Tonnen hindurch, bevor die vier wartenden Schlepper das Schiff mit ihren gepolsterten Schnauzen gegen die beiden Anlegedalben drücken –, daß er am Ende froh ist, heil und noch vor Sonnenuntergang über die Lotsenleiter, die ich dem Fallreep vorziehe, von Bord zu kommen.

Soviel muß ich ihm zugestehen: er hat sich tapfer geschlagen. Mehr noch. Er hat offenbar Vertrauen zu mir gefaßt. Hätte er mich sonst, nachdem ich ihn zu Frau und Kind und Mutter und Schwester in das Häuschen am Stadtrand zurückgefahren habe, noch am selben Abend angerufen, um mich wissen zu lassen, daß es einmalig gewesen sei?

Und daß er sich bedanke? (Wobei ich allerdings nicht zu entscheiden wage, ob er damit, was eine Binsenweisheit wäre, sagen wollte, daß nichts – wie jedes andere erst- und also einmalige Ereignis von einer gewissen Bedeutung – dieses sein erstes Mal je werde übertreffen können, oder ob er meinte, daß er es vorzöge, es bei diesem einen Mal zu belassen; in Anbetracht der Tatsache, daß er sich bislang nicht eben als der Prototyp eines Binsenweisheitsspezialisten zu erkennen gegeben hat, neige ich letztlich doch zur letzteren der beiden Möglichkeiten. Oder, vielleicht am besten, gleich zu gleichen Teilen, zu beiden.) Jedenfalls hat er mir dann noch seine Berliner und seine italienische Nummer durchgegeben. Ich hatte sie verwahrt. Um sie endlich zu nutzen.

Apropos Binsen. Inzwischen schwingen wir, er und ich, mit Verve und Anstand, den Kräften, die wir besitzen, in den südlicheren, deswegen aber, wie sich herausstellen wird, nicht automatisch gemütlicheren Breiten des europäischen Festlands, die Macheten. Dreschen auf das Schilf und den Bambus ein. Zerhacken es, um es – den Ophthalmologen und seinen Arbeiter, die die Basisarbeit am ausgetrockneten Bachbett verrichten, im Rücken – dorthin zu schaffen, wo es hingehört. Auf die Feuerstelle. Wenn das Bachbett auch trocken ist und nicht das geringste Rinnsal aufweist, so weisen doch die frischgeschlagenen Binsen und Stangen genug Feuchtigkeit auf, die Flammen, die wir unter Zuhilfenahme eines ordentlichen Spritzers aus dem Benzinkanister entfacht haben, in ein derart umfassendes und dichtes, rote Funken spuckendes und schwarzes Gewölk gen Himmel prasselndes Rauch- und Schmauchgeschehen zu tauchen, daß sie selbst bald schon nicht mehr darin auszumachen sind. Nur ihre Hitze ist auszumachen. Die sich dann mit der anderen Hitze vereinigt. Der, die vom Himmel auf die zu rodende Senke herabglüht und sich immer gnadenloser und unerbittlicher, sengender, auf die inzwischen nackten Oberkörper der notgedrungen Beiseitetretenden ergießt. Der Qualm quillt und verfinstert die Sonne, ohne auch nur im mindesten ihre Wirkung zu mindern. Irgendwann sitze ich schweißgebadet am Rand und passe. Bronken hält noch eine Weile stand. Dann läßt auch er sein Werkzeug fallen und folgt mir in den Schatten unter die Büsche, von wo aus wir die beiden anderen, die weiter mit unerklärlicher Ausdauer in den Bambusstauden wüten, im Blick haben. Man glaubt gar nicht mehr, daß die noch einmal aufhören.

Und sie tun es doch. Ganz unnötig, insgeheim auf die mir lieben, wenn auch noch nicht persönlich bekannten Fischer zu setzen. Irgendwie nämlich ging es wie von selbst auf den Mittag und das eigens für diese von Gianna, der Frau im Haus, vorbereitete und auch uns in Aussicht gestellte Mittagessen zu.

Fischer. Tiberfischer. Gestandene Herren. Rötliche Haut. Könnten auch auf Krabbenkuttern zwischen Harlesiel und Norddeich kreuzen. Leider ist der Fisch, den sie mitbrachten, im Tiefkühlfach verschwunden. Es gilt, sich den Spezialitäten zuzuwenden, die Gianna vorbereitet hat.

Zuvor aber verschwinden Bronken und ich der Reihe nach im Bad, um uns notdürftig über dem Waschbecken zu reinigen und zu erfrischen. Cesare folgt. Orlando hat sich inzwischen verabschiedet, um mit seiner Familie zu speisen.

Die Spezialitäten, die Gianna aufträgt, sind, wie sich sogleich herausstellen wird, von Graden. Einmal ganz abgesehen vom Schinken, dem rohen, mit der Honigmelone, der Pasta in kräftigem, tomatenseligem Sud und den verschiedenen Gängen, die nach den zwei Hauptgängen kommen werden: diese Hauptgänge sind bemerkenswert. Einmal sogenannte *Involtini*, feine, kleinste, mit einer pikanten Pastete gefüllte Kalbsrouladen, wie sie nicht einmal Aischa hinkriegte, und dann das Kaninchen, die Kaninchenteile, zubereitet *alla Cacciatora*, heißt es, also nicht auf Fischer-, sondern auf Jägerart, gesotten im hauseigenen Olivenöl und im hauseigenen Essig und angereichert, da braucht man gar nicht zu fragen, mit dem dem Ganzen die eigentliche Würze verleihenden Rosmarin, der um die Ecke am Haus wächst.

Man speist wie beim Fürsten, der im Landgasthof eingekehrt ist, um sich vom Wirt die Schürze umbinden und, in der edlen Annahme, unerkannt zu bleiben, die Küchenregie übertragen zu lassen, bis er seinem Volk kundtut, es sei der ferne Erlauchte, der die Zeche übernehme.

Haben sich aber Bronkens Leute bislang Mühe gegeben, auch für mich verständlich zu sprechen, verfällt zumal Cesare im Austausch mit seinen Fischern zunehmend in einen Dialekt, mit dem, wie ich bald herausfinde, selbst Bronken seine Schwierigkeiten hat. Er verweigert die Übersetzung. Nur mit der ernsten, trotz – oder ich weiß nicht: vielleicht auch gerade wegen – ihrer kleinen Beeinträchtigung im Mundwinkel so quirligen, ja, reizenden und charmanten Gianna läßt sich halbwegs reden.

Was soll ich weiter sagen? Ein bis in den späten Nachmittag mit allem Drum und Dran sich hinziehendes *Pranzo*.

Bronken zunehmend beredt, er scheint mit wachsender Rötung seiner ergrauten Wangen auch mehr und mehr zu verstehen, um was es geht. Und redet selbst so, daß ich nichts mehr verstehe. Aber das macht nichts. Es ist die Gesamtatmosphäre. Ein bißchen Müdigkeit, vor allem in den Armen. Ein bißchen Schläfrigkeit, der entgegengearbeitet wird mit den kleinen harten *Caffè* und dem Brandy, der dazukommt.

Und dann wird abgeräumt. Und zusammengepackt. Große Weinflaschen und Körbe mit Obst, Äpfeln, Feigen, auch schon früh gereiften Trauben, mit Gemüse, Auberginen, Zucchini, Tomaten, Fenchelstauden und Karottenbündeln, die hinauf auf die Straße und in den Stauraum des Pick-up transportiert werden.

»Ich dachte«, sage ich, als die beiden Fischer in ihren Wagen steigen und Cesare die Heckklappe zuschlägt, um sich hinter das Steuer seines Fahrzeugs zu setzen, »Cesare bleibt hier. Wegen des Caterpillars, den er morgen früh mit einem Ebenbürtigen aus dem See« – ich selbst sage schon See! – »heraushieven will.«

Bronken zuckt die Achseln.

»Hat er wohl doch nicht freigekriegt«, schiebe ich nach.

Schweigen.

Nachdem wir uns alle, alle! – ich zögere, Küßchen links, Küßchen rechts –, voneinander verabschiedet und wir, Bronken und ich, die beiden anderen Wagen an- und dann, nach den Wendemanövern, abfahren gesehen haben, frage ich, noch bevor ich mich wieder hinter mein eigenes Steuer haue, wie weit es eigentlich zum Meer sei.

»Luftlinie oder Fahrzeit?«

»Fahrzeit«, sage ich.

»Das kommt auf den Tag an. Jetzt, am Sonntag, um diese Zeit …«

»Morgen«, sage ich.

»Morgen, sagen wir, nicht gerade am Morgen, eher gegen Mittag, nicht mehr als anderthalb Stunden.«

»Okay«, sage ich. Dann steigen wir ein.

6

Langsamer Ritt durch weitläufiges Gelände

Ich habe es dann doch nicht geschafft. Natürlich hätte ich ihn, wenn er denn gewollt hätte, mitgenommen. Aber ich habe es doch nicht geschafft.

Ich hatte ihn zurück zu seiner Bergkuppenklause gefahren. Er wollte weitermachen, glaube ich, weitertrinken und reden. Aber ich verabschiedete mich. Ich hätte, sagte ich, noch etwas zu tun. Was nicht ganz stimmte. Es sei denn, man betrachtete das Bedürfnis, für sich zu sein, das, was man einen langen Tag hindurch an Bambusgetänge und scharf in die Haut schneidenden Staudenblättern geschleppt, gespalten und verfeuert hat, zu vergessen, und das, was man an Speisen und Getränken zu sich genommen hat, abzubauen, um sich ein paar Gedanken zu machen, schon für sich als eine Tätigkeit. Für mich ist sie ein Innehalten. Allenfalls eine Tätigkeit, die – und das eben wäre ja dann das einzige Tätige an ihr – für sich selbst spricht. Ich wollte mit mir selbst sprechen. Was ich dann auch tat.

Nur kam ich damit nicht weit.

So daß ich zu dem griff, wohin ich seit meinen frühesten Tagen auf See griff. Zu Lektüre. An der herrscht ja, wie schon erwähnt, in Bronkens Bibliothekshöhle kein Mangel. Zu unruhig, was in diesem Falle heißt: zu beschwert und belastet durch die vorangegangenen Verausgabungen und Völlereien, nehme ich das Nächstbeste zur Hand. Das Nächstbeste ist das, was man kennt. Ich kenne diese gelben Bände. Sie haben mich begleitet. Erst als ich auf sie gestoßen war auf meinen langen Reisen, wußte ich, daß mit ihnen und ihrer Hilfe die Grenzen zu den fünf physischen Kontinenten, die dem Menschen bekannt und die heute letztlich bis in ihre letzten Winkel und Verstecke hinein erforscht sind, überschreiten würde. Ich nehme zum ich weiß nicht wievielten Mal in meinem Leben Th. Josef Conrad Korzeniowski (später schlicht Joseph Conrad), die Gesammelten Erzählungen und damit sein *Das Herz der Finsternis*, zur Hand. Der oder das (das Herz) oder die (die Finsternis) mich einst retteten und dann immer wieder, wenn ich zu ihnen griff, gerettet haben. Auf ihnen baute alles andere auf. Ich verdanke ihnen alles. Inzwischen kann ich sie schon fast auswendig. Ich brauche, zumal eben, wenn es sich um die gelben, in Leinen gebundenen Fischer-Bände mit den rot-blauen Schriftprägungen auf dem Buchrücken handelt, nur irgendwo aufzuschlagen. Und schon brauche ich nicht mehr zu lesen. Die Schrift erscheint, wohin immer mein Blick schweift und dann haftet, über dem mir auf den Knien liegenden Buch ein weiteres Mal vor meinen Augen. Es ist eine Art von Eidetik. Die Folge eines nie endenden Verstehens, also das immer neue Unverständnis, wie einer, der ein Gutteil seines Lebens, am Ende ungefähr so lange wie ich, Schiffe über die Ozeane gelenkt hat, es zu einer solchen, alle Tat des Abenteurers, Seemanns und verantwortlichen Schiffsführers in englischen Handelsschiffahrtsdiensten übertreffenden Tat des Niederlegens und Verwandelns seines Lebens in Romane nur zustande bringen konnte. Es lese jeder selbst. Zur Sache lasse ich mich nicht ein. Denn sie ist meine. Jedem anderen, der sich in sie hineinversenkt und sich ihr ausliefert, sei sie die seine.

Ich lese mich also gewissermaßen im Deckengebälk von Bronkens Bibliothek fest. Folge den Kerben und Flächen, die die Äxte, Beile und Eisenkeile einstmals hineingetrieben haben in die Materie. Und schlafe ein. Um in voller Montur sozusagen, das Buch auf dem Unterleib, bei ungelöschtem Licht am Morgen zu erwachen. Das Tageslicht flutet herein aus den Türen zum Arbeitszimmer und zur Küche.

Wer hat hier eigentlich von Arbeitszimmer gesprochen? Ich? Er? Egal. Jedenfalls sieht es aus wie ein Arbeitszimmer. Und hat er nicht, wenn auch einigermaßen sibyllinisch grinsend, behauptet, er arbeite immer? Erst recht egal.

Dies Zimmer könnte mir, auch wenn ich an alles andere denke als an Arbeit, gefallen. Falls ich am Ende doch noch ein paar Tage anhängen sollte. Ursprünglich hatte ich gedacht, allenfalls eine Woche bei Bronken zu bleiben. Und mir dann, bei der Gelegenheit, noch ein paar Tage Rom anzusehen. Neapel kenne ich von früher. Da brauche ich nicht mehr hin. Aber von dort sollen Tragflächenboote hinüber nach Stromboli gehen. Auch hätte ich gern noch einmal einen Abstecher nach Catania gemacht. Erofili. Schon der Name. Die Griechin, die damals, blutjung und voller, geradezu beängstigender, Kraft, wie sie damals war, gerade ihr Lokal im Hafen eröffnet hatte. Und mich in den jeweils wenigen Nächten nicht nur zum Stammkunden, sondern zum von, davon konnte ich ausgehen, niemandem sonst erkannten Bevorzugten machte. Was mochte aus ihr geworden sein?

Bronkens Arbeitszimmer also.

Und seine Küche.

Zunächst suche ich, nachdem ich das sichtlich nachträglich installierte – und von mir bereits gründlich inspizierte – Klo mit der Dusche auf dem Balkon zum Nötigsten benutzt habe, die Küche auf.

Der Blick vom Balkon in die Weite verspricht einen weiteren sonnigen, wenn nicht brütenden Tag.

Onno-Behrends-Tee. Man fühlt sich gleich heimisch. Wo kriegt der den eigentlich her? Fragt man sich. Die Spitzen-, die Goldspitzen-Spitzenmischung, die ich zu Hause trinke. Die hätte ich zuallerletzt hier erwartet. Man sieht, der – ich meine meinen Bronken – kann selbst nicht gänzlich die Heimat und seine Herkunft verleugnen. Obwohl er doch eigentlich, erinnere ich mich richtig, gar nicht von der Küste stammt. War er nicht Flüchtling? Kind aus dem Osten? Ich erinnere mich an so etwas. Wie immer aber. Er versorgt sich mit Onno-Behrends-Goldspitzen. Bringt sie sich zu seinen Aufenthalten mit. Oder läßt sie sich schicken.

Ich brühe mir eine Kanne auf. Sogar ein Stövchen hat er, wenn auch keins aus Messing, wie wir Friesen es noch immer am liebsten haben. Eines aus Steingut, na gut.

Auch Kandis fehlt. Aber ich will es verschmerzen. Derlei ist mir sowieso untersagt. Nur überkommt es einen allzu leicht: kaum ist man der Kontrolle seines Internisten entronnen, glaubt man, man sei wieder frei und Herr über den Speiseplan und sein Leben. Kaum aus der Sicht-, wähnt man sich auch schon aus der Selbstverantwortungsschneise. Also nehme ich den Süßstoff, der auf der Waschmaschine neben dem Wasserkocher und der Espresso-Maschine bereitsteht.

An der Küchenwand mit den Klebefliesen ein Photo von zwei Mädchen, ich schätze, von ca. acht Jahren. Beide tragen das gleiche rot-weiß quergestreifte T-Shirt, beide haben einen Löffel in der gleichen – der rechten – Hand, beide haben die gleiche Suppe, etwas Bräunliches, eine Linsensuppe, nehme ich an, im Teller, beide lächeln ernst und theatralisch, sich des Fotografiertwerdens bewußt, sie wollen, hat es den Anschein, wie Zwillinge wirken. Obwohl sie es doch ganz offenkundig nicht sind. Ich tippe auf die rechte, etwas größere, der beiden. Sie könnte Bronkens Tochter sein. Sie hält sich nicht ganz gerade, während die andere sehr aufrecht sitzt. Wahrscheinlich ist die Tochter aufgeschossener als die andere und will sich auf die Höhe der Freundin absenken. Ein reizendes Bild. Ein Tochterbild. Sieht man sich die Augen der beiden Mädchen genau an, erkennt man, daß nur die eine, die größere, die Tochter von Bronken sein kann. Sie sind schmaler, länglicher, und nicht so groß und weit geöffnet wie die der anderen.

Im Arbeitszimmer, wo sich die zwei Tische gegenüberstehen, wie gesagt, auch eine Liege. Sie ist von einem schwarzen Samt bedeckt. Am Kopfende ein hohes Kissen unter einem mit einem bukolischen Motiv durchwirkten, an die Wand genagelten Teppich. Männer mit Federhüten an einem Tisch, Damen in langen Röcken und mit schlanker Taille in ihren Armen, andere, die den Krug halten und die Gläser in den Händen der Herren füllen. Gäbe es diese Szene nicht, könnte man die Liege für die eines Analytikers halten. Bei näherer Betrachtung aber beginnt das Ganze gleichsam zu kippen. Bis man dazu neigt, den

Teppich mit seinem Motiv für das Ergebnis einer Seelenerforschung – letztlich ja immer nur auf einer niedrigeren (deshalb aber noch lange nicht tieferen) Stufe der einem versagten Wünsche und Träume – zu halten.

Nein, was mich betrifft: ich will nicht arbeiten. Aber ich werde mich hin und wieder, wenn es mir an dem kleinen halbrunden Tischchen und auf den hölzernen Gasthausklappstühlen mit der Brandprägung *Wernicke* in der Rückenlehne auf dem Balkon zu heiß werden sollte, an ihn setzen. Vielleicht sogar auch an den Tisch gegenüber stellen, auf dem in Standhöhe eine von einer Plastikhaube bedeckte Schreibmaschine aufgebockt ist. Man kann ja nie wissen. Vielleicht lohnt es doch, sich ein paar Notizen zu machen.

Neben der Liege noch ein breites dreigliedriges Regal bis unter die Balken an der Decke. Eine Art Handbibliothek. Die Ergänzung zu der fast ausschließlich literarischen Abteilung, die meinen Schlafraum darstellt. Hier stehen Nachschlagewerke, Lexika, Historisches, Zeitgeschichtliches. Geographisches, Naurwissenschaftliches, und – wie anders? – eine ganze Reihe Medizin. Vielleicht doch Arbeit?

Auffällig vor allem aber ein aus schwarzem Ebenholz gefertigter Afrikanerkopf mit ziselierter Einlegearbeit, die Tätowierungen simuliert. Feinste Plättchen von Messing und Silber im Holz, dazu bunte Perlenreihen, die sich von einem Ohr über die Wangen des Mannes zum anderen ziehen. Aus der Schädeldecke dann aufragend ein Phallus in – am Kopf, dem er sozusagen entspringt, gemessen – doppelter Lebensgröße. Ein beeindruckendes Stück naiver Kunst. Ein Stück, ich habe andere zu Gesicht bekommen, von einer ganz besonderen Kraft, einer, die über das bloß Symbolische hinausragt.

Ich denke, ich werde einen Spaziergang machen.

Den höchsten Punkt der Altstadt ersteigen. Da steht die Turmruine. Zu der führen Treppen hinauf. Oben ist abgeschlossen. Ich klettere zwischen dem Fels und dem Gemäuer über das eiserne Gittertor hinweg. An der Brüstung, welche die restaurierte und derart gesicherte Ruinenplattform umschließt, suche ich mich zu orientieren. Bronkens Horst, von dem aus ich nicht die Turmruine sehen konnte, ist dementsprechend auch von dieser aus nicht zu sichten. Aber der Friedhof. Und der Weg, der zu ihm hinaufführt. Und auch das, was das deutsche Stipendiatenanwesen sein dürfte, ein sich im Gewirr – und in Anbetracht der Bescheidenheit der umliegenden Häuschen und Hausteilzerklüftungen – durchaus herrschaftlich ausnehmendes Gebäude.

Das Lüftchen, das geht, ist angenehm. Gefährlich angenehm umstreicht es die Feuchte des Nackens, die ich mir beim Aufstieg geholt habe. Ich steige zwischen den Wänden die engen Stiegen und Steigen hinab, halte auf den Kirchturm zu, zu dessen Füßen, wenn ich es richtig einschätze, Bronken die Welpen getötet hat, und bemühe mich, ohne unnötige Umwege zu nehmen, zu ihm ins Land hinaufzugelangen. Dieses Mal betrete ich das Friedhofsgelände und gehe nicht die Straße um das Einfriedungsgemäuer herum.

Es ist kühl zwischen den Grüften und Grabsteinen unter den Zypressen. Die Luft modert gleichsam den Moder des Laubs, das vom vergangenen Herbst und Winter stammt, wider, obwohl es gar nicht mehr da, längst abgekarrt und irgendwo zum Erdreich zurückgekehrt ist. Natürlich welken die Blumensträuße in den Vasen und die Kränze auf den Steinen. Der Kies zwischen den Gräbern klingt unter meinen Sohlen – ein ganz besonderes Knirschen – wie das Bearbeiten von Korn unter hölzernen Flegeln und ledernen Schlegeln, wie ich es auf Lichtungen in den brasilianischen Tropen vernommen habe. Es herrscht zudem, wenn auch hier ohne das lebendige Zutun von Menschen, dieselbe Andacht. In den Ecken der Grabgevierte, wo die wilden Zaunwicken blühen, atmet das Moos und glitzert noch immer der letzte Tau von der Nacht. Als ich aus dem alten Teil der Anlage mit den verblichenen Fotografien der Dahingegangenen in den ovalen Rahmen und den eingemeißelten Daten von Geburt und Tod im Stein hinausgelangt bin, erhebt sich vor mir als Wand der sichtlich neuere Teil des Ganzen. Die steile Wand mit den Fächern. Ich weiß nicht, wievielfach übereinandergestapelt die knappen viereckigen Segmente, in die die Särge hineingeschoben und dann mehr oder weniger sorgfältig vermauert und einzementiert worden sind. Da möchte man nicht liegen. So unsinnig – und unmaßgeblich – es auch ist, da nicht. Zwar liegt man gerecht, egalisiert und beisammen; um so einsamer, verlassener dann die eisernen, von Rost angefressenen mehrmeterhohen Gestelle auf ihren Rädern, über deren weit hoch führende Treppe die Trauernden ihre Verblichenen erreichen können. Es ist zu fürchten, sie erreichen sie erst, wenn sie selbst im Fach neben ihnen liegen. Wo immer ich an Land ging in der Welt: es ist schon fast überall dasselbe. Die Erde will die Menschen nicht mehr; also befördert man sie auf direktem Weg in den Himmel. Nur im Friesischen – und wenigen anderen Weltgegenden – legt man sie noch unter die Soden, das Gras. Oder auch die Kruste. Ich weiß nicht, ob es gut wäre, hier zu sterben.

Bronken sitzt nackt auf einer Stufe der Treppe, die von der Pergola zu ihm, wo ich noch nicht war, hinaufführt. Er hat den Schädel zwischen seinen Händen. Hält ihn sich fest. Er scheint nicht zu bemerken, daß ich wenig unterhalb von ihm stehe und ihn sehe. Seufzt er? Jedenfalls gibt er ein, zwei verhaltene Töne von sich, so zumindest, als wäre er mit sich – oder einem Unsichtbaren – im Gespräch. Wobei ihm dieser Unsichtbare – bzw. eben er, Bronken, sich selbst – anscheinend einiges Kopfzerbrechen bereitet. Dann blickt er auf. Blickt mich an wie eine Erscheinung, eine Fata Morgana. Nicht also nur wie einen, den er lange nicht zu Gesicht bekommen hat. Er blickt mich an wie einen, den es genaugenommen nicht gibt, auch nicht geben kann, den er aber, da er nun einmal da ist, wohl oder übel zur Kenntnis nehmen muß. »Nun denn«, sagt er, »gehen wir rein.«

Er erhebt sich. Erst jetzt erkenne ich, daß er keinesfalls vollkommen nackt ist, er trägt einen Slip, ein Miniding von Unterhose, um nicht zu sagen: einen Tanga. Aus Baumwolle, denke ich, in verwaschenem Gelb. Entweder, denke ich, ist das Ding im Laufe der Zeit derart bei der Wäsche eingelaufen, daß es von einem Tanga kaum zu unterscheiden ist, oder sein Träger ist derart aus ihm herausgewachsen, daß man es fast nicht mehr als Slip identifizieren kann. Aber das mag auch an den Lichtverhältnissen liegen, die herrschen. Ich stehe geblendet und auch schon wieder ein wenig vom Aufstieg erschöpft in der Hitze des sich erhebenden Mittags.

Ich folge Bronken in seine Kammer. Die von innen, wie ich sogleich erkenne, geräumiger ist, als sie von außen erscheint. So wenig ich mich lange bei dem Interieur aufhalten möchte, so unverzichtbar ist ein kleiner genereller Blick auf seine Einzelheiten.

Erste *generelle* Einzelheit: Der Boden schwankt unter meinen Füßen. Ich sehe, daß Bronken sieht, wie mir ist, als ich spüre, daß er schwankt.

»Keine Angst«, sagt er, »keine Bedenken. Die Balken, auf denen alles aufliegt, halten noch eine Weile. Sonst stiege mir schon der Carlos aufs Dach. Beziehungsweise, rückte mir auf die Bude. Es käme ihm nicht gelegen, wenn ich eines Tages mitsamt meinem Lager auf seinen Fässern landete.« (Ich erinnere mich: Da unten macht einer Wein.)

Es wäre in der Tat schade, würde man dieses alles, wie er die Fliesen, die unter meinem Schritt nachgeben, nennt, herausreißen und durch etwas Neues ersetzen. So schöne, alte, herrlich in sich gebrochene und gesplitterte beigegelbe bis haselnußbraune Tonfliesen – niemand wird ausgerechnet mir unterstellen, ich sei einer von diesen unverbesserlichen Denkmalserrettungs- und Wiederherstellungsfreaks – kriegt man sicher nicht so schnell wieder. Und diese Einschätzung meine ich denn auch gleich freundlich und mit allem gebührlichen Verständnis an Bronken weiterzugeben zu dürfen. Worauf der allerdings nur schroff erwidert: »Wenn es das wäre. Es ist nichts als eine Frage der Finanzen.« Offenbar ist dieser alte Bärbeiß noch weniger Freak als ich.

Zweite *generelle* Einzelheit: Oben keine Decke, sondern das rohe Dachgebälk mit den darübergelegten langen

Hohltonziegeln. Und den zahlreich in die dunkleren Balken getriebenen Nägeln und Haken. An denen eine halbe Einrichtung hängt. Kleidung auf Bügeln, mindestens fünfzehn Bügel. Ein kleiner, zierlicher, japanisch beschrifteter Papierschirm. Ein Akkordeon, Marke *Hohner*, Hängekörbe mit Messern und allerlei anderen Küchengeräten darin. Ein klassisches rundes Moskitonetz, zusammengerollt über einem Bett, das eine weite frotteetuchartige geriffelte Decke, ein Plaid, bedeckt. Das Bett mißt gut und gern zwei mal zwei Meter.

Nächste, also dritte – und, zugegeben, schon mehr und mehr zusammenfassende – *generelle* Einzelheit: Der verrußte Kamin, die Kochecke, auf dessen in die Wand gemauerte Eisen schwere gebeizte Bretter, fast Balken, liegen, die sind für die Töpfe und das Geschirr, und darüber, wieder von den Dachbalken herab, Tiegel, Kartoffelstampfer, Gemüseschäler, Kellen, Henkeltassen, Salatschleuder und der Grillrost, dazu unten, auf den schönen, schwammig schwankenden alten Fliesen, die Propangasflasche, daneben der Ofen mit dem Ofenrohr, das über dem Kamin im geweißten Wurfverputz endet, na, und so fort, alles, was nötig ist, scheint's, um im Notfall auch in dem Gelaß zu überwintern.

Und viertens dann: nackte, fliegendreckbekackte Glühbirnen von der Decke.

Und fünftens: Kunst, will heißen, Bilder, Drucke, Fotografien, Tendenz Erotisches, geöffnete Beine, gekreuzte Beine, Junggesellenaspekt, Fesselungen und Entfesseltes in stilisiertesten Positionen, dazu ein Photo von ihm, dem Bewohner, in jüngeren Jahren, neben sich eine Frau, eine schöne Frau, mit weitem gelocktem Schopf und Fransen tief in die Stirn, zwischen langen Fingern die Zigarette haltend.

Sechstens: Ein runder niedriger Tisch, ein hoher rechteckiger Tisch, auf dem, wie unten in der Höhle, eine Schreibmaschine steht, und dann, ich trete auf schwankendem Boden heran, lüpfe das Tuch, das den Kasten bedeckt, tatsächlich: ein Klavier. Wie kommt Kuhscheiße aufs Dach? (Wir hatten mal einen in der Klasse, der kam aus dem Osten wie Bronken, der konnte ein Gedicht, wenn auch nur dieses, das endet im Reim:) Hat sich Kuh auf Schwanz geschissen und mit Schwanz auf Dach geschmissen. Ja. Ein Pianoforte.

Und siebentens, achtens, neuntens.

Und, *last but not least*, nächst einem kleinen handlichen elektrischen Schmorofen und einem Kofferradio Marke *Nordmende*, an dem er anfängt zu fummeln und zu drehen, der Besitzer des Ganzen. Ob er, frage ich, mir nicht besser mal was auf dem Klavier vorspielen wolle.

»Später«, sagt er. Inzwischen hat er sich eine Hose und ein Hemd angezogen.

Wie er das überhaupt hierherauf auf den Berg gekriegt hat? Der Weg ist zu schmal, als daß man so ein Instrument, auch wenn es kein ausgesprochen großes ist, auf einem Fahrzeug heraufbringen könnte. Ich frage.

Er habe bei dem, heißt es, in dessen Restaurant er zu der Zeit hin und wieder gegessen habe, gegen ein kleines Zugeld vier Albaner von der Baustelle abgezogen und sie die Arbeit machen lassen. Zwar hätten die beim ersten vergeblichen Versuch, es anzuheben, erst einmal den oberen Deckel aufgeklappt, um zu sehen, was da drin ist – nicht mehr und nicht weniger, habe er, Bronken, um sie zu ermutigen, gesagt, als Musik –, hätten aber, als sie des Gußstahlrahmens im Gehäuse dieses kleinen Braunschweiger *Schimmel* ansichtig geworden seien, spontan geradebrecht, daß dies nicht möglich sei. Seile und Klaviergurte hätten nun aber nach der Abfahrt der *zapf*-Leute, die das Instrument zuvor in ihrem Großcontainer aus Berlin herangeschafft hatten, auch nicht mehr zur Verfügung gestanden. So daß er selbst, gibt nun Bronken an, ihnen gezeigt habe, wie es gehe. Er sei in die Knie gegangen und habe aus eigener Kraft das getan, was er heute und in aller Zukunft nicht mehr in der Lage sei und sein werde zu tun, er habe das Instrument an einer Seite angehoben und die Skipetaren, sagt er, damit bei der Ehre gepackt, also buchstäblich selbst in die Knie gezwungen. Von dort aus – mithin zu fünft – hätten sie den Hundertmeteraufstieg nach einer guten Stunde geschafft. Und das Instrument dort, wo es jetzt stehe, neben dem Fenster mit Blick in die Tiefebene, an der Wand abgestellt. »Von dort ist es seitdem nicht mehr fortbewegt worden«, sagt er. Und habe sich, derart ausgerichtet nach Südwesten, auch erstaunlich gehalten. Es sei das seiner Mutter, sagt er.

»Das, welches ich«, frage ich, »in dem Zimmer habe stehen sehen, als ich dich zum Versetzen abholte?«

»Nein«, sagt er. »Das – im übrigen, das bessere – ist dort oben, bei meiner Schwester, geblieben.«

»Deine Schwester spielt also auch?«

»Nein«, sagt er, »aber sie schaut es täglich an. In Erinnerung an die Mutter.«

Als erinnerte auch er sich (oder als wäre er überhaupt erst durch mich darauf gekommen), fragt er mich nach einem kleinen Imbiß, einem Stück Käse, ein paar zuvor gepflückten Feigen vom unteren Baum und dem obligatorischen Glas vom Roten aus der Plastikflasche, ob ich Lust hätte, mit abzusteigen und ein bißchen Musik zu hören. Ich wußte gleich, was er meinte. Ich hatte mir die Anlage schon angesehen, sie aber nicht angerührt. Ich lasse mir derlei Geräte immer erst von ihren Besitzern vorführen. Und hole mir die Erlaubnis ein, bevor ich sie benutze. Hatte ja auch schon gesehen, daß da was umgesteckt war. Ein CD-Player, angeschlossen an das Gerät, obwohl es selbst ein CD-Fach aufweist.

Gut, Musik. Gerne. Obwohl es mir irgendwie seltsam vorkommt, daß einer vom Berg steigt, um Musik zu hören. Zumal ich gerade den hier nicht als einen kennengelernt habe, der Dinge zelebriert. Aber bei einem, der einen *Schimmel* auf seinen Berg transportiert (und einem anderen hilft, sich einen See auf den seinen zu schaffen), muß man wohl mit allem rechnen.

Also begleite ich ihn.

Wir steigen ab in den Ort.

Ich fühle mich doch auch *irgendwie* überrumpelt. Als dränge er plötzlich, obwohl er ja durchaus gefragt hat, ungefragt in meine Welt ein. Meine Welt in seinen Mauern. Aber man soll nicht übertreiben. Schon weil es Überraschungen gibt. Das ist so wie mit den objektiven und den gefühlten Temperaturen. Man tritt an die Sonne und wird vom Nordwind ereilt. Der erweist sich leicht als schneidend.

Aber dann eben Musik, die vieles löst.

»Was möchtest du hören?« fragt er, nachdem wir die Bibliothek betreten haben.

»Was hast du?«

Ich werfe einen Blick auf die CDs und Kassetten, die auf

einer Bank in der Ecke aufgereiht sind (und die ich mir natürlich vorher schon einmal angesehen habe). Ich nehme etwas zur Hand.

»Wie wär's damit?« sage ich. Ich reiche ihm eine Aufnahme, die ich nicht kenne. Die Goldberg-Variationen, auf Cembalo gespielt von dem mir nur als Jazzer bekannten Keith Jarrett.

»Ach, besser nicht«, sagt Bronken. »Weißt du was George Szell, der Mann, der die Cleveland-Symphoniker zu dem machte, was sie fast heute noch sind, einmal zum Cembalo oder, was weiß ich, zum Spinett gesagt hat?«

Weiß ich nicht.

»Tja«, sagt Bronken, »klingt wie zwei Gerippe, die auf'm Blechdach ficken.«

»Ach so«, sage ich. »Gut. Dann nimm, was du willst.«

Und so legt er etwas auf, das ich ebensowenig kenne. Irgend etwas von einem gewissen Feldman, Morton Feldman, nie gehört, Trio (Violine, Violincello, Klavier) von 1980. Seltsam. Aber nicht schlecht. Sogar ziemlich interessant, finde ich, nachdem ich mich halbwegs hineingefunden habe. So leise. So genau. Ganz bemerkenswert. Danke, Bronken.

»Hast du nicht früher selbst auch Geige gespielt?« frage ich ihn. Ich erinnere mich an so etwas. Das Goethe-Schulorchester.

»Habe ich«, sagt er. »Aber das ist endgültig vorbei. Wenn man nicht dranbleibt wie der Torero am Stier ... Ich habe die Geige meiner Tochter überlassen. Der, die du kennst.«

»Übrigens«, sage ich, »auch meine Jüngste spielte Geige. Das ist bei ihr aber auch schon vorüber.«

Ob er in seinem Arbeitszimmer schlafen dürfe, fragt er mich irgendwann. Es geht auf den Abend zu. Er wirkt erschöpft.

»Ich bitte dich«, antworte ich. Ohne zu versäumen, ihm anzubieten, ihn mit dem Wagen zu ihm nach oben zu fahren.

Er bedankt sich. Er wolle, sagt er, nur mal wieder bei sich sein.

Siehst du? denke ich. Frage aber trotzdem, ob er sich nicht oben ebenso *bei sich* fühle wie unten. Habe er nicht irgendwann erwähnt, daß er die Höhle noch gar nicht lange bewohne? Während er den Horst von Anfang an habe? Oder bilde ich mir das jetzt nur ein?

»Letztlich ist man nirgendwo bei sich«, sagt er. »Man ist auf der Flucht. Zeitlebens. Sogar, wenn man in alles hineinflüchtet und vor nichts und niemandem wegläuft.«

Er hebt seine Hände gegen das Licht der Bibliotheksstrahler, fährt sich mit einem Nagel der Linken unter einen Nagel der Rechten, um ihn zu säubern.

« Das ist es ja, was alles so vertrackt macht.«

Ich verstehe kein Wort.

»Drück dich doch bitte um Himmels willen etwas klarer aus«, sage ich. (Ich sage ausdrücklich nicht: weniger geschwollen.)

»Oh«, sagt er, »das ist gar nicht so einfach.«

Da kommt mir nun zugute, was ich mir inzwischen schon wiederholt in Erinnerung gerufen habe, oder besser, was sich mehr oder weniger ungerufen bei mir eingestellt hat: daß er nämlich zu denen gehörte, die die Leute zu unserer Zeit einmal Flüchtlingskinder nannten. Ja. Er gehörte zu den sogenannten Heimatvertriebenen, die noch bis in die frühen Fünfziger hinein in den Baracken-lagern und den früheren Marinekasernen untergebracht gewesen waren.

Ich frage nach, vergewissere mich.

»Sicher«, sagt er. Er sei inzwischen sogar zu so etwas wie einem Berufsflüchtling geworden. Er habe das Metier, da er ja, als der große allgemeine Aufbruch in Gang gesetzt wurde, noch ein Kind gewesen sei, sogar regelrecht erlernt. »Aus der Anschauung, verstehst du?«

»Ach so?«

Ich dürfe ihn nicht mißverstehen, fügt er in einiger Eile hinzu. Und ihn etwa mit jenen Unsäglichen verwechseln, die, vor allem in der späteren Bundesrepublik, im Westen, über ein halbes Jahrhundert hinweg und darüber hinaus, noch bis heute, ihr Süppchen in der Politik kochten und sich ihre Pfründen zusammenlöffelten. Zwar habe er, nicht anders als jene, aus der Not eine Tugend gemacht. Aber nie, um Vergangenes zu beschwören und Zukünftiges zu erträumen. Er habe sich nicht mit Regreßansprüchen auf-gehalten. Sondern das Augenblickliche gewählt. Hin und wieder, bekräftigt er, vielleicht sogar vergöttert. Er sei im-mer nur weitergeflüchtet. Nicht weg, sondern hinein, wie gesagt, sagt er. Das sei die einzige Freiheit, die es gebe. Eine andere gebe es nicht. »Immer wieder mal alles hinter sich lassen und gepäcklos ankommen. Zwar kein Ideal«, sagt er, »aber vielleicht der letzte mögliche Weg in Richtung auf so etwas wie persönliche Würde.«

»Wenn du so gut bist«, versuche ich ein weiteres Mal, mir ein wenig mehr Klarheit zu verschaffen, »dann hilf mir auf die Sprünge. Ich verstehe wirklich kein Wort. Oder be-richte, was du zu berichten hast. Erzähle.«

»Morgen«, sagt er.

Und so gehen wir – jeder an seinem Ort, er in sein Arbeitszimmer, ich in die Bibliothek – zu Bett.

Ich würde wirklich gern wissen, was der Mensch arbeitet, wenn er nicht anästhesiert.

7

Monte Circeo

Von wegen: erzählen.

Zwar habe ich es, wenn auch mit einem Tag Verspätung, doch noch geschafft, aber mit der Aufklärung dunkler Sachverhalte ist wohl fürs erste nicht zu rechnen.

Denn Bronken, der tatsächlich gewollt hat und den ich dann auch mitgenommen habe, hat sich erst einmal auf den Weg gemacht. Er wolle sehen, sagte er, ob er die Strecke zwischen der Tempelimitation mit den ionischen oder korinthischen Säulen zur einen Seite hin und dem Felsen zur anderen, in deren Mitte wir unser Strandlager aufgeschlagen haben, noch schaffe. Seit Jahren warte er darauf, es auszuprobieren. Früher sei es sein Lieblingsspaziergang gewesen.

Lange, hatte er schon auf dem Weg von seinem Rückzugsort hier herunter an die Küste gesagt, habe er darauf warten müssen, daß ihn mal wieder einer mit dem Auto besuche und mitnähme. Früher sei er ja noch mit seinem Roller gefahren, dem, den er damals gehabt habe. Einen schneeweißen. Den habe er schon gleich zu Anfang von 50 ccm auf 125 ccm frisieren lassen. »Eine Rakete!« Ein schwereres Gefährt habe er sich schließlich mangels eines Führerscheines nicht kaufen können. Was aber auch gar nicht nötig gewesen sei. Obwohl auf der Hand gelegen habe, daß sein Untersatz manipuliert worden war –

schon der neumontierte dickere Auspuff, der auch das entsprechende, aber eben unvermeidliche Röhren habe hören lassen –, hätten die *Vigili* und *Carabinieri*, die ihn bereits kommen hörten, wenn sie ihn noch gar nicht sahen, immer eher veranlaßt, zu salutieren als ihn anzuhalten, um ihn und seine Papiere zu kontrollieren. (Natürlich, dachte ich, übertreibt er.) Aber das sei inzwischen nun auch vorbei. Nachdem nämlich seine Beifahrerinnen – seine Beifahrerinnen! – nicht mehr hätten hinten aufsteigen mögen, sei er die längeren Strecken auch allein nicht mehr gefahren. Bis nach Salerno sei er, nach der Besichtigung Neapels und einem Abstecher auf die Insel Procida, »mit allem Drum und Dran, selbst einem Koffer mit Rückstrahler, hintendrauf«, gekommen. Und zwei Wochen zweitausend Kilometer zu zweit über das glühende Sardinien gekurvt. Mit seinem derzeitigen, dem weinroten Roller (auf den auch ich immerhin aufgestiegen bin), fahre er nicht mehr ans Meer. Der verfüge ja auch nur noch über 90 ccm. Aber das genüge. Mehr sei nicht mehr vonnöten.

»Wolln doch wenigstens mal sehn, ob das Bein es noch macht.«

So ist er losgegangen. In Richtung Felsen. Den bewaldeten, der 541 Meter hoch sein soll und am Ende der von Villen und balnear durchmischten Dünenstrecke seine Nase ins Meer hält. Bronken hat kaum gehumpelt. Und ich sitze im Sand.

Die Frage Huhn oder Ei. Was von beiden zuerst dagewesen sei. Eine, die ich mir wenigstens nicht stellen muß, wenn ich an Aischa und ihn denke.

Ich selbst war Zeuge, als er sprang. Und er sie noch gar nicht hatte kennen können.

Bis ich sie – und dann gleich auch noch mit ihm – zum ersten Mal sehe. Ich denk, ich seh nicht richtig. Dieser Hecht, dieser Spunt und Spucht, dieses Männchen, mit so einer Frau. (Wir sagten nicht nur Weiber, wir sagten, wenn es drauf ankam, auch Frau. Selbst wenn es sich um eine handelte, die noch jünger war als wir.) Er ist schon mal ein Jahr älter als ich. Sie aber, die ihn um einen halben Kopf Überragende, ist mindestens noch einmal um ein Jahr älter als er.

Es ist der Abend des Schwimmfestes des Schwimmvereins *Wasserfreunde*. Einer Veranstaltung *VoB*, will heißen: Vereine ohne Winterbad (das nächste Hallenbad gab's damals in Bremen). Zu der ich, glaube ich, seinetwegen gehe. Denn es heißt – das heißt: er hat zuvor in der Klasse und wo sonst noch verlauten lassen –, daß er zum Wettkampf antrete. Ich will mir ansehen, was aus dem, der zwei Jahre zuvor als Nichtschwimmer diesen völlig unverhältnismäßigen, aber doch tollkühnen Sprung gemacht hat, inzwischen geworden ist. Jetzt werde er ja trainiert, heißt es. Vom Hermann Starr, der Mitglied der Kunst- und Turmspringer-Nationalmannschaft bei den Olympischen Sommerspielen '36 war. In Berlin. Und der jetzt für die Tommys den Schwimmbadverwalter und Bademeister macht. Auch wenn die nicht da sind. Denn das Marinebad ist jetzt nicht mehr das Bad für die deutschen Marinesoldaten (die gibt es ja nicht mehr, die sind tot oder sonstwie stillgelegt, wie wir sagen; eine neue Deutsche Marine, eine Bundesmarine, wird es erst später wieder geben), es ist jetzt in der Hand der britischen Besatzungstruppen, die ihre hier, am

Fliegerdeich, im Schulbau *Frobisher*, zur Schule gehenden Kinder zum Schwimmen in die weitläufige, für die deutsche Öffentlichkeit gesperrte Anlage schicken. Nur nach Feierabend, nach sieben am Abend, darf der deutsche Schwimmclub *Wasserfreunde* hinein. Oder, wir haben es gesehen, die Schüler der beiden deutschen Gymnasien, wenn auch nur während der zwei Monate, da die Kinder der britischen Besatzungssoldaten bei ihren Verwandten auf der Insel Ferien machen.

Jedenfalls weiß ich auf Anhieb, daß Theo Bronken nicht durch diese Frau zum Kunst- und Turmspringer wurde. Es war schon alles in ihm angelegt. Auch ohne sie. Das ist ja mein Unglück. Da haben sich zwei, denke ich als erstes, als ich sie das erste Mal zusammen sehe, gesucht und gefunden. Wenn auch nur im Sport, rede ich mir noch ein. Aber was kann ich wissen? Ich bin vollkommen geblendet, blind.

Man muß sie sich nur einmal ansehen. Ich bin vom ersten Augenblick an weg.

Sie ist die Schönste, die ich je gesehen habe.

Sie ist eine Offenbarung. (Jetzt weiß ich, was die wenigen Katholiken, wie etwa Bronken, die es bei uns gibt, meinen, wenn sie das Wort verbreiten. Auch wenn ich es noch nicht aus dem Mund Bronkens vernahm.)

Sie ist einfach das Absolutum.

Strohblond, rapsgelbblond, hafergerste-, nein, weizenblond! Dazu die Nase. Der Blick. Soweit ich das aus der Entfernung erkennen kann. Ich sitz ja nicht wie er, dieser magere Kamerad aus dem Osten, bei ihr auf der Bank neben dem Sprungturm, wo sie offenbar auf ihren Einsatz warten. Ich stehe, wo alle stehen, in der Nähe der Startblöcke und dann, wenn mich der Anblick dieser Blonden an der Seite Bronkens buchstäblich zu Boden drückt, an der Seitenlinie der Schwimmbahnen, wo ich mich hinhocke und *kucke*. Sie ist viel zu weit weg. Natürlich könnte ich mal rübergehen zum Sprungturm. Und Bronken alles Gute wünschen. Damit er gewinnt. Da könnte ich mir die Frau einmal von nahem ansehen. Aber es reicht so. Sie ist atemberaubend. Sie hat schlanke, lange Beine, sie hat einen hellgelben Badeanzug an – ein helleres Gelb als das der Goethe-Badehose, die bei diesem seinem Auftritt Bronken allerdings nicht trägt, er trägt eine himmelblaue, viel zu auffällige Badehose –, sie hat ihre Badekappe in der Hand, die sie verträumt von innen um ihren Zeigefinger kreisen läßt, sie trägt Pferdeschwanz, sehr hochgebunden, ich weiß nicht, ob mit einem Bindfaden oder einem Gummiband oder sogar mit einer Schleife, sie wirkt gelassen. Und er, der Angeber neben ihr, wie der Überbau sozusagen aller Gelassenheiten. Er kann es sich leisten. Aber er wird sehen.

Das Springen bildet den Mittelpunkt des Wettkampfgeschehens, und zwar insofern, als es zwischen die Schwimmwettkämpfe und das Wasserballturnier gelegt ist.

Das Schwimmen ist ja für sich genommen eher eine etwas eintönige und langweilige Disziplin. Es sei denn, man hätte jemanden im Wasser, zu dem man sich in besonderem Maße hingezogen fühlt. Das ist bei mir nicht der Fall. Also schleiche ich um die nicht mehr als zwei lichten Zuschauerreihen herum, blinzle durch diesen und jenen Spalt zwischen den Armen und Schultern, die mir Sichtschutz bieten, und habe sehr genau im Auge, was sich auf der Gegenseite, jenseits der Bahnen mit den auf und ab schwappenden Korkleinen, tut. Es tut sich nichts. Inzwischen hat sich in elastischem Schritt der Alte, Starr, zu seinen beiden Schützlingen gesellt, er hebt die Arme, schließt die Hände über dem Kopf, wie um die beiden daran zu erinnern, daß sie, wenn sie springen, auch eintauchen müssen. Dann zieht er, in seinem anthrazitgrauen Trainingsanzug, ein Bein an, hebt es zum Kinn, ohne auch nur im mindesten mit dem, auf dem er steht, aus dem Gleichgewicht zu geraten. Dann tätschelt er ihr – ihr! – den Rükken. Es ist kaum mit anzusehen. Den Jungen, Bronken, rührt er nicht an.

Schließlich ist es soweit. Die scheppernde Sprechanlage verkündet über den zwischen der 5- und der 10-Meter-Plattform im Sprungturm angebrachten Lautsprecher das Ende des ersten Teils der Veranstaltung. Es folge nun das Schauspringen der *Wasserfreunde*-Springer. So vernehme ich – gescheppert und doch so, als kennte ich ihn schon –, zum ersten Mal ihren Namen. Aischa Bruns. Bitte Beifall. Bronkens Name geht unter in dem Beifall für sie. Denn sie ist ja die Bekanntere von beiden. Und schon länger dabei als er. Daß es außer den beiden sonst keine Kunstspringer mehr gibt, will mir in diesem Augenblick als das Selbstverständlichste von der Welt erscheinen

Kein Wettkampf also. Nur ein Schauspringen. Lückenfüller. Aber mir ist das egal. Hauptsache, sie bewegt sich. Hauptsache, ich sehe sie sich bewegen. Hauptsache, sie springt.

Aber erst ist er dran.

Ich habe mich im Schutz der auf dem Steg zwischen der Schwimmbahn und dem Nichtschwimmerbecken versammelten Zuschauer schon ziemlich genähert. Soweit ich sehe, haben Bronken und die Bruns, Aischa, eine Art Auseinandersetzung. Du fängst an. Nein, du. So in der Art. Bis eben Bronken nachgibt. Oder sie. Falls sie als erste springen wollte.

Aber nun ist die Sache entschieden. Er tritt an.

Er tritt auf das 1-Meter-Brett. Hinten. Er legt die Arme dicht an die Seiten und Schenkel, nimmt Anlauf, springt steil in die Höhe und drückt, ich weiß gar nicht, wie er das macht, die gestreckten, dicht aneinanderliegenden Beine auf dem Kulminationspunkt, bei durchgedrücktem Kreuz, fast Hohlkreuz, derart in die Höhe, daß er wie ein Vogel zu fliegen scheint …, um dann, das ist ja das Verblüffende, trotzdem nicht auf dem Bauch zu landen, sondern, von unten die gespannten Beine wie ein Steuer oder Ruder himmelwärts drückend, am Ende, den Kopf zwischen den Armen, fast spritzerlos einzutauchen. Ein einfacher Kopfsprung. Aber was für einer. Er bleibt dann so lange unter Wasser, daß er den verdienten Beifall, den er erntet, selbst nicht entgegennehmen kann.

Und dann sie. Die sich soeben den Pferdeschwanz zusammengerollt und unter der Badekappe verstaut hat. Auch sie besteigt das 1-Meter-Brett. Sie nimmt jedoch keinen Anlauf, sondern stellt sich, die Zehen, ich sehe es genau, so an der Kante, daß sie sich ein wenig nach unten biegen, ja, krallen, den Kokosläufer umklammern wie ein Tier, das sich lianenlos in die Luft zwischen zwei weit voneinander entfernt stehenden Bäumen, Palmen, Akazien, Affenbrotbäumen oder auch Sequoien schwingen will, dann ein Schwung im Kniegelenk, der Absprung, sie entfaltet sich förmlich, breitet zwar die Arme nicht aus wie Bronken, aber schwingt um so anmutiger – eben genau so, wie er nicht – und schwebt dann, nicht anders als er, noch rechtzeitig die Arme um den Kopf schließend, hineinschießend, ins Wasser. Wenn man das könnte. Es war derselbe Kopfsprung wie der von Bronken. Aber wie unvergleichlich anders.

Sie vollführen dann noch andere Sprünge. Wenn sie z. B. nach vorn ans Brett tritt, dann eine Wendung von 180 Grad vollzieht, sich nun, dem Wasser den Rücken kehrend und die beiden Hände aus waagerechten Armen nach vorn streckend, wo sie, wie zur Konzentration, noch ein bißchen flattern, rücklings in die Luft schwingt, um am gegenschwingenden Brett vorbei ins Wasser zu tauchen, stockt mir der Atem. Daß sie sich nicht verletzt an der Kante, dem Brett.

Oder er, der auf das 3-Meter-Brett steigt. Wo er wieder Anlauf nimmt und dann, den Kopf fast auf den mit den Armen dicht an seine Brust gezogenen durchgedrückten Knien, einen Salto macht, einen anderthalben, denn er taucht kopfüber ein, dann ist das eine Entsprechung. Der Kerl ist eine Begabung, kein Zweifel. Auch wenn man nachgerade ein wenig stolz darauf ist, mit einem solchen zusammen (fast) in einer Bank zu sitzen (er sitzt in derselben hinteren Reihe, nur hat man uns einen Dritten dazwischengesetzt), so findet man … so finde ich es durchaus ungerecht, daß ich bei dergleichen nicht mithalte. Was soll eine Aischa von den Qualitäten wissen, die *ich* habe.

Das Wasserballturnier habe ich dann nicht mehr verfolgt, obwohl ich vielleicht auch ein bißchen deswegen zum Schwimmfest gekommen war. Ich bin aber doch hingegangen. Zu ihnen. Und habe gratuliert. Beiden. Sie sah mich von der Seite an, ich weiß nicht wie, sie sah mich an. Und er bedankte sich artig. Und doch irgendwie hochnäsig. So als wäre das, was er zum besten gegeben hatte, noch gar nichts.

Noch gar nichts. Kein Marinebad, sondern das mediterrane Meer. An dem ich auf meinem Handtuch sitze und in die unbewegte Weite blicke, als plötzlich der, der mich beschäftigt, einen großen Schatten wirft, um mir zu sagen, daß er, was ich ja merke, zurück sei. Nur müsse er, nachdem er also mit seinem Bein oder Fuß die Strecke bis an den Fuß des Felsens, dort wo die *Torre Paola* stehe, geschafft habe, nun noch ein Stück in die Gegenrichtung, Richtung Sabaudia, spazieren, dorthin, wo der zweite Anhaltspunkt sei, der Tempel. Und schon stapft er durch den Sand hinab zum Wasser, wo er wieder seinen Weg aufnimmt, die Füße, den an- und ablaufenden Ausläufern der sich weiter draußen überschlagenden Wellen folgend, parallel setzt zum Strand. Derweil kann ich wieder versinken. Den Bewegungen am Horizont folgen, den Schiffen, Seglern, Wasserskiern, Fluggeräten. Mich fallenlassen und versinken.

Da krieg ich kein Bein an Deck, das ist mir klar. Solange Bronken springt, ist er im Vorteil. Aber er wird mich kennenlernen. Meine Stunde ist noch nicht da. Aber sie wird kommen. Das weiß ich. Von dem, was ich mir einmal in den Kopf gesetzt habe, bringt mich niemand mehr ab. Habe ich nicht gewartet, ausgeharrt, Durchstehvermögen gezeigt? Habe ich. Und wenn das eine Stärke – oder gar eine Gabe – ist, ein Geschenk, dann habe ich, was mir natürlich erst nach und nach klar werden wird, dafür mehr als teuer bezahlt.

Denn obwohl Bronken immer wieder einmal auch mit anderen Frauen, Mädchen, gesehen wird und sich einen gewissen Ruf erwirbt, sieht man ihn, vor allem im Sommer, immer wieder mit dieser einen, Aischa. Woher hat die, habe ich mich vom ersten Augenblick, als er da vom Sprungturm aus dem scheppernden Lautsprecher auf mich niederging, gefragt, woher hat die überhaupt diesen Namen. Das ist kein Name von uns. Das ist was anderes. Und insofern dann wieder passend. Etwas anderes eben. Wie sie, die ihn trägt, selbst.

Noch gut zwei Jahre muß ich mit ansehen, wie Bronken mit ihr durch den Stadtpark und über die Deiche radelt. Bis ich mich dann zur Seefahrt entschließe.

Dabei hat sich etwas mit mir zugetragen, was seltsam anmuten und überraschen mag. Zwar denke ich nichts anderes als: Aischa. Tun aber tu ich sozusagen was anderes. Zwar anders, wie schon gemunkelt wird, als Bronken, der es offenbar mehr oder weniger offen tatsächlich tut, wofür er sich dann ja auch seinen Ruf erwirbt, sondern für mich allein und in meinen Laken. Ich bin eine Masturbiermaschine, ich kann nichts anderes mehr denken als daran. Das heißt: an die Frauen, alle. Dünne, dicke, schlanke, schräge, krumme, gekrümmte, gebückte. Offene und verschlossene, egal. Ich habe sie ja nur im Kopf, tu keiner von ihnen das Geringste zuleide. Aber es tobt in mir. Und an mir. Unter den Laken. Und auch überall sonst, wohin ich mich zurückzuziehen suche. In die Bunker und die gesprengten Einfahrten, die Schleusen. In die Kellerverliese und die Lagerhallenruinen. Ich wichse, ich schäme mich nicht, auf Teufel komm raus. Es ist nicht mehr auszuhalten, am wenigsten für mich selbst. Nichts mehr ist es mit der Schule. Rein gar nichts. Selbst dort greife ich, wenn auch nicht in den Schlitz, so doch in die Hosentasche unter der Bank. Und lasse es kommen. Nicht ich habe mich geschaffen, weiß ich, ein Höherer hat es getan. Insofern verstehe ich mich von Anbeginn als religiös. Als zutiefst Religiöser. Ich gehöre zu den unmittelbaren, elementaren Irrtümern, die die Gottheit, schenkt man ihren übrigen Geschöpfen Glauben, gegen ihre eigenen Interessen in die Welt gestemmt hat. Denn ich vermehre mich ja auch nicht mit meinen Methoden, keinerlei *Wohlgefallen*, behalte letztlich die Flecken für mich. Oder, genauer, schicke das, was ich nicht halten konnte, zur See. Ich warte aufs Hochwasser und hocke mich an die Uferbefestigungen der Deiche und wasche aus, was ich befleckt habe, damit es meine gute Mutter nicht in die Hände und zu Gesicht bekommt und womöglich an dem Sohn zerbricht. Sie hat genug zu tun mit seinem Vater. Ob in gleicher oder vergleichbarer Sache, weiß ich nicht. Wahrscheinlich nicht. Wir sind eine lutherisch-protestantische Familie. Aber auch er muß seine Methode entwickelt haben. Oder sie. Oder beide. Jedenfalls habe ich nur einen Bruder. Der zwar später sein Abitur schafft, aber dann als Finanzinspektor versickert und verkommt, bis er dem Daddeln, einer der großen Spielleidenschaften, angeblich eine Sucht, erliegt. Nein, auf Aischa, die mich, ohne es ahnen zu können, zu den Umwegen zwingt, die ich nehme, muß ich noch lange warten. Sie bleibt mein Fixstern. Das Zentrum. Selbst wenn ich andernorts wildere und wache. Und warte. Und dabei sogar bis ins *Herz der Finsternis* vorstoße. Jenes, zu dem mir die Literatur wird auf den langen Irrfahrten und Umwegen zu ihr.

Dies alles mir in Erinnerung rufend, vergesse ich dann sogar den, auf den ich hier …

… nicht lange warten muß. Er kommt von allein. Wenn auch nicht elastisch und mit durchgedrückten Knien wie in den jüngeren Jahren. Er knickt ziemlich ein in den Kniekehlen. Hat er sich mit seinem Tempelgang vielleicht doch zuviel zugemutet? Er schleppt ja ein gewisses Gewicht mit sich herum.

»Was hast du überhaupt mit deinem Fuß oder Bein?« frage ich ihn, als er etwas kurzatmig durch den Sand herantappt. Er läßt sich unter den Sonnenschirm, den wir von seiner Dachterrasse mitgebracht haben, sinken.

»Es ist eine Lähmung. Eine sogenannte Fußheberlähmung.«

»Und wie kommt man zu so was?«

« Ein Bandscheibenvorfall«, sagt er, »zu spät operiert.«

»Wieso zu spät operiert? Ich denke, du bist Arzt.«

»Da siehst du es eben.«

Ich halte das kleine veilchenblaue Fläschchen schon in der Hand, als ich ihn frage, ob er mir mal den Rücken eincremen könne. Wenn zwei von unserem Kaliber gemeinsam unter einem Sonnenschirm Platz nehmen, der allenfalls für zwei schlanke junge Damen gedacht ist, dann kommt auf wenigstens einen unweigerlich die Sonne und der Sonnenbrand zu. Denn sie läßt sich bekanntlich in ihrem Lauf nicht aufhalten. Übrigens: ebensowenig wie die schlanken, aber auch die anderen jungen Damen, die in ihren Bikinis und sonstigen lorbeerblattgroßen Zweiteilern vor der Kulisse des unendlichen Meeres an uns vorbeidefilieren. Einige haben sich sogar das Oberteil abgenommen. Vor noch nicht einmal anderthalb Stunden unweit der Albaner Berge dort vorbeigekommen, wo der Pontifex Maximus, in Castel Gandolfo, die Sommerhitze und den Abfall der Gläubigen von den guten Sitten zu überwinden trachtet, geraten wir hier nun an diese auf das freizügigste die Strände belagernden und bestreichenden Erscheinungen. Er könnte sie von seinem Observatorium, auf dessen Kuppel mich Bronken beim Vorbeifahren aufmerksam gemacht hat, observieren. Und tut es wahrscheinlich auch. Schon um Indizien in der Hand zu haben. Wir jedenfalls haben sie. Was es nicht alles gibt an Farben und Formen. Das berühmte Kaffeebraun, das Milchkaffeebraun, das Espressobraun, die Kastanie. Und das Erdbeerrosige. Und das Apfelrosige. Und das Avocadolinde, ich meine das innen. Das Rosige und das Ziegelstein-, ja das fast ins Violette changierende Klinkerrot der doppelt gebrannten friesischen Klinker. Die Haut der Damen. Und ihre Formen, wenn sie vorbeidefilieren. Von Fall zu Fall schreiten, schlurfen, schwingen. Und Ausbuchtungen zeigen. Und Einfälle haben beim Zeigen. Sie dehnen sich beim Schreiten, sie pendeln beim Schlurfen, sie stecken ihren großen Zeh wechselweise in den heißen Sand und in die sanft anrollenden Wellen. Bleiben zwei von ihnen in unmittelbarer Nähe der beiden älteren Herren unter dem albernen buntscheckig gesprenkelten Schirm stehen, um die Sache, die es zu besprechen gilt, in aller unverzichtbaren Ausführlichkeit zu besprechen, bohrt eine von ihnen den Zeh an genau der feuchtdunklen Stelle in den Sand, die weder unbarmherzig von der Glut der Sonne aufgeheizt ist noch von den Wellen und, wer weiß, Medusen und Quallen, die sie heranschwemmen, erreicht wird. Mir liegt der mediterrane Typus, er ist, zumal in seiner weiblichen Ausformung, weniger knochig als der, den man in der Regel an den Deichen vor den eigens zum Baden mit Ladungen von Sand aufgeschütteten Stränden der Nordsee zu Gesicht bekommt.

Apropos Sitten. Mich sticht der Hafer, wie meine Mutter gesagt hätte. Ich frage Bronken, während auch er aus trägem Auge, aber mit sichtlich untrüglichem Ermessen, den Gang der Damen und Dinge vor dem Horizont verfolgt, ob er sich noch an seinen Spitznamen erinnere, den einzigen, denke ich, den er je gehabt hat. Ich spreche ihn selbst ungern aus.

»Und ob ich mich erinnere«, sagt er. »Sittensau«, sagt er. Ja, so haben sie ihn auf der Meile unserer Heimatstadt, wo unsere Damen defilierten, immer gerufen. Das war unschön. Und das sage ich auch.

»Unschön?« sagt er. »Na ja. Es war ja was dran, oder?« So ein Name falle nicht vom Himmel.

Später, erinnere ich mich, wurde verkürzt. Die meisten, die ihm die Gemeinheit nachriefen, wußten ja nicht einmal, was sie da riefen. Sssst, hieß es hinter mehr oder weniger vorgehaltener Hand, Sittensau, SS. Ja, SS. Die hatten alle, anders als wir, keinen Geschichtsunterricht gehabt. Oder nicht zugehört. Bronken hatte zugehört, nehmen wir nur mal das Beispiel. Das Beispiel Geschichte bei unserem Gnom, Dr. Quill. Der, bei dem wir Geschichte hatten.

Sonnenschutzfaktor 24. Schützt zwar gegen Sonnenbrand, hindert aber dort, wo die Gedanken schutzlos streifen, nicht den Sonnenstich.

Dr. Quill, Rumpelstilz, wie wir ihn auch nennen. Hüpft da vor unserer Nase herum wie ein wildgewordener Frösche-beschwörer, der Derwisch der historischen Finaltänze des 20. Jahrhunderts; wo andere beklagen, daß ihnen in ihrem Geschichtsunterricht die Zeitgeschichte unterschlagen werde, sind wir, die 9 b, im höchsten Grade bevorzugt. Dr. Quill liebt Zeitgeschichte, er besteht aus Zeitgeschichte, alles, was weiter zurückliegt als der Erste Weltkrieg, ist eine zu vernachlässigende Größe. Nur kommt es dann, synchron gewissermaßen mit der Geschichte, die auf seinem Lehrplan steht, zu Entgleisungen. Dr. Quill steigert sich derart in die Materie hinein, taucht derart tief ein in den Stoff, daß er in ihm zu zappeln und um sich zu schlagen beginnt. Und nicht mehr herausfindet. Er identifiziert sich. Und zwar mit allem. Und allen. Er ist das Opfer, das Opfer in Auschwitz, das mit den Geschwüren am Leib, der, dem man die Goldzähne brach, dem die Zecken im Haar und die Würmer in den Geschwüren sitzen. Er ist das Erbrechen, er ist das Entsetzen, er ist die Elektrode, die man ihm selbst ans Genital legt. Und der Nackte, der inmitten der anderen Nackten in den Lastwagen gepfercht und abtransportiert oder im Gas, das der Wagen produziert, noch vor dem »Abschütten« liquidiert wird. Er delektiert sich. Und tanzt. Rumpelstilz Giftzwerg. Und dann wechselt er. Und zwar lediglich das Personal, nicht das Szenarium. Er schlüpft in die Rolle der Täter. Derer, die's tun. Die schlagen, die die Stiefel in die Weichteile treiben und den Korkenzieher, den sie eben noch zum Entkorken ihrer Bordeauxflaschen benutzt haben, ins Fleisch der Getretenen senken und drehen, die Sektkorken in den Anus des Juden treiben, Sektkorken und mehr, »Was«, schreit Quill in das sich duckende Tertianerrund, »kann man sonst noch in den Anus eines Juden stecken? Na, Bronken?«

Bronken erhebt sich, er blickt sich um, ich schiele zu ihm hin nach oben. Seine Stimme zittert, als er sagt: »Dr. Quill, ich gehe.« Er greift nach seiner Schultasche, klemmt sie sich unter den Arm. Geschichte haben wir in der Regel in der vierten Stunde, wir haben mindestens noch eine, wenn nicht zwei Stunden vor uns. Bronken geht. Und kommt nicht wieder, jedenfalls nicht an dem Vormittag.

Jetzt sitzt er neben mir in der Sonne. Das Licht, die Wellen, die Damen.

»Sag mal«, sage ich, »erinnerst du dich, damals die Sache mit Quill?«

»Welche Sache mit Quill?«

»Als du aus dem Klassenzimmer liefst und nicht wiederkamst.«

»Ach so. Ja. Ich erinnere mich.«

»Hatte das keine Konsequenzen?«

»Nein, keine«, sagt er.

»Aber normalerweise …« Er unterbricht mich.

»Normalerweise«, sagt er, »aber diese Sache fiel halt einmal außerhalb der Kategorie NORMALERWEISE.«

»Du bist also einfach nach Hause gegangen.«

»Ja. Das heißt: nein. Ich bin zum Lehrerzimmer gegangen. Und habe um ein Gespräch mit dem Direktor gebeten. Sie haben mich nicht vorgelassen. Sie haben aber offenbar bemerkt, in welchem Zustand ich war. Sie haben ihn geschickt. An die Tür. Wo er mich zwischen Tür und Angel abfertigen will. Ich sage, daß ich den Geschichtsunterricht des Dr. Quill für einen falschen halte. Einen falschen? Einen unanständigen, sage ich. Da beute, so etwa dürfte ich«, sagt Bronken, »es gesagt haben, da beute einer das Ungeheure aus, über das er berichten sollte. Ich könne dies nicht gutheißen. Ich könne es nicht ertragen.«

Bronken, der bislang neben mir gehockt hat, dreht sich nun auf seinem Handtuch auf den Bauch, drückt sein Kinn in die Handflächen und sagt: »Wahrscheinlich liegt es allein daran, daß mir plötzlich gegen meinen Willen die Tränen kommen, daß der Direx sagt, es sei ja schon gut, ich solle nur nach Hause gehen.«

Ich warte einen Augenblick ab.

»Und sonst nix?« frage ich. »Keine weiteren Folgen.«

»Keine weiteren Folgen«, sagt er.

Dabei hatten wir alle gedacht: Au weia, da kommt noch dick was nach für den. Das sag ich ihm aber, als er da neben mir liegt und nun seinen Schädel auf das Handtuch niedersenkt, nicht. Er liegt jetzt auf einer weißgraustoppeligen Wange und hat die Augen geschlossen.

Ja, so war er. Und noch einiges mehr.

»Sag mal«, sage ich, »stimmt es, daß du geflogen bist? Damals, als ich schon fuhr? Kalle Mencken sagt, daß sie dich damals relegiert, geschmissen hätten. Stimmt das?«

»Stimmt nicht«, sagt er müde und ohne die Augen zu öffnen, »ich bin freiwillig gegangen.«

»Aber da war doch was gewesen, oder?«

»Natürlich war da was gewesen. Es ist immer was gewesen.«

»Entschuldige«, sage ich, »wenn man tagein, tagaus, den Westturm der Insel im Auge, an Wangerooge vorbeikommt, dann fällt einem schon gelegentlich ein, daß sich da mal etwas abgespielt haben soll. Etwas, bei dem du im Mittelpunkt standst. Stimmt das? Oder stimmt es nicht.«

»Stimmt wohl«, sagt Bronken träge.

»Und was war das nun genau? Die reden ja heute noch davon, wenn wir mal beisammensitzen und in den Annalen blättern. Nur gibt es da widersprüchliche, sich zum Teil sogar ausschließende Versionen.«

»Also gut«, sagt Bronken, »falls du die letzte willst, die der ersten nur insofern ähnelt, als sie von dem stammt, der ihr Gegenstand ist, bitte!«

Er richtet sich wieder auf, dreht sich schwer – dabei innehaltend und sich mit der flachen Hand die Hüfte haltend – um und schiebt sich wieder auf dem Badehosenboden an mich heran. Jetzt scheint er über die Damen, die vorbeidefilieren, hinwegzuschauen. Zu Horizonten, von denen zumindest diese nichts ahnen.

»Das war so«, sagt er. »Schon als wir mit der Klasse, Weingart und Abradock, du weißt, Englisch und Leibesübungen sowie Biologie und Heimatkunde voran, mit der Inselbahn vom Anleger im Osten gekommen sind und uns im Dorf der Verzehr eines Eises auf eigene Rechnung zugestanden wird, bin ich nervös. Wie soll ich nur die vierzehn Tage Landschulheim unbeschadet überstehen? Da sehe ich ein Mädchen, das auch ein Eis ißt. Ich spreche es an. Es gefällt mir. Was wir auf der Insel machten, fragt sie. Ich sage, daß wir im Osten, dort wo der Westturm steht« – der früher, füge ich zum besseren Verständnis des Sachverhalts stellvertretend für Bronken ein, bevor die Insel mit ihren Dünen aufgrund der noch nicht hinreichenden Uferbefestigung im Laufe von weniger als zwei Jahrhun-

derten unter dem Wind und infolge der zahlreichen Sturm-
fluten zu wandern begann, auch noch tatsächlich im Westen stand; ich überlasse wieder ihm, Bronken, das Wort –,
daß sie also im Osten, wo der Westturm steht, für die nächsten zwei Wochen, sagt er, kaserniert seien. »Das Mädchen
kuckt mich, könnte ich mir denken«, sagt er, »verständnislos oder doch wenigstens ratlos an. So. Kaserniert. Und
was machst du dagegen? Ich denke, sage ich, daß ich ver-
suchen werde, mich hin und wieder von der Truppe zu entfernen. So? Ja, sage ich, so. Wollen wir uns treffen? Sie sagt
sofort ja. Wann? Wo? Lassen wir erst einmal einen Tag ver-
streichen, sage ich. Dann, sagt sie, sagen wir, da hinten an
der Buhne, okay? Okay. Die Sache«, sagt Bronken, »ist soweit erst einmal unter Dach und Fach. Jetzt muß ich dann
später nur noch wegkommen. Wir beziehen die Baracken
und die frisch bezogenen doppelstöckigen westlichen Betten, in denen es, zumal wenn man oben liegt, schon nach
einer Nacht, wie du weißt, ordentlich mieft und muffelt.
Ich geh zum Abradock, der ist zugänglicher, und sage, daß
ich was im Dorf zu tun hätte. Was ich zu tun hätte? Ich
hätte, da halte ich mich fast an die Wahrheit, eine entfern-
tere Verwandte, die im Dorf tätig sei, zu treffen, um sie
von meiner Mutter zu grüßen und ihr von dieser etwas auszuhändigen. Was auszuhändigen? Einen Brief. Wo ist der
Brief? fragt Abradock. In meinem Koffer. Hol ihn, sagt er.
Ich renne in den Schlafsaal, verfasse in einem Affentempo
einen Brief, den ich mit der Unterschrift meiner Mutter
versehe, man weiß ja nie, und klebe ihn zu. Als ich zurück-
komme in den großen Wambi-Koch-Raum, den Zentral-
raum, du erinnerst dich«, sagt Bronken, »der der Lehrer-
Versammlungs- und zugleich der Kartoffelschälraum ist,

wo unser Heimleiter, der Wambi-Koch, waltet, fragt mich Abradock, wo ich so lange geblieben sei. Ich sage, ich hätte den Brief nicht gleich gefunden. Er aber würdigt ihn keines Blickes, läßt ihn sich nicht mal vor den Augen öffnen, wie ich befürchtet hatte. Sonst hätte ich ja nicht einen Brief in der Handschrift meiner Mutter zu verfassen brauchen. Also gut, sagt Abradock, wann gehst du? Um drei? Um sechs bist du zurück. Rechnet man durch die Dünen eine Stunde Hinweg und dann noch eine Stunde zurück, bleibt mir eine Stunde für mein Mädchen.«

Bronken lächelt. Streicht sich mit der Hand übers schüttere Haar, das ihm eine Brise vom Meer steil in die Höhe gestülpt hat.

»Nun ist es einfach so«, fährt er fort, »daß die anderen was mitgekriegt haben. Sie standen ja dabei, als ich das Mädchen ansprach. Sie haben auch mitgekriegt, daß ich mich verabredet habe. SS hat sich verabredet, heißt es, nehme ich an. Ich sehe, als ich mich auf den Weg mache und mich mühsam über die Schilfgras- und Quellerdünen voranarbeite, daß mir jemand folgt. Ich tauche hinter einer Verwehung ab. Und tauche wieder auf. Strohheim, unser Fotomann, ist mir gefolgt, die Kamera schon in der Hand. Wohin er wolle, frage ich ihn. Er sagt, daß er ein paar Schnappschüsse von der Landschaft machen wolle. Ich weise in die Richtung, das heißt zurück zum Landschulheim, wo die Landschaft am interessantesten sei. Er zieht ab. Aber er zieht nur zum Schein ab. Ich bemerke, daß er mir weiterhin folgt. Er ist nicht abzuschütteln. Als ich im Dorf mit seinen Buden und Ferienquartieren ankomme, ist er mir immer noch auf den Fersen. Taucht ab, wenn ich mich umdrehe. Ich schlage dem Mädchen, das am Fuß der Buhne auf mich wartet, vor, erst einmal in das Café zu gehen, wo wir uns kennengelernt haben. Das gehe schlecht, sagt sie, sie möchte nicht, daß man sie mit mir sehe. Sie habe den Lehrvertrag, zweites Jahr, den wolle sie nicht riskieren. Also gehen wir dorthin, wohin ich natürlich von vornherein wollte, von wo ich mich aber wegen meines Verfolgers genötigt sah, mich zunächst noch einmal abzuwenden: in die Dünen. Du weißt, Boddensiek«, sagt er, »die Dünen, das ideale Gelände, wenn man sich nicht zu dumm anstellt«, und, erlaube ich mir für ihn zu denken: Sand ins Getriebe kommt; er aber fährt unbeirrt fort: »Ja und da liegen wir dann in der Mulde, sie unten, ich oben, sie mit dem Rücken gegen die vom Strandhafer umkränzte Düne, ich mit dem Gesicht im Sand, es ist überhaupt noch nichts passiert, sagt er, und da stößt sie mich weg, rafft ihren Rock, springt auf, du Schwein, du. Ich blicke mich um. Also habe ich das Schwein Strohheim doch nicht abgeschüttelt. Er hat seine Schnappschüsse machen wollen. Oder auch schon gemacht. Von ihr und von mir. Und sie hat ihn, den Idioten, mit der Kamera über dem Dünenkamm, hinter dem er sich auf die Lauer gelegt hat, gesichtet. Sie flieht. Und ich fluche. Obwohl ich, zugegeben, durchaus auch etwas stolz darauf bin, daß mich unser Fotomann für würdig erachtet hat, einen Schnappschuß oder sogar eine ganze Serie von Schnappschüssen von mir und dem Mädchen zu machen. Es hatte sozusagen durchaus seinen Thrill, verstehst du?« sagt er.

»Natürlich verstehe ich«, sage ich. »Aber was ist? Soll das schon alles sein?«

»Es ist noch nicht alles. Das dicke Ende kommt erst noch. Ich ziehe also unverrichteter Dinge wieder ab, Strohheim hat sich, wohl ahnend, was er angerichtet hat, davongestohlen. Ist dann später sogar vor mir in der Landschulbaracke. Ich sehe ihn beim Schälen der Kartoffeln. Am folgenden Tag soll es, hat der Wambi-Koch an die Tafel geschrieben, Labskaus geben. Und es gibt tatsächlich Labskaus, die Gabel mit der darauf gespießten Spiegeleihälfte fällt mir aus der Hand, als ich die Stimme Dr. Weingarts höre. Bronken, brüllt er. Hierher! Als wär ich ein Hund. Ich springe auf. Und folge ihm, als führte er mich an der Leine. Wir stehen im Vorraum. Bist du, zischt er nun, von allen Kadaverzecken gebissen? Er bezichtigt mich der Unzucht und der Notzucht, der Nötigung und der Gewalt. Es sei ein Anruf gekommen. Vor allem aber bezichtigt er mich der Lüge. Unter dem lügnerischen Vorwand, einer Verwandten einen Brief meiner Mutter zu überbringen, hätte ich mich aus dem Heim entfernt. Das sei nun wirklich das Tollste. Dieses und jenes könne man ja noch in Kauf nehmen, aber das? Sie hätten schon für den Nachmittag einen Termin anberaumt, da komme der Lehrherr der armen Person, an der ich mich vergriffen hätte, um seine Anschuldigungen zu bekräftigen. Immerhin«, sagt Bronken, »damit hatte ich gar nicht gerechnet. Eine Gegenüberstellung. So ließe sich die Sache leicht entkräften. Der Lehrherr tritt tatsächlich an. An seiner Seite der Lehrling, sie. Sag, sagen sie zu ihr, was geschehen ist, was dir der da, er ist es doch, oder?, angetan hat. Du brauchst dich nicht zu schämen. Sie sagt, er habe sie in eine Falle gelockt, sei mit ihr in die Dünen gegangen, um sich mit ihr von einem anderen fotografieren zu lassen. Es sei ein abgekartetes Spiel gewesen. Ich merke auf. In die Dünen, um. Aha. Ob es denn, wird gefragt, dazu gekommen sei. Wozu? Zu dem, was sie ihm vorzuwerfen habe. Es

147

sei abgekartet gewesen, sagt sie. Sonst sei nichts gewesen. Und da nun«, sagt Bronken, »bitte ich ums Wort. Ob auch ich etwas zur Klärung des Sachverhalts beitragen könne, frage ich. Bitte. Ich frage das Mädchen, ob es stimme, daß ich ihr vorgeschlagen hätte, mit mir ins Café zu gehen. Das *Zunächst* unterschlage ich natürlich. Sie nickt. Wie soll ich dann, frage ich, etwas mit einem Fotografen abgekartet haben? Wo ist er überhaupt, dieser Fotograf? Keiner weiß es. Niemand kennt ihn. Vermutlich, schießt es mir durch den Kopf, ist er draußen beim Federballspiel. Jetzt herrscht Verwirrung. Und Ratlosigkeit. Der Lehrherr und Pensionsbesitzer nimmt seinen Lehrling bei der Hand. Er hat dir also nichts getan? Sie sagt: Doch, das eben. Aber er hat dich nicht irgendwie, wie du es mir gestern abend, als ich dich wegen deines Wegbleibens vom Dienst zur Rede stellte, der Mann«, sagt Bronken, »druckst herum, er hat dich nicht … er hat dir nichts angetan? Hat nichts getan, was du nicht wolltest? Sie schüttelt den Kopf. Also. Das Tribunal kann aufgehoben werden. Der Lehrherr bedauert. Nicht mir«, sagt Bronken, »sondern meinen Lehrern, Weingart und Abradock, gegenüber. Auch die bedauern. Sind irgendwie enttäuscht. Viel Lärm um nichts. Englisch. Shakespeare. Alles umsonst. Aber nicht ganz«, sagt Bronken, erhebt sich, dehnt sich, verschränkt sich die Hände im Nacken.

»Kommst du mit ins Wasser?« fragt er.

Und so stehen wir dann bis zum Bauch in der lauen See, den thyrrhenischen Gewässern, legen die Handflächen auf den Spiegel des Wassers, blicken den Ringen nach, die sich um unsere Bäuche herum bilden und konzentrisch entfernen, als er wieder den Anschluß findet.

»Nicht ganz, wie gesagt. Denn wie aus heiterem Himmel, es sind inzwischen vier Wochen ins Land und wir Landschulbesucher längst wieder an Land gegangen, kriegt die gesamte Schülerschaft des Goethe-Gymnasiums nach der vierten Stunde frei. Das hat es so gut wie noch nie gegeben. Es ist eine Konferenz anberaumt worden, eine Gesamtkollegiumskonferenz. Nur mir wird das Schulfrei nicht gewährt. Denn ich bin Anlaß und Auslöser der Versammlung. Es hat sich schon herumgesprochen. Die in die vorläufige Freiheit Entlassenen klopfen dem Delinquenten, dessen Verurteilung ansteht, tröstend und dankend auf die Schulter, als er da so allein im Schultreppenhaus zurückbleibt. Dann aber tritt Dengelhook auf, Dengelhook, den du nie hattest und ich erst nach dem Sitzenbleiben kriegte, Deutsch und was weiß ich, mit feuchter Lippe wie immer, als hätte er gerade etwas gelutscht, der lächelt, tritt an mich heran und sagt: Bronken, sag, was du zu sagen hast, ich bin dein Verteidiger. Ich will mich selbst verteidigen, sage ich. Du hast nur das Recht, dir selbst einen Verteidiger aus dem Kreis meiner Kollegen zu wählen. Sonst nichts. Die Wahl ist, wie du siehst, auf mich gefallen. Oder kennst du einen Besseren? Kenne ich nicht, sage ich, aber. Jetzt stell dich nicht an, sagt Dengelhook, ich werde das schon deichseln. Du bist aufgrund deines Verhaltens auf Wangerooge der Rufschädigung Goethes angeklagt. Wie bitte? Goethes? Jawohl. Wer den Namen des Goethe-Gymnasiums beschmutzt, beschmutzt den Dichter. Hast du irgend etwas zu deiner Verteidigung beizutragen? Hast du irgendeine Nachricht, die ich meinen werten Kollegen vermitteln darf? Ich sage, daß ich es für unter meiner Würde erachtete, mich nicht selbst verteidigen zu dürfen, jedoch in Anbetracht der Sachlage dem Hohen Gericht wenigstens mitteilen lasse, daß ich mir als, was ja auch der Tatsache entsprach, siebzehneinhalbjähriger Schüler, selbstverständlich und eigenverantwortlich das Recht einräume, so zu handeln, wie ich es getan hätte. Jetzt«, sagt Bronken, »lächelt Dengelhook sogar. Und wiederholt: Wir werden es schon deichseln. Und er deichselt es tatsächlich. Ich werde nicht, wie es zur Debatte gestanden haben soll, der Schule verwiesen. Ich handele mir nur eine gewisse Nachhaltigkeit ein. Die letzte Warnung, den Aufschub sozusagen. Und zwar schriftlich. Ich habe ihn dann, sozusagen, abgefangen. Denn er erging ja auch hier wieder nicht an mich als den Verursacher des Schlamassels und den dafür nachhaltig und gebührend zu Rügenden, sondern an meine Mutter, die manches verantwortet, nur eben nicht das, was mir in diesem Falle zum Vorwurf gemacht wird. Ich zitiere«, sagt Bronken, »falls du die Geduld hast, wörtlich. Wenn wir wieder oben bei mir sind oder wo immer derzeit die Akte mit den Zeugnissen und den Urteilen lagert, die jemals im Laufe jener Jahre in Sachen Bronken ergingen, kannst du dich vergewissern. Ich habe mir, da es nun einmal schwarz auf weiß da steht, den Wortlaut des Ganzen gemerkt. Darf ich zitieren?«

»Bitte«, sage ich, »wenn er nicht zu lang ist.«

»Er ist auf jeden Fall zu lang, aber wie sagte schon Giacomo Girolamo Casanova, der Chevalier de Seingalt, zu dem er sich selbst erhob, zu Friedrich dem Großen, als der ihn aufforderte, in aller Kürze über seine Flucht aus den Bleikammern in Venedig zu berichten? Es gibt keine Kürze, wo die Dinge sich so, wie sie nun einmal waren, zugetragen haben. ›Sehr geehrte Frau Bronken.‹ Ausrufezeichen! ›Im Auftrage der Gesamtkonferenz muß ich Ihnen leider mitteilen, daß Ihr Sohn Theodor, Klasse 10 a, gemäß Erlaß des Niedersächsischen Kultusministers vom 8.5.1957, Abschnitt II, 7b, mit der‹ – jetzt kommt die maschinenschriftliche und unterstrichene Zentrierung – «, sagt Bronken, »›Androhung der Entlassung bestraft worden.‹ Das *ist* haben sie vergessen«, sagt er. »Weiter: ›Begründung: Theodor hat sich während eines Schulaufenthaltes auf Wangerooge in einer Weise verhalten, die geeignet war, das Ansehen der Schule im höchsten Grade zu schädigen. Er ließ sich Urlaub ins Dorf Wangerooge geben, um eine Verwandte zu treffen. Er hatte sich gleichzeitig aber mit einem Mädchen verabredet, mit dem er dann in die Dünen ging und dort in sehr drastischer Weise Zärtlichkeiten austauschte.‹ Du siehst«, fügt hier Bronken mit einem Seitenblick auf mich an, »die waren alle dabei. ›Dieser Vorfall ist um so bedauerlicher, als das Mädchen sich nachher sich nachher‹, *sich nachher* doppelt«, betont Bronken, »›darüber beklagte und durch ihren Dienstherrn bei der Schule Beschwerde einlegte. Erschwerend kommt hinzu, daß Theodor für sich das Recht in Anspruch nimmt, als 17½jähriger sich so zu verhalten, wie er es getan hat.‹ Absatz«, sagt Bronken. »›Die Konferenz hält die harte Erziehungsmaßnahme der‹ – Gänsefüßchen – ›Androhung der Entlassung‹ – Gänsefüßchen – ›für erforderlich, weil Theodor bereits einmal diese Strafe erhalten hat‹ – Klammer – ›(im Januar 1958) und im Mai 1959 einen schriftlichen Verweis erteilt bekam. Außerdem mußte in der letzten Zeit dreimal sein Verhalten in der Schule durch Eintragung in das Klassenbuch gerügt werden.‹ Absatz. ›Die Androhung der Entlassung erstreckt sich auf 6 Monate, also bis zum

2. April 1960. Mit vorzüglicher Hochachtung Dr. Bindseil Oberstudiendirektor.‹«

Bronken geht, neben mir im Wasser stehend, in die Knie. Senkt sich ab bis zum Hals. Jetzt sieht er aus wie geköpft. Und verschwindet auch schon ganz unter der Oberfläche des Wassers. Um wenig später wieder aufzutauchen, das Wasser, das er nicht geschluckt hat, in weiter Fontäne von sich zu geben und zu prusten: »So was lernt man doch, ohne es auswendig lernen zu müssen, einfach schon durch den Genuß der Lektüre auswendig. Es ist eine Trophäe.« Weswegen er sich schon im Januar 1958 eine Androhung der Entlassung eingehandelt habe, das, sagt er, habe er vergessen. Was – und vor allem: wen – er aber nicht vergessen habe, das sei sein Deutschlehrer Dengelhook. Obwohl er dem zuallerletzt seine Fähigkeit zum Auswendiglernen verdanke. Der nämlich habe ihn nicht nur in diesem Falle wirksam verteidigt und rausgehauen, er habe ihn auch wirksam abgeschirmt vor Schiller. Da habe, und zwar schon vor dem schulrufschädigenden Ereignis, eine geheime Komplizenschaft zwischen ihm und seinem Lehrer bestanden. Und zwar, als es um die *Glocke* gegangen sei. »Ich sehe«, sagt Bronken, »dem Mann doch an, daß er den Kultusminister und seine lehrplanentwickelnde Behörde für fragwürdig, um nicht zu sagen, bekloppt hält. Gelangweilt gibt er pro Stunde je sechs Strophen auf. Festgemauert in der Erden. Los, Schultes, Schulze, Schmidt. Aufstehen. Steht die Form. Kannst aber auch sitzenbleiben. Aus Lehm gebrannt. Ich lerne«, sagt Bronken, »pro Einheit, mithin pro Deutschstunde, kurz vor dem Klingeln je eine einzige Strophe, merke mir nur, wo sie steht, und so schnellt mein Finger, was er, wie du dich erinnern wirst, sonst so gut wie nie tut, genau in dem Augenblick hoch, als eben die abgefragt wird. Und was tut Dengelhook? Dengelhook befeuchtet die Unterlippe, schaut streng. Bronken! nölt er. So lerne ich ein ganzes Sechstel der *Glocke*«, sagt er, »und weiß, daß Dengelhook es nicht nur selbst weiß, sondern billigt. Auf daß ich nicht etwa erst am Ende dieses geballte Sechstel, sondern sukzessive Strophe für Strophe, kaum ist jede einzelne aufgesagt, vergesse. Im übrigen gehe ich noch vor Ablauf der Frist, wie gesagt, aus eigenen Stücken oder, wer will, Vollkommenheit, von der Schule ab. Bevor es mich doch noch ereilt. Laß uns«, sagt er, »ein bißchen schwimmen.«

Wir sind dann schon auf dem Rückweg über die schmalen Serpentinen durch die *Monti Lepini*, als ich ihn frage, wie sein Kind – oder seine Kinder – denn so zurechtkämen mit der Schule.

Gut, sagt er, soweit er wisse.

»Wieso?«, fügt er dann noch hinzu, »hast du in dieser Hinsicht Probleme? Du hast doch sicher selbst auch Kinder. Oder einmal Kinder gehabt. Oder?«

Und ob ich die habe. Und hatte.

8

Geh du mir voraus

Es wird ihn schmerzen, denke ich. Wenn vielleicht auch nicht übermäßig. Dafür hat er sich denn doch zu rar gemacht. Und kein Interesse mehr gezeigt. Aber wenn man die Jahre, die entscheidenden frühen Jahre, in einer derartig engen Freundschaft und, wie ich ja schließlich eines Tages erfahren und hinnehmen mußte, nicht nur kunst- und turmspringerischen Verbundenheit miteinander verbracht hat, dann bleibt doch wohl einiges. Ich frage mich nur, warum er sich nie mehr gemeldet hat. Daß er sich nicht bei mir meldete, muß nicht überraschen. Daß er sich aber seit Hamburg, wie sie mich allzuoft mit geradezu stereotypem Gleichmut oder besser: einer gewissen sturen Genervtheit, wissen läßt, als er dort studierte und sie im Konsulat beschäftigt war, nicht mehr gemeldet hat, sei ihr selbst ein Rätsel gewesen. Vielleicht, hatte sie gesagt, ist ihm die Art der Verbindung, auf die sie sich von Anfang an verständigt hatten, am Ende nicht mehr geheuer gewesen. Dabei sei es doch die schönste Zeit ihres Lebens gewesen.

Ja, die Verklärung der Jugend. Da laufe ich keine Gefahr. Meine war mit sechzehn vorüber. Und das, was davor gewesen war, die Kindheit, die war auch nicht eben etwas gewesen, das man nachträglich feiern möchte. Man stürzt sich nicht Hals über Kopf in die Seefahrt.

Natürlich war ich mit sechzehn kein ganzer Grünschnabel mehr. Immerhin hatte mich mein Vater zu meinem Geburtstag mitgenommen. Dorthin, wo er sich offenbar auskannte. Und sie ihn kannten. Seine Art von Geschenk. Wir nahmen das Taxi, nicht seinen Wagen. Es müsse, sagte er, nicht gleich die ganze Stadt wissen, »wo wir deinen Einstieg feiern«. Der Einstieg, das sollte meine Initiation sein. Meine Einführung in den, um es in seinen Worten zu sagen, *schönen Schmutz der menschlichen Herzenslust und ihrer Aushäusigkeiten*. Die nicht immer ausgesprochen schöne Reinheit, die das Häusliche und die wahre Liebe darstellten, müsste notgedrungen hin und wieder hintanstehen. Da könne man nichts machen. Die Auffassung hat mich, ob ich wollte oder nicht, geprägt.

Er nahm mich also zu meinem Jubeltag mit in den Puff.

Es war ein ländlicher Puff. Am Rande der Stadt gelegen. Ein altes reetgedecktes Bauernhaus, an dem ich, etwa, wenn ich auf dem Fahrrad dem Paar Aischa/Bronken folgte, um herauszubekommen, was sie so treiben, des öfteren vorbeikam. Sie, Aischa, wohnte ja nicht weit entfernt. Sie wohnte in der Vorstadtsiedlung Richtung Norden. Wenn Bronken sie nach Hause begleitete oder, nachdem er sie begleitet hatte, zu sich in die Kohlehafengegend, nach Bant, wo er wohnte, zurückfuhr, kam er auch unweit dieses versteckt unter große Ulmen und Eichen geduckten alten Bauernhofs vorbei. Es war ein Geheimnis um dieses Haus. Es hieß *Die Geißel*. Jedenfalls im Volksmund. Ich konnte mir damals nichts darunter vorstellen; heute würde ich sagen, daß dort weniger gegeißelt wurde, als die – wie aus dem Schnabel der Vogelmutter in den Rachen des hungrigen Jungen – vom Volksmund gespeiste Phanta-

sie es versprach. Sie dürfte weniger nahrhaft und realitäts-
nah gewesen sein, als die von ihr Bedachten es sich ausmal-
ten. Ich jedenfalls durfte, obwohl mit weichen Knien, die
Sache nüchterner betrachten.

Mein Vater hatte mich, nachdem wir doch gerade erst
noch mit der Mutter und dem Bruder beim Abendbrot
zusammengesessen hatten, an den Bahnhof bestellt. Dort
sollte ich auf ihn warten. Ich glaube, ich wartete eine gute
Stunde. Dann kam er. Wie ich mit dem Fahrrad. Das stellte
er wie ich ab. Dann steigen wir in die Taxe. Und fahren. Zunächst ein Stück wieder in die Richtung, wo wir wohnen.
Dann biegt das Fahrzeug mit uns in den Schotterweg ein.

Dort steigen wir, im Schutz der frühen Dunkelheit, die
zugleich eine alles verhüllende Helligkeit ist – wir haben
Spätherbst, und der Nebel steht gewissermaßen auf den
Wiesen wie die durch ihn zum Verschwinden gebrachten
Kühe –, aus dem Fond der Taxe. Mein Vater beugt sich
beim Zahlen nicht zu dem Fahrer hinab, sondern schiebt
ihm so von unten, daß er sich mit dem Ellenbogen auf dem
Dach abstützen und auf diese Weise sein Gesicht verbergen kann, die Münzen in die Fahrerkabine. Das Fahrzeug
fährt leise an auf dem knirschenden Vorplatz des Gehöfts
und verschwindet. Auch die roten Rückstrahler verschwinden mit ihm in der Nacht.

Mein Vater tritt an die kleine, in das große Scheunentor
integrierte Tür und betätigt eine Klingel. In der Tür, auf
Augenhöhe, der Spion, der als greller Punkt aufleuchtet.
Dann wird aufgemacht. Ich habe das Gefühl, daß sich nicht
nur mein Vater auskennt, sondern daß auch die Frau, die
die Tür öffnet, ihn kennt. Wir treten ein und stehen auf der
Tenne. Und auf der nun in großen, üppigen Polstergrup-

pen, Sesseln und Sofas, Frauen. Erst jetzt dämmert mir, was mir bevorstehen könnte. Die Frauen haben die Beine übereinandergeschlagen, ich sehe die Beine, die Röcke darüber sieht man fast nicht, weil da, wo sie sein sollten, schon die Oberteile anfangen. Auch die aber sind, wenigstens zum Teil, gar nicht da. Statt dessen gleich die Büstenhalter. Das ist mir, ehrlich gesagt, zu viel für den Anfang. Die Damen rauchen, mit Zigarettenspitzen. Es ist wie im Film. Aber sie frieren. Und frösteln. Sind halb nackt und frieren und frösteln. Einige haben sich Pelzjäckchen – oder eine Stola – über die nackten Schultern gehängt.

Mein Vater berührt fast mein Ohr mit seinem Leberwurststullen- und Abendbrotbiermund, als er sagt: »Du mußt dir eine aussuchen.« Ich muß? Wie viele sind das überhaupt? Es sind mindestens sechs. Oder sieben. Wie soll man da?

»Ich weiß nicht.« Ich bin derart mit dem, was ich nicht weiß, will heißen: was mich erwartet und was ich mir, obwohl ich doch schon einiges, jedenfalls im *Apollo*, unserem Programmkino für Western und Liebesdinge, gesehen habe, beschäftigt, daß ich völlig konfus bin. Ich habe auch Schwierigkeiten, die Frauen anzusehen. Die *kucken* ja zurück. Und lehnen sich, wie mir scheint, die hoch schwarzaufgebürsteten Lider senkend, auch noch nach hinten. Ich blicke auf die nackten Stellen, die Arme, die über den Lehnen liegen, die Zigaretten, die weniger zwischen den Fingern gehalten als geführt werden. Oder in eben den langen silbernen Spitzen stecken.

Mein Vater sucht für mich aus. Er kennt sich in allem besser aus als ich. Nur ist es damit nicht getan. Die von ihm Ausgesuchte erhebt sich aus ihrem Fauteuil, sieht mich gar nicht an, sondern stolziert auf hohen Hacken auf den Treppenabsatz zu, der unter das alte schöne reetgedeckte Dach führt, und blickt sich dort noch einmal, mit schweren Wimpern zwinkernd, zu mir um.

Hat mein Vater das alles verabredet? Hat er es geprobt? Und inszeniert? Ich komme mir vor wie im Theater. Nur eben nicht so, wie ich es kenne, im Zuschauerraum. Jetzt auf der Bühne. Was soll ich sagen? Was muß ich tun? Wo ist meine Souffleuse? Oder mein Souffleur? Der Inspizient? Das hätte man doch alles erst einmal gemeinsam durchgehen müssen. Üben. Auf dem Trocknen, sozusagen.

Mein Vater gibt mir einen Schubs in den Rücken. Wie eine schlecht aufgezogene mechanische Puppe stolpere ich voran, in Richtung auf die Frau, die vor mir die Stufen hinaufsteigt und mir das Netz, das ihre Schenkel umspannt, vors Gesicht spannt. Es legt sich förmlich über mein Gesicht. Und duftet. Ich weiß nicht, nach was.

Die Frau tritt oben an eine halb offenstehende Tür, hinter der es glüht wie in dem gerade im Hauptschaufenster bei Karstadt ausgestellten Kamin. Ein übernatürliches Rot als Flamme. Hier oben, in der Kammer, in die mich die Frau an der Hand hineinzieht, ist es nun auch etwas wärmer als unten.

Die Geißel. Der Schmerz. Er ist das Schöne. Der Schmerz, der darin besteht, daß man nichts weiß. Nicht nur nicht weiß, wie es geht. Und was als nächstes passiert. Der Schmerz als Ferne. Da tritt so eine Schöne an einen heran, öffnet einem behutsam die Hose, den Schlitz, zieht einem, vor einem niederkniend, mit beiden Händen die Hose bis zu den Knöcheln, sagt, als man zu kippen droht, »Du kannst dich ruhig abstützen«, man stützt sich ab, berührt sie, die nackte Schulter, spürt die Haut, die einem in die Fingerspitzen hineinglüht, sie zupft auch die Schnürsenkel auf, zieht die Schuhe aus, einen nach dem anderen. Und schiebt schließlich die Unterhose auf die Knie. Die Socken behält man an. Sie schiebt einen an die Liege, sie drückt einen sanft nieder, man liegt auf dem Rücken. Man ist nicht der, der man ist.

Das ist er, der Schmerz. Nicht nur daß sie, die sich den Büstenhalter abstreift und aus dem Slip steigt, wobei sie die hohen schwarzen Stiefel anbehält, sich nun an seine Seite setzt, auf den Rand der Liege, und das, was seitlich schmal, schlapp und jung in seinen Schritt fällt, achtsam und warm in die Hand nimmt und aus ihrem großen roten Mund bepustet, es ist das Rot überhaupt, das Warme, um ihn herum und in ihm, in dem er sich auflöst. Und verschwindet. Während sie, die Frau, zu einer Glasur gerinnt, einer Materie, an die man nicht rührt, da sie durchsichtig ist. Der Schmerz der Durchsichtigkeit. Der Transparenz. Rührt man daran, zerbricht sie. Und man selbst kehrt zurück zu dem, der man ist. Bleibt nicht die dritte Person, *er* oder *man*, auf die *man* gerade noch blickte, sondern *wiederaufersteht* gleichsam. Als der, der man in Wirklichkeit ist. *Ostern.*

Ostern im Spätherbst.

Es ist nichts zu machen. Sie kriegt IHN nicht hoch. Sie bemüht sich redlich. Sie schiebt die Vorhaut. Sie hält und knetet die Hoden.

Dann streift sie mir über die Wange, führt die Hand an ihren Busen, öffnet, sitzend, die Schenkel, ich seh gar nicht erst hin.

»Fast«, sagt sie, »hätte ich es vergessen. Is ja mit drin.«

Sie steht auf, tritt an die Konsole. »Whisky, okay? Allerdings ohne Eis, wenn's recht ist.«

Ist alles recht.

Dann blickt sie, fast scheu, auf die winzige mit Steinen besetzte Uhr, die sie am Handgelenk trägt, und sagt: »Jetzt kannst du dich wieder anziehen.«

Ich bin heilfroh, daß sie mir nicht anbietet, es für mich zu machen.

Als ich dann, ihr vorangehend, nach unten steige und dort meinen Vater erwarte, ist der nicht da. »Setz dich«, heißt es. Das ist nun das Schlimmste. Die Frauen fordern mich auf, ihnen etwas zu erzählen. Ich habe nichts zu erzählen. Ob ich noch zur Schule ginge? Was ich denn mal werden wolle? Ich zucke die Achseln. Obwohl ich doch schon weiß, daß ich mich aus dem Staub machen werde. Aber das geht sie nichts an. »Na?«, fragt mich die, die zur Seite gerückt ist, um mir auf ihrem Plüschkanapee Platz zu machen, »hat sie dir etwas zum Trinken angeboten?«

»Hat sie.«

»Na, immerhin.«

Und dann kommt mein Vater. Und hinter ihm die Frau, mit der er seine halbe Stunde verbracht hat. Bezahlt hat er offenbar vorher.

Auf den nächstbesten Kümo. Aber nur fürs erste. Da bist du die letzte Sau. Schlimmer als die Schule. Aber ein Zurück, das gibt es nicht für mich. Schon weil mein Vater, als ich ihm nach dem Sitzenbleiben verkünde, ich wolle von der Schule abgehen und zur See, sagt: Ein Zurück gibt es nicht. Ich werde mich, und zwar mit einer Konsequenz, die mich bald selbst schon ängstigen wird, an diesen seinen

Wahlspruch halten. Ich habe keine andere, keine eigene Wahl. Oder soll ich etwa wie er, mein Vater, als Bautischler enden? Dem nicht nur der Polier, sondern auch noch der Bauführer, der jeweilige Unternehmer und, von ganz oben, der Bauherr im Genick sitzen. Und dazu noch eine Frau, die es – was mir als das Bedenklichste erscheint – gut mit ihm meint.

Die Ochsentour also.

Nachdem ich drei Monate am untersten Ende der menschlichen Möglichkeiten an Bord des geschlossenen Systems Schiff in der Küstenschiffahrt in Personalunion als Assistent des Smutje – an Land hätte man gesagt: Tellerwäscher (wenn auch nicht mit dessen Aufstiegsmöglichkeiten) – und Nachwuchskalfaktor, der u. a. für die Beseitigung von Möwenschiß auf dem Decksrost verantwortlich war, gedient, mich zugleich aber über Aufstiegsmöglichkeiten informiert hatte, meldete ich mich an der Schiffsjungenschule an. Da war ich fürs erste schon wieder an Land. Die Ausbildung schien mir aber praxisbezogener als die Keimsack-, Staubbeutel- und Zellkernfragen und die dazugehörigen Partikel, die ich noch nicht lange zuvor im Biologieunterricht unters Mikroskop zu legen, oder die Ergebnisse der jüngsten Wurten- und Warftenforschung, die ich im Verein mit den nicht viel leidenschaftlicher als ich über den als Sandkastenmodell zu fertigenden Gegenstand des geforderten heimatkundlichen Interesses Gebeugten zu entschlüsseln und zu wägen gehabt hatte. Ich wurde Schiffsmechaniker und erhielt den Matrosenbrief. Dann ging es, natürlich noch auf Kleiner Fahrt, erst einmal wieder auf See, das heißt: entlang der norwegischen Küste auf die Nordsee bis zur Breite 64° Nord (im übrigen bis zu einer Breite von 61° Nord und der Länge von 7° West sowie nach den Häfen Großbritanniens, Irlands und der Atlantikküste Frankreichs).

Damals, mithin vor Inkrafttreten der Verordnung über die Ausbildung und Befähigung von Kapitänen und Schiffsoffizieren des nautischen und technischen Schiffsdienstes vom 11.2.1985, noch unter der alten SBAO, konnte man, wenn man nur wollte, auch ohne die sogenannte Mittlere Reife oder die Fachschulreife, genauso wie ohne Abitur, durchaus noch was werden. Ich bezog also erneut, erst einmal für drei Semester, die Schulbank. Und zwar auf der Fachschule für Nautik in Bremen. Abschluß: Schiffsführungspatent »Kapitän auf Kleiner Fahrt« (AK). Dann hieß es: wieder zwei Jahre Seefahrt. Und, da ich es ja nicht anders wollte, weitere vier Semester auf der Fachschule. Ergebnis: »Kapitän auf Mittlerer Fahrt« (AM). Fahrtgebiet: alle europäischen Häfen, nichteuropäischen Häfen des Mittelmeeres und des Schwarzen Meeres sowie die Häfen der Atlantikküste Marokkos. Mit dem Patent in der Tasche wieder raus. Wieder zwei Jahre, dabei immer in Warteposition, denn man kriegt ja nicht gleich in Eigenverantwortung so einen Kahn unter den Hintern. Schließlich, nach abermals zwei Jahren an der Schule für Nautik, endlich das Große, den »Kapitän auf Großer Fahrt« (AG). Inzwischen sind insgesamt gut zehn Jahre ins Land oder, wer will, in die Weite der schiffbaren Gewässer gegangen. Und es soll noch einmal drei Jahre dauern, bis ich aus der Warteschleife als 1. Offizier im Rükken des mir vorgesetzten Kapitäns dann mein eigenes Schiff kriege. Und mit dem – und den ihm folgenden – dann alle Fahrgebiete der Welt befahre.

Das heißt nicht, daß man sich zurücklehnt. Impfungen und Bordapotheke hin oder her, ich hole mir einige Durchfälle, Fieber, Geschwüre. Ich kenne Agonien, die ich vor meinen Mannschaften verberge. Ich werde gewiß nicht zum Eigenbrötler. Aber der Abstand zu meinen Leuten an Bord nimmt zu. Während er sich in den Häfen, in denen ich Massengüter, vom Weizen aus den USA über australische Kohle, holländische Kartoffeln und Kakao- (Kamerun, Nigeria, Ghana) oder Kaffeebohnen (Brasilien, Äthiopien, Kolumbien) lade, zu deutschen Kraftfahrzeugen, Anlagenbauteilen und ganzen Raffineriekomplexen, die ich lösche, zu mir selbst vermindert. Ich komme in gewisser Weise erst draußen, in der Welt, wirklich aus mir heraus. Wobei mir allerdings, wie gesagt, das, was mir, stellvertretend für vieles andere, das *Herz der Finsternis* bedeutet, hilfreich zur Seite steht.

Wie ich überhaupt auf diese meine Herzensangelegenheit kam? Ganz einfach.

Ich fuhr noch als 1. Offizier auf »Kleiner Fahrt« zwischen Portugal, Irland und Südengland. Das Schiff war ein deutsches. Auch der Kapitän war ein deutscher. Ich fand ihn nicht sonderlich mitteilsam und insgesamt wenig sympathisch. Er war ein nervöser Mann. Wir stehen vor Plymouth. Der Mann erkrankt, windet sich in Krämpfen. Ich tu, was ich kann. Man kann nicht viel tun, wenn man kein Arzt ist. Magendurchbruch, heißt es später, als sie ihn mit der Seenotrettung von Bord holen und in die Klinik bringen. Er scheint mich dem Reeder gegenüber empfohlen zu haben. Der Reeder überträgt mir das Schiff. Der Mann bleibt zurück. Keine drei Tage darauf, die Ladung ist gelöscht, erfahre ich, daß er verstorben ist. Und mir hinterläßt, was ich zunächst noch als nicht von besonderem Wert erachte. Eine Handvoll Bücher. Sie liegen zuunterst im Seekartenschrank der Kapitänskajüte. Da ich mir keine großen Gedanken darüber mache, ob sie zu seinem persönlichen Eigentum oder eher zur Schiffsausstattung gehören – ich entscheide mich letztlich, sie für ein Gut zu halten, das auch er einmal von seinem Vorgänger, und der hinwiederum von seinem, übernommen hat, so daß ich sie nicht mit der übrigen persönlichen Habe des Verstorbenen der Reederei übergebe, damit die sie an die Hinterbliebenen weiterleite –, befinde ich, kaum habe ich einen Blick in eben jenen gelben Band, der alles auslöst, geworfen, dafür, daß sie mir gehören. Jene Bücher, auch Schwarten und nichtbelletristische, technische Fachliteratur, die ich nicht brauche, reiche ich, wie gesagt, nicht selten im Tausch gegen Pornoheftchen, an Besatzungsmitglieder, die Interesse zeigen, weiter.

Die Dinge kommen immer zusammen. Nichts hat nur einen einzigen Grund. Oder ist, wie die mehr philosophisch-kritischen Autoren sagen, *monokausal.*

Man geht vom Gymnasium ab, weil man sitzengeblieben ist und sich nicht den Tort antun will, noch einmal das Jahr, das einem hinreichend zugesetzt hat – sonst wäre man ja nicht sitzengeblieben –, zu wiederholen. Eine Art von Masochismus, der mir nicht liegt. Stammt man von der Küste, hat keinen ordentlichen Schulabschluß, so jedenfalls war es noch zu meiner Zeit, gibt es nur einen Ausweg: die See. Und nun kommt das, zumindest in meinem Falle, wohl Entscheidende. Das der Entscheidung, die zu fällen ansteht, gewissermaßen erst die Flügel oder, wer will, die nötige Schubkraft verleiht. Eine Liebe. Eine unerfüllte Liebe. Meine Liebe zu der, die nicht läßt von meinem Schulkameraden und fast Nebenmann, dem Kunst- und Turmspringer Bronken. Die zwei sind ein unzertrennliches Paar. Sogar im Herbst, im Winter, im Frühjahr, wenn sie nicht springen, sehe ich sie zusammen. Sie verkehrt offenbar sogar bei ihm. Und er bei ihr. Sie wirken wie einander versprochen. Ungeachtet der Eskapaden und Seitensprünge, die nicht allein er sich leistet. Auch sie. Soweit ich die Angelegenheit überblicke, und ich glaube, ich überblicke sie nicht schlecht, tummelt auch sie sich noch auf verschiedenen Nebenschauplätzen.

Das hält keiner aus.

Ich muß sie verlassen, vergessen.

Wie sich im Laufe meiner langen Ausbildung und der dazugehörigen Fahrenszeiten erweist, gelingt mir das nicht schlecht. Ich hätte es nicht für möglich gehalten. Ich schaffe es sogar, sie nicht in den Straßen und Cafés und Kneipen zu suchen, wenn ich auf Heimaturlaub bin. Sofern ich es überhaupt bin. Ich ziehe es vor, mir meine Zeiten so einzuteilen, daß ich jeweils dort von Bord gehe, wo es mir gefällt. Wo ich mich mit jemandem angefreundet habe. Etwa mit den Ethnologen in Brasilien. Oder den beiden tschechischen Abenteurern, die ich in Montevideo treffe. Oder den Frauen. Nicht nur in Catania finde ich Zuspruch, Verlangen, Verständnis. Erofilis gibt es weltweit.

Dann aber der Ball, der Marineball, zu dem Günther Krause, der inzwischen Kapitänleutnant bei der inzwischen auch schon nicht mehr ganz jungen Bundesmarine ist, mich mitnimmt. Erst zögere ich. Was habe ich mit Militärs am Hut? Aber er ist immerhin auch mal in meiner

Klasse gewesen. Statt mir Abend für Abend die Klagen meiner Mutter über meinen Vater – und inzwischen auch schon über meinen älteren Bruder, den Daddler – anzuhören, ziehe ich es vor, mich offenzuhalten. Und dann, etwa unter Militärs, wenn es drauf ankommt, bedeckt.

Und da nun sehe ich sie. Ich erblicke sie. Kaum verändert. Etwas runder jetzt. Aber sie. Wie eh. Ich hätte es nicht für möglich gehalten, daß sie immer noch die Wirkung ausübt, die sie einmal – wie lange ist das eigentlich her?, zwölf war ich, als ich sie zusammen mit Bronken im Marinebad vom Brett springen sah, sechzehn, als ich mich losriß und zur See fuhr, ich fahre inzwischen, die Weiterbildungszeiten und den Erwerb der verschiedenen Patente eingeschlossen, seit siebzehn Jahren zur See –: die Wirkung, die sie einmal auf mich ausgeübt hatte. Ich bin ein unabhängiger, ein gestandener Mann, den, denke ich, nichts mehr so schnell aus der Ruhe und dem Konzept bringt. Jedenfalls nicht so etwas. Es geht hier nicht um Leben und Tod, es geht um nicht mehr als einen Marineball, der so ungefähr das Unaufgeregteste, Ungefährlichste und, vor allem, Unkriegerischste ist, was ich kenne. Ich habe an welchen teilgenommen, wenigen, zugegeben, aber ich kenne sie.

Und dann das. *Meine* Aischa. Aischa im Arm dieses verfetteten Schreibstubenbezwingers, ich riskiere, an ihrer entblößten Schulter vorbei, einen Blick auf seine Epaulette. Korvettenkapitän. Ich sehe seinen speckigen Nacken und die speckige Affenschaukel. Die Litze. Und blicke weg, in eine andere Richtung. Hinaus. Aufs Meer. Der Ballsaal ist der große Saal der Strandhalle, die an der Ersten Einfahrt, der alten Schleuse, mit dem Rücken zur Strandpromenade und zu den Strandhotels steht. Ich blicke in die Richtung gewissermaßen, aus der ich komme. Auf die Sicherheit, die ich hinter mir lasse, wenn ich an Land gehe und den Boden der Seßhaften betrete.

Plötzlich, ich spüre es, ohne selbst hinzusehen: Sie sieht mich, sieht mich an. Von der Seite. Ich wende den Kopf, blicke sie an. Und da hebt sie über dem speckigen Glatzkopf, den sie überragt, die Hand, winkt mir. Sie hat mich erkannt. Sie dreht sich im Walzer- oder Foxtrottakt, was weiß ich. Alle drehen. In ihren Uniformen und uniformierten Smokings. In Tüll und Ballkleid und Abendkostüm. Die Kapelle steht mit dem Rücken zum Meer, die hohen Fenster zum Meer spiegeln die Tanzenden, meine Tanzende, die mir über den Spiegel winkt, als winkte sie herüber vom Meer, dem grauen, noch taghellen, meine Sirene, sie lächelt, ruft, löst noch einmal die Hand aus der Hand des Speckigen, weist mit gestrecktem Zeigefinger zur Sektbar, die neben dem Portal aufgebaut ist. Später! Dann! Läßt sie mich wissen. Und dreht schon wieder ab.

Ich habe keine Absichten. Was für Absichten sollte ich noch haben? Und trotzdem, es geht mir durch und durch, als sie an mich herantritt. Sie trägt auch eines dieser Dinger. Eines dieser Selbsttragenden. Wo man nicht weiß, ob sich alles von allein hält, oder ob darunter noch so eine Stütze eingebaut ist. Hellblau. Schlicht. Allerdings sehr raffiniert geschnitten. Bis zu den Knöcheln. Oben aber, oberhalb des sich selbst Tragenden, das sie früher nicht hatte, da sie fast mager war, die Schultern, der Hals, die Schlüsselbeinstreben, die Arme. Jetzt erst sehe ich, daß sie fleischfarbene Handschuhe trägt, die reichen ihr bis an die Ellenbogen.

»Lange nicht gesehen.«

»Das kann man wohl sagen.«

»Fährst du immer noch zur See?«

»Was soll ich sonst tun.«

»Wollte ja nur mal so wissen.«

Dann plötzlich eine Unsicherheit, ein Schweigen. Ich blicke mich nach Krause um. Aber der ist verschwunden. Vielleicht schwingt auch er ein Bein.

»N' Sekt?« frage ich.

»Nee.« Sie nimmt einen Cocktail. Irgend etwas mit Rum. »Mit kubanischem«, sagt sie ausdrücklich.

Wir wenden unsere Aufmerksamkeit dem Keeper zu. Sie zieht sich, Finger für Finger zupft sie, in Zeitlupe mit der Linken ihren rechten Handschuh aus. Dann gibt sie mir die Hand. Die ist etwas schwitzig.

Ich sattle noch schnell von Sekt auf Bier um. Sie kriegt ihren Cocktail. Sie rührt mit dem Stiellöffel in ihm herum. Dann: »Bist du für länger hier?«

Ich sage, mir blieben noch drei Tage. Dann müsse ich wieder fliegen. Ich hätte ein Schiff in Saint-Nazaire, an der Loiremündung.

»Schade.«

»Wieso schade?«

»Nur so.«

Und dann sagt sie, nachdem sie mich, wie mir scheint, eine ganze Weile gemustert und immer wieder am Strohhalm gesaugt hat, so daß ihr Glas binnen weniger Augenblicke leer ist: »Bist du eigentlich irgendwie fest?« Sie meine, sie präzisiert: »Liiert? Oder sogar verheiratet?«

»Nein«, sage ich, »bin ich nicht. Und du?«

»Auch nicht. Ich bin geschieden.«

Das, sage ich, täte mir leid.

Da schießt es nur so aus dem Blau ihrer Augen, die fast

so blau sind wie ihr Kleid. Sie wisse, sagt sie, gar nicht, was daran so Bemitleidenswertes sei.

»Ich habe«, sage ich, »nicht von Bemitleidenswertem gesprochen.« Ich hätte nur gedacht, wenn man schon mal heiratet, habe man doch immerhin die Absicht, sich nicht gleich wieder scheiden zu lassen.

Sie zuckt die wunderschön gerundete Schulter, ihr Busen, möchte ich fast sagen, bebt. (Ich sag's mal so. Auch wenn es ein bißchen unzeitgemäß – beziehungsweise zeitgemäß kinohaft – ist.)

»Erstens, mein Lieber«, mein Gott, mein Lieber!, »habe ich mich nicht gleich wieder scheiden lassen. Und zweitens muß es dir auch wirklich nicht leid tun. Schließlich war es eine Erleichterung. Du solltest mich eher beglückwünschen. Nehmen wir noch einen?«

Sie nimmt noch einen, ich bin noch bei meinem Bier.

»Sag mal«, sagt sie, nachdem sie einem der ununiformierten Herren, einem jüngeren, einen Korb gegeben hat, »wie bist du eigentlich hier?«

»Wie meinst du das?«

»Na, wie schon? Allein? Oder mit einer Dame?«

Ich sähe, sage ich, weit und breit keine, mit der ich da sein könnte.

»Bist du mit dem Auto?«

»Ja«, sage ich, »beziehungsweise mit dem Taxi.« Ich sei von jemandem mitgebracht worden. Sonst wäre ich doch gar nicht da.

»Wem?«

»Günther Krause. Früherer Klassenkamerad von mir.«

»Ach der.«

Dann wieder das Umrühren des gelbgrünen, mit roten

Schlieren durchzogenen Gemischs in ihrem Glas, und, für mich zumindest, wie aus heiterem Himmel: »Hast du eigentlich irgendwann mal wieder was von *Ti äitsch* gehört? Von Bronken?«

»Nein«, sage ich, »und du?«

Sie schüttelt den Kopf und saugt. Und wendet sich zur Seite, so daß ich, wie zum ersten Mal, ihr Profil wahrnehme, so wie ich es früher nicht gesehen habe. Sei es, weil es, mit dem Pferdeschwanz, dem weizenblonden, so noch gar nicht dagewesen war, sei es, daß es mit dieser senkrechten Innenrolle, durch die jetzt irgendein Horn mit silbernem Knopf von oben bis hinunter in den Nacken gespießt ist, überhaupt erst derart berückend und stolz, ja, markant in Erscheinung treten kann.

»Ich auch nicht.«

Wir tun uns zusammen. Sie sagt, sie würde mich nach Hause bringen. Sie sei mit eigenem Auto da. Falls ich es nicht vorzöge, mich von diesem Soldaten fahren zu lassen. Ach, wenn sie wüßte.

Sie fährt mich aber nicht nach Hause. Sie will noch in irgendeine Bar. Welche? Irgendeine. Als sie den kleinen Wagen in der Nähe des Börsenplatzes vor einer Bar mit dem Namen BAR bremst und parkt und aussteigt, sitzt sie, kaum bin ich ausgestiegen, auch schon wieder hinter dem Steuer. Ich beuge mich zu ihr hinab.

»Geht nicht«, sagt sie, »da trifft man jemanden wie dich wieder, und schon hat man seinen Nachwuchs vergessen. Das arme Kind, die Sitterin, die wollte doch mit dem Geld, das sie von mir kriegt, heut auch noch mal los. Kommst du mit?«

»Zu deinen Kindern?«

Sie gibt schon wieder Gas, wenn auch im Leerlauf. Ich steige zu.

»Ja, wohin denn sonst?«

Ja, wir tun uns zusammen.

Ich bleibe nicht über Nacht. Sie hat mir die Kinder gezeigt, in ihren Betten. Ich habe nicht viel erkennen können. Ein Säugling, soviel ist klar. Den hat sie von dem Geschiedenen, sagt sie mir später in der Küche. Und einen schon etwas Größeren. Wie alt und von wem der ist, sagt sie mir vorerst nicht. Zwar sei der Junge ihr Junge, aber nicht ihr Kind. Ich frage nicht weiter.

Wir trinken noch ziemlich. Sie öffnet noch eine Flasche *Taittinger*. Ich zucke zusammen. Der Korken knallt gegen die Decke. Ich blicke zur Tür. Aber niemand ist aufgewacht.

Irgendwann greift sie nach meiner Hand. Sie hat jetzt auch den zweiten Handschuh nicht mehr an. Die Hochhackigen, wir nennen sie immer noch Pumps, hat sie direkt vom Fuß schwungvoll in die Ecke neben den Mülleimer geschleudert.

»Ach, mein Gott«, sagt sie, »wenn du wüßtest.«

9

Laß mich in Ruhe

Auch das noch. Der gemeinsame Ausflug ans Meer hat ihm offenbar so gut gefallen, daß er gleich noch einen weiteren ins Auge faßt.

»Nein«, sagt er, als er mich am Morgen um neun aus meinen Federn, richtiger: unter dem dünnen Leintuch, das ich mir für die Nacht über meine empfindlichen Nieren werfe, hervorholt, »du brauchst nicht hineinzufahren in die Stadt. Wir fahren bis zum nächsten Bahnhof unten im Tal, kaufen uns eine Regional-Tageskarte, nehmen den Zug und machen den Rest mit den innerstädtischen öffentlichen Verkehrsmitteln. Alles im Preis inbegriffen. Um zwölf sind wir mit Cesare verabredet. Er will sehen, was sich machen läßt.«

Ich habe womöglich irgendwann nicht aufgepaßt. Jedenfalls weiß ich nicht, worauf er hinauswill. Trotzdem scheint es mir keine schlechte Idee zu sein, einen Rom-Ausflug zu machen. Sowohl die Vorstellung, mit ihm, bei ihm oben oder wo immer im Ort, dem mir langsam doch ein bißchen dicht auf die Haut rückenden Städtchen, in dem mich die Blicke seiner Bewohner treffen, als wüßten sie Bescheid, als kennten sie mich, als bräuchte ich mir gar keine Mühe zu geben, mich als ein anderer aufzuführen als der, der ich bin …, sowohl die Vorstellung also, auf diese Weise und unter diesen letztlich trostlosen Auspizien einen weiteren Tag zu verbringen, als auch die Vorstellung, ihm, meiner Wege gehend, in dem engen Städtchen mit seinen Gassen, Türmchen, Kapellen, Kirchen und Pizzerien aus dem Wege zu gehen, bedrückt mich. Es wäre, genau genommen, gehupft wie gesprungen. Rom, denke ich, ist nicht schlecht. Immerhin hatte ich die Hauptstadt und seine Reichtümer als Nebeneffekt meiner Reise selbst ja durchaus schon in meine Planungen einbezogen gehabt.

»Es ist die letzte Chance«, sagt Bronken. »Morgen ist Cesare wieder hier. Und da geht es dann ja immer um etwas anderes.«

Ja, wir haben tatsächlich schon wieder Donnerstag. Oder verrechne ich mich? Oder er, Bronken? Wie auch immer aber. Die Sache scheint mir entschieden.

Bronken öffnet den Spiegelschrank in der Bibliothek und holt sich ein Sakko vom Bügel, dann zieht er die untere Schublade auf. Ich verschwinde auf dem Klo. Es hat nicht den Anschein, als würde der Tag frischer werden als die vorangegangenen. Hat er nicht selbst gesag: »Unten, in Rom, ist die Hölle. Da steht die Luft wie in der Sauna. Nur das finnische Loch im Eis fehlt.« Die Temperaturen lägen nicht nur im August sechs bis sieben Grad über denen in »unserer«, sagt er, »Sommerfrische«.

Aber was soll ich machen? Es ist ja längst entschieden. Zumal Bronken auch in meinem Namen gesprochen zu haben scheint. Es würde mich die Tiberinsel, schon weil es sich bei ihr um eine Art Schiffskörper, gewissermaßen um die Urform aller zivilisierten Schiffskörper handele, sehr interessieren. Man muß aufpassen bei dem Kerl, der übernimmt. Wo er einen verdächtigt, selbst nicht zu wissen, was man will, übernimmt er. Und glaubt dann auch noch, einem einen Gefallen zu tun.

Aber ich gebe, siehe oben, zu, daß er mir mit seinem Vorhaben entgegenkommt. Vielleicht geht es ihm gar nicht so viel anders als mir. Vielleicht fürchtet auch er inzwischen die unverhoffte Begegnung mit mir in den engen Gassen des Orts. Oder das Nebeneinanderhocken und Süffeln auf seinem Berg, wo er mir ja nicht einmal etwas auf seinem *Schimmel* vorspielen will.

Ich bleibe, schon weil die Zeit drängt, wenn wir um zwölf auf der Insel sein wollen, unrasiert. Auf diese Weise steche ich wenigstens nicht so ab von meinem Begleiter.

Wir fahren also die kurvenreiche Strecke hinunter, er macht wieder den Fahrdienstleiter, nach kaum mehr als zwanzig Minuten erreichen wir hinter der Unterführung der *Autostrada del Sud* den Bahnhof an der Strecke zwischen Neapel und Rom. Wir trinken unseren Frühstücks-Cappuccino an dem Kiosk neben dem Bahnhof, in dem auch die Tageskarten verkauft werden. Wir brauchen nur eine halbe Stunde zu warten. Dann kommt der Zug, der uns nach einem halben Dutzend, aber vielleicht auch einem ganzen Dutzend Halten, ich kriege das nicht mit, zur *Stazione Termini* bringt. Wir steigen in einen der orangegelben Busse. Wir fahren stehend, Bronken das erste Mal, würde ich sagen, seit Dr. Weingarts Zeiten, da wir in zwei Gruppen Tauziehen machten, hautnah mit mir aneinander, ich hinter ihm, es ist mir unangenehm, aber es ist nichts zu machen, wir sind bei den Römern in Rom, und die stehen dicht aneinandergepreßt, wenn sie irgendwohin und dann auch noch ankommen wollen. Dann kommen wir an. Es war nicht so schlimm, wie ich zunächst dachte. Wir steigen aus. Wir treten ein in die Schluchten der Häuser, ich blicke in die Werkstätten, wo Möbel restauriert und Autos repariert werden, wir kommen an den jüdischen Delikatessen-Läden vorbei, aus denen es würzig und süß duftet, wir bleiben stehen an einem antiken Tor, dem *Portico di Ottavia*, überqueren eine von Platanen bestandene Straße, die zu überqueren selbst bei Grün eine Todesmut erfordernde Aufgabe ist, und betreten die Brücke. Ich blicke über die Brücke hinab in das Flußbett, das ein Rinnsal führt. Wir überschreiten die Wölbung der Brücke, »so ungefähr das Älteste, was es gibt«, sagt Bronken, halten uns links und betreten den Eingang des Hospitals. Hinter einer, hat es den Anschein, schußsicheren Glasfront ein Mönch in Kutte und ein junger Mann, der aussieht, als wäre er eigens für uns gegelt worden.

Und dann das. Es ist nicht zu glauben. Wenn schwarze Kleidung, wir sehen es bei nicht wenigen der römisch-katholischen Geistlichen genau so wie bei den nicht nur in ihrem Innersten, sondern auch sich ihres Äußeren wirklich bewußten Damen, schlank macht, dann macht doch logischerweise Weiß eher dick? Oder? Bronkens Freund Cesare tritt uns entgegen. Wo ist sein Bauch? Wo hat er ihn gelassen? Er steckt in vollkommenem Weiß. Im Arztweiß. Leichte weiße Leinenschuhe, Slipper, eine weiße Leinenhose. Ein weißes Polohemd, das sich nur ein wenig spannt über dem Leib, aber doch keineswegs korpulent macht. Und wie dieses Weiß nun abhebt von der Bräune, die wir von dem Mann kennen, der, die er sich am Wochenende bei seinen landwirtschaftlichen Tätigkeiten holt. Er ist ein anderer. Und doch derselbe. Kommt uns im Vestibül bis an die gläserne Rezeption, von wo der Gegelte ihn über seine Telephonanlage gerufen hat, entgegen und zündet sich erst einmal eine Zigarette an. Er bittet uns vor den Eingang, nach draußen. Und raucht. Wie er ja auch dort, wo ich ihm das erste Mal begegnet bin, rauchte. Und zwar ziemlich heftig und ohne viele Pausen. Nicht anders als seine Frau. Wir müßten, sagt er, hier warten. Sein Mann käme bald nach. Dann könnten wir zur Tat schreiten. So jedenfalls verstehe ich ihn.

Und dann, dasselbe in Grün. Mir dreht sich der Kopf. Ist es die Hitze, die Luft? Ist es die bloße Historie, die einen erwartet und schon betäubt, ja, benebelt?

Es tritt der Angekündigte an. Der Technische Direktor der Klinik, zwar nicht in umfassendem Grün, aber in einem diskret beigebraunen Fischgrätensakko englischen Schnitts (mit zwei Hinterschlitzen), unter dem das *blanc cassé* des Oberhemds schon deshalb auf das verhaltendste leuchtet, weil es durch die chinateegrüne Krawatte geteilt ist. Das tollste aber: Der Mensch ist dem Ophthalmologen wie aus dem Gesicht, ja, wie aus seiner ganzen Körperlichkeit geschnitten. Der Weiße und der Gedeckte. Ich erlaube mir nicht, zu fragen. Werde aber auch im folgenden nicht etwa aufgeklärt. Alles bleibt im Unklaren des Ähnlichen, des nur durch die sich unterscheidende Kleidung voneinander abweichenden Identischen. Vielleicht ist es das, was mir den Besuch im Hospital *Fattebenefratelli* so unvergeßlich machen wird. Und was die Erinnerung an die Sache selbst in noch dunklere historische Nebel absinken läßt als die, in der sie für uns Heutige von Anfang an stecken.

Aber eins nach dem anderen.

Wir schieben uns durch die Massen von Menschen in den engen Gängen. Wir betreten den besonnten und doch recht kühlen Innenhof, wo die Informationsboxen stehen. Es ist wie ein Jahrmarkt, nur ohne die Rufe der Händler. Die Patienten in Pantoffeln und weißen Hemden sind kaum zu unterscheiden vom Personal, den Ärzten, Pflegern, Schwestern. Sie scheinen alle gleichzeitig miteinander im Gespräch zu sein. Danach ein weiterer Innenhof. Der mit Mosaiken am Boden und, in der Mitte des rundumlaufenden Säulenganges, einem Brunnen, in dem Goldfische schwimmen. Und kleine, rötlich gepunktete Schildkröten den Brunnenrand besetzen. Dort warten wir und betrachten die Schildkröten und Fische.

Bis der mit dem Schlüssel kommt. Um uns in die Unterwelt zu führen.

Wir steigen ausgetretene Steinstufen hinab.

Jedes Schiff ist ein ausgeklügelter Mechanismus. Dieses hier kommt mir auf Anhieb vor wie ein kombiniertes Fracht-Fahrgastschiff, zugegeben, älteren Typs. Oder auch ein Lazarettschiff. Zunächst führt uns der Führer – die rechte Hand des Direktors, erläutert Bronken –, ohne den niemand die besonderen Abteilungen des Schiffkörpers betritt, sozusagen in den Bugbereich mit den Tanks. Dem Treiböltank, dem Frischwassertank und dem Ballasttank für das Ausgleichswasser. Jedenfalls muß ich die Sache so sehen.

Dann gehen wir an der Ersten Hilfe vorbei. Die ist, wie die sich anschließende Intensivstation, durch eine gut faustdicke, mehrere Meter hohe und noch mehr Meter breite Scheibe getrennt, durch die wir, höre ich, in die Kaiserzeit Einblick nehmen. Um zur Republik vorzustoßen, die sich bekanntlich unterhalb respektive jenseits des Reichs der Imperatoren befindet, müssen wir eintreten.

Der Mann mit dem Schlüssel dreht den Schlüssel im Schloß der Glastür, die in die Glasfront eingefügt ist. Ist man kein Archäologe oder Bauhistoriker, kommt man nicht mit. Man kriegt einiges durcheinander. Nur soviel ist klar: Die Spanten oder, wer will, die nachträglich eingestemmten Eisenträger, die den Raum tragen, in dem sich die Jahrtausende schichten, sind von derartiger Massivität, daß man sie in einem Schiff besser nicht verwenden sollte. Dann ginge es, ohne daß es Ladung nehmen müßte, schon von selbst unter. Diese gewaltigen Stützkorsetts, zwischen die wir nun, streckenweise auf durchsichtigem Plexiglas, steigen, um unter unserem Schuhwerk auf Ziegelstein- und Tuffsteinreste zu blicken, sind, höre ich, erst jüngst in den Baukörper eingefügt worden. Das Lebenswerk des Mannes im englischen Sakko. Er habe in den vergangenen Jahrzehnten, ohne auch nur einen Tag den Klinikbetrieb zu unterbrechen, nicht allein den gesamten Komplex restauriert, nicht nur den maroden und mehr und mehr verfallenden Bau gesichert und modernisiert und mit allem, was dazugehöre, Hightech, Elektronik, Digitales, auf den letzten technischen und technologischen Stand gebracht und dergestalt zur Universitätsforschungs- und Ausbildungsstätte promoviert, sozusagen die Schlange mitsamt dem Stab des Äskulap in die kernspintomographische Röhre gezwungen, er habe ihn, wir sehen es, genaugenommen untergraben. Und zwar auf eigene Faust. Die staatlichen Behörden zum Schutz des nationalen historischen Erbes hätten keine Gelder für ein derart kostspieliges und riskantes Unterfangen zur Verfügung stellen wollen. Er sei betteln gegangen und habe gesammelt, die hohe Finanz und die Kirche und alle möglichen anderen Institutionen angezapft und die Arbeit, die er vor dreißig Jahren begonnen habe, erst jüngst beendet. Das Resultat, wir haben es vor Augen.

E-Maschinenraum. E-Maschine. Hilfsmaschinenraum. Hilfsmaschine. Alles offen sichtbar. Der Dieselblock, die Hauptmaschine, der Generator. Denn so ein Dampfer dampft ja und brummt und wummert. Links die Röntgenstation. Ich spreche meinen Mann, der seinen Leuten folgt, gar nicht erst an auf die Radiologie und den OP-Saal, sieht er ja selbst, obwohl da offenbar gerade niemand behandelt, geröntgt oder operiert wird. Schwenkarme stehen und Bildwandmonitore blitzen, über allem die Leuchtelemente.

Und dann wieder, ineinandergehend, ineinanderfallend, die Informationen zu den Steinen. Den Mauern und Blökken. Die Republik baute auf den Ruinen der etruskischen Zeit, die Kaiser ließen die Republik hinter sich und bauten auf deren Mauern; wo Tuff und Ziegelstein vorherrschten, radierte, planierte, strukturierte Augustus die Erde, um Travertin und Marmor auf sie zu schichten. Die Fundamente wurden immer aus dem Geschleiften errichtet. Und schließlich, nicht gleich nach Neros Brand und Senecas schändlichem Ende, die dem Gestein wenig anhaben konnten, Konstantin, der einen Schlußstrich unter die kaiserliche Epoche setzte, zumindest legte er nach dem Niedergang der einmal weit mehr als eine Million Einwohner zählenden und bald nicht mehr als zwanzigtausend beherbergenden Metropole den Grundstein für die neue Blütezeit Roms. Hier liegt er! »Siehst du's? Durch das Toleranzedikt von Mailand im Jahre 313 stellte er das Christentum gleichberechtigt neben die übrigen Religionen des Römischen Reiches.«

Wo aus der Gleichberechtigung, werden wir sehen, die Dominanz wächst, auf der das neue Zeitalter mit seinen Päpsten, Paladinen und Proselyten, nicht zu vergessen die Prostituierten, gründet und am Ende des ruhmreichen und verderbten *Rinascimento* schließlich jenen historischen Fluß bereitstellt, auf dem noch heute das barocke Hospiz-, Heil- und Fürsorgeschiff ankert. Und das nicht etwa nur sinnbildlich – blick in die Eingeweide des Körpers, wie ich es tu: eines setzt seinen Fuß auf das andere! – den Nakken dessen beugt, der sich nicht fügen will und aus gutem Grund dem Untergang geweiht ist. Das ist Schiffbau. Und die Geschichte.

Wir steigen wieder auf, passieren die Urologie, die Zahnheilkunde, die Gynäkologie.

»Apropos«, sagt Bronken, »der Direktor«, der im übrigen geradezu wortkarg unsere Werkserkundung begleitet, »hat es so einzurichten gewußt, daß die Hälfte der klinischen Bereiche der Neugeborenenmedizin zugeschlagen wurde. Der Römer von heute lege Wert darauf, seine Nachkommenschaft im absoluten Zentrum der Welt, eben der Insel, zur Welt kommen zu lassen.« Dem Direktor sei sogar erst unlängst der *Premio di Simpatia* seitens der Hauptstadtpresse sowie der am Auswahlverfahren beteiligten Öffentlichkeit zugesprochen worden.

Wir machen dann noch einen Rundgang über die oberen Decks, die Krankenzimmer, die Ruheräume, die Frühgeborenen- und Säuglingspflegeabteilung. Die Zweibettkabinen, die Luxuskabinen, den Gesellschaftsraum, die

Promenade. Wir nehmen den Fahrstuhl zum B-Deck, zum A-Deck, aufs Promenaden-Deck, die rechte Hand des Direktors mit dem Schlüssel verabschiedet sich, der Direktor verschwindet mit einem jungen Arzt in einem Vorbereitungs- und Sterilisierraum, wir steigen zum Schornsteinbereich auf, ich sehe den Heckflaggenstock, die Hütte, das Deckshaus, nein, keinen Ladebaum und keine Ladepfosten, auch ein Sonnen- oder Lidodeck gibt es nicht, kein Steuerhaus und kein Schanzkleid, dafür aber freien Auslauf für den Ophthalmologen, der sich wieder einmal eine Zigarette anzündet und uns zu einem Rundgang auf dem Dach seiner Arbeitsstätte einlädt.

»Ja, mein Bruder«, sagt er, »wenn er nur nicht soviel arbeitete.«

»Ein Zwillingsbruder?« frage ich.

Der Mann lächelt. Und schwenkt mit großer, aber gelassener Geste den Arm, um uns zu einem Blick auf die sieben Hügel einzuladen. Ich versuche durchzuzählen. Aber das mißlingt. Zu viele Türme, Monumente, Paläste dazwischen. Oder darunter. So daß man nicht mehr weiß, wo sich die Hügel befinden. Nur am Himmel zeichnet sich eine Wölfin ab, an deren Zitzen Romulus und Remus saugen. Ich nehme an, daß das eine Sinnestäuschung ist. Wie ja, das weiß der Seemann und Lotse besser als jeder andere, nicht wenig von dem, was wir sehen, hören und denken. Davon kann er ein Lied singen.

Gerochen hat es frisch und sauber im Inneren des Hospitals. Nur jetzt, auf dem Dach, ist es wieder ziemlich stikkig. Man *hört* die Abgase, man *sieht* den CO_2-Ausstoß. Unter den Platanen, jenseits des *Ponte Fabrizio*, wie er – oder meinetwegen auch sie – laut Bronken heißt, steigen die schleimhautstrapazierenden Schwaden hoch und hüllen mich ein. Treten in Konkurrenz mit den Nebeln der Geschichte.

Wenn wir uns um vier wieder einstellten, sagt Cesare, dann könnte er uns mitnehmen. Bronken bedankt sich. Er wolle mich noch ein bißchen herumführen. Wo wir schon einmal daseien. Und außerdem, wir müßten unseren Wagen abholen, der stehe am Bahnhof, von wo wir mit dem Zug gekommen seien. Wir verabreden uns statt dessen auf den folgenden Tag.

»Wann ihr wollt«, sagt Cesare.

Eigentlich bin ich abgefüllt mit Eindrücken. Der Tourist überschätzt habituell seine Aufnahmefähigkeit. Deshalb meide ich Museen. Kaum setze ich mich in Bewegung in Richtung auf ein Museum, stelle ich mir vor, was ich da zu sehen bekommen werde. Ich stelle es mir vor, weil ich es noch nicht gesehen habe. Auf dem Weg dorthin, in so ein Museum, kriege ich nämlich, zumal an den weltweit bekannten Orten, wo sich Museen und sonstige kulturelle Einrichtungen häufen, ja, stauen, derartig viel zu Gesicht, vor allem an Menschen, aber auch an Gemäuern, Schaufenstern, Auslagen, Polizisten, Werbeplakaten und Spruchbändern, Fahrzeugen, Fassaden, Straßen und manchmal auch Platanen, daß ich völlig erschöpft bin, wenn ich anlange. Wenn ich dann noch am Eingang Schlange stehen muß, was ja immer wieder vorkommt, verzichte ich. Und gehe einen Kaffee trinken. Oder erfrische mich mit einem Wasser.

Zum Glück ist Bronken keiner, der mich in ein Museum schleppt. Aber er schleppt mich zu einem Markt. Zum

Markt an der *Piazza Vittorio Emanuele II*. Der dann aber, als wir dort, dieses Mal nach einer wieder einmal ziemlich beengenden Metrofahrt, anlangen, leider schon zu ist. Die Tische und Buden sind abgeräumt und geschlossen. Ich habe den Eindruck, daß da auch am Vormittag keine Tische und Buden gestanden haben. Vielleicht haben dort früher Buden und Tische gestanden. Aber heute? Jetzt? Alles so proper und sauber.

Statt also über einen Markt zu schlendern und Käse und Weißbrot und Trauben zu kaufen, gehen wir lieber gleich essen. Wir nehmen das Nächstbeste. Aber drinnen. Draußen steht die Luft. Drinnen ist es kühl, zumal dann, wenn man eine *Trattoria* wählt, die sich im Kellergeschoß befindet.

»Nein«, um Himmels willen, »keine *Trippa alla romana*, Innereien, Kaldaunen, Geschlinge, eingeschlossen Hirn, Bregen, esse ich nicht.«

Ich ordere dann *Carciofi alla romana*, die Artischocken mit Knoblauch und Pfefferminzblättern in Öl, sowie ein *Abbacchio*, »das Milchlämmchen«, sagt Bronken, »*al forno*«. Er ißt einen simplen Tomatensalat und ein Stück Fleisch, Schweinekotelett, glaube ich. Eine große Flasche Mineralwasser gehört dazu. Und, schon wegen der Hitze, ein *Frascati*, der Weiße.

Nach dem Essen treten wir, zugegeben, einerseits ein wenig beschwert (durch das Essen), andererseits beschwingt (dank des Weins), wieder an die Oberfläche, ins Treiben und Tun auf dem Trottoir; in unserem Kellerlokal haben wir vollkommen allein und unter unnachgiebiger Beachtung – oder besser vielleicht: Bewachung – des Kellners gesessen.

Ihm falle da etwas ein, sagt Bronken, als wir unschlüssig sind und nicht wissen, ob wir uns nach links oder nach rechts wenden sollen. »Wolln doch mal sehn, ob die Sandra am Stand ist.«

Aha, Sandra am Stand. (Zunächst verstehe ich: Strand.)

Mit dem Blick auf die Kirche *Santa Maria Maggiore* gibt es nun doch so etwas wie einen Markt. Wenn auch nicht für Käse, Salami, Fisch und landes- bzw. ortstypische Spezereien. Es ist einer von den nicht orts- und landesüblichen, sondern inzwischen alle Kontinente übergreifenden Märkten, Weltmärkte buchstäblich, von denen es, genau genommen, nur noch einen einzigen gibt. Elektrische Mäuse und vergoldete Schals. Socken im Pack und Jeans in Unter- und Übergrößen. CD-Player, BHs, Heimwerkerkästen, Hämmer, Schlüpfer, T-Shirts mit allem drauf, was *ihr* wollt, *ihr* könnt es *euch* auch gleich nach eigenem Geschmack draufdrucken lassen. Es ist nicht viel los auf dem Trottoir. Bronken zielstrebig. Ich brav, was sonst, hinterdrein. Und dann blickt er sich um. Er wirkt entspannt wie selten, wie nie. Jedenfalls so, wie er sich seit meiner Ankunft noch nicht gezeigt hat. Er hat etwas Vergnügliches, fast Verschmitztes um die Nase.

»Sie ist da«, sagt er. Und geht, ich seh's ja schon, beschleunigten Schritts, so also, als könnte sie ihm noch davonlaufen, auf die Frau zu. Eine ziemlich junge Frau. Eine Schwarze.

Küßchen rechts, Küßchen links. Sie zeigt ihre blendend weißen Zähne. Bilderbuch. Sie gibt mir, als ich herantrete, die Hand. Und zwar auf eine Weise, so hoch, daß ich nicht weiß, ob sie einen Handkuß erwartet.

Sie verkauft Folkloristisches. Neben ihr noch eine andere Schwarze.

Hat, frage ich mich, Bronken den Kopf über seiner Schreibmaschine im Arbeitszimmer von ihr? Etwas in dem Stil steht ja auch dort auf dem Tuch und am Boden. Geschnitzte Figuren, Köpfe, Krokodile. Und vielfarbige Masken. Totems.

Bronken nimmt einen Wurfspeer zur Hand, der an das Gestänge der Sonnenplane gelehnt stand. Am Griff eine Art magischer Schopf aus Schimpansen- oder Orang-Utan-Haar.

Sie plaudern ein wenig miteinander. Ich weiß nicht, worüber. Ich höre nicht zu. Ich sehe mir die verschiedenen Objekte und Schnitzwerke an.

Dann sagt er – und das ist nun wirklich nicht zu überhören! –: »Komm doch mal wieder vorbei.« Er sagt es auf italienisch. Trotzdem versteh ich's.

»*Oh, volontieri*«, sagt sie und läßt ihre Zähne sehen. Die sie dann aber sofort wieder hinter ihren wunderbar von rosigen Rändern, wie soll ich mich ausdrücken?, bekränzten, beflorten, bestrickten?, jedenfalls bestrickenden dunklen Lippen zurückzieht. Ich weiß nicht, ob sie eine Schönheit ist. Ich habe Schwarze und Mestizinnen gesehen. Sie hat jedoch einen Blick, der mich nachdenklich stimmt.

Schließlich wieder Küßchen, Küßchen. Auch an mich tritt die Frau heran. Die Art, mit der sie mich auf die Wangen küßt, scheint mir weniger fröhlich und frei als die Küßchen für Bronken. Und dann sind wir auch schon weg. Ich kann nichts dafür: Ich muß mich umsehen. Sie ist längst wieder im Gespräch mit ganz anderen.

Was aus nichts wird. Oder doch, wie es sich herausstellt, werden kann.

Wir sind nach diesem Besuch zu Fuß zur *Stazione Termini* geschlendert. Dort haben wir den Zug genommen, haben meinen *Panda* unversehrt vorgefunden, wo ich ihn abgestellt hatte, sind wieder hinauf in Bronkens Vorgebirge gefahren, haben uns getrennt.

Am nächsten Tag sind wir bei Cesare gewesen. Der Caterpillar war weg. Herausgehievt, hieß es, von einem ebenbürtigen. Das Loch war noch ein wenig tiefer geworden. Der Truthahn schrie. Die Hunde kurvten um uns herum. Sie zählen mich inzwischen zum inneren Kreis.

Wir haben gemeinsam gegessen. Auch eine der beiden Töchter von Cesare und Gianna war aus Rom angereist und dabei.

Dann aber, am folgenden Morgen, ich denke, als es – klingelingeling – an der Tür meiner Höhle klingelt, Bronken, der mich mal wieder unter den Laken hervorklauben kommt. Aber er steckt nach dem Klingeln nicht seinen Schlüssel ins Schloß, um mir den Weg an die Tür zu ersparen. Es klingelt ein weiteres Mal.

Ich erhebe mich, werfe mich in den moosgrünen Seidenmorgenmantel Bronkens, der an einem Nagel an der Tür zum Arbeitszimmer hängt, schlage den Vorhang an der Zutrittstür beiseite, öffne. Sie. Sandra.

Was jetzt kommt, ist wie eine Heimsuchung. Und zugleich eine Offenbarung.

»Ach, du«, sagt sie. »Darf ich reinkommen?« Sie spricht deutsch. Fast ohne Akzent.

Ich lasse sie herein.

»Wo ist Theo?«

»Oben, im Land.«

Sie blickt sich um. Nicht aber wie eine, die sich orientieren will, eher wie eine, die nachsieht, ob alles an seinem Platz steht.

»Hast du was zum Trinken da?«

»Ja, Wasser.«

Ob ich noch was anderes hätte.

Habe ich.

Ich mache uns einen Tee.

»Der Balkon liegt noch im Schatten, oder?«

Sie schreitet, ja, sie schreitet, auf ihren flachen Sohlen an mir vorbei durch die Küche auf den Balkon, dort setzt sie sich auf einen der Gasthausstühle am Tisch, sie stützt ihr rundes Kinn in die Handflächen, blickt abwechselnd zu mir in die Küche und dann wieder hinaus in den Dunst der vormittäglichen Landschaft. Ich bin immer noch nicht dazu gekommen, diesen blöden Seidenmorgenrock abzulegen und mich anzukleiden. Ich bin nicht gerade ausgeschlafen. Was habe ich die ganze Nacht gelesen? Ich weiß es nicht mehr.

»Woher sprichst du so gut deutsch?«

»Aus Deutschland.«

»Du bist Deutsche?«

»Nein, Äthiopierin.«

»Und wie bist du nach Deutschland gekommen?«

»Hör zu«, sagt sie, »wie heißt du?«

»Rolf.«

»Hör zu, Rolf, keine Fragen. Entweder wir verstehen uns so, oder du läßt es bleiben.«

Wie soll ich mich *so* verstehen, wenn ich keine Fragen stelle?

»Mir gefällt es hier«, sagt sie, »ich komme immer wieder hierher. Theo ist anders als die anderen.«

Ich werde den Teufel tun und sie noch was fragen, etwa, inwiefern Theo Bronken anders sei als die anderen. Er ist ein älterer Herr, um nicht zu sagen, ein alter Sack. Wie ich.

Sie beäugt mich, sie blinzelt.

»Auch du bist anders«, sagt sie.

»So?« Gut, auch das war so etwas wie eine Frage. Aber die war ja nun nicht gerade unverhältnismäßig persönlich.

»Du bist schon lange hier?«

Aha, *sie* darf fragen. Aber ich habe nichts zu verbergen.

»Nein, seit einer Woche.«

»Und bleibst noch länger.«

»Weiß ich nicht.«

Ich sitze inzwischen ihr gegenüber an dem Tischchen, das gegen das Geländer gestellt ist. Die Stäbe des Geländers sind mit Schilfmatten verkleidet. Unten bellen Hunde. Und die Frau mit der entsetzlichen Stimme, die jeden Morgen und jeden Abend wie durch einen Schalltrichter zu mir heraufschrillt, ist wieder mal in vollem Gang. Sie schreit denjenigen, mit dem sie am Bordstein der unten vorbeiführenden Straße spricht, an. Sie kann nicht anders, selbst wenn sie bis auf eine halbe Armlänge an die andere Person, ob Frau, ob Mann, ob Kind, herangetreten ist. Deshalb bellen auch die Hunde.

Sandra läßt wie ich ihren Arm über das Geländer baumeln, ihre langen, schmalen Finger spielen mit den parallel zum Geländer verlaufenden Wäschedrähten. Die Sonne aus Südosten erreicht noch nicht unsere Gesichter, nur die Arme und Hände. Das Schwarz ihres Handrückens und ihres Arms hat in der Sonne einen goldgrauen Glanz.

»Du bist mir sympathisch«, sagt sie. Dann erhebt sie sich. Sie ist ein wenig schwer untenherum. Sie betritt das Klo, dessen Tür offensteht. Sie ist in meinem Rücken. Dann sagt sie: »Komm doch mal bitte.« Ich wende mich um. Sie steht mit dem Rücken gegen das Klobecken und das Bidet. Was will sie? Ich zögere.

»Na, komm schon«, sagt sie.

Sie trägt ein kurzes, glockiges Sommerkleid, geblümt. Ihre Knie sind ziemlich dick, sie wirken geschwollen. Vielleicht vom Stehen am Stand, denke ich. Oder denke ich, genau genommen, nicht, ich habe anderes zu tun.

»Was ist?« frage ich.

»Habe ich nicht gesagt, du sollst nicht soviel fragen?«

Es ist die Art, wie sie es macht. Sie zieht mich an sich heran. Mit einer Hand hebt sie den Rock, mit der anderen greift sie nach meiner, sie führt sie an ihren Körper. Nach unten. Sie ist feucht. Ich halte meine Hand auf dem engen erhabenen Hügel. Ich rühre sie nicht. Jetzt läßt sie den Rocksaum fallen, der sich auf mein Handgelenk senkt. Und öffnet die Schleife des Gürtels, meines Morgenmantelgürtels.

Sie spricht nicht mehr. Sie neigt ihren Kopf, nicht den Mund, an meinen Hals, sie ist nicht viel kleiner als ich. Und da passiert es dann:

Ich bin nicht nur einmal im Leben in einem Puff oder Bordell oder in vergleichbaren Etablissements gewesen. Nur, ich habe, nicht anders als beim ersten Mal, in der *Geißel*, immer versagt. Ich habe es nicht nur einmal versucht. Es gehört mehr Mut dazu, ein Bordell zu besuchen und dann zu versagen, als hinzugehen und seine Sache mit Anstand zu verrichten. Trotzdem habe ich es immer wieder versucht. Jedenfalls in den ersten Jahren. Die Mädchen sind in aller Regel verständnisvoll. Beschweren sich nicht, solange man zahlt. Bis ich auf eine traf, es war in New Orleans, die hatte ich aufgesucht, hatte sie, unverrichteter Dinge, versteht sich, bezahlt, um meiner Wege zu gehen, mich in irgendeinen Abort zu stehlen und mich dort von eigener Hand zu erleichtern. Denn es war ja nie so, daß ich nicht gekonnt hätte, ich konnte nur nicht, wenn ich hinging und sozusagen an die Stelle trat, die jeder andere ebensogut hätte einnehmen können. So stieß ich in New Orleans dann an einem schönen verregneten Aprilmorgen in irgend so einem Coffeeshop, in dem ich mir ein kleines Frühstück gönnte, auf die Frau, bei der ich am Vorabend versagt hatte. Sie erkannte mich wieder. Sofort. Ich fragte mich schon, ob sie mich wiedererkannt hätte, wenn sie ordentlich von mir durchgefickt worden wäre. Sie schien sich zu freuen, mich wiederzusehen. Wir kamen miteinander ins Gespräch. Sie erzählte mir, was ich auch nicht das erste Mal von so einem Mädchen erzählt bekam, daß sie den Job nur vorübergehend mache. Dann wolle sie wieder eine reguläre Stellung annehmen. Und so weiter. Ins Gespräch. Vom Stöckchen aufs Hölzchen. Oder umgekehrt. Jedenfall faßte sie mich irgendwann bei der Schulter, dann nahm sie meine Hand, dann verließen wir den Shop und gingen Hand in Hand in den Regen, nahmen ein Taxi und fuhren zu ihr, zu ihr nach Hause, in die dürftige Bude, die sie bewohnte und die noch dürftiger war als die Bude in ihrem Bordell. Und da nun, als machte ich es überhaupt zum ersten Mal in meinem Leben, ist es dann passiert. Und wie, kann ich nur sagen. Sie hieß Marielle. Sie wurde zu einer festen Beziehung, sozusagen. Immer wenn ich in New Orleans lud oder löschte, habe ich sie besucht. Zwar waren zum Teil Jahresabstände dazwischen. Aber es war, ganz ähnlich wie mit Erofili, der Griechin in Catania, eine feste Beziehung. Ich habe sie dann reichlich beschenkt. Auch mit Barem, klar. Beide. Und auch andere. Aber es waren Geschenke. Es war nie ein Lohn, keine Bezahlung. Ich liebte sie, kann ich nur sagen, alle.

Und nun das.

Sandra, die deutsch sprechende Sandra aus Äthiopien. In Bronkens Höhle. In seinem Klo. Ohne daß wir zuvor viele Worte gemacht hätten. Denn obwohl Bronkens Höhle kein Bordell ist und von Bezahlung in diesem Falle keine Rede sein kann, muß ich doch davon ausgehen, daß es nicht klappt. Nicht einmal mit all denen, mit denen ich nach Tanzvergnügen oder mehr oder weniger wüsten Gelagen in irgendwelchen karibischen oder indonesischen Kaschemmen aufeinanderprallte, hat es auf Anhieb geklappt. Ich muß immer erst reden. Und reden lassen. Zuhören. Und dann die Sache sozusagen gemeinsam angehen. Ich kann das Weib nicht bespringen. Da ist ein Defekt. Ein Vitaldefekt, meine ich, der sich bei genauerer Betrachtung sogar als eine Stärke herausstellen kann. Denn wenn ich mich erstmal einer angeschlossen habe, dann, so jedenfalls hat es Aischa einmal ausgedrückt (bei der ich natürlich beim ersten Mal auch versagte), dann Gnade ihr Gott.

Soweit nur zu den Voraussetzungen.

Ich bin ein alter Mann, da kommt so ein Weib, etwas zu füllige Knie, ein noch fülligeres Gesäß. Von woher nehme ich das Zutrauen? Von woher nimmt sie es? Fragen darf ich ja nicht. Sie öffnet mir den moosgrünen Seidenmorgenrock Bronkens, sie betrachtet mich, sie geht in die Knie, ich greife in ihre Krause. *Er* steht. Bevor sie ihn überhaupt angefaßt hat und in den Mund nimmt.

Habe ich gesagt, daß sie ein Höschen anhat unter dem Kleid? Eines, das so weiß leuchtet wie keines sonst auf schwarzer Haut? Habe ich gesagt, daß sie mir, nachdem sie *ihn* aus ihrem herrlichen Mund entlassen hat (und die Frau unten auf der Straße weiterschrillt), den Rücken kehrt, noch einmal ihren weiten bunten Rock lüpft, jetzt aber richtig? Sie stülpt ihn sich über das herrliche breite Gesäß, während ich darangehe, ihr das Höschen über die kräftigen Schenkel und die dicken Knie zu streifen, nach unten, versteht sich, sie tritt aus einer der beiden Höschen-öffnungen heraus, die andere verbleibt als Zierde auf ihrer Ferse und ihrer Fessel, ich nehme sie, sie ist eng, im weiten, festen Fleisch eng, ich fahre ihr mit den flachen Händen über die beiden Hälften, die Rundungen, dann sackt sie weg. Und ich bin noch nicht gekommen, sie hat sich zuletzt mit einer Hand auf den Rand des Bidets gestützt und mit der anderen auf den Rand des Toilettenbeckens. »Bleib so!« Sie bleibt. Bis ich, wie von selbst, komme. Mein Weiß in der Mulde oberhalb ihrer Backen. Das Weiß auf dem Schwarz. Es gibt Augenblicke, da glaubt man, man habe es zum ersten Mal getan und gesehen.

Sie richtet sich auf. »Raus mit dir!« sagt sie. Ich schließe Bronkens Morgenmantel. Ich ziehe mich auf den Balkon zurück. Sie, die Frau, zieht die Tür des Klos hinter sich zu. Die Frau auf der Straße unten schreit, schrillt. Ich lasse mich fallen, sinke auf den Berliner Gastgartenstuhl, *Wernicke*, ich bin ja doch noch irgendwie da.

Keine Fragen.

Außer vielleicht: Was wäre passiert, wenn in meinem Rücken Bronken die Tür zu seiner Wohnung aufgeschlossen, sich auf den Balkon zu bewegt und mich mit seiner Sandra im Klo angetroffen hätte?

Und noch eine Feststellung: Sandra hat mich nicht geküßt. Obwohl doch gerade ihr Mund, neben dem Blick, mich von vornherein so nachdenklich gestimmt hatte.

Ich bringe sie dann mit meinem *Panda* zu dem hinauf in seinen Horst, zu dem sie gewollt hat. Ich lasse sie allein. Und fahre ein Stück in die Landschaft, wo ich aussteige und in das rückwärtige Tal, das nach Nordosten, wo sich die Abruzzen zeigen, blicke.

10

Pissen und nicht kippen

Ich habe Zeit gehabt, die zwei Zeitungsausschnitte zu lesen, die Bronken an seiner Pinnwand festgesteckt hat. Sie sind sehr unterschiedlichen Inhalts, auch wenn sie beide von sportlichen Höchstleistungen zeugen.

Der erste berichtet von einem gewissen Henry Rono, einem Kenianer vom Stamme der Nandi, der vom 8. April bis zum 27. Juni 1978 eine Serie von Weltrekorden aufstellte, die, heißt es, ihresgleichen in der Leichtathletik suchten. Trotz »erbärmlicher« Technik lief der junge Mann, der gerade sein Wirtschaftspsychologie-Studium in Pullman/US-Bundesstaat Washington abgebrochen hatte, die 10.000 m (in Wien) in 27:22,5 Minuten, dazu die 5.000 m in 13:08,4 Minuten, kurz darauf die 3.000 m Hindernis in 8:05,4, und schließlich die 3.000 m (Oslo) in 7:32,1 Minuten. Nicht einmal Finnlands Paavo Nurmi habe eine derartige Serie in so kurzer Folge geschafft. Statt sich danach aber zwischen seinen hochdotierten Auftritten auszuruhen, sei er, »absolut beratungsresistent«, binnen kurzer Zeit »im 48-Stunden-Takt in sein Desaster« gelaufen. Seine Auftritte hätten sich überstürzt. Zwar sei ihm im Jahre 1981 noch einmal in »Knarvik« (?) ein weiterer neuer Weltrekord gelungen, die 5.000 m in 13:06,2 Minuten, auch den Marathon schaffte er, der gegen alle lief, die antraten, noch einmal in 2:19, 12, aber dann war Schluß.

Der Mann hatte inzwischen seine Kontodaten »verloren und vergessen«, habe sich unter falschen Namen in Hotels eingemietet und seine Rechnungen nicht bezahlt. Er sei wegen Betrugs festgenommen worden. Es sei der Leichtathletik-Weltverband gewesen, der ihn aus dem Gefängnis habe freikaufen müssen. Inzwischen arbeite der über Fünfzigjährige als Kofferträger auf dem Flughafen von Albuquerque/US-Bundesstaat New Mexico. Sein früherer Tempomacher Jos Hermens, später Manager des neuen Weltrekordlers Haile Gebrselassie, schätze das Talent des Abgestürzten höher ein als selbst das des Tschechen Emil Zatopek. »Wenn Henry Rono gut gemanagt worden wäre, hätte er wie Gebrselassie zehn Jahre lang Weltrekorde laufen können.«

Der zweite Ausschnitt zeigt unter der Überschrift »Riesensprung in die Freiheit« und der Unterzeile »Häftling überwindet sechs Meter hohe Mauer in Plötzensee« das Photo der betreffenden Mauer mit einem dahinter stehenden Backsteingebäude sowie die offenbar per Computer erstellte und stilisierte Phasenabbildung der Flucht: Haus mit Flachdach (Höhe 8 m), unten steht einer (Figur 1); er klettert die Wand hoch (Figur 2), steht auf dem Dach (Figur 3), springt (Figur 4) mit einem Riesensatz über die 6 m (im Flug Figur 5) hohe, mit Stacheldraht bewehrte Mauer, die 5 m (Freifläche!) entfernt vom Gebäude steht, landet (Figur 6) außerhalb der Gefängnissicherheitszone auf der Straße und flieht. Der Name des Flüchtlings: Mac G. Alter: 20 Jahre. Besondere Merkmale: blaue Augen und ein Muttermal am Kinn. Bis zum Donnerstag, dem Tag der »spektakulären Flucht«, habe, heißt es, die Mauer als unüberwindlich gegolten. Ob der junge Mann, der einen Hofgang am hellichten Tag zu seinem Unternehmen nutzte, Helfer gehabt hat, werde von der Kriminalpolizei untersucht. Er sei noch flüchtig. Müsse sich aber, nach »menschlichem Ermessen«, bei seiner Aktion verletzt haben. Die Justizverwaltung sei ratlos.

Man muß die maßstabsgetreue Simulation mit eigenen Augen gesehen haben, um es zu glauben. (Ich habe auf Segelschulschiffen Dienst getan und in den Takelagen gehangen!) Man glaubt es nicht.

Seit ich Bronkens Besuch zu ihm nach oben gebracht habe, sind vierundzwanzig Stunden vergangen. Ich wollte sie allein lassen. Aber dann, es ist Mittag, fahre ich doch einmal vorbei, um nachzusehen. Vielleicht ist sie schon wieder weg. Oder beide sind ausgeflogen. Machen einen Ausflug. Sie hinten drauf auf seiner Vespa.

Sie sind jedoch nicht weg. Sie sitzen am Steintisch und essen. Sandra gibt mir die Hand, die sie, da sie sitzt, noch höher hebt als bei der ersten Begrüßung.

»Gut, daß du kommst«, sagt Bronken. »Wir hatten gerade beschlossen, dich zu bitten, uns nach Subiaco ins Kloster zu fahren. Sandra hat Schwierigkeiten mit der Hitze.« (Die Afrikanerin hat Schwierigkeiten mit der Hitze!)

»In den Klöstern«, sagt sie, »ist es kühl.«

Ich hatte vom Kloster gelesen. Da soll sich der Heilige Benedikt in seine Höhle zurückgezogen haben, um zu beten und zu meditieren. Das Kloster soll hoch oben in den steilen Fels hineingebaut worden sein, um die Höhle des Heiligen herum. Unterhalb des Klosters gibt es ein weiteres Kloster, das *Monastero S. Scolastica*. Ich studiere, bevor wir losfahren, den Prospekt, der im Handschuhfach liegt. »Benediktinische Regel, Kapitel 53: Alle Fremden, die kommen, sollen aufgenommen werden wie Christus, denn er wird sagen: ›Ich war fremd, und ihr habt mich aufgenommen.‹ Allen erweise man die angemessene Ehre, besonders den Brüdern im Glauben und den Pilgern.« Gut, Pilger, geht in Ordnung. Angemessene Ehre. Es stehen für die Exerzitien der Pilger und Wallfahrer, für kulturelle religiöse Treffen, Pastoraltätigkeit und Schullager Schlafzimmer mit 1–4 Betten, unabhängigem Bad, Telefon und, heißt es in der beiliegenden fünfsprachigen Broschüre, *Fernsehableitung* insgesamt 60 Betten zur Verfügung; dazu Bar und Fernsehsaal Sat 2000, Verpflegungssaal, 2 Säle für Kongreß mit Audio-Video-Verbindung, ein *innerer* Parkplatz, ein ausgedehnter Park und eine Kapelle.

Vielleicht sollte ich mich da einmieten. Oder wir gleich alle drei zusammen.

Nur dirigiert mich dann Bronken am eindrucksvollen romanischen Glockenturm vorbei und sagt, schon auf dem Weg zum *eigentlichen* Kloster, dem am Berg, daß ihm noch was Besseres eingefallen sei. Ich solle den Schotterweg nehmen, *la strada bianca*, gleich rechts hinein in die Tiefe der Schlucht, von dort unten, den kaum besuchten Badestellen, könnten wir schließlich auch noch einen Blick auf das wie ein Nest am Hang klebende Kloster werfen. Außerdem, und das sei das Entscheidende, sei es unten, jedenfalls im Wasser des *Aniene*, des Flusses, allemal kühler als in jedem Kloster.

»Ihr werdet sehen.«

Und es spüren. Denn, in der Tat, das ist ein Wasser, möchte ich mir einmal erlauben zu sagen, das sich gewaschen hat.

Glasklar und eiskalt stürzt dieser Fluß, der, wie ich höre, die Brunnen und Fontänen der *Villa d'Este* in Tivoli speist, »wo wir auch noch mal hinsollten«, sagt Bronken, glasklar und eiskalt stürzt dieser Noch-nicht-Fluß, sondern Gebirgsbach über die glatten, weißen und schwarzen Steine und bildet dort ein Becken, wo wir uns zwischen Dornengestrüpp, wilden Brombeeren und Holunder niederlassen. Bronken hat die Decke mitgebracht, die Noppendecke, die in seinem Horst auf dem großen Bett liegt. Ich stippe meinen Zeh in die Wirbel und Strudel. Und zucke zurück.

Sandra hingegen ist im Handumdrehen entkleidet und stürzt sich, als täte sie das jeden Tag, in das Gewässer. Sie hat ihren weißen Slip anbehalten. Sie taucht auf. Fährt sich mit beiden Händen von unten, vom Kinn her, über das Gesicht, über Lippen, Nase, Stirn in die kurz geschorene Krause. Sie lacht. Ich sehe zum ersten Mal ihre Brüste, die klein sind, ein wenig im Ungleichgewicht mit den kräftigen Hüften. Aber was für eine Erscheinung!

»Kommt«, ruft sie.

Bronken und ich, die wir noch wenige Tage zuvor mit Beinen und Bauch im Mittelmeer standen und schwammen, staksen über die Kieselrücken, die unter den Sohlen schmerzen, ich spüre das Wasser an meinen Knöcheln wie einen Schnitt, ich blicke in die Sonne zwischen den Wipfeln der Bäume, sichte das Kloster hoch oben und erkenne die weißen und braunen Rinder jenseits des Sturzbachs. Sie blinzeln durchs Blattwerk und das Geäst, als wollten sie wissen, was wir da tun.

Tun mit der üppigen Schwarzen, die tanzt. Es ist ein Tanz, den sie vollführt in der Mulde. Sie taucht unter, wirft sich mit weit ausgebreiteten Armen in die Luft, es sprüht, spritzt und funkelt. Es glitzert und gleißt. So daß ich beim Zusehen gar nicht bemerke, wie mich, wieder einmal, die Insekten kriegen. Dieses Mal aber keine schlichten Gelsen und Mücken, sondern die Bremsen, die das glasklare und eiskalte Wasser lieben wie die Äthiopierinnen und nur darauf warten, daß welche kommen mit süßem, warmem Blut, um es zu saugen.

Sandra wirbelt, taucht, prustet. Sie sollte stillestehen und sich betrachten lassen. Aber sie entzieht sich wirbelnd meinem – und nicht anders: Bronkens – Blick. Um im ganzen großen Rauschen und Getöse des von oberhalb in die Mulde stürzenden Wassers den Mittelpunkt des Schauspiels zu bieten.

Am Ende treten wir näher und tauchen, jeder an einer Hand Sandras, selbst einmal unter. Alle drei zusammen. Mir bleibt die Luft weg. Die Behringstraße ist wärmer.

Wir lassen dann unsere Haut von der Sonne trocknen, wir fliehen beim Trocknenlassen die Bremsen. Wir besteigen, nachdem wir – Sandra mit ihrem sicher noch nicht ganz trockenen Slip unter dem Kleid – noch einmal herumgesprungen sind wie eine Abordnung von in den Vereinigungstaumel mit den Ahnen gefallener Schamanen, den Wagen und rumpeln über die Fels- und Schotterstrecke und dann die gewundene Landstraße heimwärts.

Heimwärts. Was für ein Wort.

Nachdem wir noch vor dem Dunkelwerden Sandra an die Bushaltestelle vor der Einfahrt des Tunnels an der Piazza gebracht, sie umarmt und verabschiedet haben – sie steigt in den blauen *cotral*-Bus und winkt, sich umwendend, wie eine Diva, die abhebt zur Welttournee –, gehen Bronken und ich etwas trinken. Wieder steht der junge Mann, der dort schon am Tag meiner Ankunft stand, in der Tür der Bar. Bronken legt ihm kurz seine Hand auf die Schulter. An die Brüstung der Theke gelehnt, frage ich Bronken, wie lange er die Frau kenne.

»Schon länger«, sagt er; was mir nun allerdings gar nichts sagt.

Ob das eine feste Sache sei.

Bronken zuckt die Schulter.

Es hätte eine werden können, sagt er.

»Und«, frage ich, »warum ist sie es dann nicht geworden?«

»Ich vertrage ihren Geruch nicht.«

Ich denke, ich hätte mich verhört. Er fügt jedoch sogleich hinzu, daß sie nach Sandelholz – oder ähnlichem – rieche. Oder dufte, sagt er. Man verwende ja Sandelholz bekanntlich für gewisse Parfums und Öle. Es sei seine Schuld, sagt er, es sei eine Art Allergie, eine Idiosynkrasie. »Sandelholz«, sagt er, »zusammen mit etwas Moorigem. Moor, pardon, mit zwei O. Und keinem H. Ich mach hier keine Witze.« Er habe es ihr gesagt. Sie habe ihm versichert, daß sie sich nicht parfümiere oder öle.

Und ich versuche mich an den vorangegangenen Tag zu erinnern, an die Begegnung, bevor ich sie zu ihm hinauffuhr.

Ich erinnere mich an keinen speziellen Duft. Aber zugegeben, ich bin ihr ja nicht in jeder Hinsicht nahegekommen.

Ich denke, es ist besser, ich wechsle das Thema.

»Sag mal«, sage ich, »du hast da an deiner Pinnwand zwei Zeitungsartikel hängen.«

»Was für Zeitungsartikel?«

»Einen über einen kenianischen Langstreckenläufer. Und einen über einen jungen Mann, der aus dem Gefängnis ausgebrochen ist. Hat das eine besondere Bedeutung?«

»Abgesehen davon, daß der Junge nicht ausgebrochen ist, sondern sich, da man ihn wegen irgendwelcher Drogengeschäfte für ein Jahr hinter Gitter gebracht hatte, einen vornehmen und gar nicht hinreichend zu würdigenden Weg zurück in die Freiheit gebahnt hat, hat er noch einen anderen Ehrgeiz gezeigt.«

»Und der wäre?«

»Er hat sich als der erwiesen, für den ich ihn sofort gehalten habe. Und hat Wort gehalten. Hat sich nicht schnappen lassen. Steht inzwischen im dritten Jahr auf den Fahndungslisten und hat sich nicht schnappen lassen. Ich bin noch heute stolz auf ihn.«

Ich frage Bronken, ob er mir sagen könne, inwiefern der Mann Wort gehalten habe. Und warum nun ausgerechnet er stolz auf ihn sei. Er tue ja geradezu so, als kennte er ihn persönlich. Oder als handelte es sich um einen Sohn.

»Ist er ja wohl auch. In gewisser Weise«, sagt er. »Immerhin hat er sein Versprechen wahrgemacht und mich, wie du übrigens, hier besucht.«

Das ist nun allerdings eine Nachricht. Dieses Mal muß ich ihm, wie sonst so oft, wenn es heikel wird, die Sache nicht aus der Nase ziehen. Er plaudert sie ganz von selbst aus. Und setzt, was ich nicht für selbstverständlich erachte, Vertrauen in mich. Wenn man sich derart weitreichend zu einer Komplizenschaft bekennt, läuft man immer Gefahr, daß man verpfiffen wird. Ich könnte Bronken verpfeifen. Aber das Vertrauen, das er in mich setzt, verbietet dergleichen. Selbst ohne Vertrauen würde ich ihn – und selbstverständlich auch jeden anderen – nicht verpfeifen. Das entspräche nicht meinem Wesen, meiner Natur.

Hier nun also die Nachricht. Oder das Geständnis.

Eines schönen Tages, berichtet Bronken, habe er eine mehrwöchige Vertretung in Berlin wahrgenommen. Berlin sei immer bequem, da habe er eine eigene Schlafstelle und brauche nicht mit Schwestern und anderem Personal in Wohnheimen, in speziell für Vertretungen eingerichteten kalten oder überheizten Zimmern in Krankenhausnebentrakten oder in Hotels zu nächtigen. Eines Tages, wie gesagt, sei ein junger Mann mit einem Problem eingeliefert worden. Oder einfach erschienen. Bei der Aufnahme habe er getan, als verstünde er nichts, als hätte er seinen Namen, sein Geburtsdatum, seinen Wohnort und seine Adresse vergessen. Er, Bronken, habe gerade untätig an der Aufnahme herumgestanden. Die Erste-Hilfe-Leute hätten nicht gewußt, was sie mit dem Jungen anfangen sollten. Er, Bronken, habe sich von ihnen Einweisungsformulare aushändigen lassen und den Jungen mitgenommen. Zum Röntgen. Zunächst des Craniums. Da sei alles in Ordnung gewesen. Dann auch des Fußgelenks, der Junge habe offenkundig Schmerzen im Gelenk gehabt. Deshalb sei er ja gekommen, wie er ihm, Bronken, sagte. Ihm gegenüber sei er verblüffend offen gewesen, keinerlei Amnesie, er habe ihm, anders als den Leuten von der Aufnahme, sogar alle erforderlichen persönlichen Daten aufgesagt, ja, sagt Bronken, aufgesagt buchstäblich, das habe in seinen Ohren seltsam geklungen, aber er habe sich zunächst nichts dabei gedacht. Bis dann die Röntgenleute, die auch keinerlei Fraktur im Fußgelenk des Jungen festgestellt hätten, ihn ihrerseits nach seinem Namen fragten. Mit dem der nun aber wieder nicht habe herausrücken wollen. Da habe er, Bronken, den Namen des Jungen an die Kollegen weitergegeben. Und dafür einen Blick geerntet, sagt Bronken, der ihm durch und durch gegangen sei, so viel Dankbarkeit im Blick habe er in seinem Leben, in dessen Verlauf er ja dazu beigetragen habe, Unzählige von der Schippe zu holen, nicht ein einziges Mal geerntet. Es sei zugleich bestürzend als auch wohltuend gewesen. Überwältigend, genau genommen. Er habe dem Jungen von den Erste-Hilfe-Leuten eine Tube Bepanthen aushändigen lassen, ihn beiseite genommen und aufgefordert, draußen, in der Krankenhausanlage hinter der Psychiatrie, auf ihn zu warten. Er sei nur noch eine Stunde im Einsatz. Dann habe er frei.

Bronken nimmt einen Schluck aus seinem Bierglas.

»Ich hatte keine Ahnung«, sagt er, »und doch eine. Nicht die, die dann anderntags als Tatsache in der Presse Gestalt annehmen sollte. Ich hatte nur gemerkt, daß der Junge mir erstens falsche Auskünfte zu seiner Person geliefert hatte und zweitens eine Hilfe brauchte, die über die Erste Hilfe an seinem Sprunggelenk hinausging. Er gestand mir alles. Die Flucht. Seinen Sprung. Die Lügen. Ich habe es als eine Ehrensache betrachtet, für ihn zu tun, was ich konnte. Ich habe den Jungen mitgenommen, zu mir nach Hause, auf die Bude. Ich habe ihn nach seinem richtigen Namen gefragt. Er hat ihn mir, darf ich annehmen, gegeben. Und da nun kommt mir ein Mißgeschick, eine Nachlässigkeit, zugute, die mir einmal in der Pathologie eines hessischen Klinikums unterlaufen war. Ein Zwanzigjähriger hatte sich mit seinem Motorrad zu Tode gefahren. Die Nachtschwester, übermüdet, verwirrt, geschockt vom Anblick der Leiche, händigt mir, der ich ja nun nicht eigentlich zuständig bin für derlei Dinge, die Papiere des vor mir Aufgebahrten aus. Die stecke ich mir in den Kittel. Und dann, ich weiß nicht wie, zerstreut in meine private Jacke, in der ich sie ins Hotel trage. Ich hätte sie am nächsten Tag ordnungsgemäß abgeben müssen. Ich tat es«, sagt Bronken, »nicht. Ich habe die Papiere, ein Reisepaß mit dem Photo des blonden jungen Mannes, der ein Muttermal am Kinn aufwies, behalten. Jetzt konnte er zum Einsatz kommen. Der lebende junge Mann«, sagt Bronken, »in meiner Bude nimmt den Paß an sich. Wieder diese herzzerreißende Dankbarkeit in seinem Blick. Ich stecke ihm einen 100-Euro-Schein zu, rate ihm, aus Berlin zu verschwinden. Am besten, falls er es sich leisten könne, ins Ausland. Er solle Gras über die Sache wachsen lassen. Und sich dann die Adresse, die ich ihm leider nur zeigen, aber nicht schriftlich geben könne, merken. Merken! sage ich. Ich gebe ihm meine Adresse, die von unten«, sagt Bronken, »mein Horst ist und hat keine Adresse. Und dann«, sagt Bronken, »das hat mich wirklich gefreut und endgültig für den Springer eingenommen, ist er tatsächlich auch einmal hier bei mir vorbeigekommen, wir haben zwei angenehme Tage miteinander verlebt. Dann ist er abgereist. Ich weiß nicht, wohin. Inzwischen war schon ein Jahr seit seiner Flucht vergangen. Ich hoffe, sie schnappen ihn nicht mehr. Man hilft ja, wo man kann, oder?«

Ja, sicher, aber ich weiß nicht. In so einem Fall? Trotzdem bleibt es seine, Bronkens, Sache.

Zu dem Langstreckenläufer hat er dann nicht viel mehr zu sagen, als daß er dessen Karriere und Absturz immer als einen biographischen Entwurf seiner eigenen Existenz verstanden habe, wenn auch mit der Einschränkung, daß von ihm selbst natürlich nie und in keiner Disziplin jemals Weltrekorde aufgestellt worden seien. Aber eine gewisse Sympathie mit dem Mann könne er trotzdem nicht verhehlen.

Mithin eine Spielart der Selbstachtung, denke ich.

Als Bronken in der Nacht – ein sternklarer Himmel, eine kleine, wunderbare Brise umstreicht meine Stirn und meine Hände, die auf dem Geländer des Flachdachs liegen – die zweite Flasche entkorkt, frage ich ihn, ob das Photo drinnen an der Wand seine Frau zeige.

»Welches Photo?«

»Das mit dir«, sage ich, »als du noch in, darf ich mir vielleicht einmal erlauben zu sagen, vollem Saft standst.«

»Sie war meine Frau.«

»Und ist dieselbe, die damals, beim Versetzen, mit dabei war?«

»So ist es.«

»Mit dem Kind, der Tochter. Die mit einem anderen Kind auf dem Photo unten Suppe löffelt?«

»Genau.«

»Und die sich jetzt mit der Mutter in der Schweiz aufhält, ja?«

»Ja«, sagt er, »noch was?«

»Nein, danke«, sage ich. Und denke: Das reicht fürs erste.

»Übrigens, das hell angestrahlte Kastell dort drüben auf der Kuppe der Nachbarstadt«, sagt Bronken, »das ist ein Zuchthaus. Da sitzen die letzten von den *brigate rosse* drin. Früher war es der Stammsitz der *Principi Colonna*, der Fürsten von Paliano. Was mir in dem Zusammenhang einfällt«, sagt er, »kurz bevor du hier aufkreuztest, sah Cesare auf dem

Heimweg in die Stadt, vom Wagen aus, wie vor ihm ein anderer Wagen auf den Seitenstreifen der Autobahn fuhr und drei Hunde entlud. Dann fuhr der Wagen weiter. Er, Cesare, sei daraufhin ebenfalls auf den Seitenstreifen gefahren, habe gehalten und sei an die Stelle zurückgelaufen, wo die Tiere, ohne sich zu rühren, zurückgeblieben waren. Er habe sie sich alle gepackt. Eine Promenadenmischung, habe er sogleich festgestellt. Er habe die Ausgesetzten dann, komme was da wolle, über Nacht in seinem Wagen gelassen und am Morgen mit in die Klinik genommen, um sie jenen vom Personal und vom Bautrupp des Technischen Direktors anzubieten, die von seinen vielen Hunden gehört hatten und selbst gern einmal derart edle Tiere besessen hätten. Er habe die Interessenten an die Heckklappe seines Wagens geführt. Die Interessenten hätten sich nicht entscheiden können. Er aber, Cesare, habe sich entschieden gehabt. Und zwar dahingehend, daß er die Tiere zu späten Angehörigen der alten Rasse der *Bracchi*, Jagdhunde, der *Principi Colonna* erhob. Sie hätten sich um die Tiere gerissen, beinahe geschlagen. Er hätte ein Dutzend der dieserart geadelten armen Geschöpfe bei seinen Leuten loswerden können.«

Plötzlich öffnet Bronken seinen Hosenstall und pinkelt, auf dem umlaufenden Flachdachabsatz stehend, zwischen den eisernen Stäben hindurch in weitem Bogen ins Gelände. »Das Geländer«, sagt er, »habe ich erst vor vierzehn Jahren schmieden lassen. So wurde das Dach zum Laufgitter für meine Tochter. Die acht Jahre vorher habe ich immer freihändig vom Absatz hinuntergepißt. Nie ist etwas passiert. Ich bin nicht gekippt. Obwohl ich nicht immer nüchtern war, wenn ich antrat. Vermutlich hat mir meine Tochter mit ihrer Geburt das Leben gerettet.«

11

Nach dem Gewitter

Noch am Morgen habe ich unten auf seinem Balkon gesessen und in dem gewaltigen Weltpoem *Kaddish I–X* eines gewissen Paulus Böhmer gelesen. Die Sonne schien mir von der Seite heiß auf die über das Geländer gehängte Hand. Die Tür zum Klo habe ich, wie meist, offen gelassen. Das erweitert den Raum. Ich sehe Sandra und mich. Auch wenn sie nicht da ist. Ich sehe, wie sie sich über die Becken beugt. Sie war die erste Frau nach Aischa. Ich hatte es nicht für möglich gehalten, daß mir noch einmal so etwas widerfahren könnte. Ich hatte gedacht: nach Aischa kommt nichts.

Das Blond von Aischa hat begonnen, in den Hintergrund zu treten.

Ich fahre zu Bronken hoch. Zwischendurch steuere ich das Fahrzeug an den Straßenrand über den Olivenhainen und blicke mich um. Wolken ziehen auf. Sie quellen von Westen her über die vorgelagerte Bergkette und wälzen heran. Ich vernehme Geräusche wie von tief unter Wasser festgefressenen Schiffsturbinen.

Als ich auf halber Höhe der oberen Treppe zu Bronkens Unterkunft stehe, ruft er nach mir. Er muß mich, obwohl ich den Wagen gleich hinter dem Friedhof abstellte, kommen gehört haben. Vielleicht hat er mich auch von oben, aus dem Fenster, kommen sehen. Er ruft mich zu sich hinein. Er liegt auf der Noppendecke, die Arme verschränkt hinter dem Kopf. Er blickt mich aus zu Strichen verengten Augen an.

»Die da«, sagt er und streckt einen Arm in Richtung auf das Photo an der Wand, »hat sich beim Nahen eines Gewitters immer einen Stuhl oder einen Hocker genommen und aufrecht, die Hände zwischen den Knien, in die Mitte gesetzt. Ja, da wo du stehst. Während ich lag, wo ich jetzt liege. Wundere dich nicht, wenn du demnächst keinen Gesprächspartner mehr hast. Sobald sich etwas ernstlich verdichtet, sacke ich nämlich rettungslos weg. Was andere munter macht, macht aus mir eine verteidigungsunfähige und willfährige Masse. Nimm es nicht persönlich.«

Ich nehme es nicht persönlich.

Das Unterwasserrumoren wird deutlicher, stärker. Es kommt näher. Und nimmt sich schon wie die Vorbereitung mittlerer, ins obere Geschehen verlegter Breitseiten aus. Es erhebt sich der Wind, der Sand, Blütenblätter und Erdkrustenstaub ins Innere von Bronkens Unterkunft trägt. Ich reibe mir die Augen. Und sehe im Fenster, und wenn ich mich umdrehe, im Rahmen der offenen Tür, wie sich die Wolkenballen vor die Sonne schieben und den Himmel verdunkeln. Nun wird der Wind zu Sturm, der Böen vor sich hertreibt. Und in den Nadelpilz der Pinie im unteren Nachbargrundstück fährt, ihn rüttelt. Das Blattwerk der Eiche darunter bauscht auf, scheint sich als Ganzes in die Lüfte zu erheben und verschleudert in Fetzen und Zweigen sein Grün. Das sind schon die Brecher. Mir werden die Glieder schwer. Ist es das, was der dort Hingestreckte meinte? Ich lange nach einem Stuhl und stelle ihn dorthin, wo ihn die, die einmal seine Frau *war*, hingestellt hat.

»Der Tag ist nach einem Gewitter für mich gelaufen«, sagt Bronken. »Es ist wie Krieg.«

»Wie Krieg?« frage ich nach.

Aber da ist er dann auch schon weg. Er atmet noch einmal tief durch, seufzt. Und nickt ein. Er schläft. So hat es wenigstens den Anschein. Während ich den Stuhl, auf den ich mich eben noch gesetzt habe, beiseite stelle und mich selbst wie einen Gegenstand auf dem unter mir schwankenden Boden hin und her schiebe.

Und da ist sie dann auch schon, die Entladung. Eine regelrechte Detonation. Sie fährt in mich, als wären die Einlegesohlen in meinen Schuhen – oder auch die Fußsohlen selbst – Ohrmuscheln, über die, im Verein mit den Ohren am Kopf, in meinem Rumpf ein quadrophonisches Paukendrama aufgeführt würde.

Das Unwetter ist in ganz außerordentlichem Tempo herangefegt (man könnte tatsächlich glauben, man befände sich auf See, irgendwo südöstlich der Falklands), es muß inzwischen über uns stehen. Draußen ist – um zwölf Uhr mittags – Nacht. In die hinein der Blitz schlägt.

Der ganze Bau erzittert. Hat Bronken überhaupt einen Blitzableiter auf dem Dach? Ich sehe nur, daß der Hauptschalter, der auf ein Stück splittriger Sperrholzplatte geschraubt an der Wand hängt, von Grün auf Rot gestellt ist. Schließlich fängt es an zu prasseln. Und wie unter Klöppeln und Kieseln zu tönen. Die Dachpfannen geben eine Art Membran und, im Zusammenwirken mit dem Schwingboden, einen Resonanzkörper ab, der die Donnerschläge in meinem Körper mit einem vielstimmigen Geläute und Geklingel ummantelt. Geradezu so, als wäre ein sein Vibraphon bestürmender Lionel Hampton im Spiel.

Ich lehne im Rahmen der Tür. Binnen weniger Augenblicke folgen den ersten Tropfen die Hagelkörner. Sie prasseln auf die Fliesen der Dachterrasse, sie hüpfen, es treffen mich Querschläger am Bein. Aus der sturmgetriebenen Schräge richtet sich ein Wasserfall- und Fallrohrsenkrechtes auf. Eis und Schüttung. Der sich stauende Strom in der Dachrinne über mir rauscht und rinnt in großem Schwall über Ableitungen in die Wassertanks oberhalb der Pergola und des Steintischs. Über dem Hang mit den Trauben, auf die die Körner niedergehen, erheben sich Bänke von Leuchtfeuern und Schwärze, in welche die nun aus allen Richtungen zuckenden Blitze schießen. Gelb und Gift, Zinkweiß, Zinnober, fahles Grün, Galle. Die Haut des Himmels, der schwärt.

Und dann ist alles, schneller als es gekommen ist, schon wieder vorbei. Ein atmosphärisches Innehalten, Durchatmen, ein langes Rauschen des Wassers, das abfließt, ein Augenblick lebendiger Stille, die tönt wie Gegenmusik, die eigentliche. Es ist ein Vorübergehen, in dem sich dessen Gegenteil, das Ende, beweist. Und festhält das Grummeln, das sich vernehmen läßt aus dem Hintergrund, der Tiefe des Zimmers.

»Schäden?«

Erst weiß ich gar nicht, woher genau die Stimme kommt.

»Hat es die Oliven erwischt?«

Was weiß ich? Ich kann das nicht beurteilen.

Und dann tritt er auch schon zu mir an die Tür. Denke ich jedenfalls. Es hat sich so angehört.

Aber er liegt weiterhin ausgestreckt auf dem Bett.

»Da es dich ganz offensichtlich interessiert«, höre ich ihn mit ausdrucksloser, aber doch klar und fest artikulierender Stimme sprechen, »die dort an der Wand«, er regt sich nicht, er rührt keinen Finger, er hat die Augen weiterhin geschlossen; trotzdem bringt er seinen Satz nicht zu Ende. Und legt dann doch, erst noch stockend, schließlich mehr und mehr – und weiter und weiter ausholend – los.

»Die Drenger«, sagt er, »hier unten auf der *Via Roma*, ich komm gerad raus aus der Weinarbeiterkaschemme, Spätsommer, ich wende mich ab von der Sonne, die mich waagerecht im Genick und diejenige in ihr engelsgleiches, in weites ahorn-, nein, besser: kastanienrotes Gelock gefaßtes Gesicht trifft, die mir die folgenden sechzehn Jahre vergolden, na ja, und am Ende auch einigermaßen vergällen wird. Wie die Dinge halt so laufen, wenn sie erst einmal in Gang geraten sind. Ich lade sie und ihre Begleiter, die ich zum Glück kenne, ein, mit mir ein Glas zu trinken. Ich kehre in das Kellergewölbe zurück, in dem ich seit dem Kauf dieses Grundstücks hier im Jahr zuvor meinen abendlichen Schoppen nehme. Wie sie aussah, siehst du. Heute sieht sie, nicht anders als ich, anders aus. Ihren Blick erkenne ich nicht. Zu dicht und zu tief das Haar, das ihr ins Gesicht fällt. Aber ihr Lächeln«, sagt Bronken, »dagegen komm ich nicht an.«

Er liegt da, unbeweglich, starr, die Hände verschränkt hinter dem Kopf, nur ab und zu schnieft er. Oder er legt einen Fuß über die Fessel des anderen und läßt die dicken Zehen kreisen.

»Der Mann und die Frau, die anderen, sind ein Paar,

das ich einmal in einer Bar und ein anderes Mal genauso zufällig genau an der Stelle am Strand zwischen Sabaudia und dem *Monte Circeo* getroffen habe, wo wir dieser Tage schwimmen waren. So etwas verbindet fast schon. Jedenfalls macht es die Sache leichter. Ich sehe, daß die Dritte, die mit dem Haar, vorbereitet ist. Du bist also der, sagt sie, der da oben über dem Friedhof so einen Garten mit Hausanteil hat. Ja, sage ich, der bin ich. Wir waren, sagt sie, schon einmal da, um dich zu besuchen. Du warst aber nicht da. Oh, schade, sage ich. Hin und wieder sei ich nicht da. Da führe ich herum. Auf meiner Vespa. Du bist Deutscher, oder? Ja. Und Arzt. Ja. Auch ich, sagt sie, bin Ärztin. Ach so? Wenigstens sozusagen, sagt sie. Inwiefern sozusagen? Nun ja, abgebrochene Ärztin. Sie habe die Sache auf Eis gelegt, vorläufig. Mache nur hin und wieder Dienst in der Unfall-Erstversorgung. Von irgend etwas müsse man ja leben. Sie hat einen reizenden Schweizer Zungenschlag. Einen kräftigen Erstversorgungsakzent, der gewissermaßen alle meine eigenen Vokale belebt. (Odrrr?) Nach zwei Runden laden sie mich zum Essen in das Haus, an dem die Frau, die Mirgelhub, und der Mann, der Maeggi (»Maeggi«, heißt es, »mit ae«), Miteigentümer sind und in dem sie ihren Feriengast, die Freundin, beherbergen. Ich muß ablehnen, da ich mich mit den anderen Eigentümern, Italienern, die beim Essen anwesend sein werden, schon gleich zu Beginn meiner Landnahme wegen einer unmaßgeblichen, mir selbst schon in Vergessenheit geratenen, aber trotzdem vom Nachhall her noch hinreichend ärgerlichen Angelegenheit überworfen hatte. Wir trinken noch ein Glas und dann: Adieu. Ich kurve«, sagt Bronken, »hierher zu mir hoch, trinke einen weiteren Schluck und beschließe binnen einer knappen Stunde, meine Grundsätze umzustoßen. Ich kurve hinunter zu dem Haus, das ich nie hatte betreten wollen. Wer öffnet? Sie, die Abgebrochene. Und zieht mich an der Hand gleich hinein. Zum Glück haben die anderen schon gegessen. Nach zwei Stunden auf der Untergeschoßterrasse verschwindet die, deren Hände inzwischen schon seit anderthalb Stunden in meinen und in deren Händen meine auch schon gut eine Stunde gelegen haben, im Obergeschoß, kehrt nach wenigen Minuten mit einem großen knallroten Rollreisesack, der das Rot ihrer Haarbauschigkeiten noch um einiges übertrifft, im Flur zwischen Terrasse und Haustür zurück und ruft mir mit diesem unglaublichen Lächeln, das sie hat, zu: Worauf wartest du noch? So zieht sie«, sagt Bronken, »hier bei mir ein.«

Sein Zeh wackelt.

»Jedenfalls bis zum folgenden Mittag«, sagt er. »Denn ausgerechnet an diesem Tag, wenn auch erst am späten Nachmittag, erwarte ich Besuch von einer Frau aus Berlin, mit der ich mich in Berlin, wenn ich dort bin, immer wieder einmal treffe. Auch wenn ich mich nicht in allen Punkten mit ihr verstehe. Die Rote, die Drenger – ich nehme von ihr, die mich von Anfang an *Bronken* nennt, die Gewohnheit an, sie selbst fortan *Drenger* zu nennen (und so wie sie von mir als *dem* Bronken spricht, von ihr als *der* Drenger zu sprechen) –, schultert ihren Reisesack und kehrt zurück zu ihren Freunden. Wir würden uns, verabreden wir, am folgenden Tag, dem Tag ihrer Abreise, noch einmal hinter dem Turm der Burgruine treffen. Wir treffen uns dann auch und stehen uns hinter dem Turm der Burgruine einen halben Vormittag schweigend gegenüber, wobei ich ihr den roten Pony aus der Stirn streiche, um ihr in die Augen zu blicken, und versichern einander, daß wir uns wiedersähen, wo und wann auch immer. Sie gibt mir ihre Nummer. Ich habe keine. Damals«, sagt Bronken, »hatte ich ja auch noch nicht die Wohnung unten.«

»Der Frau aus Berlin gegenüber«, sagt Bronken, »schiebe ich die mich unvorbereitet getroffene Verpflichtung vor, binnen weniger Tage eine *haarige* Arbeit über eine medizinische Fachfrage zu verfassen. Sie hätte dabei nichts, aber auch *rein gar nichts* von mir, im Gegenteil, ich zöge sie in der zu erwartenden Stimmung, in die ich zwangsläufig geriete, sobald ich eine derartige Sache anginge, nur in eine ähnliche hinein. Das sei wenig erholsam. Sie täte besser daran, die Tage in Rom oder auf Ischia zu verbringen. Es tue mir leid. Ich kann ihr einfach nicht gestehen, daß mir einen Tag vor ihrer Ankunft die über den Weg gelaufen ist, auf die ich seit Jahren, wenn nicht seit eh, gewartet habe. Sie reist dann tatsächlich und durchaus verstört ab und kehrt, wie verabredet, nicht wieder. Ich aber kurve nach unten, an die Piazza, um in der Kabine der Bar die Nummer zu wählen, die in meiner Tasche steckt. Aber so weit kommt es gar nicht erst. Auf halbem Weg kommt mir in der Mittagssonne mit geröteten Wangen die Mirgelhub entgegen, um mir das zu sagen, was ich selbst im Begriff bin nach Zürich durchzugeben. Daß wir uns nämlich in, na wo, wo wohl?, tja: Venedig träfen. Und zwar, die jeweiligen Züge und deren Ankunftszeiten an der *Statione F.S.* in Venedig sind schon aufeinander abgestimmt, morgen!«

Jetzt setzt sich Bronken auf seinem Bett auf, die Sprungfedern quietschen. Durchs Frühnachmittagsfenster dringt strahlendes Licht, das den Staub, der vor dem Gewitter hereingeweht worden ist, immer noch tanzen läßt, als wäre gar nichts geschehen. Es hat tatsächlich, zumindest im Inneren des Hauses, nicht die geringste Abkühlung gebracht.

Bronken schlingt die Arme um seine Knie. Fast jugendlich wirkt er mit einem Mal. Ein jugendlicher Buddha. Sein hellblau verwaschenes Unterhemd schlabbert ihm um die Hüften.

»In Venedig beschwert sich die Pensionswirtin über die Geräusche, die wir machen. Wir ziehen um. Am Lido, wohin wir das *Vaporetto* nehmen, will sie nur entlangspazieren. Sie will nicht ins Wasser. Erst sagt sie, es sei spät im Jahr, ich sähe ja, daß kein Mensch mehr schwimmen gehe, dann, später, in dem Restaurant, sagt sie, sie habe von Haien gehört. Ich kann es nicht glauben. In der Adria? Muß aber zugeben: Da ich sie auf meinen Armen trug, hat sie sich immerhin so weit auf das Wasser eingelassen, bis es mir schon bis zur Brust reichte. Ich weiß, wie sie gezittert hat, hatte aber annehmen müssen, daß es die, wenn auch sanftwarme, Septemberluft und die immer noch recht laue Temperatur des Meerwassers gewesen waren, die sie so zittern machten. Vor dem Dogenpalast, auf den Stufen der Säule mit dem geflügelten Löwen, sagt sie, daß sie eine Mutter habe, die fortwährend an ihr zerre. Ob sie, frage ich, denn noch bei ihren Eltern lebe? Nein, das nicht, aber trotzdem zerre die Mutter. Ich kann mir das nicht richtig vorstellen. Und dann kann ich es mir doch wieder vorstellen. Aber ob meine Vorstellung richtig ist, verstehst du, Boddensiek, richtig im Sinne von annähernd an das heranführend, was die Frau an meiner Seite mir mit ihrer

Bemerkung hat mitteilen wollen, wage ich von Anfang an nicht zu hoffen. Trotzdem sind wir fortan ein Paar. Sie hat ja auch schon gleich gesagt, ich solle mitkommen, mitkommen nach Zürich. Der Hinweis darauf, daß ihre Mutter in Basel lebe, macht dann alles um so beschwingter und leichter.«

»Sie ist zwölf Jahre jünger als ich. Warum soll sie hetzen? Aber das Jobben muß ja nun auch nicht sein. Ich lade sie ein, es zu lassen. Sie läßt sich einladen. Endlich, denke ich, eine, die sich auch einmal einladen läßt. Jedenfalls unter denen, die mir gefallen. Ich mag fast ausschließlich solche, die sich nicht abhängig machen wollen von mir. Und die nicht wollen, daß ich abhängig bin von ihnen. Solche, die davon ausgehen, eingeladen zu werden, sind mir so gut wie nie über den Weg gelaufen. Wahrscheinlich ist der Instinkt, der sie leitet, nicht weniger untrüglich als meiner. Aber das sind letztlich immer Beobachtungen am leblosen Körper der Willensumstände, ich weiß es wohl. Und will es auch gar nicht ändern. Dennoch«, sagt er, »diese hier läßt sich einladen. Zwar behält sie ihre Wohnung in Thalwil am Zürichsee, eine spärlich und noch recht studentisch eingerichtete Zwei-Zimmer-Neubau-Sozial-Einheit mit holzlattenverkleidetem, in die falsche, nämlich seeabgewandte Richtung weisendem Balkon, aber sie schließt, nachdem ich ein paar Wochen bei ihr verbracht habe, hinter sich ab und folgt mir nach Hildesheim, wo ich eine Zweimonatsstelle habe. Wir finden Hildesheim schön, auch wenn wir nicht viel von der Stadt sehen. Der Dom allerdings sagt uns zu. Zumal wir uns einmal durch innere wie äußere Witterungsbedingungen genötigt sehen, uns in eine seiner Nischen zurückzuziehen, um das zu tun, was wir für gewöhnlich in der kleinen Hotelanlage am Stadtrand erledigen oder, sagen wir besser: feiern, in der wir uns eingemietet haben. Dabei vernachlässige ich keineswegs meinen Dienst, im Gegenteil. Mir wird sogar bestätigt, daß ich *irgendwie* aufgeschlossener, umgänglicher, freundlicher sei als das letzte Mal. Das war zwei Jahre zuvor gewesen. Und im Winter. Und eben ohne eine, an der mir gelegen gewesen wäre wie an der Drenger. Sie ist mein Glück, mein Auftrieb, meine Aufgabe. Denn irgendwann steht natürlich«, sagt er, »die Frage an, ob es für immer so weitergehen soll. Hildesheim. Itzehoe. Berlin. Eisenach. Und dazwischen die Sommermonate hier unten im Süden. Dazu wiederum die Tage in Berlin, wo zu der Zeit noch all meine Bücher und persönlichen Unterlagen in einem Dachquartier lagern, das zwei weiteren Lebewesen kaum hinreichend Raum bietet. Die Drenger hat nämlich auch einen Hund. Eine Hündin. Die Hündin sieht mich vom ersten Tag, in Zürich, wo sie während des Spätsommerurlaubs ihrer Besitzerin von Freunden versorgt worden ist, an, als hätte sie auf mich gewartet. Sie sieht mich an wie ich ihre Herrin. Die aber findet selbst nach einiger Zeit, daß es an der Zeit wäre, etwas zu tun, etwa ihr Studium wiederaufzunehmen und einen Abschluß zu machen. Gute Idee. Sie nimmt ihr Studium wieder auf. In Zürich natürlich, wo sonst? Zwar ist es mir bislang noch nicht gelungen, auch einmal in Zürich eine Vertretung zu kriegen, aber was nicht ist, wie heißt es noch einmal?, kann ja noch werden. *Odrrr?* Es bleibt jedoch viel Bewegung zwischen uns. Einmal kommt sie, dann fahre ich. Dann reisen wir von unseren jeweiligen Standorten an, um uns an einem dritten Ort, meist natürlich hier«, sagt Bronken, »zu treffen. Dabei geht das nicht ohne Reibung ab. Es seien, heißt es, ja die Männer, die nie den Mund aufkriegen. Während die Frauen die Männer belagern, um etwas zu klären. Bei uns ist es eher umgekehrt. Ich rede, sie schweigt. Ich erkläre mich. Sie hört zu. Ich gebe zu, daß ich zuviel rede. Sie gibt nicht zu, daß sie zuviel schweigt. Da gibt es wenig Spielraum. Das kann man nur auf der Schiene austragen, auf der die Waggons in einer Richtung aneinandergekoppelt sind. Und auch in eine Richtung fahren. Fahren wir nicht in eine Richtung? Wir liegen uns aber nicht nur in den Armen. Nachdem sie den vorklinischen Teil ihrer Ausbildung wieder aufgenommen, dann auch den klinischen Teil in erstaunlichem Tempo hinter sich gebracht hat und sich schon mitten in der praktischen Tätigkeit als Medizinalassistentin befindet, was soviel heißt, sich – von der Nähe der zu Vielen, nämlich Mitassistenten, Schwestern, Pfleger, Oberärzte, Chefärzte und nicht zuletzt der Patienten, bedrängt – quält, faßt sie selbst bereits vor der anstehenden Approbation ihren Absprung ins Auge. Ich stehe ihr zur Seite. Hier rede ich nicht. Bin nur da, wenn sie erschöpft von den Unübersichtlichkeiten der beruflichen und persönlichen Verhältnisse am Arbeitsplatz, die sich ja, wie man weiß, in aller Regel zu kaum lösbaren Knoten und Komplexen verdichten, auf ihre Couch niedersinkt. Aber sie ist zäh. Und findet immer auch noch von anderer Seite Beistand und Zuspruch. Taucht aus den stummen Wochenenden, da sie die Rollos ihrer Fenster vor der am See entlangführenden Schnellbahntrasse herunterläßt, um sie erst nach 60 Stunden wieder hochzuziehen, auf, verrichtet ihren Dienst und trifft sich im Anschluß daran mit denen aus der Kommunistischen Studentengruppe, Leute auch außermedizinischer Disziplinen, die sie schon länger kennt, mit den meisten hat sie bereits das Gymnasium in Basel besucht. Ich bin froh, daß sie sie hat. Hinter ihren, sie und immer auch mich mit ins matte Lamellenspaltlicht tauchenden Rollos, den Außen-Jalousien, greift sie dann, sich mit der Linken ins Fell Anitas, der Hündin, übrigens eines Huskys, kraulend, mit der Rechten zum Hörer, um sich mit den Freunden zu besprechen und zu beraten. Es handelt sich ja eben nicht allein um ehemalige Bannerträger und tief enttäuschte, ja, erstarrte Idealisten, es sind auch skeptisch gewordene Lehrer, bereits im Öffentlichen Dienst und bei den Gerichten tätige Juristen, dazu freie Anwälte, Psychologen und Naturwissenschaftler darunter, durchaus aufgeschlossene Leute, wiewohl oft immer noch den Zielsetzungen zugeneigt, die einmal auf Foren und in Sitzungen beschlossen worden sind und eigentlich nur der Umsetzung in die Tat bedürften, die nicht zwangsläufig eine revolutionäre sein müsse, sondern am besten den Sonderweg einer Art transalpin-helvetischen zu konstituieren hätte ..., eher also das gesellschaftliche Gesamtbild und die Konsequenzen, die sich aus der Analyse desselben ergäben, im Blick haben als die allzu privaten bürgerlichen Probleme des einzelnen, die ja letztlich auch wieder nur Ausfluß der gesellschaftlichen Gesamtsituation seien. Nun ja. Trotzdem, die Leute sind der Drenger ein Halt, man kennt sich. Rechne ich«, sagt Bronken, »dann noch die Künstler aus ihrem Freundeskreis hinzu, etwa den Maeggi, den Freund der Mirgelhub, den ich schon kenne, er ist Maler und urbaner Gestalter, dann ist das auch für mich eine Bereicherung. Mit den meisten von ihnen freunde auch ich mich an, obwohl mich das Gefühl nie loslassen wird, daß sie mir nicht über den Weg trauen. Mich für einen allzu Einzelgängerischen, Befremdlichen, halten. Denn zum Kunst- und Kulturschaffen gehört Kommunikation. Jene Spielart also der Isolation, die aus ihm überhaupt erst das Geschäft macht. So sind nun einmal die Bedingungen der Branche. Es wäre durchaus ein bißchen viel verlangt, daß die Menschen einem trauen. Oder was meinst du?«

Ich schrecke regelrecht zusammen. Plötzlich, inmitten der Versenkung, der Versunkenheit, in eine Welt, die nun wirklich nicht die meine ist, so eine Frage. Da fühlt sich der Friese, auch wenn er Lotse ist, schlicht überfordert.

Es stellt sich jedoch schnell heraus, daß die Frage eine der vielen rhetorischen ist, die in den Fluß von Reden geraten, ohne sich je wieder im Gestrüpp der begehbaren Ufer zu verfangen. Bronken nämlich fährt, ohne mich auch nur angeblickt oder etwa eine Antwort erwartet zu haben, fort.

»Jedenfalls«, sagt er, »will sie, wir sind inzwischen schon drei oder vier Jahre zusammen, am Ende, nach der Approbation, selbst noch ihren Facharzt machen. Auf welchem Gebiet? Na, auf welchem wohl? Sagt sie selbst. Schon deinetwegen! *Meinetwegen!* Auf deinem! Also auch Anästhesie. Wenn, womit bei ihr ja immer zu rechnen sei, nichts mehr gehe, könnten wir immer noch eine Gemeinschaftspraxis für Anästhesie aufmachen. Gemeinschaftspraxis für Anästhesie? frage ich«, sagt Bronken. »Ja, sagt sie, du setzt vorne die Narkosen, und ich hole die von dir in die Welt der Träume und wirklichen Lebenschancen Versetzten hinten wieder heraus. Und wer, frage ich weiter«, sagt Bronken, »macht die Arbeit dazwischen, die, weswegen wir anästhesieren? Das, sagt sie, werde man sehen. Um augenblicklich in ein seltsam fahrig-reizbares Grübeln zu verfallen, eines, das zu dem Ergebnis führt: Man darf doch wohl mal scherzen. Oder darf man das nicht? Glaubst du, sagt sie, daß ich mich, nachdem ich mir schon einen Primärnarkotiseur von deinen Graden an den Hals geholt habe, nun auch noch einer Bande von kollaborierenden Chirurgen und sonstigen Messerwetzern aussetze? Hilfe, ich kollabiere. Wir lachen immer wieder viel. Wir werden uns, prustet sie, schon noch was ausdenken, wenn es erst einmal soweit ist.

Sie lernt schnell. Sie ist fleißig, fleißiger als ich. Und hält durch. Sie wird Anästhesistin. Und kündigt, nach der ersten und einzigen Festanstellung, dann noch zügiger als ich. Um gewissermaßen *parallel zu mir in meine Fußstapfen* zu treten. Sie selbst erfindet die Formel. Jetzt seien wir erst wirklich frei. Unabhängig voneinander zusammen. Sie reist öfter als zu Anfang, als ihr der Vater in Basel noch ein Gutteil des für das Studium nötigen Gelds überwies, nach Hause. Die Mutter sagt, es sei ihr schleierhaft, wie sie schließlich all das doch noch geschafft habe. Erst die Ärztin. Und dann sogar die Anästhesistin. Einmal«, sagt Bronken, »bin ich dabei. Bin mit ihr in ihre Geburtsstadt gereist. Die blasse, alterslos erscheinende Mutter, über die ich ja schon einiges zu hören bekommen habe, sagt mit einem Lächeln, das von einer seltsam traumverlorenen, ja, nachgerade jenseitigen Süße ist, daß die Tochter ihre Erfolge doch nur erzielt haben könne, weil sie einen so großartigen Mann an ihrer Seite habe. Ich kenne Mordgelüste. Ich habe sie immer zu unterdrücken gewußt. Jeder hat seine Macken und trägt sein Päckchen. Aber dieser unangreifbaren Dame, Ehefrau eines still in der Ecke vor sich hin sinnenden pensionierten Buchhalters in der schweizerischen pharmazeutischen Industrie, der nicht die geringsten Anstalten macht, seiner Tochter – oder vielleicht auch mir – beizuspringen, ginge ich am liebsten an den Hals. Die Drenger, meine Liebste, stürzt aus dem mit wuchtigen lindgrünen Polstermöbeln verstellten Wohnzimmer, die Arm- und Rückenlehnen der Ungetüme behängt mit cremefarbenen Häkeldeckchen, hinaus, schließt sich ein im Klo, macht nicht auf, als ich klopfe. Wo soll ich hin? Ich will weg. Kann nicht. Wohin? Ich trete an die geraffte Gardine im Wohnzimmerfenster, blicke hinaus, auf Basel, auf Bäume, durch die Häuser hindurch, hinab auf den Rhein, den ich nicht sehe, bis sie, die Drenger, meine, Ursula Drenger, von hinten an mich herantritt und mich nicht berührt. Ich spüre ihren Atem. Ich wende den Kopf. Sie blickt mich an, sie blickt mich, nicht die Mutter, die in die Küche geeilt ist, um sich dem Abwasch zuzuwenden, feindselig an. Als ich sie am Arm anfassen will, zuckt sie zurück. Sie habe sich, sagt sie, erst einmal richtig ausgekotzt. Damit ich es wisse. Ich sage nicht, daß sie es zuallererst ihre Mutter wissen lassen sollte. So beginnen«, sagt Bronken, »die schon etwas schwierigeren Zeiten.

Aber was haben wir inzwischen nicht schon alles gemeinsam unternommen. Wir haben gelesen, nicht Lenin, nicht Marx, von denen will sie ja selbst nichts mehr wissen, wir lesen Montaigne, Lukian, Kierkegaard und Onetti, ich habe mir – wieder hier –«, sagt er, »vom *Fabbro* Enrico, dem Schmied und Schlosser zwischen der oberen Kirche und dem Stipendiatenhaus, du weißt schon, das Schweißen beibringen lassen, sowohl autogen als auch elektrisch, so kann ich mir mit dem Material, das er mir liefert, selbst die Geländer so schief bauen, wie er sich weigert, es für mich zu tun. Sie, die Drenger, aquarelliert und stellt Duftstoffe her, im Mörser zerstampft und gerieben aus Kräutern und Blüten, die sie in nächster Umgebung gesammelt hat. Die vergißt sie dann zwar irgendwann in den Döschen und Mörsern, so daß sie nicht wirklich zum Einsatz kommen, aber gerade das will mir zunächst besonders an ihr gefallen. Weder wendet sie sie an auf dem eigenen Körper, noch verschenkt sie sie, wie vorgesehen, an ihre Freunde. Allenfalls Anita, die Hündin, kriegt von den Düften und Gerüchen hier und dort etwas ab. Und hat dann, sich im Gras unseres Gartens wälzend, Mühe, sie wieder loszuwerden. Überhaupt, *unser* Garten. Immer wieder einmal unterläuft mir der Lapsus, daß ich von *meinem* Garten, von *meinem* Land, von *meinem* Haus und Grundstück rede. Anstatt von *unserem* zu sprechen. Sie nimmt es mir übel, beklagt sich. Schon als sie mich mit der Mirgelhub und dem Maeggi besuchen gekommen und ich nicht dagewesen sei, habe sie meine *so seltsam beiläufig ins Gelände geworfene Hütte* tausendmal schöner gefunden als deren zum perfekten Stadthaus umgebautes bäuerlich-ländliches Gebäude. Das sei kein Zufall gewesen. Und hätte ich nicht von Anfang an gesagt, daß wir alles gemeinsam hätten, machten und täten? In der Tat, ich hatte es gesagt. Und wir haben, machen und tun ja auch tatsächlich alles zusammen. Da kann man sich schon mal versprechen. Wir sensen den Hang mit zwei Riesensensen, es gibt noch nicht die Rotorsensen mit den Plastikfäden oder den Schneidscheiben, wir sicheln uns, wenn wir im Juni anreisen und die Gräser und das Gestrüpp meter- und streckenweise mannshoch stehen, quer durchs

Gelände, die Blasen an den Händen machen ihr, Städterin wie ich Städter, nichts aus, ich verarzte sie, sie verarztet mich, wenn auch nur dann, wenn ich sie ausdrücklich darum bitte, wir kochen, zwar so gut wie nie gemeinsam, aber wo sie die Schweizer Aufläufe, Kroketten, Soufflés und Fondues mitsamt den Schokoladecremes und Vanillefrappés komponiert, brutzel und köchel ich Kartoffelklöße, Rinderbraten, süßsaure polnische Kohleintöpfe und paniere die Koteletts und die Schnitzel. Wir werfen uns faul unter die gelbflammenden Büsche des Ginsters oberhalb des Hauses und warten die Nacht ab, um immer wieder neue Anläufe zu unternehmen, mit den uns lautlos umrundenden Glühwürmchen ins Gespräch zu kommen, damit sie sich auch einmal niederlassen auf unseren Handrücken oder unseren eigens für sie zum Landen entblößten Bäuchen. Der Frühsommer nimmt uns den Atem. Nach dem Abernten der niedrig hängenden Kirschen am mächtigen Baum, die in der Höhe überlassen wir den Amseln und Finken, machen wir uns über die Frühsorte Feigen, die Pfirsiche, Pflaumen, Zwetschgen und Marillen her. Von allem ist etwas da. So hat es der Sterbende im *Policlinico* in Rom gerichtet und mir, pardon, uns, überlassen. Und wenn wir uns um Mitternacht unter die fetten Blätter der Agaven legen, erwachen wir mit der Nase in den Blüten, die sich während des Schlafs über uns geöffnet haben. Wir machen, solange die Gefährtin noch nicht den *Passat* ihres Vaters fährt, den er ihr erst nach dem dritten Baum, den er streift, überläßt, Touren auf meinem Roller, ich setze sie hinter mich und fahre mit ihr, ich habe davon gesprochen, nicht allein über Land, wir lassen uns übersetzen auf Inseln, erklimmen mit der

125er Berge und Höhen, wir studieren Rom, jawohl«, sagt Bronken.

»Nur ins Konzert gehen wir nicht. Oder nur einmal. Nicht, daß sie Musik nicht liebte. Musik liegt ihr nur fern. Sie kommt von selbst nie auf Musik, selbst dann nicht, wenn sie aus irgendeiner Ecke über sie kommt. Musik, möchte man meinen, irritiert sie. Daß sie dann aber mit einem Mal, nachdem mir einer der älteren Tenöre der Deutschen Oper Berlin, den ich beim *Hoeck* in der Wilmersdorfer Straße aufgetan habe, zu zwei Einreichkarten verhilft, beim *Rosenkavalier* Feuer fängt, ändert wenig, es ist der *Rosenkavalier* in der Inszenierung von Götz Friedrich, der ihr fortan gefällt und den sie wiederhören und -sehen möchte, sonst nichts. Statt dessen will sie, was sie früher, schon wegen der Eltern, die sie dazu ›gezwungen‹ hätten, nie getan habe, wie sie sagt, mit mir wandern. Da nun wieder passe ich. Ich wandere nicht. Schon gar nicht in den Bergen, den Alpen, in denen sie wandern will. Wer von der Küste stammt oder auch nur an ihr aufgewachsen ist, zumal der flachen, weiten, eingedeichten, der wandert nicht. Stimmt's?«

Bronken wartet ab. Ich sage notgedrungen: »Stimmt.« Obwohl er anscheinend das Wandern vergessen hat, von dem unsereins nicht genug kriegen kann, das Wattwandern nämlich. Aber sei's drum. Ich will diesen Wanderer und Reisenden des Redens nicht aufhalten. Und so fährt er denn auch mehr oder weniger nahtlos fort.

»Ich ziehe mit ihr durch Lyon, wo ich einmal eine Reihe von Vorträgen hielt und immer noch ein paar Kontakte habe, ich fahre, an den Pyramiden vorbei, mit ihr den Nil aufwärts, ich miete mich mit ihr in einem kleinen Hotel in

St. Brieux in der Bretagne ein, wo wir zwar nicht wandern, ich aber doch mit ihr einige Kraxelstrecken die Felsenküste entlang zurücklege, immerhin, meine ich. Viel weiter allerdings kommen wir nicht. Jedenfalls nicht zusammen. Sie hat ja schon mehr gesehen als ich, mehr von dem, was weiter weg liegt. Ihr Mann, ihr Ehemann, von dem sie sich nach unserem ersten Jahr und nach der Trennung von dem Nachfolger ihres Ehemanns, dem Alexander, scheiden läßt, hat ein paar Jahre lang Tunnelbautechnik an der Universität von Seoul unterrichtet, sie kennt sich in der gesamten Region aus, nicht allein in Südkorea, auch in Japan, Thailand, auf den Philippinen und im südlichen China. Auf Manila, sagt sie, gebe es Krokodile in öffentlichen Parks, die seien zwanzig Meter lang. Ich bestreite die Länge. Aber, sagt sie, ihr Mann, der Robert, sei doch selber über deren wahnsinnig, sie sagt *wahnsinnig*!, langen Panzerrücken marschiert. Und erst einmal Borneo. Wir wollen immer mal hin. Aber ich frage mich immer wieder auch, warum? Warum eigentlich? Ich bleibe im heimatlichen Italien. Ein paar Abstecher ins übrige Mediterrane, *basta*. Mehr brauche ich nicht. Nicht zu vergessen Deutschland, das inzwischen große Deutschland, das ich bei meiner beruflichen Tätigkeit und in Anbetracht des von mir frei gewählten Einsatzverfahrens gezwungen bin von Grund auf und großflächig zu erkunden. Auch in diesem Land gibt es zuhauf Exotisches, zumeist sogar solches, auf das man gerne verzichtete. Ich reise ja gewissermaßen immer wieder auch als Ausländer an. Da unterscheidet es sich nicht von anderen Weltgegenden. Aber wem sage ich das?«

Richtig, wem sagt er das? Er scheint sich zwischendurch doch immer wieder zu erinnern, mit wem er spricht. Auch wenn er, soweit ich das von dem Platz, den ich inzwischen auf dem Drehhocker am fast brusthohen Tisch eingenommen habe, erkenne, immer noch und die ganze Zeit die Augen geschlossen hält. Ja, ja, ich habe vergessen, es zu erwähnen. Daß er sich nämlich irgendwann aus dem Buddhasitz wieder nach hinten hat fallen lassen, um weiterzureden, weiterzusinnen, weiterzubeschwören, was ihn beschwert. Oder beschwert es ihn vielleicht gar nicht? Immerhin verspüre ich, bei aller Trägheit der Rede, die aber weiterhin wohlartikuliert und gesammelt aus seinem Mund kommt, doch eine gewisse Lust, wenn kein Vergnügen, so doch eine Lust, einen Lustdruck, der wie der Luftdruck des atmosphärischen Äußeren in diesem Falle von innen her sein schwankendes Strategisches, ja, Prinzipielles auf den Mann ausübt. Worauf will er hinaus? Doch wohl nicht auf ein Bekenntnis. Wenn es hier einen gibt, der mit einem Bekenntnis herausrücken sollte, dann wohl eher ich.

»Sie hatte also einmal wegen ihres Robert das Studium abgebrochen und nach der Trennung nicht wieder zurückgefunden. Sie habe ihn, sagt sie, eigentlich auch vor allem geheiratet, weil sie sonst mit dem Touristenvisum immer nur für drei Monate am Stück bei ihm in Seoul hätte bleiben können. Es gebe vielerlei Gründe, jemanden zu heiraten. Auch, sagt sie, den. Es gebe, sage ich, genaugenommen gar keinen Grund zu heiraten. Wenn wir uns, was unvermeidlich ist, immer wieder einmal allzusehr aneinander reiben, gehen wir auseinander, jeder zieht sich in seine jeweilige Ecke zurück, die ja in der Regel hinreichend weit weg ist, man grüßt, schreibt Briefe und Karten, telephoniert und geht im übrigen seinen Verpflichtungen nach, sorgt für die Finanzierung des irgendwann unweigerlich wieder anstehenden Bedürfnisses, zusammen und sonstiger Pflichten enthoben zu sein. Wenn ich es einmal«, sagt Bronken, »so ausdrücken darf.«

Darf er. Ich blicke durch den Rahmen des Fensters in die gewaschene Tiefe, die Ebene, in der die Felder glänzen und im Sommer ein Frühling eingekehrt zu sein scheint, dermaßen glänzen sie ihr Grün und ihr Gelb in den blauen Himmel. Aber Bronken holt mich auf den Boden seiner Tatsachen zurück. Ich brauche gar nichts zu fragen. Etwa: Und wann heiratest du sie, diese Frau. Heiratest du überhaupt? Mittlerweile hege ich schon keinen Zweifel mehr, er wird mir alles gestehen, was es zu gestehen gibt. Oder es mir zumindest erzählen.

»Ach, Boddensiek«, seufzt er auf, der alte Gedankenleser. »Es ist nämlich so, daß die Menschen sich einerseits fürchterlich gleichen und zugleich fürchterlich unterscheiden. Gegensätze, heißt es, zögen sich an. Quatsch. Grundlegende Übereinstimmung sei vonnöten, damit es zwischen zweien klappt. Auch Quatsch. Es klappt nie. Es sei denn, du blickst ins Dunkel, in die Abgründe, die zwischen dem einen und dem anderen klaffen. Dort, im Blinden, sind wir zu Haus, sind wir heimisch. Jeder für sich. Die, die ich liebe, lebt in den Wolken, während ich am Küchentisch sitze. Aus den Wolken herab steigt sie, um mir in ihren eigenen vier Wänden einen Besuch abzustatten. Es kann sein, daß wir es auf eben dem Küchentisch treiben oder, wenn es dir lieber ist, verrichten, von dem ich eben sprach. Dann schwebt sie, sich nach vollbrachter Tat und Tätlichkeit die Strumpfhose hochziehend, die Hüfte schwingend, sich selbst zurechtruckelnd, zur Tür. Die ist, sagt sie, zu. Ich sage, wie das? Zu, sagt sie. Sie sei, gerade eben noch, vor keiner Viertelstunde, hereingeschwebt in die Küche, es befinde sich, meiner Ansicht nach, außer uns beiden niemand in der Wohnung. Es sei denn, es hätte jemand außer mir noch einen Schlüssel. Und nicht nur einen zur Wohnung, auch einen zur Küche. Meines Wissens aber gebe es keinen Schlüssel zur Küche. Nicht einmal ein Schlüsselloch gebe es in der Tür. Also wieso soll die Tür zu sein? Schau doch selbst, sagt sie. Sie drückt die Klinke und drückt gegen die Tür. Sie ist, sagt sie, zu. Vielleicht klemmt sie. Jetzt kommt mein Verdacht. Zieh doch mal, sage ich. Sie blickt mich an. Sie zieht die Tür nach innen, sie geht auf. Dann blickt sie mich ein weiteres Mal an, nicht haß-erfüllt, das wäre zuviel behauptet, aber doch mit einem solchen Ingrimm, daß es mir durch und durch geht«, sagt Bronken. »Kann ich doch nichts dafür, wenn eine Tür, diese Tür, die keine Schwingtür, sondern eine normale Kü-chentür in ihrer Angel und in ihrem Rahmen ist, nur zu ei-ner Seite hin, in diesem Falle nach innen, aufgeht. Sie aber fühlt sich ertappt. Lastet mir an, daß ich sie in die Türfalle habe laufen lassen. Sie kehrt mir den Rücken und schwebt wortlos durch die offene Tür davon. Nun könnte man sa-gen: gut. Kann passieren. Nur, es passiert ihr immer wie-der. Sie lebt streckenweise in einem anderen Universum und lastet mir an, daß ich in meinem lebe, wo die Türen nicht nach beiden Seiten hin aufgehn, verstehst du?«

Falls er mich mit der Frage gemeint hat: Ich verstehe. Auch wenn es kaum glaubhaft ist, was er da zum besten gibt. Nutzt der Schuft mich, um da mit einer abzurechnen, oder was?

»Das Ganze«, fährt er aber auch schon fort, »wäre kei-ner Erwähnung wert, passierte es nicht immer wieder.

Und selbst wenn es *immer wieder*, ich schätze, zweimal im Monat, passiert, es wäre trotzdem nicht der Erwähnung und der Rede wert. Wenn sich nicht auch der Blick, die Schuldzuweisung, ja, Empörung, *immer wieder* mit einiger Vehemenz gegen mich richteten, den, welchen sie *immer wieder* darauf aufmerksam machen muß, daß die Tür nicht aufgeht, und der daraufhin gar keine Wahl hat und sich jedesmal erneut gezwungen sieht zu bemerken, daß man dort, wo man nicht drücken könne, ziehen müsse, und dort, wo man nicht ziehen könne, drücken sollte. Sie hält mich für einen Zyniker. Und so kommt es, zumindest was das Betätigen ihrer – ich gemeinde ein – Thalwil/Zürcher Küchentür anbelangt, im Verlauf eines oder zweier Jahre zu einem totalen, ich betone, totalen Schweigen. Ich lasse sie, wenn sie wieder einmal drückt, statt zu ziehen, drücken, heuchle irgendeine Nachdenklichkeit, die mich zwingt, durch die Küchentür ins angrenzende Schlafzimmer zu gelangen, nehme ihr die Klinke aus der Hand und verschwinde, wobei ich nun allerdings gewärtig sein muß, nachgetragen zu bekommen, ich hätte ihr den Weg abgeschnitten und sei ihr in den Schritt getreten. Es ist nicht immer leicht, wenn man sich liebt, auch wenn man sich noch so Mühe gibt, das wirst du selbst wissen, oder?«

»Oh«, sage ich, obwohl ich alles ganz genau gehört habe und es auch wortgetreu hier wiedergebe, »was hast du gesagt?«

»Egal«, sagt er, »sie ist ein Wunder. Manchmal habe ich nur Angst, daß sie im OP, sagen wir, an einem Schädel-Hirn-Trauma-Patienten, bei dem sie die Ventrikeldruck- oder die, du solltest es dir, falls du es dir nicht merken kannst, notieren«, – was ich, schon aus Ehrgeiz, denn auch sofort tu –

»subarachnoidale Druckmessung vorzunehmen hat, um den Liquordruck zu prüfen, statt des Kunststoffkatheters die Schraube ins gebohrte Schädelloch einführt. Zum Glück sind da immer noch die Schwestern zur Stelle, die alles im Griff haben. Ich habe es selbst schon erlebt, daß ich in Gedanken war und sie mich, wenn auch unter Schulterzucken, retteten, sonst läge ich nicht hier und könnte nicht so entspannt plaudern.«

»Na ja«, sage ich nun laut und deutlich, »entspannt würde ich das, was du tust, nicht gerade nennen.«

»Interessiert es dich nicht? Langweile ich dich?«

»Ich habe«, antworte ich, »das Gefühl, daß du etwas loswerden willst. Also tu dir keinen Zwang an. Ich bin der letzte, der nicht verstünde, wie einem zumute ist, wenn man hinabsteigt in die, wie hast du es eben noch ausgedrückt: Abgründe? Höllen? der zwischenmenschlichen oder, genauer noch: zwischengeschlechtlichen Befremdlichkeiten.«

»Ach, du hast da also auch Erfahrungen?«

»Es scheint so«, sage ich. Und dann vernehme ich wieder das Geräusch der Sprungfedern. Ich drehe mich um. Bronken tritt an den Kühlschrank. Ich denke, jetzt gibt es eine Stärkung. Immer gibt es eine Stärkung bei ihm. Aber dieses Mal werde ich enttäuscht. Ich weiß nicht, ob er keinen Wein mehr hat. Oder ob in diesem Augenblick irgendein höheres Gesetz waltet. Jedenfalls tischt er eine Flasche Wasser auf, schenkt mir ein, reicht mir das Glas. Prostet mir sogar zu, trinkt auf ex, stellt sein Glas auf den niedrigen runden Tisch und schmeißt sich schon wieder mit sanftem, aber doch unmißverständlichem Aplomb auf sein Lager.

Daß er mir noch lang und breit schildert, wie er früher, bis vor zehn Jahren, als er noch nicht seine Bücherhöhle unten bezogen hatte, hier oben hauste, nehme ich nicht nur in Kauf. Es entspannt mich. Da brauche ich mir nichts Aufregendes zu merken oder auf dem nächstbesten Zettel, der wie eigens für mich auf dem überhöhten Tisch vor dem kleinen Panoramafenster bereitliegt, zu notieren. Die Sachverhalte sind klar: Bis vor zehn Jahren gab es bei ihm keinen Strom, also auch keine Glühbirnen, keinen Kühlschrank oder sonstigen elektrischen Komfort. Dafür gab es hundert Meter unterhalb des Hauses eine Quelle mit Auffangbecken, da, sagt er, habe er früher sein Trinkwasser geholt. Da nun aber noch einige Leute, etwa sein früherer Feind und ein pensionierter Nato-General, der von hier stamme, zu ihren neuen Palazzi über ihm auf der Hügelkuppe aufwendige Brunnen gebohrt hätten, sei seine Quelle versiegt. Jetzt müsse er in den Kanistern, zwei 10-Liter-Kunststoff-Behältern, die er hinter sich auf den Sitz und auf den Gepäckträger seiner Vespa schnalle, hinunter in den Ort fahren, um sich dort am öffentlichen Hydranten zu versorgen. Aber er komme klar.

Das Weitere: »Die Welt ist voller Gegensätze und Übereinstimmungen«, sagt er. »Ursula Drenger und ich wollen keine Kinder. Wir sehen sie und ihr Los, täglich. Nicht nur in den Kliniken, Krankenhäusern und Hospitälern. Wir sehen, was ihnen Tag für Tag von früh bis spät widerfährt. Die keifenden Mütter, die saufenden und prügelnden Väter. Und, das sich Von-selbst-Verstehende, das Verbergen der Untaten, der häuslichen Verbrechen, wenn sie mit ihrem Nachwuchs ans Licht der Öffentlichkeit treten, in die

Parks, an die Haltestellen, in die Supermärkte, an die Hydranten. Wie sie alle fürsorglich tun und ihre Brut in einem Atemzug zu Gehorsam und Springlebendigkeit anhalten. Als wären sie die vernünftigsten und zärtlichsten Hüter. Wie sie unter Druck stehen, um unter Druck zu setzen. Wie ihr Überdruß züchtigt und ihre Leere die Flure und Parks, die Straßen und Wege füllt. Und zu Lehrstoff wird, den sie in die Wehrlosen stopfen. Soll man dahin sein Eigenes werfen? Dem allem noch hinzufügen das, was man selbst abgekriegt hat und sich, ob man will oder nicht, im Nachwuchs ballen und vervielfältigen wird? Was sich«, er trennt das Wort, »im Nach-Wuchs verkörpert? Niemand«, sagt er, »sieht die Anmut, die Würde und die tiefe Verlassenheit des Kinds. Das Kind, das nicht gefragt worden ist, das Kind, das nicht gehört wird, das Kind, das nach der Hand greift, die woandershin greift. Wir wachsen heran, dann sind wir erwachsen, wüten und werden, wütend, gebrochen, um zu Greisen und Greisinnen zu mutieren, die die Enkel besabbern. Vergeblich und mit zitternder Hand stehen am Ende die Sklerotiker an, die Schuld abgetragen, die sie sich zugezogen haben bei der Aufzucht der Eltern. Es wäre besser, wir mutierten zu Tieren. Oder gleich zu Pflanzen. Mikroorganismen. Torf. In dem die sich uns allen nicht offenbarenden Geister, vermutlich auch nur Larven und Würmer, unseren Größenwahn, unsere Anmaßung, unsere Heillosigkeit zu neuer Substanz kompostieren. Und am Ende das Lösungsmittel ausscheiden, das den ganzen Planeten samt seinen Bewohnern dem Universum als endgültige Leerstelle zuweist. Wart's ab«, sagt Bronken, »es kommt. Ob wir beide es noch erleben, kann ich dir nicht versprechen.«

Bronken, kann ich dazu nur sagen, Bronken, wie er leibt und lebt. Der Scherzbold ohne Netz und doppelten Boden, der, was wiederum das durchaus Sympathische an ihm ist, wenigstens nicht selbst lacht über seine Witze und Abwegigkeiten. Und die Übertreibung, die er selbst ist. Das steckte schon als Kind in ihm, dem Springer, als Schüler, als Quasi-Nebenmann. Auch wenn er es seinerzeit noch nicht so emphatisch und apodiktisch zu fassen wußte.

»Die Drenger kriegt keine Kinder«, sagt er. »Und kriegt dann doch eins.«

»Und?«

Kein und. Denn was jetzt kommt, ist wie bestellt. Und kommt buchstäblich aus heiterem Himmel. Erst denkt man, ein weiteres oder ein anderes Gewitter. Oder eines, das ein Nachhall des längst abgezogenen ist. Als wollte es sich noch einmal in Erinnerung rufen. Nur, so ohrenbetäubend und gewaltig, so nah?

»Was ist das?« frage ich Bronken.

»Das ist das Fest«, sagt er, ich sehe zu ihm hinüber, er quält sich jetzt hoch von seiner ländlichen Schlafstatt, »normalerweise hätte es schon um 12 knallen müssen, aber da die Feuerwerker das Gewitter haben kommen sehen und hören, haben sie sich die Eingangssalven erspart. Sie gewissermaßen als Geschenk des Himmels aufgefaßt.«

Der zweite Donnerschlag.

»Junge«, sagt Bronken, »wirf dich in Schale. Wir fahren runter und *kucken* nach, was uns das Mittelalter zu bieten hat.«

Ich kann mich hier oben nicht in Schale werfen.

Außerdem: »Das Mittelalter?« Er spricht in Rätseln. Aber antwortet nicht.

Dritter Donnerschlag, dem in gleichen Abständen noch sieben weitere folgen. Dann ist Ruhe. Bronken schließt hinter uns ab. Wir fahren nach unten.

12

Das Fest

»*Teo*«, auch »*Tè!*«, rufen sie, das ist die ortsübliche Abkürzung. »So wie sie«, sagt Bronken, »Giovà für Giovanna, Mauro für Maurizio und Alessà für Alessandro rufen und sagen.« Es ist erstaunlich, wie viele Bronken kennen. Und ihn grüßen. Ich habe den Eindruck, sie kennen seinen Namen und wissen nicht viel mehr von ihm oder über ihn, als daß er es ist, der ihn trägt. Er trägt ihn wirklich, er wird mit ihm beladen. Und er trägt ihn mit erstaunlicher Gelassenheit, ja, Contenance. Er grüßt freundlich zurück. Ich frage ihn bei diesem und jenem in der Menge der Menschen, die die *Via Roma* bevölkern, um wen es sich handele. Er selbst weiß meist nicht, wer der ihn Grüßende ist. Der Alte jedoch, der mit dem nicht zu bändigenden grauen Haarschopf und dem Zwinkern im Augenwinkel, den kennt er. »Der ist«, sagt er, »der Saxophonist, der in der *Banda musicale*, der kommunalen Musikkapelle, spielt und gemeinsam mit einem Akkordeonisten für Familienfeiern engagiert wird. Er ist auch schon einmal am Swimmingpool von Cesare aufgetreten. Da war noch ein dritter Mann dabei, ein Trompeter«, sagt er, »der hat gegen Mitternacht derart in sein Horn gestoßen, daß er es weggeblasen hat beim Blasen, so daß es im Swimmingpool landete. Es war dann meine Tochter, die hineinstieg, um es wieder herauszuholen.«

Als hätte ich es gewußt: Es steht da ein DIN-A4-Farbphoto auf einem Notenständer in Bronkens Arbeitszimmer, auf dem habe ich gesehen, wie sich so ein Goldblondkopf ins blaugrün gewellte Wasser neigt und nach etwas greift, das ich, da ich wohl nicht so genau hinsah, für einen Fisch oder einen Tauchring gehalten habe. Jetzt sehe ich auch das Saxophon unter der Achsel des Saxophonisten. »Bald wird er«, sagt Bronken, »zu seiner *Banda* stoßen. Und da kommt schon Tullio, der Klarinettist, Marathon-Landesmeister in seiner Altersklasse, jedenfalls vor einigen Jahren.« Auch der grüßt, als er, seine Klarinette in der Hand, vorbeizieht. »Sie treffen sich dort«, sagt Bronken, »wo sich die Wagen sammeln, bevor sie ihren Umzug beginnen.«

Ein Herr bleibt stehen, Anzug, Krawatte. Er gibt Bronken die Hand. »*Signor Teodoro, tutto bene?*« Also doch noch einer, der Bronken mit vollem, wenn auch hiesigem Gebrauch verpflichteten Vornamen anspricht.

»*Tutto bene.*«

Dann setzt der Herr auch schon seinen Weg durch die immer dichter werdende Menge fort.

»Der *Assessore* für Bauwesen in der Stadtverwaltung«, sagt Bronken.

Er tritt vom Bordstein auf die offensichtlich vom anderen Ende her gesperrte Straße und blickt in Richtung Piazza und Tunneleinfahrt. Von dort muß der Umzug kommen.

»Das Weinfest«, sagt Bronken, »möchte man meinen, findet nach der Weinernte statt. Es ist aber kein Erntedankfest. Nach der Weinernte im September sind die Leute erschöpft und müde, da holen sie nur Luft, um sich auf die Ernte der

Oliven vorzubereiten. Im August, am besten noch vor *Ferragosto*, dem Hauptsommerfest, ist die günstigste Zeit, um den inzwischen gereiften Wein vom Vorjahr zu feiern. Und zu trinken. Da ist auch der Durst am größten.«

Mein Gott, wo bin ich? Haben wir schon August?

Und dann: Wein gegen den Durst? Ich dachte, man trinkt Wasser oder Tee gegen den Durst. Aber ich werde dann schon sehen.

»Laß uns zum Brunnen an die *Piazza Aldo Moro* gehen und sehen, ob er schon in Betrieb ist«, sagt Bronken.

Und so schieben wir durch das Geschiebe. Die Menschen in Gruppen, Männer eingehakt, Frauen eingehakt, Mädchen in Faltenröckchen und weißen Söckchen, die in Lackschuhen stecken, kleine Jungen in kurzen Hosen mit Bügelfalte. Aber auch nicht wenige der Menschen in T-Shirt und Jeans oder Shorts mit den seitlich draufgenähten Taschen. Die größeren Mädchen bauchfrei und in Röckchen, die reichen bis knapp unterhalb der Schenkel-respektive Gesäßquerfaltenstelle, wo der Slip die Bekleidung sicherstellt.

Ja, und dann der Brunnen. Er ist bereits in Betrieb. Zwar habe ich ihn die vergangenen Tage, immer wenn ich vorbeikam, um in Bronkens Höhle zu gelangen oder aus ihr herauszusteigen, zu jeder Tages- und Nachtzeit in Betrieb gesehen, aber natürlich mit Wasser. Und nicht mit dem Tiefrot, das er heute verschwendet. Aus den vier Bronzespeiern, die sich aus der Brunnensäule biegen, sprudelt der Wein und zielt vierfach ins schäumende Becken.

Hat mir mein Gastgeber zuvor in seinem Horst etwa nur deshalb Wasser angeboten, weil er wußte, was uns hier unten erwartet?

Schon drückt uns ein junger Mann je einen der durchsichtigen Plastikbecher in die Hand. Wir treten an den Rand des Brunnens, wir brauchen uns kaum vorzubeugen, wir halten unsere Becher unter die Schnabelrohre. Bronken tickt mit seinem gegen meinen, prostet mir zu. Ein bißchen süß, das Zeug. Nach dem dritten Becher kann man sich gar nicht mehr vorstellen, wie ein Trockener schmeckt. »*Cesanese*«, sagt Bronken. »Die Eigenbedarfstraube, die über die Region hinaus allenfalls noch in Rom, wo die Brüder, Cousins, Onkel und Schwäger der sie hier Pressenden ihre Trattorien und Restaurants betreiben, Anklang findet. Ein nicht ungefährlicher Tropfen, man merkt gar nicht, wie schnell man sich an ihn gewöhnt.« Langsam werde nicht nur ich, auch er, Bronken, wird, will mir scheinen, ein wenig nervös. Er blickt immer wieder um sich. Und grüßt auch nicht mehr die, die ihn grüßen. *Ciao, Tè!* Keine Reaktion, keine Antwort.

Wir haben inzwischen jeder schon mehr als drei Becher geleert. Jetzt kommt eine gewisse Unruhe in die bislang eher gemächlich und, wenn auch in Pulks und drängenden Schüben, im großen und ganzen gemessen dahinflanierende Menge. Und ich sehe es auch schon oberhalb der Köpfe der Menschen. Die Aufbauten, Drapierungen. Den Schmuck. Was wir noch nicht sehen, dann aber doch hören, das ist die Blaskapelle, die Trommeln, Pauken, Pfeifen, Flöten.

Ich werde hier nur den ersten der Festwagen, der im übrigen nicht als Sieger aus dem *Concorso*, dem Wettbewerb, hervorgehen wird, kurz beschreiben. Denn er kommt ja uns, die wir ihm zwischen den Leute entgegengehen, welche zur Seite treten, sich auf den Bürgersteigen postieren oder gegen die Hauswände drücken, entgegen. Ein Traktor, geschmückt mit Weinlaub und Zweigen, zieht einen gut vier, wenn nicht fünf Meter hohen Kasten hinter sich her. Der hat Fenster, aus denen junge Mädchen in lachsfarbenen Rüschenblusen und hoch unter die Busen geschnürten Kattunkleidern blicken, sie schwenken Krüge, schenken denen ein, die an die Seite des Gefährts treten und sich schon mit einem der durchsichtigen oder auch weißen Becher versorgt haben.

Inzwischen habe ich inmitten der geordneten Abteilung der Musikanten den Saxophonisten, er spielt ein Tenor, und dann den Langstreckler entdeckt, sie stecken inmitten der in breiter Front und, angeführt von einem Tambourmajor, eher auf uns zu schiebenden als marschierenden Kapelle, die nichtsdestoweniger etwas Zackig-Marschhaftes vernehmen läßt.

Aber, wie gesagt, der erste der Festwagen. Wenn das Ganze – hoch oben, über den offenen Dachstuhl der Aufbauten gestemmt, mädchenhaft rosig geschminkte junge Männer in Hosenträgern und schneeweißen Hemden, die an Schläuchen lutschen – noch eine recht unverfängliche und auch vom Stil her nicht so recht einzuordnende Unentschiedenheit vermittelt, stellt sich beim Näherkommen und dann von hinten betrachtet, wo die Anhängeraufbauten keine Rückwand aufweisen, die Angelegenheit dar als eine prekäre Spielart von altrömischem Kaiserhofgelage – die jungen Männer in Tuniken und Schnürsandalen bis unters Knie, die Mädchen, ich sage nicht: barbusig, aber doch so, ich weiß nicht, wie sie das machen, als ob sie barbusig wären, um sich derart freizügig in die Arme der Pokale Schwenkenden zu schmiegen, so daß man sich schon, lebhaft und leibhaftig sozusagen, vorstellen kann, wie die Sache im nichtöffentlichen Festrausch ausgehen würde. Im übrigen bohren die jungen Herren ihre dicken Finger in ihre Nasen und die kessen Mädels kratzen sich die Hinterteile. Es handelt sich hier ganz offensichtlich um die stilisierte Darstellung einer Orgie. Daß die ganze Angelegenheit aber nicht gänzlich gespielt ist, erkenne ich an zweierlei: erstens daran, daß ich mir von den Mädchen in den Fenstern einschenken lasse und von dem koste, was auch die Jungen auf dem Wagen trinken, es ist zweifelsfrei *Cesanese*, und zweitens, daß nicht gespielt sein kann, wenn einer der Protagonisten mit der bauchigen, in Bast gefaßten Flasche in der Hand aufzustehen versucht, es dann erst im dritten Versuch schafft, schwankt und schlittert und dabei so willenlos zur Seite kippt, daß er mit dem Gesicht auf der Ladekante des Traktoranhängers landet. Obwohl er stark aus dem Mund blutet, scheint er es selbst nicht zu merken, sondern wischt sich, als handelte es sich um Wein, nur einmal quer mit dem nackten Unterarm über Lippen und Nase.

Die anderen Wagen, es sollen fünfzehn werden, so daß ich sie auch auf meiner persönlichen Bewertungsskala bald nicht mehr auseinanderzuhalten vermag, sie stellen etwa überdimensionierte Weinfässer dar, in die hinein und aus denen heraus ohne Unterlaß dionysische und lorbeerbekränzte Faune krabbeln. Natürlich schenken auch die ans Publikum aus. Oder – sieh mal einer an! Bronken! – eine Unfallrettungsstation, in der, immer oben drauf auf den Anhängern oder Lastwagenladeflächen, beherzte junge Schwestern jenen Bandagierten und Rotbeschmierten Wein-: was denn wohl sonst für Infusionen legen, die, das sieht man ihnen an, ohne die hingebungsvolle Betreuung ihrer weißen Engel verloren wären. Oder die paramilitäri-sche Variante, die eigentlich vor der Rettungsstation hätte kommen müssen, da springen junge Männer, aber auch, furchterregend, die zierlichsten Mädchen im feldgrünen Drillich über die Rampe, hinab auf die Straße, ja, und he-ben die Maschinenpistolen und die Gewehre, um sie auf die ahnungslosen Mitbewohner ihres schönen kleinen Städtchens zu richten. Manche ballern tatsächlich auf die vom Bordstein Zurückweichenden los, mit Bonbons zwar nur, Konfekt und Konfetti, aber immerhin. Dafür scheuen sich andere nicht, aus Geräten, die Mörsern ähneln, Salven von Weißwein in die Menge abzugeben.

Dann wieder Geruhsameres. Wenn auch mit Anspruch. Und die engeren landschaft- und landwirtschaftlichen Ver-hältnisse sprengendem Anstrich.

Etwa die sorgfältig auf die Plane eines der größeren Ge-fährte gemalte Karte Europas. Auf der sind die Weinbau-gebiete des Kontinents gekennzeichnet und, sozusagen, gecancelt. Alle Gebiete, Bordeaux, der Rhein, die Mosel, die Rhône mit ihren Hängen, Spanien, Portugal, Griechen-land, auch, warum nicht?, Dänemark, das ja bekanntlich am meisten Wein von allen produziert und exportiert: alles mit dickstem, saftigstem Stift gestrichen. Selbst Venetien und Sizilien finden keine Gnade. Es bleibt nur der alles überstrahlende kleine rote Punkt, da irgendwo verloren im östlichen Latium, er überstrahlt mit seinen sonnen- und sternenbekränzenden Strahlen alles, was sich ihm in den önologischen und vitikulturellen Weg stellt.

Dann traben noch ein paar alte Klepper, beladen mit Fäs-sern, über den Asphalt, Mähren, Maulesel, Ausgediente. Oder die, die dort unten bei Bronken, im Altstadtgeflecht, die Müllabfuhr besorgen. Ich habe sie in der Nacht um drei bei meinen Lektüren auf ihren Hufen klappern hören, bin aus der Tür in den Tunnel getreten und habe gesehen, wie sie je eine alte Traubenkiepe, in die die großen schwarzen Mülltüten gekippt wurden, zu ihren Seiten trugen, der Treiber hielt die Peitsche lose in der Hand. Anders geht es nicht über die Stufen.

Hier kein Treiber und keine Peitsche. Hier Stricke, an denen die Tiere gezerrt und vorangezogen werden, während sich Männerrücken gegen die widerständigen Hinterteile stemmen. Und ein Wagen, der ein Tribunal darstellt. Richter, Henker, Delinquenten. Mitsamt dem Block, in dem die Axt steckt und der holzeisernen Halskrause, die den Schuldigen auf den Schultern lastet. Einziger Trost: Richter und Henker müssen nüchtern bleiben, der Henker schon wegen der Kapuze, die keine Mundöffnung hat. Der Richter vermutlich, weil das bekanntlich immer wieder aufmüpfige Volk *a priori* und grundsätzlich voreingenommen ist gegen seinen Berufsstand. Die kriegen nichts zu trinken. Die todgeweihten Gebeugten hingegen, sie, die Delinquenten, müssen nicht darben. Sie halten unverzagt ihre Becher in die Menge, die sie immer wieder mitfühlend füllt.

Auch wir haben nichts mehr getrunken. Sieht man sie trinken, die Leute, denkt man, es sei besser, es bleiben zu lassen. Obwohl diese Italiener die diszipliniertesten aller Trinker sind. Sie lassen es sich nicht anmerken, daß sie trinken. So wie sie ja auch die Rührigsten und Umtriebigsten, ja, Fleißigsten von allen sind. Sagt Bronken. »Kriechen die Menschen aus dem Norden, wenn sie zu Besuch sind, am späten Vormittag aus den Betten und treffen Punkt zwölf an der

Piazza auf die Männer mit den gefurchten Gesichtern und den malerisch gichtigen Händen auf den Bänken unter den Pinien, dann heißt es: Wann arbeiten die eigentlich? Oder gehen die immer noch, wie es ja mal gewesen sein soll, alle mit fünfzig in Rente. Aufgepaßt«, sagt Bronken, »die stehen um zwei in der Nacht auf, füttern um drei ihre Kaninchen und Hühner, schlachten sie, wenn der Hahn kräht, um vier, legen sie ins Gefrierfach um fünf, öffnen ihr Dose mit dem Brot und dem Käse um sechs, um sich zu stärken, haben um sieben schon mit der Hacke den Boden zwischen den Rebstöcken gelockert, schmeißen ihre Rotorsensen an und öffnen um acht ihre städtischen Geschäfte. Oder gehen ins Büro. Sofern sie nicht am Morgen mit dem Vier-oder-Fünf-Uhr-Bus nach Rom gefahren sind, von wo sie am Mittag zurückkehren, um sich kurz an der *Piazza* zu zeigen, sich alsbald der *Pasta* zuzuwenden, in die Landarbeitskleidung zu schlüpfen und sich, sobald es die sommerliche Tageshitze erlaubt, auf ihre Äcker, in ihre Pflanzungen und Werkstätten zu begeben. Sie sind keine arbeitsscheuen oder, was ja auf dasselbe hinausläuft, von bloßem Bewegungsdrang getriebenen Müßiggänger. Und hier auch nicht einfach nur Italiener. Sie sind Römer. Und zwar, was noch einmal etwas ganz Besonderes ist, Landrömer«, sagt er.

Ich für mein Teil halte mich mit meiner Meinung zurück. Das ist mein Wesen, meine Natur. Die auf Erfahrung fußt. Und der Bereitschaft, die Leute, sofern sie mir nicht zu nahe treten, so zu lassen, wie sie sind.

Rechne ich richtig, bin ich schon vierzehn Tage da. Ich kann es nicht glauben. Drei Wochen habe ich, dachte ich. Eine geht an Bronken, eine vielleicht an Rom, den Rest wollte ich offenlassen. Hier hat sich etwas ereignet. Aber was? Ist es der Aufschub, der zu immer neuem Aufschub führt? Ich hatte doch nur vor, ihm mitzuteilen, daß sie tot ist. Und den Auftrag zu erfüllen, den sie mir erteilt hat. Oder war es das etwa nicht? Wie anders hätte ich ihr Geständnis verstehen sollen? Diese Ungeheuerlichkeit, mit der sie sich von mir verabschiedete. Diesen Hieb, den ich verdient haben mag, nur, hätte sie ihn nicht früher führen können? Indem sie ihn gewissermaßen in einem Atemzug mit ihrem Ableben, diesem mir die letzten Gewißheiten meiner Existenz nehmenden, nachgerade obszönen Beiseitetreten und Verschwinden, führte, ist er zu einem Doppelhieb geworden, und nun klemme ich hier fest. Und weiß nicht, was tun. Lasse mich treiben.

Es wird nicht möglich sein, unverrichteter Dinge wieder abzureisen. Das haben weder sie noch er verdient. Ich könnte gegen jeden von beiden noch eine Menge vorbringen. Hätte allen Grund zu Verachtung und Haß. Aber ich bin nun einmal so, wie ich bin. Daß ich der Toten einen Wunsch abschlage, der ihr ein Herzenswunsch gewesen sein muß, das bringe ich nicht über das Herz, das meins ist. Es kennt jedes Gefühl. Und will, eben deshalb, nicht das niedrigste von allen. Keine Rache. Das bin ich dem Rest von dem schuldig, was jedem verbleibt, der es nur will: der Selbstachtung. Der persönlichen Würde.

Und er? Wenn er auch verdient hat zu erfahren, was er angerichtet hat, so hat er doch nicht verdient, wie soll ich mich ausdrücken?, so hat er noch weniger verdient, es nicht zu erfahren.

Morgen werde ich mit ihm sprechen.

Vorerst, bevor wir uns für diesen Tag trennen, gilt es nur

noch zu fragen, was das, was uns an diesem Nachmittag geboten worden ist, mit dem Mittelalter zu tun gehabt habe. Sicher, da seien gewisse Reminiszenzen erkennbar gewesen, sage ich, wenn auch ein bißchen willkürlich und verquer genagelt auf den Karren der Zeitrechnung zwischen dem Vorchristlichen und unserer nicht viel weniger undurchsichtigen Neuzeit.

Bronken winkt ab. »Schon gut«, sagt er. »Wenn es von unten her rummst, weiß ich oben auf meinem Berg meist nicht mehr, als daß gefeiert wird. Im Sommer wird ja pausenlos gefeiert. Ich kann nicht all die an die Verlautbarungsstellen und Wände geklebten Plakate, Programme und Einladungen studieren, um herauszukriegen, um was für ein Fest es sich jeweils handelt. Ich hatte gedacht, dieses Mal gehe es speziell ums Mittelalter. Mindestens einmal im Jahr geht es speziell ums Mittelalter. Da rennt dann ein Drittel der städtischen Bevölkerung immer in Klamotten herum, die aussehen, als wären sie alle im Jahre 1364 gewebt und zugeschnitten worden. Außerdem finden Ferkelrennen statt, und die Backstuben und privaten Weinkeller öffnen ihre Pforten. Verzeih. Ich habe keinen Einfluß auf die Terminierung und Gestaltung der kulturellen Ereignisse dieser Stadt.«

Daß ich dann noch ein letztes Mal, schon im tiefsten Frühschlaf, aufschrecke, ist dem vorläufigen Abschluß der Feierlichkeiten gedankt. Ich blicke auf meinen Reisewecker. Halb eins. Ich schlurfe durch die Küche zum Balkon. Ein Feuerwerk. Das Seltsame – und eben auch Bemerkenswerte – daran aber ist, daß ich es nicht sehe. Es kommt von oben. Und dürfte in meinem Rücken gezündet werden. Deshalb ja auch der fürchterliche Lärm. Zugleich aber zünden andere Orte tief unten in der Ebene sowohl in Richtung Rom als auch in Richtung Neapel noch die vielfältigsten Sprengkörper, Leuchtfeuer und Sprühtrauben. Manche gleichen Kurzzeitwunderkerzen, Blüten, die sich winzig entfalten und die jenseits der Ebene sich erhebenden Hänge besetzen. In Anbetracht der Tatsache aber – es ist nicht meine Schuld, wenn ich mich, in Erinnerung an meine gestörte Nachtruhe, so ausdrücke –, in Anbetracht der Tatsache also, daß die nächtliche Ebene an und für sich schon von festen und beweglichen Schnuppen und Lichtern leuchtet wie der umgestülpte Sternenhimmel, der inzwischen aussieht, als wäre er bloß eine Spiegelung alles Irdischen, um nicht zu sagen: Irdisch-Vergeblichen, finde ich diese Knallerei doch ein bißchen übertrieben. Obwohl, hinwiederum, die, die in der Ferne veranstaltet wird, mit ihrem milden Knistern erst mit einiger Verzögerung bei mir eintrifft. Wofür es dann eben, wie gesagt, um so heftiger rummst in meinem Rücken, vom Zentrum des Orts her, an den es mich verschlug. Von oben.

13

Auch ich könnte ihm etwas erzählen

Tu ich aber nicht. Man muß ihm nicht alles auf die Nase binden. Was geht ihn mein Leben an, mein Schicksal? Hätte ich ihn damals nicht bei Tchibo getroffen, hätte ich ihn nicht versetzt – und ihn statt dessen etwa derart versetzt, daß ich gar nicht erst hingefahren wäre, um ihn zum Versetzen abzuholen –, wären wir uns womöglich nie mehr begegnet. Aber ich habe ihn eben versetzt, daran gibt es nichts zu rütteln. Und er hat sich in die Hosen geschissen. Grob gesagt wenigstens. Es hatte ja eher danach ausgesehen, als hätte er es mit Hilfe des Schiffspersonals noch so eben geschafft. Und hätte er sich nicht um ein Haar in die Hosen geschissen – und ich nicht Verständnis dafür gezeigt, was mir, ehrlich gesagt, bei einem, der mich einmal mit einem Sprung vom 10-Meter-Turm nachhaltig beeindruckt hatte, nicht leicht fiel –, dann wäre ich auch nicht bei ihm gelandet. Weder in seiner Bibliothek noch hier oben, wo er wieder nichts Besseres zu tun hat, als in die Landschaft zu *kucken*. Was geht er mich an? Was geht er mich überhaupt noch an? Alles, was geschehen ist, ist geschehen. Wenn ich mir hier nun schon seine Weibergeschichten anhören muß, dann heißt das nicht, daß ich ihm meine schulde. Zumal es ja letztlich seit dem Augenblick, da mir Aischa in der Strandhalle wiederbegegnete und sie mich zu sich und ihren beiden Kindern mit nach oben nahm, für mich keine mehr gab. So bin ich ja. So war ich. Erst diese Äthiopierin hat mir noch einmal gezeigt, daß es etwas außerhalb von Aischa geben kann. Aber eben nur, weil es sie nicht mehr gibt. Daß ich nun allerdings diese unverhoffte Wendung oder, wer will: Rückkehr zu Möglichkeiten und Freiheiten, die ich vor Aischa gekannt hatte, ihm, ausgerechnet ihm, Bronken, verdanke, gibt dem Ganzen noch einen zusätzlichen – und zwar durchaus bitteren – Akzent.

Wenn er wüßte.

Ich bin niemandem Rechenschaft schuldig, nicht einmal meinen Kindern. Und hätte auch alles vergessen und mit der, die allein es betrifft, begraben. Wenn ich mich nicht doch auf den Weg gemacht hätte, um Bronken aufzusuchen. Vielleicht wäre alles anders verlaufen, hätte ich ihn in Berlin, wo er immer noch oder wieder über so etwas wie eine kleine Nebenbleibe verfügt, besucht. Oder in Hildesheim. Oder Erfurt. Vor allem die Abende in den Städten, wo er seine Einsätze hat, setzten ihm immer wieder zu, sagt er. Er sehe die Menschen, als wären sie von einem anderen Stern, wenn er durch die Straßen streife. Seit es mit dem Streifen auch nicht mehr so recht klappe, werde alles nur noch schlimmer. Die Menschen, jedenfalls die, die ihm nach dem medizinischen Dienst begegneten, kämen ihm vor wie Verschwörer. Und Spalter. Verschwörer gegen die Einheit. Die Einheit seiner Person. Ein jeder komme ja zersplittert, verletzt und zersplittert, er habe das, wenn er im Dienst sei, tagtäglich vor Augen, zersplittert – und oft auch schon äußerlich hinreichend zerknittert – zur Welt. Es sei ein elender Akt des Widerstandes, dieser von der

Außenwelt mit Boshaftigkeit und Hinterlist am Leben gehaltenen Zersplitterung Herr zu werden und sie zu einer Einheit zu wenden, die Wunde zu heilen, die eigentliche therapeutische Aufgabe, nicht nur des Arztes am eigenen Leib und der eigenen Seele. (Wieder einmal, erinnere ich mich, der seltsam hohe Ton!) Die Menschen, die einem den Braten auf den Gasthaustisch stellten, die in der Krankenhauskantine die Teller über die Nirostaschienen schöben, die einen auf der Straße anblickten, als wollten sie einem ihre Diät, sagt er, aufs Auge drücken, sie alle seien Verschwörer. Und Spalter. Verschwörer gegen die Einheit der Person, die doch so unendlich schwer herzustellen und noch schwerer aufrechtzuerhalten sei.

Aber lassen wir das. Das ist seine, meines Gastgebers, Sache.

Was mich betrifft, so kenne ich keinen Unterschied zwischen Zersplitterung und Einheit. Das scheint mir eine allzu philosophische Frage zu sein. Ich erachte mich selbst eher als einen Praktiker des Glücks. Und des Unglücks natürlich. Was wäre das eine ohne das andere?

Aischa. Komm zurück.

Wie sie mich einfing. Und ich mich einfangen ließ. Wie sie mich einlullte. Und ich mich einlullen ließ. Glückseligkeit und Magengeschwüre. Sie löste beide. Denn wir taten uns ja zusammen. Obwohl ich die erste Nacht nicht bei ihr blieb. Ich scheute mich, mich von ihren beiden Kindern am Morgen unter ihrer Bettdecke hervorzupfen zu lassen. Hat man siebzehn, ja, genaugenommen zwanzig Jahre auf eine gewartet, kommt es auf eine Nacht auch nicht mehr an. Dann aber die drei mir noch verbleibenden. Nicht, daß es gleich ein Fest gewesen wäre, nicht daß da etwas explodiert wäre. Es war eher eine Art Geschwindigkeits- und Intensitätsumkehr. Die Zeit, die ich sie mit abnehmender Hingabe, möchte ich einmal sagen, vermißt hatte, brauchte ich nun, um eine Hingabe zu entwickeln, die bis in die tiefsten Poren und Verästelungen des Selbstverlusts führen sollte. Wobei ich hier von nichts Metaphorischem spreche. Alles war klar, lag klar auf der Hand. Und blieb doch immer auf das Konkreteste undurchsichtig. Die Umstände waren nicht anders. Und sie war nicht anders. Und auch ich. Alles war nicht anders, als daß es so kommen mußte, wie es kam.

Es kam so.

Am Abend nach dem Marineball und in ihrer Küche, aus der ich im Morgengrauen verschwand, um mir ein Taxi zu nehmen – den Landurlaub verbrachte ich, sofern er auch ein Heimaturlaub war, immer im Reihenhaus der Eltern –, nahmen wir ein Zimmer draußen im Nordsee-Hotel. Wir blickten auf die auf Reede liegenden oder an den Löschköpfen festgemachten Tanker, sie fragte, ob ich auch solche Pötte führe. Nein, solche nicht, antwortete ich. Dann gingen wir hinunter zum Essen. Sie grüßte ein älteres Paar. Später, wieder oben im Zimmer, nur noch die im Wasser der Jade gespiegelten elektrischen Anlagen der Löschbrücke und der Schiffe im Blick, sagte sie, daß es schön sein müsse, zur See zu fahren. Ja, sagte ich, es sei schön. Wenn auch gewiß nicht als Seemann, der solche Einheiten über die Meere bewegte, wie wir sie vor Augen hätten. Auch die Container-Schiffahrt, die immer stärker den internationalen Seehandel bestimme, verringere das Vergnügen. Die Liegezeiten würden immer kürzer. Die Landgänge fielen zunehmend ins Wasser, sozusagen. Ob ich sie mal mitnehmen könnte, fragt sie. Sie habe gehört, daß Kapitäne das Recht hätten, ihre Ehefrauen mit an Bord und sogar zu den Reisen mitzunehmen. Ja, die Ehefrauen schon, sage ich. Wir stehen am Fenster. Dann liegen wir nebeneinander im Bett. Sie sagt: Macht doch nichts!, als ich versage.

In der nächsten Nacht versage ich nicht. Es ist seltsam. Später werde ich mich fragen, ob es auch daran gelegen hat, daß wir nicht mehr ins Hotel gingen. Ich liege bei ihr. Nebenan schlafen die Kinder. Sie kommen dann tatsächlich am Morgen gelaufen. Nein, halt. Er, der Johann, kommt gelaufen. Die Sabine kann noch nicht laufen. Beziehungsweise, noch nicht ohne Hilfestellung gelaufen kommen. Der Johann beäugt und begutachtet mich. Ein echter Kapitän? fragt er die Mutter. Ein echter Kapitän, sagt sie. Erst später, nicht mehr bis zur letzten verbleibenden gemeinsamen Nacht, erfahre ich, daß der Johann nicht ihr leiblicher Sohn ist. Sie hatte – oder hat noch, das wird lange im Dunkeln bleiben – ein Verhältnis mit einem alleinerziehenden Bauunternehmer, der ihr den Jungen überließ. Der war immer länger bei ihr als bei ihm geblieben, sie hatte ihn versorgt und, sagt sie, bemuttert, bis er nicht mehr zu seinem Vater zurückgewollt habe. Sie habe mit dem Mann eine Regelung gefunden. An Geld mangele es bei dem ja nicht. Und sonst? Ich habe sie noch gar nicht gefragt, was sie überhaupt mache. Ich habe sie nicht zu einer Arbeit gehen oder fahren sehen während der drei Tage, die wir nun schon fast durchgehend miteinander verbringen. Sie sei Sekretärin, sagt sie.

Sei es jedenfalls gewesen. Und immer dann wieder, wenn Not am Mann sei.

Das kleine Kind, das Baby, hat sie von dem von ihr geschiedenen Mann. Die Ehe hat sichtlich nicht lange gedauert.

Sie fragt mich, als sie mich zum Bahnhof bringt, von wo aus ich nach Bremen fahre, um dort das Flugzeug zu nehmen, wie lange ich wegbliebe.

Das, sage ich, könne ich nicht wissen, man wisse, so seien die Offiziersheuerverträge mit dem Reeder, nie, wohin es gehe, nachdem man irgendwo seine Ladung gelöscht habe, welche man dann nähme und wohin die dann müsse. Das sei eben die Trampschiffahrt, die mir eigentlich liege. Ich habe noch ihr »Oh« im Ohr, und im Nacken das Gefühl, das ihre langen Finger dort verbreiten. Und haften lassen. Dann steige ich in den Zug, sie winkt. Ab.

Ich kann es dann so einrichten, daß ich bereits nach dreieinhalb Monaten wieder da bin. Dieses Mal ziehe ich zwar nicht gleich bei ihr ein, sie will es nicht, obwohl sie immer wieder davon spricht, wie es wäre, wenn ich es täte, aber ich habe ja noch meine Mutter. Und den Vater am Tisch, den ich ertrage. Ich gebe zu, ich falle dann mit der Tür ins Haus, wie man so sagt, ich mache Aischa den Antrag.

Sie blickt mich mit ihren wunderbaren blauen Augen an, sie reißt sie geradezu in einer schwer zu dechiffrierenden Mischung aus Entsetzen und Begeisterung auf, wir sitzen wieder an ihrem Tisch in der Küche, deren Fenster sich auf ein Metallwarenlager hin öffnet, es stehen dort Paletten mit Trägern, Rohren, Blechen herum, ich weiß nicht, denke ich, was ich angestellt habe, obwohl ich doch dreieinhalb Monate nichts anderes gedacht und mir vorgenommen habe, es, sobald ich sie wieder in meinen Armen halte, zu tun. »Muß man«, sagt sie geradezu scheu, »gleich heiraten?«

»Muß man nicht«, sage ich, »aber vielleicht könnte und sollte man.«

Und da rückt sie mit dem heraus, was ich befürchtet habe.

»Ich will keinen Seemann.«

Ich erinnere sie daran, wie sie mich im Hotel fragte, ob die Ehefrauen von Kapitänen ...

Sie läßt mich nicht aussprechen.

»Das war vor einer Ewigkeit«, sagt sie. »Heute ist heute.«

Und dann rückt sie mit allem anderen heraus, das sie sich für den Fall, daß ich ihr einen Antrag machen würde, offenbar schon genau zurechtgelegt hat.

Ich solle die Seefahrt sausen lassen, sagt sie. Sie habe sich erkundigt, es gebe für Seeoffiziere immer Verwendungsmöglichkeiten auch an Land. Zum Beispiel in einer Reederei. Ich hätte doch selbst gesagt, daß ich mich mit meinem derzeitigen Reeder nicht schlecht verträge. Ich müsse halt nur mal nachfragen. So gehe das, sagt sie. Oder in irgendeinem Wasserwirtschaftsamt. Oder bei der Hafenverwaltung. Auch internationale Speditionen und Handelsgesellschaften seien immer scharf auf erfahrene Fahrensleute. Da gebe es tausend Möglichkeiten, das dürfte ich doch selbst wissen.

Weiß ich natürlich. Und habe ja das Problem während meiner langen Abwesenheit selbst schon um und um gedreht, ohne zu einer Entscheidung zu kommen. Überhaupt, wie soll ich mich entscheiden, wenn ich noch gar nicht weiß, was sie will? Ob sie mich will. Ich meine: wirklich.

»Oder«, plötzlich leuchtet das Blau ihrer Augen auf, »wie wär's mit Lotse?«

Es ist Aischa, die entscheidet, daß ich den Schiffsdienst quittiere und mich um eine Ausbildungsstelle zum Lotsen bewerbe. Die Voraussetzungen, die Patente, die Fahrtzeit über die Jahre, Kleine Fahrt, Mittlere Fahrt, Große, bringe ich alle mit. »Wäre doch gelacht«, sagt sie und fällt mir um den Hals, »wenn die dich nicht nähmen.«

Ja, wir brauchen nicht zu lachen, sie nehmen mich. Wenn auch zunächst eben in die Ausbildung. Als hätte ich nicht schon genug Ausbildungen hinter mir. Und auch, was nun wirklich zu einer Prüfung für uns beide werden wird, erst nur auf die Liste der Auszubildenden. Es wird noch zwei Jahre dauern, bis ein Platz frei wird. Aber wir halten durch, ob sie es an Land mit der Ausschließlichkeit tut, mit der ich es an Bord meiner Schiffe tue, kann ich nicht sagen. Ich bin ja nicht vor Ort. Ich aber denke an nichts anderes mehr als an sie, lasse meine Täubchen, sofern ich die Häfen anlaufe, in denen sie gurren, gurren und fasse eine Zukunft, eine, die sich nicht allein mit Sextanten, Routen, Disziplinarverfahren, Hoheitsgewässern, Liegezeiten, Stauräumen, Zollformalitäten und sogenannter Schöner Literatur befaßt, ins Auge. Mit anderen Worten: Ich gehorche. Und tue das gern. Nichts anderes täte ich lieber. Wer mich kennt, wird sich das nicht vorstellen können. Wer mich nicht kennt, wird mich kennenlernen.

Ich zitiere hier den Kollegen Günther Spelde, der die richtungweisende *Geschichte der Lotsenbrüderschaften an der Außenweser und an der Jade* verfaßte, nur ein Detail von zahlreichen, eines zum Haftungsrecht: »*Wie jeder Bürger hat auch der Seelotse für die von ihm verursachten Schäden zu haften. Neben dem Einstehenmüssen für Verstöße gegen seine Berufspflichten vor dem Seeamt, dem Strafgericht, der Aufsichtsbehörde und dem Ehrengericht, muß er fürchten, daß Schadenersatzansprüche gegen ihn geltend gemacht werden vom Reeder des von ihm gelotsten Schiffes oder des anderen beschädigten Schiffes oder sogar seitens beider Reeder oder des Eigentümers beschädigter Uferanlagen. Im allgemeinen ist dies selten Gegenstand von Prozessen. Der Grund liegt darin, daß Schäden, die durch falsche Navigation verursacht werden, in der Regel die damit verglichen relativ geringe Finanzkraft eines Lotsen bei weitem übersteigen. Andererseits steht er einem Haftungsrisiko gegenüber, welches weit über das bei anderen Berufsgruppen vergleichbare Maß hinausgeht. Da dieses Risiko praktisch nicht versicherbar ist, kann ein Lotse schlimmstenfalls Haus und Hof dabei verlieren. Nach dem Handelsgesetzbuch haften Reeder, Kapitän und Lotse gesamtschuldnerisch, sie sitzen also in einem Boot.*«

Zwar weiß man derlei, wenn man es nicht auf seinen langen Reisen längst wieder vergessen hat, im Prinzip schon vorher, man muß es aber jetzt noch einmal so büffeln und vorzutragen wissen, wie es hier steht, will man Mitglied in der Lotsenbrüderschaft werden. Da ist es nichts mehr mit den schönen rauhen Möglichkeiten, etwa noch zu Zeiten der Hanse, als die Küstenbewohner in die Kirchen strebten, um, mehr oder weniger deutlich, die Bitte gen Himmel zu richten »Gott segne unseren Strand«, was nichts anderes bedeutete als die Bitte um Beistand bei dem Versuch, etwa durch Löschen der Feuerblüsen oder gezielte Navigationsfehler des Lotsen, Schiffe absichtlich stranden zu lassen, damit sich die oft hungrige Bevölkerung gütlich tue am Strandgut. Daß, andererseits, nach Artikel 34 der *Rôles d'Oléron*, die vom 12. bis hinein ins 17. Jahrhundert galten, der Lotse, der schuldhaft den Verlust eines Schiffes verursachte, ohne viel Federlesens noch an Bord des geschädigten bzw. sinkenden Schiffes von der Besatzung um einen Kopf kürzer gemacht werden konnte, ohne daß sich diese auch nur vor einem Gericht zu verantworten hatte, steht natürlich auf einem anderen Blatt. Jedenfalls lernt der angehende Seelotse, der Lotsenanwärter, noch so manches, auch über die festgelegte Dienstfolge, die Bört, über die Verteilung der Lotsgelder und die Altersversorgung, er untersteht, ähnlich dem seinerzeit von uns »Frischling« genannten Gymnasialsextaner seinem Oberstudiendirektor, einem »Ältermann«, der die Ausbildungslotsen anleitet und Sorge dafür trägt, daß der Anwärter nach den bei Klarsicht durchgeführten Probeberatungen unter den Fittichen der Bordlotsen im Revier die weiteren erforderlichen Ausbildungsstationen durchläuft, als da sind: Hafenlotsendienst in Wilhelmshaven, Versetzbetrieb auf Seestation, Abordnung zur Einsatzzentrale in der Landstation, zur Wasser- und Schiffahrtsdirektion Aurich (Organisation der Verwaltung), zum Wasser- und Schiffahrtsamt Bremerhaven (Tonnenhof, Ausbau des Fahrwassers) und zur Marineortungsschule (Radarsimulator), ganz zu schweigen vom theoretischen Teil der Ausbildung, den der Chef, der Ältermann, höchstpersönlich übernimmt.

Aischa.

Nachdem ich als freier Seelotse inauguriert und in die Lotsenbrüderschaft aufgenommen worden bin, heiraten wir. Nein, nicht kirchlich. Wir feiern es nach dem Standesamt in engstem Kreis. Das heißt: mit den beiden Kindern, Johann, dem Großen, Sabine, der Kleinen, und dem noch Ungeborenen in Aischas Leib. Sonst niemandem. Wir behalten die Sache im großen und ganzen für uns. Da sind wir uns beide einig.

Nur eines beunruhigt mich. Vom ersten Tag an ist er mit dabei. Er, den ich – weit länger noch als sie, Aischa, ihn –, seit der Schule nicht mehr gesehen habe. Und von dem nur spärliche Nachrichten in der Stadt umlaufen. Man geht ja nicht hin, sieht im Telefonbuch nach, um zu erfahren, ob seine Mutter noch lebt. Oder ob es Geschwister gibt. Damals wußte ich noch nicht, daß er die Schwester hat. Ich gehe nicht einmal zu den alljährlichen Klassentreffen, da brauche ich mich nun wirklich nicht vorzudrängeln. Die sich da treffen, hatten es ja alle geschafft. Klassentreffen sind Abituriententreffen, da habe ich nichts zu suchen. Und einfach so die Mutter ausfindig machen, die vermutlich auch längst nicht mehr dort wohnt, wo sie damals mit dem Sohn wohnte, sie anrufen und dann womöglich an irgendeiner Wohnungstür stehen und herumdrucksen? Ich weiß nicht. Was ich vielmehr weiß, ist, daß ich nie auf die Idee gekommen wäre. Schließlich kam er mir ja die ganze Zeit so gut wie nie in den Sinn. Nur jetzt, da ich mit Aischa vereint bin, kommt er mir mit einem Mal mit einer Schärfe und Klarheit in den Sinn, daß man den nicht einmal Sinn nennen möchte. Allerdings auch keinen Unsinn. Er ist eine Tätlichkeit. Ein Stich. Kaum sehe ich Aischa an, ist dieser Stich da. So als könnte ich niemals verwinden, daß er in ihrem Leben einmal einen Platz eingenommen hat, den ich nie mehr werde einnehmen können. Obwohl ich doch mehr erreichte als er. Es ist etwas anderes.

Dabei ist es keineswegs sie, die die Sache in Gang setzt. Sie ist unschuldig. Ich selbst bin es, der sie treibt. Und antreibt. Glückseligkeit und Magengeschwüre, wie gesagt. Und die gegenläufige Entwicklung einer Hingabe, die bis in die tiefsten Poren und Verästelungen des Selbstverlusts führt. Ich habe alles niemandem anders als mir selbst zuzuschreiben.

Am Anfang tue ich es noch heimlich. Ich stelle ihn mir vor. Mit ihr. Es ist die Erinnerung, die auf nichts anderem beruht als auf der Beachtung, die ich einmal ihm und ihr geschenkt habe. Ich sehe sie ja noch nebeneinander und vor- oder hintereinander herradeln. Ich sehe, wie ihr Pferdeschwanz beim In-die-Pedale-Treten von einer Schulter rhythmisch zur anderen fliegt. Ich sehe ihr Lachen. Und seinen Jägerblick. So als hätte er die Beute noch gar nicht. Sie sehen mich nicht. Ich wäre fast noch in den Schwimmverein *Wasserfreunde* eingetreten, nur um sie nicht aus den Augen zu verlieren. Aber damit hätte ich mich verraten. Sie hätten gemerkt, daß es mir nicht ums Schwimmen zu tun war. Und schon gar nicht ums Springen. Ich war und bin ein Mensch von begrenztem sportlichem Talent. Fußball, okay, da kann man in der Elf verschwinden. Die würde es nicht mal merken, daß sie zur Zehn schrumpfte, wenn ich mal ausfiele. Im übrigen liege ich für einen Schwimmer zu tief im Wasser. Und das Springen, wie gesagt, Schwamm drüber. Da braucht man eine ganz bestimmte Statur, ganz bestimmte körperliche Proportionen, die ich nicht habe. Die haben nur Aischa und er. Was aber die mehr seelischen Proportionen anbelangt oder, sagen wir es klar heraus: den erforderlichen Mut, die Kühnheit, so habe ich mir die, wenn überhaupt, erst in den langen Jahrzehnten erworben, die den frühen Zögerlichkeiten und Vorsichtsmaßnahmen folgten. Hätte ich mich sonst schließlich – und das nun auch schon nicht mehr als der Allerjüngste – an Aischa herangewagt? Und sie schließlich gewonnen?

Und so wage ich auch meine Phantasien. Erst noch im stillen. Ich stelle sie mir mit ihm vor. Ich meine, sie unter sich. So wie ich sie nie in Wirklichkeit habe beobachten können. Ich sehe, wie sie sich im Schilfgras am Polder oder auf den schräg zum Meerwasser hin abfallenden Riesenresten der Raeder-Schleuse, den Kriegstrümmern, die uns Kindern einmal als Rutschbahnen und Absprungrampen dienten, verstecken und es tun. Ja, es tun. Das, was ich selbst im Begriff bin, mit ihr zu tun. Und immer wieder, sie mit ihm vor Augen, tun werde. Und zwar nicht gleich von der ersten Nacht im Hotel oder den beiden folgenden in ihrem kleinen Schlafzimmer an, aber doch von dem Zeitpunkt an etwa, da ich sie endgültig für mich gewonnen habe. Ich würde ja nicht sagen: erobert. Sie hat mich erobert, würde ich heute sagen. Ich sagte es: Sie hat mich eingefangen und eingelullt. Sie hat sich angeschmiegt, und aus dem alten Knochen, als den ich mich gelegentlich schon fühlen mußte, Kapitän auf Großer, Respektsperson, an Bord Rechtsherr und Statthalter einer Justiz, der er jene auszuliefern befugt ist, die sich nicht an den notwendigen Wach- und Schlafkonsens, den Dienstplan und die Decksordnung halten, hat also aus diesem schon mit fünfunddreißig Jahren leicht gebeugten Knochen, den sie mit ihrer Sanftmut und ihrem Lullen einfing und einlullte, einen geradezu Geschmeidigen und Beweglichen gemacht. Nicht den, der er einmal hätte gewesen sein können – ich war nie besonders geschmeidig und beweglich –, sondern einen, der nicht denkbar war. Was das Lullen und Einlullen anbelangt, so muß ich hier notgedrungen noch anfügen, daß es, genau genommen, eine Art Schnurren war. Sie schnurrte. Das aber nicht nur in den Situationen, da auch andere durchaus mal schnurren. Sie schnurrte immer. Zwar nicht durchgehend, denn sie konnte auch toben (da schnurrte sie nicht), aber doch immer wieder unerwartet, sie legte, ob auf offener Straße, auf der Marktstraße, der Einkaufsmeile, ob am Südstrand, wo die feinen Strandkörbe im Gras des Außendeichs stehen, ob im Schlachterladen, mit dem Arm gestützt auf die Bio-Frischfleischtheke, unvermittelt und wie in akutem Halbschlaf den Kopf auf meine Schulter und schnurrte. Oder summte. Oder tat beides. Was ich zusammen Lullen nenne, und das besonders wenn ich am Steuer unseres Wagens saß, während sie lullte, eine gewisse – auch öffentliche – Gefahrenquelle darstellte, denn es hatte die Wirkung, die das Lullen nicht nur bei Kindern hat, sondern auch bei ausgewachsenen ausgeschiedenen Seefahrern, es lullt ein. Ach, teure Sirene. So fern und so zutraulich zugleich. Während ich sozusagen fremdging. Sie mit ihm – oder präziser, da ich ja nur der war, der ihn ihr in die Arme legte –, sie mit sich selbst, ohne daß sie es auch nur ahnen konnte, betrog. Das konnte nicht lange gutgehen. Alles erschöpft sich irgendwann. Da muß man dann einen Schritt weitergehen. So sollte es, noch vor der Geburt unserer vorerst Kleinsten, dazu kommen, daß ich nicht mehr hinter dem Berg halten konnte mit meinen Phantasien. Ich mußte die geliebte Frau teilhaben lassen an meinen Obsessionen. Und da ging es dann erst richtig los. Denn offenbar kannte sie dergleichen, ob von den Männern, die sie gehabt hatte, oder von sich selbst, werde ich nie erfahren. Aber daß es auch bei ihr zu Phantasmagorien und Obsessionen kam, einer Krallenhaftigkeit und Besessenheit, einer geradezu bodenlosen und zugleich erdfruchtkalten, das liegt auf der Hand. Noch bis in die allerletzte Zeit, als sie schon krank war. Und noch vor ihrem Geständnis. Das sie mir natürlich aus gutem Grund nicht vorher gemacht hat. Denn das sollte es wohl sein, was unsere Liebe so lange am Leben erhielt. Und sie bis zu ihrem letzten Atemzug lebendiger machte als die einer nur zärtlichen, geschützten.

Erst fing es, umgekehrt wie bei mir, mehr allgemein an, ich meine, mit allen möglichen Vorstellungen und in vielerlei Konstellationen. Ich hatte ihr ja nicht erzählt, daß ich sie mir mit ihm, Bronken, vorgestellt hatte. Ich entpersonalisierte ihn gewissermaßen, abstrahierte, zog ihn ab von der Person, als den ich ihn in Erinnerung hatte, und gab ihm den Namen eines Namenlosen, eines Phantoms. Des kleinen oder, besser: nicht mehr als mittelgroßen schmalhüftigen, gelegentlich sogar ein wenig, von der Physiognomie her, mädchenhaften, dann aber wiederum, vom Gebaren her, wilden, eben einerseits so ungebärdigen wie andererseits so sich offenbar auf die Seele junger Mädchen und Frauen verstehenden Gigolos und Überwältigers (wie gesagt: Sittensau, *SS*), als der er sich ja auch tatsächlich immer präsentiert hatte. Ich zog einen Aischa Unbekannten in unseren Zweier herein, um uns dergestalt gemeinsam zum Dreier zu machen. Nur ich wußte, wer er war. Während sie mir persönlich Unbekannte präsentierte. Sie beschrieb sie mir, ausführlich. Das Haar, die Rückenmuskulatur, die Brust (die bevorzugte sie unbehaart, also nicht so wie die meine), die Arme, Bizeps und Trizeps, sie zeigte mir seine Zähne, nicht wirklich zu fürchtende, aber doch solche, die in der Sonnenbräune des Gesichts, das der gerade Heran- und Hinzugezogene hatte, leuchteten, als zeigten sie ihr – und wieso nicht auch mir? – einen Pfad. Den betrat ich, Hand in Hand mit ihr. Und wir beugten uns hinunter zu ihm, den sie mir, bis hinab zu den Schenkeln, Waden, Fesseln und Sprunggelenken eben noch so detailgetreu beschrieben hatte. Die reine Pornographie. Und doch keine. Denn es handelt sich ja nicht allein um Bodybuilder, ebenholzfarbene Sambatänzer und kalifornische Strandstenze, die sie im Blick hat, sie nimmt sich einen nach Tabak, Schnaps, Schmieröl und süßlichem Hurenparfum stinkenden Truckdriver vor. Und ich steig mit ein.

Wir nehmen ihn uns vor, gemeinsam. Wir haben gemeinsam sein großes, festes Glied in der Hand und im Mund, wir küssen uns über seiner Eichel. Sie füllt meinen Mund mit dem Sperma, das sie aus ihm heraussaugt. Sie bestimmt. Sie führt mich, sie leitet mich an. Ich muß seinen Schwanz führen, ihn in sie hineinführen. Nein, nicht dort! Ins andere. Hol die Vaseline. Oder, wenn du sie nicht findest, die Butter. Schmier mich ein, sagt sie. Und ich führe ihn dort ein, wo sie mich heißt, ihn einzuführen, während sie nun mit ihm hinten drin, auf mich rutscht, den sie auf den Rücken gedrückt hat, sich auf mich spießt vorn, das bekannte Sandwich, nur, nicht vergessen, das ist die Phantasie, nicht die Wirklichkeit, die Wirklichkeit ist die, daß sie ja schon die ganze Zeit auf mir drauf sitzt und auf und ab schwingt, sich reibt und ins Hohlkreuz wirft, ohne daß irgend jemand sonst dabei ist und sie noch zusätzlich von hinten nähme oder nehmen könnte. Wir sind immer nur für uns, wenn wir zusammen sind. Es ist ein nicht vorhandener Sichtbarer, der unsere Begierde teilt, ein Zeuge und Wahrheitsverstärker, ein Wahrhaftigkeits- und am Ende auch Lügenverstärker, versteht sich. Denn ist es nicht Lüge, wenn ich ihr nicht gestehe, daß der, den sie mir in ihrer Bedingungslosigkeit und Hingabe entwirft, für mich immer nur Bronken ist und bleiben wird? Bronken, der Transfigurierte?

Anders dann die Mädchen, die wir heranziehen, die sie heranzieht, die Mädchen und Frauen, denn sie hat es ja nicht allein auf Männer abgesehen. Sie spielt aus, was sie ausspielen kann. Und sie kann einiges.

Aber noch einmal innegehalten.

Und zurück. Um hier nicht den Überblick zu verlieren, wie ich ihn in der Wirklichkeit verlor. Zumindest was die Abläufe, die Akzelerationen und die Ritardandi, die Überstürzungen und die Abstürze anbelangt. Und dann wieder die Aufschwünge und Erweiterungen. Die in die Glückseligkeiten mündeten.

Niemand glaube, ich hätte nicht gelitten. Zumal vor unserer kleinen intimen Hochzeit und nichts als zivilrechtlichen Vereinigung. Es war ja wie ein Hinhalten gewesen. So als traute sie mir nicht. »Erst wenn du den Vertrag in der Tasche und den ersten Diensttag hinter dir hast«: das war Voraussetzung und Bedingung des »ordnungsgemäß nachzuvollziehenden Akts der Eheschließung« gewesen. Natürlich hätte sie das Kind, die Claudia, auch ohne mich zur Welt gebracht. Aber so wurde sie doch noch rechtzeitig geboren. Und brauchte dann auch gar nicht mehr lange darauf zu warten, bis sich auch der Jens meldete, mein zweites, ihr drittes, beziehungsweise viertes. Ich glaube, sie hätte sich auch noch auf ein fünftes eingelassen. Aber da paßte ich. Denn schon beim Jens war ich mir nicht sicher. (Daß ich dann nicht hinging, um mit irgendwelchen müßigen Gen-Test-Tricks herausfinden zu lassen, ob der Junge nun meiner oder der sogenannte leibliche Sohn irgendeines anderen ist, war für mich gar keine Frage. Solange kein anderer einen Anspruch erhebt, außer den, der mir gegenüber der erhebt, der mich für seinen Vater halten darf, sehe ich keine Veranlassung, an den so schon hinreichend schwierigen Lebensumständen aller Beteiligten zu rütteln.)

Die Claudia, bilde ich mir wenigstens noch heute ein, war und ist mir wie aus dem Gesicht geschnitten. Wäre sie nicht die Tochter Aischas, die sie, wie die Geburtsurkunde und – ich war in der Deutschen Bucht im Einsatz gewesen – der später eigens von mir befragte Geburtshelfer bezeugen, in den Städtischen Krankenanstalten entband: Man könnte sie für die Tochter einer anderen Frau halten. Sie hat meinen Mund, meine Augen, meinen Blick. Und bekam mehr und mehr meinen Habitus, meine Gestalt; zu meinem Leidwesen ist sie, so wie ich, vielleicht am Ende ein wenig zu langgliedrig-schlacksig geraten. Aber das steht ihr andererseits, legt man das zugrunde, was heute das Fernsehen, die Journale und die Werbung so zeigen, nicht schlecht.

Mit dem Jens liegen die Dinge wieder anders. Er ähnelt der Mutter auf eine Weise, daß man nicht glauben mag, ich wäre da auch noch im Spiel gewesen. Er sieht aus wie das Resultat einer Parthenogenese, einer Jungfernzeugung, gewissermaßen. Als hätte sie für den gar keinen Zusätzlichen gebraucht. Er sieht aus wie die sanfte, erdabgewandte Seite von ihr. Daß er sich aber schon früh, wie ich allerdings erst seit ihrem Tod weiß, nicht dem Geschlecht der Mutter, sondern dem eigenen (und meinem) zugewandt hat, war für mich ein zusätzlicher Hieb. Aber den verkrafte ich. Verkraftete ich schnell. Es braucht nur seine Zeit, bis man sich damit vertraut gemacht hat, daß der einzige Sohn, den man hat – sofern es sich wirklich um den leiblichen handelt! –, schwul ist.

Vier Kinder also. Ich habe sie alle gern, wenn auch mit unterschiedlicher Festigkeit und Wirkung.

Der Johann, mit dem ich mich von vornherein bestens verstand, der aber weder von Aischa noch von mir ist, ist zurückgekehrt zu seinem Vater und hat inzwischen dessen Bauunternehmen mit angeschlossenem Fuhrgeschäft verantwortlich übernommen. Der Vater sonnt sich, heißt es, mit einer jungen Geliebten auf Gomera. Nach meiner Zeitrechnung ein Greis.

Die Sabine, die Aischa von dem so schnell wieder von ihr Geschiedenen, einem, ja, dem führenden Uhrmachermeister am Ort, hat, ist als Modistin oder Modezeichnerin oder Modeschöpferin, ich stieg nie dahinter und steige bis heute nicht durch, in Hamburg tätig. Ein liebes, etwas verträumtes Kind, aber, die Kinder wachsen, inzwischen auch schon 29.

Was nun die meinen anlangt, so ist da die also zunächst einmal Zweifelsfreie und Eindeutige. Claudia, auch schon 27. Sie vermisse ich. Hätte sie nicht in meiner Nähe bleiben können? Statt dessen ist sie fort. Sie arbeitet als Fremdsprachenkorrespondentin in Amsterdam. Wie sie das macht, ist mir schleierhaft. Übersetzt sie aus dem Englischen, Französischen und Spanischen ins Holländische? Und aus dem Holländischen in die anderen Sprachen? Und natürlich auch ins Deutsche? Sie hat ja nur das Abitur gemacht und wollte dann gleich raus, nicht studieren, nur raus. Sie war in Mexiko, ist bis nach Tasmanien gezogen, es hat mich einiges gekostet. Sie war in Südfrankreich, in Bordeaux, und im spanischen Galizien. Und nun ist sie zwar in Amsterdam, was nicht allzuweit weg ist, aber doch weiter, als ich mir wünschte. Sie fehlt mir sehr. Zumal sie sich in Amsterdam mit einem Ghanaer angefreundet hat, den sie mir bis heute vorenthält. Sie lobt ihn und sein menschliches Feingefühl nur immer am Telefon in den höchsten Tönen.

Ja, und dann eben der Jens, der noch immer bei mir wohnt. Zwar hat er einige Semester Jura studiert, in Göttingen, ist dann aber mehr hier bei seiner Mutter und mir gewesen als auf dem Campus. Ich habe ihn mehrmals in der Stadt gesehen, wenn es hieß, er sei in Göttingen. Er ist mir ein wenig entglitten. Ich fürchte – auch er ist ja nun schon 25 –, er wird nie fertig. Der Lotsenbruder Seiffert hat mich noch neulich gefragt, wie es angehen könne, daß mein Sohn die Zeit – und woher überhaupt auch das Geld – habe, sich ein eigenes Boot zu bauen, er habe ihn draußen in Rüstersiel mit einem Gefährten auf den Helgen hämmern und streichen sehen, ein ansehnlicher Segler sei das, ob ich da vielleicht mit dran beteiligt sei? Wenn ich das bin, dann bin ich jedenfalls nicht der, der davon wüßte. Aber das habe ich dem Seiffert natürlich nicht gesagt. Den Jungen habe ich aber auch nicht mehr zu Gesicht bekommen. Was wieder einmal nicht mit endgültiger Sicherheit beweist, daß das Studium in Göttingen derzeit auf Eis liegt.

Ich habe sie alle durchgebracht. Ich habe, so gut ich konnte, Anteil genommen. Und zur Verfügung gestanden. Auch wenn sie, allenfalls Claudia ausgenommen, mein Interesse nicht besonders genutzt haben. Aber man kann die Kinder zu nichts zwingen.

Die Hauptarbeit hat ohnehin Aischa gehabt. Sie hat sich ganz der Erziehung und Versorgung der Kinder gewidmet. Wenn sie nicht weg war. Manchmal war sie weg. Verschwand. Sie entläßt mich zu einer Versetzung, am Anfang meist ja noch mit dem Lotsenboot, ich erledige meine Arbeit, kehre nach manchmal achtzehn oder zwanzig Stunden erschöpft und ausgebrannt von der Arbeit zurück, und wer ist nicht im Haus? Sie. Die letzten zehn Jahre war es dann die Claudia, die sich während dieser kurzen Abwesenheiten der Mutter um den Haushalt kümmerte. Aber was heißt schon kurz? Für mich waren die zwei bis drei Tage und Nächte, die Aischa verschwand, Ewigkeiten. Natürlich habe ich sie immer wieder einmal gefragt, um nicht zu sagen, sie zur Rechenschaft zu ziehen versucht. Und herauszubekommen versucht, wo sie gewesen war. Aber da biß ich auf Granit. Nichts zu machen. Sie lächelte. Zuckte die Achseln und sagte: »Bevor ich dich belüge, ziehe ich es vor, es für mich zu behalten.« Ich kannte Augenblicke, da war ich drauf und dran, sie zu verlassen. Nur, was ist mit den Kindern? Und dann, ich gebe es ja zu, mit mir? Soll ich mich, da war ich dann 45, 50, 55, noch einmal woanders tummeln und umtun? Zu spät. Und, was hätte ich denn überhaupt getan und noch wollen können ohne die, die ich nur um so leidenschaftlicher und hemmungsloser liebte? Es gab Nächte, da lief ich über die Deiche, rempelte die Schafherden im Mondschein an und war nicht weit davon entfernt, alles sausen zu lassen, alles, auch die Flucht. Denn selbst zur Flucht braucht es Kraft. Die mag ein Bronken haben, ich habe sie nicht. Hatte sie wenigstens nicht in allen Lebenssituationen, in die mich Aischa brachte. Und, um ihr nicht im nachhinein zu nahe zu treten, nicht nachzutreten, sozusagen, es gab ja immer noch manches andere, das mir zusetzte. Allein die Brückensituation.

Noch auf der Brücke als Seeoffizier und verantwortlicher Schiffsführer war ich nicht allein mit meteorologischen, schiffstechnischen und nautischen Unvorhersehbarkeiten konfrontiert, nicht nur Besatzungen, die zu Befehlsverweigerung und Aufwiegelung neigten, nicht nur Reedern, die bei mir Fahrzeiten einklagten, die allein mit Fluggeräten, aber nicht mit den mir zur Verfügung gestellten Seelenverkäufern, zu bewältigen waren, mit Liegezeitauflagen, die, korrekt befolgt, dazu geführt hätten, daß das Frachtgut unmittelbar heraus aus den Luken, die Rutsche der Bordwand entlang, im Geplätscher zwischen den Festmachtauen und den Spuntwänden eingelagert worden wäre, es war mir, wie jedem, der Erfahrung im Weltseeverkehr und zugleich einen Rest an Vorstellungsvermögen und Welt-, auch Weltkultur-, Weltwirtschafts-

und Weltgesamtzustandskenntnis hat, schon lange vor dem 11. Sept. 2001 klar, was auf dem Spiel steht.

Einmal ganz abgesehen von kleineren, aber nichtsdestoweniger auch dem hartherzigsten und hartgesottensten unter uns verantwortlichen Fahrensleuten einigermaßen unter die Haut gehenden Vorfällen – ich habe es im Zusammenhang mit Bronkens Bericht über die Welpen beiläufig angesprochen und kann nicht umhin, nur einen, wie gesagt, kleineren Vorfall zu kolportieren –, der Stress drückt dich, je mehr du an der Spitze und also allein dastehst, immer wieder nieder. Bei mir handelte es sich nicht um Müllcontainer (sofern ich nicht den elektronischen Schrott, den ich in Massen aus Südostasien über die Weltmeere transportierte, gerechterweise auch gleich als Müll bezeichne).

Ich lösche oben in Vancouver meine Ladung, einige Hundert Container, ich erledige die Papiere, ich bin bereit zum Auslaufen, da kommt so eine Abordnung von Hafencowboys die Gangway hochspaziert, es hätte nicht viel gefehlt und sie hätten ihre Colts und MPs auf mich gerichtet oder gleich die Handschellen um meine Handgelenke schnappen lassen, als sie mich inquisitorisch fragen, was ich denn da für eine Ladung an Bord gehabt hätte. Ich antworte, die, die in den Frachtpapieren angegeben sei. Die seien von den ansässigen Behörden eingesehen und in Kopie hinterlassen worden. Da seien aber, sagen die Herren, nicht die sieben Malaien oder Kanacken aufgeführt gewesen, die bei der gerade eben vorgenommenen routinemäßigen Prüfung und Öffnung eines der von mir angelieferten Container herausgepurzelt seien. Wie herausgepurzelt? frage ich, denn ich fürchte schon das Schlimmste. Na, wie wohl, *Captain*? Natürlich mausetot, wie sonst? Sauerstoffmangel. Mein Reeder und die Deutsche Botschaft brauchten eine Woche, bis sie mich rausgehauen hatten. Daß der Reeder, natürlich bei allem Verständnis für die Kalamität, in die ich geraten war, nach diesem Vorfall und dem Zeitverlust, den er zur Folge gehabt hatte, noch eine Weile auf mich nicht gut zu sprechen war, kann man sich vorstellen. Die Kosten. Steigen die Kosten, ist jeder in die Angelegenheit Verwickelte: dran. Selbst der, den sie eine Woche hinter Schwedische Gardinen stecken und für den sie sich verwenden und den sie, wohl oder übel, schon weil sie ihn nicht entbehren können, nach Recht und Gesetz raushauen müssen. Aber, wie gesagt, es handelt sich um eines der kleineren Mißgeschicke, mit denen der verantwortliche Seefahrer rechnen muß.

Man muß global denken. Ich tue das seit einer Zeit, da man von Globalisierung weder im Welthandel noch in der Weltfinanz (resp. der Finanzwelt), geschweige denn im Weltterrorismus sprach. Großfrachter, Cointainerriesen, Gas- und Rohöltanker sind, mehr denn Twin Towers, Objekte der Begierde solcher, die Gründe haben, sie als Symbole aufzufassen. Die Gründe mögen falsch oder richtig oder überzogen sein, das spielt keine Rolle. Sofern sie nur da sind und als gute angesehen werden. Phantomschmerzen sind Schmerzen, die manchmal schwerer zu ertragen sind als die an noch vorhandenen Gliedern. Da weiß man wenigstens, wer sie wo und warum hat. Wer sieben Flüchtlinge in einem Container unterbringt, um sie klandestin ans andere Ende der Welt zu transportieren, ist in der Lage, Stoffe in einem Schiffsleib unterzubringen, die ausschließen, daß dieser Leib jemals an seinem Bestimmungsort ankommt. Im Jahre 2000 hat ein mit Sprengstoff beladenes Schlauchboot den Zerstörer USS »Cole« im jemenitischen Aden gerammt, 17 US-Soldaten starben. Ein zur Mega-Bombe umgebauter Frachter in einem der großen Seehäfen der Welt, in voller Fahrt auf die Treibstoffvorratskais gelenkt, da brennt schon ein hübscher Stadtteil. Oder nehmen wir nur die noch viel hübschere »Queen Mary 2«, die ich zu meinem Glück nie navigieren mußte, die ließe sich auf eine Weise, die sogar ich als nur mäßig begabter Bombenbauer zu entwickeln imstande wäre, mitsamt ihrer 2.000-Mann-Besatzung und den ich weiß nicht wievielen Tausend feinen Passagieren spielend beseitigen. Und zwar so, daß – und dort, wo – sie so schnell keiner mehr findet. Ich will hier nicht in die Einzelheiten gehen. Sonst kommt da noch irgendeiner auf eine Idee. Das jüngst von den fünf deutschen Küstenländern und dem davon betroffenen Bundesministerium des Inneren konzipierte Maritime Sicherheitszentrum (MSZ) wird vielerlei die Schiffssicherheit an der Küste betreffende Informationen bündeln, aber es wird nicht überall sein. So wie nicht einmal das FBI und die amerikanische Küstenwache überall sind. Wir werden unser blaues Wunder noch erleben.

Um es kurz zu machen: Magengeschwüre. Nicht erst, seitdem ich in den Seelotsendienst wechselte und Aischa Bruns ehelichte. Zwar hat sie mich am Ende, gewiß zunächst als Mitverursacherin, am Ende dank der Glückseligkeit, die sie mir – und die sich mir daraufhin – eröffnete, von ihnen befreit, sie löste sie gewissermaßen im Säurebad ihrer Hingabe auf, aber es litt dann irgendwann doch auch diese Glückseligkeit, die selbst zu einem Geschwür wurde, um von der Hingabe aufgelöst zu werden. Es klingt komplizierter, als es in der gelebten Wirklichkeit ist. Ich kann es bezeugen. Ich könnte es sogar beweisen, wenn mir daran noch läge. Denn die Hingabe, die ich meinerseits entwickelte (und die in die tiefsten Poren und Verästelungen des Selbstverlusts führte), hinterließ natürlich ihre Spuren.

Der Herr Sacher-Masoch, der gewiß einiges über die Sachverhalte wußte, die ihm ihren Namen verdanken, wußte nichts von der Seefahrt und ihren Folgen. Wo die Einsamkeit uferlos ist, läßt sie sich nicht deichen. Auch wenn der von ihr Erfaßte längst wieder trockenen Boden unter den Füßen hat.

Die Etappen der Erkrankung, von der hier die Rede ist und der nicht ich, der Infizierte und Erkrankte, am Ende erliegen sollte, sondern die, die ihn hingebungsvoll betreute und pflegte, muß ich nicht im einzelnen auflisten. Auch eine weitere Beschreibung erübrigt sich. Nur scheint mir unumgänglich, ein Licht auf die Verstrickung, in die Maschen des Netzes, zu werfen, in der, natürlich, ohne auch nur etwas von ihr ahnen zu können, der Dritte im Bunde hing.

Nachdem ich Bronken ins intimste Geschehen zwischen Aischa und mir hineingezogen habe und sie, ohne wissen zu können, daß es so ist, ihrerseits Männer jeden Alters, mancher Rasse und der unterschiedlichsten körperlichen Beschaffenheit ins Spiel und also mit eingebracht hat – sie weitet sich und weitet ihren in den langen Nächten oder Vormittagen, da die Kinder schlafen oder zur Schule gehen, kalt-glühenden Blick, indem sie nicht nur mich und andere meiner Geschlechtsgenossen über sich herfallen läßt und uns an ihr Raubbau treiben heißt, es werden In-

strumentarien und Früchte, Gegenstände, ja, Tiere eingesetzt, die näher hier zu beschreiben, schon weil die Sache
weit geht, zu weit führte, und liefert mich mit Lust und
reinster A-Affektion und Abgebrühtheit den Männern
aus, mit denen gemeinsam ich mich gerade eben noch mit
ihr an ihr verging, ich werde genommen, sie assistiert, sie
läßt mich wissen, wie es ist, genommen zu werden, sie hilft
nach, sie erfindet, die Phantasie kennt nur die Grenzen, die
der von ihr Redende ihr setzt, ich werde sodomisiert, gerissen, gespalten, ich gelange an einen Punkt, von dem ich
mir eingestehen muß, daß ich ihn mir nicht nur versagte,
sondern ihn mir, im Angesicht derer, die mir mit sanfter
Faust den Kiefer hält beim Sabbern und Lechzen, einmal,
und wenn auch nur ein einziges Mal, insgeheim ersehnte: nachdem mithin all dies mit mir geschehen ist und ich,
es erleidend, triumphiere, erobert sie mit mir auch noch
das Feld ihres eigenen Geschlechts.

Wir führen die Elfen in unseren Garten. Die Elfen und
die Hexen. Die jungen, die fast noch Kinder sind. Und die
Alten. Die Fetten, die Magersüchtigen, die Gedemütigten,
die Verlassenen und Vernachlässigten, die mit dem krum-
men Fuß und ohne Gebiß und, natürlich immer wieder,
die Schönsten, die mit der weichen Haut und den festen
Schenkeln, die mit dem blinden Glanzauge, die mit dem
noch nicht entwickelten Doppelkinn, dem Saft, der Satt-
heit, der Üppigkeit der Elephantinnen und der Schnell-
kraft der Gazelle, die zu Demütigenden und die Auszupeit-
schenden, die mit dem das Rot der Rose und das Rosa des
aus dem Körper des Lebendigen frisch herausgerissenen
Herzens übertreffenden und überglühenden Purpurs. Alle
stellt sie mir vor, alle hält sie feil, alle bereitet sie mir vor

mit Zärtlichkeiten und Küssen, sie alle stehen mir zur Verfügung, wenn ich in ihre Mitte eindringe, sie feuert mich an, sie brennt außerhalb von mir und verendet in mir, bis mir das Bändsel reißt in ihrer vor Durst und Unersättlichkeit ausgedörrten Spalte, in die sich das Blut aus meinem Verenden ergießt.

Das mag poetisch klingen. Ist es aber nicht. Man darf es wörtlich nehmen. Wir sind nicht mehr Herr und nicht Herrin über uns selbst. Nur jeweils über den anderen.

Bis auch dies endet.

Was nun?

Der Augenblick ist gekommen, nachdem ich den ihr verheimlichten Bronken in ihr und an unserer Ekstase abgearbeitet und fast schon vergessen habe – obwohl er im übrigen, um mich, so gut es geht, an den Ablauf der Ereignisse und ihre zeitliche Zuordnung zu halten, gerade erst, von heute aus gesehen, vor acht Jahren, für einige Tage in unsere Heimatstadt zurückgekehrt ist und ich ihn auf meinen Rohöltanker entführte –, bringt nun sie, Aischa, ihn wieder ins Spiel. Nicht aber zu irgendwelchen Spielen. Nicht in der Phantasie. Nicht aus freien Stücken, wie es den Anschein haben könnte, sondern gleich aus einer Art Not. Not und Nostalgie. Traurigkeit, Trauer. Ich habe ihr nämlich zunächst verschwiegen, daß er in der Stadt ist. Um ihr dann zu sagen, daß ich ihn im Hubschrauber habe mitfliegen lassen. Und dann sehe ich es ja auch, sie hält sich fest an dem Geländer zum oberen Stock des Penthouse, das ich einmal für sie und die Kinder aufs Obergeschoß des alten Stadthauses gesetzt habe. Ich sehe, wie sie zusammenzuckt, wie soll ich sagen, erbleicht? Jedenfalls sagt sie:

»So, Bronken. Weißt du eigentlich, daß ich der Erfinder des Namens *Ti äitsch* bin?« Dann sagt sie noch: »Wie lange bleibt er?« Worauf ich nur die Wahrheit sagen kann: »Er ist schon wieder weg.«

Das ist es denn auch schon. Jedenfalls fürs erste. Von da an jedoch kommt sie immer öfter auf ihn, kommt, je länger und, nicht anders läßt es sich sagen: rücksichtsloser wir uns aneinander klammern und zugleich voneinander absehen, desto häufiger auf Erinnertes zu sprechen, Details, Streiflichter. Und Stück für Stück, mal hier ansetzend, mal dort, auf ihre Sicht der Zeit und der Dinge, wir liegen reglos, erschöpft, fremd nebeneinander, ich glaube, nicht nur ich habe das Gefühl, daß unsere gemeinsame Zeit, wenigstens die der Glückseligkeiten und Torturen, vorbei ist, und sie beginnt zu erzählen.

Sie habe ihn damals zunächst gar nicht bemerkt. Er sei ja noch ein Kind gewesen. Sie macht mich darauf aufmerksam, daß die Mädchen sich früher entwickelten als die Jungen, jedenfalls in gewisser Hinsicht; in welcher, sagt sie nicht, aber ich kann es mir so ungefähr vorstellen. Sie hilft mir bei der Vorstellung. Sie sagt: »Ich hab ja schon Busen. Aber er?« Es nützt nichts, daß ich sage, daß er einen Busen wohl auch später kaum kriegen würde. Sie sagt: »Irgendwann stand er auf der Matte. Wie vom Himmel gefallen. Und machte einen anderthalben Salto. Vom Einer. Noch.«

Dann schildert sie, was ich im Prinzip weiß, mir aber gern in Erinnerung rufen und bestätigen lasse, alles wird frisch, wenn Aischa es auffrischt, sie schildert, wie die Verhältnisse waren zu der Zeit, als sie dreizehn war, er, Bronken, zwölf, und ich elf. Die Sache mit den Tommys

im Marinebad, in das die Deutschen nur als Gymnasial-
klassen am Vormittag und abends als Schwimmverein, die
Wasserfreunde, reinkamen. Der Alte, ihr Trainer, Starr,
der aus dem Olympiakader '36, der Garant und Verwalter
der Tommys, der den Schlüssel hatte und sie nicht nur für
die *Wasserfreunde* am Abend trainierte, sondern, sie sagt
es, sie bekräftigt es, den ganzen langen Sommer über den
ganzen lieben langen Tag lang, zu sich hereinließ und sie
machen ließ, wenn er das Wasser und die Becken und die
Umwälzpumpe in Ordnung hielt und den Rasen mähte,
was denn doch für mich, obwohl keine Neuigkeit, so
doch plötzlich Ursache eines gar nicht mehr für möglich
gehaltenen Erschreckens und gleichzeitig Erbarmens ist,
das mir vor Augen führt: das Kind im abgeschlossenen
Schwimmbad, 50-Meter-Bahn, wie gesagt, Sprungbecken,
Nichtschwimmerbecken, englischer Rasen, die Pappeln,
Buchsbaumhecken und Fliederbüsche drumherum um
das weitläufige Gelände, ein alter Mann und Aischa. »Ja«,
sagt sie, »er hat es nicht nur einmal versucht. Ich mochte
ihn trotzdem. Wenn ich mich umzog, schloß ich mich in
der Kabine *Staff only* ein, da wagte er sich selbst nicht hin,
obwohl gar kein Engländer oder Schotte da war, um ihm
zu sagen, daß sie zwar für Personal, aber noch lange nicht
für einen deutschen Schwimmbadverwalter da sei.«

Theo, später *Ti äitsch*, fällt vom Himmel, er macht seinen anderthalben Salto. »Nicht schlecht«, sagt Aischa, »sogar ziemlich gut für so einen Kleinen.«

Es soll einer der Abende im Verein gewesen sein. Und
er soll sie gefragt haben, ob er vielleicht mitmachen könne.
Ob sie den Mann, der sie trainiere, fragen könne, ob er
mitmachen dürfe. Worauf sie, sagt sie, ihm sagt, daß ein

einzelner Anderthalber nicht ausreiche, da müsse er sich schon noch was anderes einfallen lassen. Er läßt sich was anderes einfallen, innerhalb von zwei Wochen, es geht ja aufs Saisonende und die Rückkehr der Tommys zu, »er muß geübt haben, wo immer auch«, sagt sie, »er darf dem Starr vorspringen, der Starr sagt, gut, nehmen wir den Jungen dazu, dann bist du«, er meint Aischa, »nicht so allein.« Fortan sind sie zu dritt, Aischa, Bronken, Starr. »Es war ein Privileg«, sagt sie. »Wir hatten den größten funktionierenden Privatswimmingpool in ganz Deutschland. Ganz allein für uns. Und wem hatte er das letztlich zu verdanken?«

»Wem?« frage ich. Obwohl ich natürlich weiß, wem.

»Danebengeraten«, antwortet sie. »Mir, allein mir. Wenn ich dem Starr nicht gedroht hätte, daß ich aufhöre, falls er den Jungen nicht nimmt, hätte er ihn nie und nimmer genommen.«

»Und?«

»Und was?« fragt sie zurück.

»War da schon was?«

»Was? Und zwischen wem?«

»Na, zwischen *Ti äitsch* und dir.«

Sie zögert.

»Es war«, sagt sie, »immer etwas zwischen uns.«

»Der war doch einen halben Kopf kleiner als du.«

»Na und?«

Einerseits läßt sie mich immer weiter teilhaben an ihrer Verbindung, stellt sie als Trainingsgemeinschaft dar. Sie trainieren den ganzen Tag über, in den Ferien von früh um acht bis abends um neun, die letzten beiden Stunden mit den anderen im Verein, sie bringen sich ihre Butterbrote und ihren Kartoffelsalat im Aluminium-Henkelmann mit ins Bad, sie fahren in der Woche nie über Mittag nach Hause, nur am Sonntag, darauf bestehen die Eltern, gehören sie an die häuslichen Tische, hin und wieder, sagt sie, habe sie auch bei der Frau Bronken und deren Liebhaber und Theos Schwester mit am Tisch gesessen, und er, *Ti äitsch*, bei ihr, obwohl sie sich immer geschämt habe. Zwar habe es bei den Bronkens auch nicht gerade ausgesehen wie bei Krupp in Essen, aber die hätten sogar ein Klavier gehabt und darauf gespielt, *Ti äitsch* habe auch im Schulorchester des Goethe-Gymnasiums Geige gespielt, sie sei natürlich bei den Weihnachtskonzerten im Stadttheater gewesen, um ihn zu sehen.

»Hast du«, fragt sie, »mich nicht dort auch schon gesehen?«

»Nein«, behaupte ich. »Und wie ist das dann zwischen euch weitergegangen?«

Andererseits.

Ich gebe zu, ich befördere die Sache. Ich dringe in sie. Sie spürt, daß ich alles wissen will, alles, jede Einzelheit. Sie verspürt die Macht, die sie über mich hat. Denn ich kann einfach nicht verbergen, wie genau ich alles, alles, wissen will. Bald brauche ich gar nicht mehr zu fragen.

»Einmal«, sagt sie, »habe ich ihn unter einem Vorwand weggeschickt, im Bad, vielleicht habe ich ihn nach dem Handtuch geschickt, er wagte sich ja auch nicht ins *Staff only*, da habe ich ihn reingerufen, Starr war vermutlich irgendwo am Schrauben und Filtern, und da ist *Ti äitsch* hereingekommen, und da habe ich noch nichts oder nichts mehr, ich weiß es ja auch nicht mehr so genau, angehabt und bin nackt und tu so, als merkte ich selbst gar nicht, daß ich nackt bin, er erstarrt, er sieht mich an von oben bis unten, ich sag nicht, gib her das Handtuch, ich laß ihn vermutlich so lange erstarren und mich anstarren, bis ihm das Handtuch, nach dem ich ihn geschickt habe, aus der Hand fällt oder ihm selbst einfällt, daß er es mir aushändigen könnte. Es war sehr schön, wie er starrte. Deshalb mochte ich ihn. Ich mochte ihn immer lieber. Er machte ja bald auch Sachen, die sonst, außer Starr, niemand machte in der Stadt, er stieg auf 3, das Brett, machte den Anderthalben von 3, dann auf den Turm, auf 5, von wo er ihn machte, und als er den Starr fragte, ob er ihn auch mal von 10 machen solle, sagte der, warum nicht? Sie gingen zusammen den Sprung x-mal im Trockenen durch, Fallhöhe, Fallgeschwindigkeit, dann stieg *Ti äitsch* auf den Turm und machte den Sprung, unglaublich, das fand ich schon gut«, sagt sie. »Besonders, wenn man bedenkt, daß er noch nicht mal den normalen gestreckten Kopfsprung von 10 gemacht hatte. Den machte er wie den Handstandsalto erst später von 10.«

»Und sonst?«

»Natürlich«, sagt sie, »kamen wir uns immer näher. Obwohl ich gleichzeitig schon Richtige hatte.«

»Was heißt Richtige?«

»Ja, Männer«, sagt sie.

»Und er«, frage ich, »was sagte er dazu?«

»Oh, er, laß mich mal nachdenken, ich glaube, das gefiel ihm.«

»Was gefiel ihm? Daß du Männer hattest?«

»Ich glaube, es gefiel ihm. Oder er nahm es jedenfalls hin. Die Männer waren zwar auch noch keine richtigen Männer, genaugenommen, aber sie waren doch einige

Jahre älter als er. Ich fuhr mit denen rum, mit dem Rad, in Laubenkolonien, oder an den Deich. Oder nach Klein Wangerooge, den Binnenhafenstrand, wo die Büsche und Schilfgrasstauden stehen, da konnte er sich gut verstecken. Ich ließ ihn zugucken.«

Ich halte es nicht aus. Ich stehe mit Aischa, der mit mir Gealterten, der in den Schultern breit und in den Hüften rundlich Gewordenen, auf die allein es mir immer nur ankam, auf der Terrasse des Penthouse, von der aus ich die Stadt überblicke, ich ziehe sie an mich heran, ich streife ihr den Träger des geblümten Sommerkleides von der Schulter, mit der anderen Hand bin ich schon unter der leichten Glockigkeit des Kleidsaums, ich verschließe ihr mit dem Mund ihren Mund: »Sei still«, sage ich, »schweig.« Und dann sinken wir nieder auf die gepolsterten Liegen, ich ziehe sie aus. Sie zerrt an mir. Dieses Mal.

Weitere Male.

Unzählige Male.

Wo es halt entsteht aus ihrer Rede, ihren Beschwörungen, Heraufbeschwörungen, den Erinnerungen an die Zeit mit ihrem *Ti äitsch*. Das kann dann überall sein. Im Auto, im Kino, im Keller, wo sie es, in der Nähe der Heizungsrohre, besonders gern tut.

Manchmal glaube ich: Sie geht Schritt für Schritt vor.

Wenn ich und meine Begierde zu erlahmen drohen, setzt sie von neuem an und noch eins drauf, sozusagen.

Einmal, sagt sie, sie sei gerade mit einem Schlagzeuger zusammengewesen, einem der Schlagzeug spielte, um sich Geld für sein Gesangsstudium zu verdienen. Der habe an Wochenenden in Hamburg auf der Reeperbahn in einem der besseren Clubs gespielt, sie habe ihn oft begleitet, sie

hätten im Hotel gewohnt. Gleichzeitig habe sie *Ti äitsch*
Geld gegeben, damit er – Bedingung: nicht im selben Zug
wie sie mit dem Schlagzeuger – nach Hamburg fahre, um
sich die Stadt anzusehen. Eine weitere Bedingung sei jedoch gewesen, daß er am Abend nach Hause zurückkehrte,
sie habe ihm nicht auch noch das Hotel bezahlen können.
Schlechterdings aber auch nicht ahnen können, daß der
Ti äitsch sich nicht an die Vereinbarung halten würde, sie
habe ihn, sie beide, auch der Jimmy, der den kleinen Trainingspartner seiner Geliebten ja gekannt habe, sie beide
hätten den *Ti äitsch* dann am Morgen nach dem Konzert
volltrunken und wie ein Neugeborenes zusammengerollt
auf der Flurauslegeware vor ihrer Zimmertür angetroffen,
sie hätten ihn wieder auf die Beine gestellt, sie hätten sich
gefragt, wie der überhaupt in das Hotel hineingekommen
und ob er erst am Morgen dort volltrunken angelangt sei
oder schon die halbe Nacht eingerollt vor ihrer Tür gelegen habe, sie hätten ihm ein Frühstück bestellt. Dann sei er
gegangen, sagt sie.

Aha, hätte ich gar nicht gedacht von diesem heranwachsenden Helden. Daß der sich benimmt, als wäre er ich.
Aber warten wir ab.

Sie sagt, sie seien immer, über Jahre, lange über den Zeitpunkt hinaus, da ich mich in die Seefahrt verabschiedet
hatte, zusammengewesen, auch wenn sie beide immer auch
mit einem oder einer anderen zusammen gewesen seien.

»Wie das?«

»Die anderen Sachen waren eben von begrenzter
Dauer«, sagt sie.

»Und wann«, frage ich sie, ich weiß es noch genau, es
ist nach einer Magazinsendung im ZDF, in der Paare inter-

viewt werden, die sich ein halbes Leben, wie es beim Moderator heißt, zurückgenommen, sich also geduldig geprüft haben, bevor sie den Sprung wagten, der, wie sich erwies, zu bis heute andauernder Treue und Verläßlichkeit führte, »und wann«, also frage ich, »habt ihr dann das erste Mal zusammen geschlafen?«

»Eigentlich nie«, sagt sie.

»Eigentlich nie? Was heißt überhaupt *eigentlich*?«

»Ooch«, sagt sie. »Eigentlich nie. Wir brachten es immer nur zu irgendwelchen Verkrampftheiten und Sauereien.«

So, Verkrampftheiten und Sauereien.

Und so brauche ich auch gar nicht mehr weiterzufragen.

Im Verlaufe der Jahre, häppchenweise und auf eine Weise zunächst immer gelangweilt, daß ich selbst schon glaube, es habe sie alles kaltgelassen, rückt sie mit tausenderlei Geschichten heraus. Etwa der mit der Hand. Oder der mit der Badehaube und dem elektrischen Rasierapparat. Oder der mit dem Messer. Oder der in der Badewanne. Und der mit der fingierten Verlobung. Oder der mit der Zigarette. Oder mit dem Dackel. Oder mit den Geldscheinen. Dutzende von Geschichten, Einzelheiten, Abwegigkeiten und Dokumente einer Abhängigkeit, von der nicht zu sagen ist, von wem sie eigentlich ausging und in wen von beiden sie eigentlich mündete, um sich schließlich im Ozean der unendlichen Vergeblichkeiten zu verlieren.

Beispiele?

Nehmen wir nur die Angelegenheit mit der Hand.

Sie beschreibt mir ausführlich, wie sie während eines Wettkampfs im Kunst- und Turmspringen auswärts, die Jungs getrennt von den Mädchen, zusammen am Wochenende in einer Jugendherberge untergebracht sind. Sie verabreden sich für Punkt zwölf in der Nacht draußen, am Zaun zum Schwimmbad. Sie haben beide eine Wolldecke mitgebracht, sie kuscheln sich ein in die Decken, das heißt, eine dient als Unterlage, die andere als Zudecke, sie haben den Sprungturm im Blick, das Schwimm- und Sprungbeckenwasser plätschert gegen die Beckenwände wie gegen Bordwände, sie sagt, er sei eingenickt, als sie seine Hand gefaßt habe. Sie habe nicht aufhören können, sie zu halten, bis sie angefangen habe, sich zu bewegen, sie habe sie losgelassen, um sich ihre Trainingshose auszuziehen, unter der sie nackt gewesen sei. Sie habe abermals nach seiner Hand gegriffen. Es sei dann aber er gewesen, es habe lange gedauert, eine Ewigkeit, sagt sie, es sei dann er gewesen, der die Hand, die sie ihm so lange gedrückt habe, daß sie ganz schlank und so zu einer Art Fisch geworden sei, einem trockenen Fisch an Land, wie von selbst in die Nässe zwischen ihren Beinen habe schlüpfen lassen, erst nur ein Stück, dann, es habe so wunderbar weh getan, immer mehr und tiefer, bis zur Entspannung, zur Erlösung, bis er also ganz drin gewesen sei, der ganze Fisch, die ganze Hand bis zum Gelenk, das hätte sie noch nie mit jemandem getan, schon gar nicht mit einem, mit dem sie es sonst noch gar nicht getan hatte. Er sei lange mit der ganzen Hand in ihr geblieben. Erst danach habe sie es gewagt, ihn dort zu berühren, wo er nicht ganz so dick, aber doch fast genauso hart war wie der Fisch, der in sie geschlüpft sei. Zum ersten Mal habe sie ihn, ohne ihre Hand, mit der sie seinen Schwanz nur umfaßt hielt, auch nur zu bewegen, spritzen spüren. Und zwar in die Jugendherbergsdecke.

Oder.

Lucky, ihr Dackel. Da habe sie schon ihre eigene Wohnung gehabt, die ihr der Vater Johanns finanzierte. Und *Ti äitsch* habe, nachdem er im nahen Jever, wo er noch nicht so bekannt gewesen sei, sein Abitur nachgeholt hatte, bereits in Hamburg studiert. Sie lud ihn, wenn er übers Wochenende zurück war, immer wieder einmal zum Frühstück ein. Sie fuhr auf. Und bediente ihn, wie sie sagt. Und zwar gern und aus freien Stücken. Schinkenspeck. Eier. An einem schönen Sonntagmittag, die Sonne habe durch den Tüll in ihr Wohnzimmer mit der wuchtigen Couch hereingeschienen, sie habe den Morgenrock getragen, der muß ihr zur Seite gefallen sein, da sei der Lucky schon angewedelt gekommen. Na, und da habe sie ihm, *Ti äitsch*, natürlich die Dressur zeigen müssen. Erst habe sie ihren Slip ausgezogen, dann die Beine zur Sonne hin geöffnet, die Fersen auf den Rand der Couch gestemmt. »Lucky, leck!« Und tatsächlich, sagt sie, das reizende kleine Viech habe sich nicht im geringsten geschämt, vor den Augen des angehenden Mediziners Theodor Bronken habe es sie, wie es der Lecker halt gelernt hatte, anstandslos geleckt. Er habe ja immer sooo ein Vergnügen daran gehabt. Und immer gar nicht mehr aufhören wollen.

Oder.

Die Zigarette, eine Geschichte, die von mir stammen könnte. Beziehungsweise an mir vollführt worden sein könnte. Südstrand, sagt sie. Hinten zum Seewasseraquarium hin, wo immer die Jazzer vom Goethe- und Leibniz-Gymnasium lagen. Das Gras, die Strandkörbe mit dem *schlaffen Fleisch*, sagt sie. Da. Irgendwann. Die Zigarette. Die glühende Kippe. Sie habe sie ihm, nachdem sie ihm das Badehosenband gelöst hatte, am hellichten Tag, aber so, daß er nicht habe schreien können, sonst hätte er ja die nahen Urlauber und Strandkorbmieter auf sie aufmerksam gemacht, einen Millimeter entfernt von seinem Penis, einen Millimeter von der sich, sagt sie, *zittrig windenden* Eichel entfernt, in seiner Behaarung ausgedrückt, und zwar nicht zack-rumm-rumm, sondern langsam, geduldig, soooooo und sooooo und sooooo und soooooooo und soooooo, damit sie das tut, was sie tun muß: weh tun. Er sei dann noch wochenlang bei ihr aufgetaucht, um ihr zu zeigen, wie die Brandstelle schwärte und eiterte und nicht heilte.

Oder die ganz andere Geschichte.

Sie sei gerade mit einem Taxi-Unternehmer liiert gewesen. Und der habe ein Problem gehabt. Er habe sich scheiden lassen wollen. Seine Frau aber nicht. Es sei denn, er erklärte, daß er ein Verhältnis mit dieser, na, Sie wissen schon, dieser Blonden, habe, die immer noch einen Pferdeschwanz trägt, als wäre sie ein junges Mädchen. Die Frau habe auf sie, Aischa, die Blonde, einen Privatdetektiv angesetzt gehabt, sie habe Beweise gebraucht, die seien bekanntlich in jenen Zeiten noch nötig gewesen, um die Schuldfrage und den daraus abzuleitenden Unterhaltsanspruch der Frau zu klären. Es habe nicht besonders gut für ihren Taximann ausgesehen. Seinerzeit sei sie ja auch selbst an der Sache interessiert gewesen. Sie habe die Verehelichung mit dem Mann in Erwägung gezogen. Nur mußte vorab möglichst eindeutig unter Beweis gestellt werden, daß sie unmöglich, *unmöglich*, sagt Aischa, ein Verhältnis mit eben diesem Mann habe und schon gar nicht die Absicht verfolge, ihn zu ehelichen. Also habe es, wenn schon keiner tragfähigen Beweise, so doch wenigstens herzustellender Triftigkeiten bedurft. *Ti äitsch* habe rangemußt. Er müsse sich mit ihr verloben. Leider sei der nun aber schon verlobt gewesen (mir fiel es schwer, das zu glauben, aber so waren eben die Zeiten, selbst ein Bronken war nicht nur neben dem Gymnasium in die Tanzschule gegangen, er brachte es sogar fertig, sich zu verloben, wenn es ihm um eine zu tun war!), seine Verlobte stammte ebenfalls aus der Stadt, da galt es, die Quadratur des Zirkels noch einmal bzw. endgültig zu erfinden, hinreichende Publizität also für die Verlobung zwischen Aischa Bruns & Theodor Bronken auf der einen Seite, höchstmögliche Verschwiegenheit und Diskretion auf der anderen gegenüber den Freunden und Verwandten der Amtsrichterfamilie Kurzeck, aus deren Töchterkreis die eigentliche Verlobte Bronkens erwählt worden war. »Ging natürlich«, sagt Aischa, »ins Auge. Jedenfalls für ihn.« Mit den Karten, die sie habe drucken lassen, hätten sie, sie und ihr Taxi-Unternehmer, die Kurve gekratzt. Der Mann konnte, da ihm nichts nachzuweisen war, einvernehmlich geschieden werden. Daß er ihr, Aischa, danach »eigentlich unattraktiver und uninteressanter« vorgekommen sei, stünde jetzt nicht zur Debatte. Nur habe es ihr leid getan, daß sie *Ti äitsch* am Ende arg kompromittierte. Sei es, daß der Amtsrichtervater seiner Verlobten Wind von einer zweiten Verlobung seines Schwiegersohns in spe bekommen hatte, sei es, daß die allzu neugierige Zukünftige nicht an sich halten konnte und in seinen Papieren herumstöberte und auf seine Zweitverlobungskarte stieß, die Sache kam heraus. Es soll, sagt Aischa, ein Höllentribunal gewesen sein, vor das ihr Guter gestellt worden sei. Dem seien zwar noch weitere gefolgt, sagt Aischa, die hätten aber nicht die Eheschließung verzögern, sondern allenfalls die spätere Ehedauer verringern können.

Sieh an, da war also schon eine Ehe gewesen.

Eine Geschichte, die mir besonders unter die Haut geht, ist die mit der Badewanne. Nicht aber wegen der Badewanne selbst und dem, was die mir von Aischa vor Augen Geführten in ihr trieben. Es ist das Ganze, was mich umtreibt.

Ich habe sie gleich zu Anfang gefragt, wie sie eigentlich zu ihrem schönen Namen gekommen sei. Sie zuckt die Achseln. »Irgendein Mißverständnis«, sagt sie. Mir, dem Arbeiterkind, könne sie es ja sagen. Nicht, daß sie es anderen, all den Herren aus besseren Kreisen, die sie gekannt habe, nicht gesagt hätte, aber die verstünden nichts, rein gar nichts. Man müsse von unten kommen, um es zu begreifen. Ihr Vater, Landarbeitersohn aus dem Saterländischen, wo er in seiner Jugend noch Torf gestochen habe, und ihre Mutter, die nie etwas gelernt, sondern immer nur für andere Leute geputzt habe, hätten immer von einem besseren Leben geträumt. Der Vater habe es dann in der Stadt auch nicht weiter als bis zum Handlanger gebracht, Bauhilfsarbeiter. Um in der Baustellenhierarchie weiterzukommen aber hätte er, sagt sie, etwas anderes lesen und lernen sollen als das, was er las und lernte. Er las die Zeitschriften und Propagandaschriften der Kommunisten, solange die im Westen nicht verboten waren, er lernte Marxismus/Leninismus, was ihn nicht zum Vorarbeiter qualifizierte. Und dann muß sie, die Mutter wie ihn, irgendein Teufel geritten haben, sie sei sicher, sie hätten nicht gewußt, was sie taten, als sie sie, die zweite Tochter, Aischa tauften. Daß das beim Standesamt überhaupt durchgegangen sei, könne nur mit der vergleichbaren Bildung derer zu tun gehabt haben, die ihre Geburt und Namensgebung zu beurkunden hatten. »Stell dir vor«, sagt sie, »Aischa. Weißt du eigentlich, wer das war?«

»Weiß ich nicht«, sage ich.

»Die Lieblingsfrau Mohammeds«, sagt sie, »auch Ayesha, buchstabiert A-y-e-s-h-a geschrieben. Sie war die Tochter des Abu Bekr. Geboren wurde sie um 613/14, erlangte nach Mohammeds Tod großen politischen und gesellschaftlichen Einfluß, bekämpfte den vierten Kalifen Ali und starb 678 in Medina. Nicht irgendeine Frau.«

Ich habe mich später um nähere biographische Einzelheiten der Aischa gekümmert; das war ich meiner Aischa/Ayesha schon schuldig.

Es ist dann aber nicht diese schlichte Namensgebung für sich, die mich zugleich anrührt und aufrührt. Es sind die Folgen. Die wie nicht wenige durch scheinbare Geringfügigkeiten ausgelöste, unverhältnismäßige, zuweilen völlig abwegige – um nicht zu sagen: beliebige – sind. Dafür, absurderweise, wiederum mit um so seltsameren Folgen für die, die eigentlich gar nichts damit zu tun haben. So daß sich Zufälle finden. Von der die Welt ja, im Verhältnis zu den halbwegs sinnfälligen und logischen Folgerichtigkeiten, geradezu wimmelt. (Wie sagt es Bronken noch einmal? *Die Welt ist voller Gegensätze und Übereinstimmungen.* Und: *Wir wachsen heran, dann sind wir erwachsen, wüten und werden, wütend, gebrochen.* Oder, man kann fast überall ansetzen; wobei man sicherlich immer noch am besten bei einem wie Vladimir Nabokov aufgehoben ist, der – in, je nun, einem seiner schwächeren Romane, dem *Gelächter im Dunkel* – den

Scharfsinn, um nicht zu sagen: den Schabernack auf die Spitze treibt, indem er den Sachverhalt auf das entschiedenste – und derart nun allerdings allerstärkste – abgibt an den Souverän, seinen Protagonisten: *»Ein gewisser Mann«, sagte Rex, während er mit Margot um die Ecke bog, »verlor einmal einen diamantenen Manschettenknopf im großen blauen Meer, und zwanzig Jahre später aß er an genau dem gleichen Tag, anscheinend einem Freitag, einen großen Fisch – aber es war kein Diamant darin. Das ist es, was mir am Zufall so gefällt.«)*

Aischa Bruns liest eine Zeitungsannonce. Es wird eine Sekretärin in Hamburg gesucht. Es wird der Arbeitsplatz beschrieben. Die gewünschte Person könne, wenn sie wolle, im übrigen nahe der Außenalster, im Bereich ihres Arbeitsplatzes wohnen. Sie weiß noch nichts. Sie bewirbt sich. Sie wird Sekretärin, zunächst des Referenten des Konsuls und schließlich des Konsuls selbst im *Kaiserlich Iranischen Generalkonsulat*. Der Konsul gefällt ihr. Sie gefällt ihm. Nicht nur wegen ihres Namens. Auch wegen ihres Haars. Und durchaus auch wegen ihrer Wendigkeit, Geschicklichkeit, ihrem Überblick über die anliegenden Arbeiten, auch wegen ihres Einfühlungsvermögens und ihres persönlichen Charmes. Sie zitiert frei aus der Beurteilung, die ihr später der Konsul schriftlich überlassen wird. Sie wird, sagt sie, zu seiner Geliebten. Im Haus. Der Mann wohnt mit Familie und Personal in einer hinreichend weit entfernten Stadtvilla am anderen Ende der Alster. So daß für sie, Aischa, der Raum entsteht, den sie sich durch ihren Charme und ihr Einfühlungsvermögen schafft. Sie darf sogar persönlichen Besuch im Konsulat empfangen. Es ist ja noch, sagt sie, vor der Zeit des Besuchs des Schahs, sie denke, ich erinnerte mich: *Der* mit der Soraya und der Farah Diba, die ihm die Kinder lieferte, die ihm die erste nicht habe liefern können. Es sei noch alles schön kaiserlich gewesen in Hamburg an der Alster, als sie ihn, *Ti äitsch*, der eben in der Zeit in Hamburg studierte (allerdings auch schon andernorts verlobt gewesen sei), wie schon früher immer wieder einmal einlud. Und auch mit auf die Mönckebergstraße nahm, um ihn einzukleiden. Denn er sei zu der Zeit herumgelaufen wie ein Kleinkrimineller aus St. Georg, so habe sie ihn nicht mitnehmen können ins Konsulat, falls mal einer aus dem konsularischen Korps nach Feierabend noch vorbeischaute, sie habe ihm, sagt sie, eine Spitzenleinenhose gekauft, Rasierwasser, Rasiercreme, Rasierpinsel, Rasierapparat, Klingen, damit er sich rasierte, die diskreten Herren im Konsulat grüßten höflich, usw. Sie sei sich nie sicher gewesen, weswegen sie dann mit dem schönen Zeugnis in der Hand ohne weitere Begründung entlassen worden sei. Ob wegen dem Studenten Benno Ohnesorg an der Deutschen Oper in Berlin, den ein deutscher Polizist, letztlich stellvertretend für den Schah, erschoß, stellvertretend insofern, sagt sie, daß die Arbeit nicht des Schahs Prügelperser übernehmen mußten, ob wegen dieses die Politik zwischen Iran und der damaligen Bundesrepublik kaum, die Politik im Inneren aber dieser Bundesrepublik ganz erheblich verändernden Vorfalls also, oder ob die Badewanne im *Kaiserlich Iranischen Generalkonsulat* mit iranischen oder deutschen geheimdienstlichen Wanzen bestückt gewesen sei, vielleicht auch versteckten Kameras über ihr und in den vergoldeten Haltegriffen zu ihren Seiten, müsse offen bleiben. Jedenfalls sei sie, Aischa, wie sie

mir glaubhaft versichert, nicht lange, nachdem sie sich einmal mit *Ti äitsch* ausgiebig aus den Scotch-Whisky-Vor-
räten des Hauses bedient hatte, um daraufhin die Nacht
hindurch auf dicken orientalischen Teppichen mit ihm
durch die verlassenen *Kaiserlich Iranischen Räume* zu
tanzen und, da der frühere Trainingspartner beim Kunst-
und Turmspringen denn doch beim Tanzen ein wenig zu
schwitzen und zu riechen angefangen habe, ihn schließlich ins *Kaiserlich Iranische Badezimmer* zu manövrieren,
wo sie darangegangen sei, das Wasser einzulassen und
ihm ein Bad zu richten ... jedenfalls sei sie nicht lange
nach dieser unzweifelhaft denkwürdigen Nacht aus dem
Kaiserlich Iranischen Gesamtverkehr gezogen worden.
Dort, in der Badewanne, hätten sie es nämlich auch *gewissermaßen zwangsläufig* getan. Zum ersten Mal, sagt sie,
genaugenommen. Und zum letzten. Unter Wasser, nicht
zu vergessen. Sie auf ihm drauf und auf, sagt sie, durchaus
nicht *lebensungefährliche* Weise, zum Beispiel, falls ich
die Stellung kennte ... Ich erspare mir den Rest, der zur
Weißglut bei mir führte, nicht aus Wut, weiß Gott nicht,
aus Begeisterung, aus Verständnis. Und Gier. Wieder einmal war ein Bericht Aischas so ausgefallen, daß er zu dem
führen mußte, wozu er allzuoft führte. Bei uns jedenfalls
war es noch lange nicht das letzte Mal.

Es folgten nicht wenige weitere Geschichten und
Strapazen.

Die, denen mich Aischa in der Folge unserer langen Ehe
unterzog und die immer noch wieder einmal zu Glückseligkeiten, Turbulenzen, Delirien zwischen uns führten,
bedürfen keiner weiteren Benennung und Erklärung. Viel
von dem, was zwischen uns war, ging unmittelbar aus der

Bronkenschen Permanenzpräsenz und dem, was ihr zugrunde lag, ganz wie von selbst, ja, geradezu organisch hervor.

Ja, ich schlug sie. Und sie schlug mich. Mit und ohne Hilfsmittel. Es war ein vollständiges Einvernehmen. Bis auch die Glückseligkeit erschöpft und alles, was uns aneinandergekettet hatte, gelöst war.

14

Stille, Zikaden

»Entschuldige, daß ich hier in aller Herrgottsfrühe herumwurachen komme.«

Ja, er hat mich geweckt, ist im Dunkeln herumgetappt,
hat die Türen der beiden Kleiderschränke geöffnet, eine
Schublade gezogen, bis ich ihm sage, daß er sich Licht machen könne, ich sei sowieso wach.

Herumwurachen. Nicht vergessen. Ich mache mir immer Notizen.

Er sagt, er habe für ein oder zwei Tage in Rom zu tun.
Ob ich mitkommen wolle.

Ich bin noch nicht in der Verfassung, sagen zu können,
ob ich nach Rom will. Ein oder zwei Tage. Was soll ich
zwei Tage mit ihm in Rom? Wo werde ich die Nacht verbringen? Hat er vorgesorgt? Oder muß ich mich selbst
kümmern. Ein Tag, gut. Aber zwei?

Während er immer noch vor den offenen Türen seiner
beiden schmalen Schränke steht, offenbar nicht entscheiden kann, was er für Rom anziehen soll, schlurfe ich un-
ausgeschlafen an ihm vorbei. Ich tappe durch die Küche.
Wieder einmal strahlendes Wetter vor dem Balkon, das
morgendliche Relief der Landschaft, die kantigen Helldun-
keltöne, die die von Osten einfallende Sonne in die Wal-
dungen meißelt, ein silbriges Flattern wie Seidensöckchen
auf der Leine sind die Olivenhaine auf dem gegenüber-

liegenden, den weiten Höhenzügen Richtung Rom vorgelagerten Rücken, man möchte sich frische Socken anziehen. Ich betrete das Bad, an dessen Türrahmen ich mir
jedesmal den Kopf stoße, so niedrig ist er. Nur mit jener inzwischen auch schon wieder fernen Äthiopierin habe ich
mir nicht den Kopf gestoßen. Ich verrichte mein Geschäft,
das kleine.

»Ich kann dich zum Bahnhof fahren«, sage ich, als er
vor mich hintritt wie die verfeinerte Kopie seiner selbst.
Sakko, senkrecht gestreiftes dunkelblaues Hemd, helle Hosen, die offenbar lange so gefaltet gelegen haben, daß die
Druckstellen wie Bügelfalten aussehen, es fehlte nur noch
der Schlips. Aber das dann doch nicht. Dafür eine Art
Lackschuh, schwarz, Slipper.

Wenn er weg ist, sage ich mir, werde ich zu ihm nach
oben fahren und einmal allein die Ruhe und die Aussicht ge-
nießen. Er hat mir, in einer grünspanrostigen Rohrmuffe,
die auf dem Absatz unter den Wasserbehältern steht, den
Schlüssel gezeigt. Mit dem muß ich in den unteren Raum,
die Abstellkammer, wo ich, auf einem Bord, auf ein ver-
gammeltes Inhalationsgerät aus Plastik stoße: in dem finde
ich dann den Schlüssel für den Hauptraum oben.

Aber jetzt muß ich ihn erst einmal fahren.

Seine Landwirtschaftsshorts und das unter den Achseln
fadenscheinige und angerissene T-Shirt bleiben in meinem
Schlafgemach liegen.

Dieses Mal will er nicht zu dem Bahnhof, zu dem wir das
letztemal fuhren, als es nach Rom ging. Wir fahren unterhalb des Kastells vorbei, des Zuchthauses, das auf dem
Buckel des Orts sitzt, den wir, oben von seiner Höhle oder

von seinem Horst aus, immer im Blick haben. Am Tag ist es nicht besonders beleuchtet, es ist die Sonne, die es anstrahlt.

Ich werde mir das Ungetüm auf der Rückfahrt näher ansehen, denke ich.

Und was sagt mein Beifahrer, kaum habe ich es gedacht?

»Ich würde es mir«, sagt er, »ersparen.«

»Was?« frage ich sicherheitshalber nach.

»Die Besichtigung des Kastells«, sagt dieser alte Gedankenleser. »Es ist ernüchternd. Stehst du vor dem Gemäuer, weißt du, was der Mensch ist.«

»Der Mensch?«

»Was er dem Menschen wert ist«, sagt er. »Möchtest du aber in die wirklichen Abgründe absteigen, dann steige nicht hoch zum Kastell, steige hinter dem Ort, die Ausschilderung wird dir helfen, hinunter zum städtischen Friedhof. Da haben sie einmal, in gehörigem Abstand zum Bürgerfriedhof und abgetrennt durch eine Reihe von jungen Zypressen, das Stahlbetonhufeisen, das definitive Fron- und Halseisen, konzipiert und realisisert, das Beerdigungsareal für die Häftlinge aus dem Kastell, die das Zeitliche segnen. Vierstöckig liegen sie da in dem Dreiviertelrund, das schwungvoll die Eingeschlossenheit symbolisiert, übereinander. Obendrauf aber, und das ist der wirkliche Clou, zwar kein Stacheldraht, aber doch ein stilisiertes Geländer, über das die Tiefstrahler ragen, die den Innenhof der Totenstätte ausstrahlen. Damit keiner der Toten entkommt. Und natürlich für die Wachen die Wachtürme, du wirst es nicht glauben. Und die Blechfiguren, die die Wachen darstellen. Hier hast du nicht lebenslänglich, hier hast du todeslänglich gekriegt, wenn sie dich in die Luken schiebe. Ich habe es Cesare berichtet. Cesare konnte es nicht glauben. Ich habe ihm gesagt: Fahr hin!« sagt Bronken. »Er ist nicht hingefahren. Als ich es einem anderen erzählte, sagte der, ja, so war es, die Stadtverordneten, die für den Gefangenenfriedhof verantwortlich gezeichnet hätten, seien von irgendeiner Seite davon überzeugt worden, daß ihr Friedhof übertrieben sei. Hast du gehört, Boddensiek, *übertrieben*! Möglich also, daß die Todeslänglichen inzwischen dank des Rückbaus ihrer letzten Ruhestätte wieder zu normalen, wenn auch weiterhin toten, Lebenslänglichen geworden sind.«

Ich erspare mir dann, nachdem ich Bronken an seinem Bahnhof abgeliefert habe, die Rückfahrt über das Zuchthaus und die spezielle Begräbnisstätte. Er solle mich, habe ich ihm angeboten, über mein Handy davon unterrichten, wann ich ihn wieder abholen könne.

»Okay.«

Und jetzt, Stille, Zikaden. Oder Grillen. So verschiedener Art diese Krachmacher sind, verwechsle ich sie doch immer wieder. Jedenfalls sind sie es, die erst mit ihrem Krach die Stille zur Stille machen. Inzwischen ist schon wieder Mittag. Ich habe mich ins Innere des Hauses zurückgezogen.

Und dann stoße ich, unweit des Photos von Bronken und seiner Schönen, auf einen Zeitungsausschnitt, den ich übersehen hatte. Er hat ja überall, nicht nur unten, Zeitungsausschnitte mit dem Nagel oder der Heftzwecke an den Wänden befestigt. Hier an dem groben Wurfputz den kleinen vergilbten Zettel, dessen Text ich mir gleich auf den Block übertrage, der auf dem hohen Tisch neben dem Klavier und dem wunderbaren tiefen Aussichtsfenster liegt. Ein Zeichentisch für Architekten, auf dem man nicht nur beiläufig Notizen, sondern schon auch noch originellere Entwürfe nicht allein für Inhaftierte machen könnte:

> Um dem wachsenden Opium- und Heroinschmuggel in Thailand beizukommen haben die thailändischen Behörden die Grenzbewachung und die Strafen drastisch verschärft. Im Gegenzug sind die Schmuggler an der Südgrenze zu Malaysia dazu übergegangen, Babys von notleidenden Eltern aufzukaufen, sie zu töten und die ausgehöhlten Körper mit Heroinsäckchen zu füllen. Wie der *Far Eastern Economic Review* berichtet, werden die Kinder als angeblich schlafende Säuglinge über die Grenze getragen, und zwar innerhalb von 12 Stunden nach der Ermordung, damit ihre natürlich Hautfarbe noch erhalten bleibt.

Ich wende mich ab. Die Grillen oder Zikaden sind Nachtigallen. Ich lege mich in einen der Liegestühle auf dem eingefriedeten Dach, von dem hinab Bronken immer sein nächtliches Wasser abschlägt. Ich rücke die Liege unter den falschen Lorbeer und schließe die Augen. Ich suche zu vermeiden, in die Landschaft zu blicken. Dort spielt das Leben. Ich wiege mich, die nackten Fußsohlen auf den gesplitterten Dachkacheln, in dem Leinen; es könnte ein Riesenstorch einfliegen und mit dem Schnabel beidseitig nach dem Liegestuhlrahmen schnappen, um mich davonzutragen und als Neugeborenen zu verkaufen. Und ich hätte nicht einmal etwas dagegen.

Unten steckt jemand einen Schlüssel in ein Schloß, ich höre es quietschen. Dann höre ich die Stimme. Eine, die brüllt, als wollte sie jemanden auf der vorgelagerten Hügelkette erreichen. Ich verstehe kein Wort. Ich vernehme keine Antwort. Und wieder Stille. Nur das jähe Verstummen und Wiedereinsetzen der schrillen Reibegeräusche, des Zirpens, das die sich verbergenden Hüpfer mit ihren Hinterleibszirporganen oder mit den zum Schrillorgan ausgebildeten Vorderflügeln hören lassen. Direkt über mir, im Lorbeer. Und das Rumpeln von Fässern und Tonnen von unten, unterhalb von Bronkens Hauptraum. Dann das Geräusch eines Wasserstrahls, der in ein hohles Gefäß gerichtet wird. Das Umstülpen des Gefäßes. Ein Hammerschlag. Und noch einer. Dazu von ferne der Eichelhäher, was weiß ich, oder die Krähen mit ihrem Gekrächze. Ich falle in Schlummer.

Wer hat mir das alles aufgebürdet? Ich selbst? Nein. Ich setze mich nur zur Wehr. Jetzt. Mit meinem Schlaf. Es ist ein roter Schlaf, durchschattet von einem Blau, das aus dem Inneren kommt. Wehr- und Heilschlaf. So entsteht Violett. Wäre ich einer dieser Nazarener, von denen ich gelesen habe und deren Zeichnungen und Bilder, von heute aus gesehen, wie Kitsch wirken. Sie sind es nicht. Wir selbst sind Kitsch, im Entsetzen.

Jetzt ein Geläute, eines, das mich weckt. Es sind Flaschen, die gegeneinander schlagen. Und wieder das Geräusch sprühenden, druckvollen Wassers. Aus einem Schlauch. Der Unsichtbare unterhalb meiner Dachterrasse spült Flaschen. Ich habe Durst. Ich erhebe mich, trete ins Innere des Hauses, der Schwingboden schwingt nicht nur, er ist, wie gesagt, auch ein akustischer Amplifikator, er trägt das Geläute unmittelbar von unten über meine nackten Fußsohlen durch den ganzen Körper hindurch in mein Gehör. Ich greife, nachgerade verzückt, zur Wasserflasche, die im Seitenfach des Kühlschranks steht. Ich nehme einen kräftigen Schluck. Direkt aus der Flasche. Es ist kein Wasser, ich verschlucke mich. Es ist Wein, weißer. Um dem Verschlucken entgegenzuwirken, nehme ich einen weiteren Schluck. Wäre es das Wasser gewesen, nach dem ich greifen wollte, durchrieselte es mich jetzt nicht so angenehm und wohlig. Bienen summen durch die Tür herein und durchs Fenster hinaus. Auch umgekehrt. Eine schwarze Hornisse propellert. Oder tut, als propellerte sie. Wäre nicht der Unsichtbare mit seinem Klingklang unter mir, würde ich die Decke über dem Klavier zur Seite schlagen, den Deckel heben und einen Ton anschlagen. Und sei es nur, um zu hören, wie er klingt. Was ist in mich gefahren?

Ich werde mich heute nicht mehr von hier fortbewegen, denke ich. Ich werde oben bleiben. Ich werde nachsehen, ob da neben den Handtüchern und Kleidungsstücken auf den dicken, an der Wand befestigten Brettern, auch so etwas wie Bettwäsche liegt. Mir reichte ein Laken. Eins oder zwei. Ich werde hier oben übernachten, auf Bronkens Matratze. Und mir den Himmel ansehen. So wie ich ihn mir tausend- und abertausendmal, am Bug des Schiffes, über dem Schäumen der Schraube am Heck, auf der Brücke, angesehen habe. Das Kreuz des Südens. Nach ihm werde ich Ausschau halten, obwohl ich weiß, daß ich es nicht *erschauen* werde. Ich befinde mich nicht südlich vom 26. Grad nördlicher Breite. Ich befinde mich unter einem anderen Gewölbe. Und sinke in ein anderes Gebet.

Morgen werde ich meinen Sohn anrufen, den Jens. Und die Claudia. Warum nicht jetzt? Ich weiß nicht.

Noch einen Schluck.

15

Wir sind auf dem Weg

Von wegen. Von wegen Kreuz des Südens und nächtigen in Bronkens oberem Bett.

Kaum ist er mal ausgeflogen, ist er auch schon wieder da. Kein bedeutenderer Ausflug. Hat ihn da jemand versetzt? Ich meine, in jeder Hinsicht. Ihn stehen oder auflaufen lassen? Um ihn dann schleunigst wieder zurückzutransportieren in die ihm angestammte ländliche Fluchtburg? Ich werde es vermutlich nie erfahren. Denn zum einen tut er, als er mit dem Roller, den er unter seinem Balkon hatte stehenlassen, herangeknattert und zu mir heraufkommt, so, als wäre er überhaupt nicht weggewesen, und zum anderen denke ich auch nicht im mindesten daran, ihn danach zu fragen, was denn nun gewesen sei. Und was sei. Ich tu selbst so, als wäre nichts gewesen. Wenigstens hat er mir die Mühe erspart, ihn vom Bahnhof abzuholen. Entweder es hat ihn ein anderer gefahren. Oder er hat einen der blauen Busse genommen. Nur, mit denen braucht man so lange, daß ich mir ausrechnen kann, wie lange er in Rom war. Höchstens eine halbe Stunde.

»Da bist du ja«, sage ich.

Er antwortet: »Ja.« Daß er sich inzwischen auch schon wieder umgezogen hat und in den olivgrünen Landwirtschaftsshorts und dem fadenscheinigen T-Shirt vor mir steht, will mir als besondere Durchtriebenheit erscheinen.

Und dann setzt er sich unvermittelt – und so, als wollte er dem Gerumpel und dem Geklirr und Geklingel unter uns antworten – an sein Klavier.

Ich will mich nicht einmischen. Er ist sicher der Musikalischere von uns beiden, aber was er da zum besten gibt, ist denn wohl doch nicht der musikalischen Möglichkeiten letzter Schluß. Zwar haut er in die Tasten, aber – nun eben – er haut. Schmettert vielfingrig und so, als bediente er ein Rüttelgerät zum Erbsensortieren. Es ist zudem nicht erkennbar, worauf er hinauswill. Sicher, er improvisiert. Aber es ist nichtsdestoweniger nicht erkennbar, worauf er hinauswill. Er will nur spielen. Das merkt man, dreinschlagen, spielen. Und erteilt, im Gleichklang dazu, noch Anweisungen. »Wenn du«, läßt er sich, ohne auch nur im Dreinschlagen innezuhalten, vernehmen, »den Kühlschrank aufmachst und unten ins Flaschenfach greifst, stößt du auf eine Wasserflasche.«

Aha, der Wein.

Ich mache den Kühlschrank auf und stoße auf die Flasche.

»Wenn du so gut bist und nach zwei Gläsern über dem Waschbecken neben der Tür greifst, wäre ich dir dankbar.«

Klingt schon besser. Und auch so wie das, was er nun intoniert. Es ist eine recht schlichte, wenn auch dafür nicht ganz so wüste Weise.

»Schenk uns ein«, sagt er. Er könnte es ebensogut singen.

Also schenke ich ein. Ich reiche ihm sein Glas, das er in die Linke nimmt. Während er dies nun aber tut, auch einen ersten Schluck nimmt und seine Rechte weiter die

Tasten, fast hätte ich gesagt: traktiert, fängt etwas an zu perlen, zu klingen, zu tanzen, wird das herbe, derbe Spiel zu Musik. Ganz sanft langt der Einhändige hin, während er das Glas nicht aus der anderen Hand entläßt. Und so sage ich auch, noch immer ein wenig eingeschüchtert von seinem Auftritt, daß schön und sehr einfühlsam klinge, was er da mit einer Hand spiele.

Ich hätte es nicht sagen sollen.

Bronken wirbelt auf seinem Klavierdrehhocker herum. »Die Kurzeck, erinnerst du dich an die Kurzeck?«

Ich erinnere mich an nichts, obwohl ich den Namen schon mal gehört habe.

»Als ich«, sagt Bronken nachgerade fröhlich – und nachdem er einen kräftigen Schluck genommen und sich von mir hat nachschenken lassen –, »als ich die Kurzeck heiratete, bestellte ihr Vater, der Amtsgerichtsrat Kurzeck, eine Combo ins *Fürst Bismarck*, wo das Hochzeitsgelage stattfand, die bestand aus zwei Leuten. Einem Schlagzeuger und einem Akkordeonisten. Der, der dem noch nicht in Erscheinung getretenen Akkordeonisten das Akkordeon trug, war ein Einhändiger. Erst nach dem Aufbauen der Schießbude, du weißt, des Schlagzeugs, und dem Öffnen des Kastens mit dem Akkordeon durch den Kastenträger, der nun Anstalten macht, sich einhändig unter Hilfestellung des Schlagzeugers das Akkordeon um den Leib zu schnallen, wird mir klar, daß er selbst der Akkordeonist ist. Ich sehe, wie mein Schwiegervater unsicher lächelt und die Damen erstarren. Und auch ich frage mich, wie der, dem seine Rechte fehlt, nun sein Akkordeon bedienen will. Will er nur die Bässe betätigen? Weit gefehlt«, lacht Bronken und biegt sich förmlich, das Glas in der Hand, von seinem Hocker zum schwankenden Boden, »unser Mann spielt mit Elle und Speiche, jawohl. Und zwar so, daß man es, wenn man nicht hin*kuckt*, nicht im mindesten hört. Er ist ein Virtuose von Elle und Speiche. Die im Wechsel, rosaroter Handgelenksknochen für rosaroten Handgelenksknochen, da nämlich genau muß ihm einmal die Hand abgetrennt worden sein, über die Tasten fliegen, die schwarzen ebenso wie die weißen. Es ist ein solches Wirbeln und Rollen, daß einem schon vom bloßen Zusehen die Knocheneinzelteile abhanden kommen. Wobei er fünffingrig linkshändig furiose Bässe hinlegt. Was wiederum zeigt, daß erstens Übung den Meister macht, und zweitens nichts so schön, wenn vielleicht auch nicht wirklich dauerhaftes Glück versprechend ist wie eine Hochzeit, bei der man den menschlichen Unzulänglichkeiten und Gebrechen von vornherein mit Zuversicht begegnet. Es war«, sagt Bronken, »ein rauschendes Fest. An dem Heizkörper des Hotelzimmers, das mein Schwiegervater für mich und meine Angetraute oben im *Fürst Bismarck* für die Hochzeitsnacht reserviert hatte – er hing unmittelbar neben dem Hochzeitsbett und muß die ganze Zeit, es war zwischen Weihnachten und Silvester, nur so gekocht und gebrodelt haben –, verbrannte ich mir in dieser Nacht«, jetzt streckt mir Bronken sein nacktes behaartes Bein entgegen und weist mit dem Zeigefinger der Hand, in der er sein Glas hält, auf die Stelle am Schienbein, »ohne es in meiner Bräutigamsseligkeit selbst im geringsten zu merken, derart die Haut und das darunterliegende Fleisch, daß du es, *kuck* nur hin, heute noch siehst.«

In der Tat, ich sehe die Narbe, die glänzende Stelle, wo kein Härchen mehr wächst.

Bronken läßt seinen Unterschenkel wieder fallen und nimmt einen weiteren Schluck.

Was ich dann zu hören bekomme, ist mit dem, womit er mich zuerst überrascht hat, in keiner Weise zu vergleichen. Er spielt, nun ja, nicht gerade wie ein Gott, aber er spielt doch mit einer Einfühlsamkeit, Zartheit, einer Genauigkeit, Phantasie und Emphase, daß er mich voll für den ersten Schreck entschädigt. Geradezu andächtig sitze ich auf seiner Bettkante und lausche. Alles, was er spielt, ist in Moll. Und klingt halb zigeunerisch, halb tangofinnisch und, insofern letztlich anderthalbfach, als es zusätzlich auch noch einen geradezu steppen- und taigaartigen Unterton hat. Bis er den Arm hebt, innehält und sagt: »Nun, genug. Stell die Flasche weg. Es erwartet uns noch anderes.«

»Anderes?«

»Wolltest du«, fragt er mich, sich wieder zu mir umdrehend, »nicht wissen, wie die Sache mit meiner zweiten Frau, der Drenger, ausging?«

»Ich bin wohl«, sagt Bronken, »der Unruhigere von uns beiden. Und zugleich auch der Fürsorglichere, würde ich sagen. Nicht erst am Mittag, nachdem ich sie auf meinem Vesparücksitz mit zu mir hoch genommen habe, entdecke ich ihre Zehen mit den langen Zehennägeln, die die Kappe ihrer chinesischen Samtschlappen mit den schmalen Spannriemen durchstoßen haben. Das rührt mich, diese abgebrochene Ärztin hat Lebensart, denke ich, kümmert sich einen feuchten Kehricht. Wenn die chinesischen Stoffschuhe zu kurz sind und die Zehennägel nun einmal die Angewohnheit haben, unaufhörlich zu wachsen, bleiben letztere die Sieger. Irgendwann aber denke ich, schon weil sie sich immer wieder einmal die Zehen weh tut, wenn sie die Stufenkante einer Treppe verfehlt, man sollte sie schneiden. Zunächst blickt sie mich verständnislos an, dann protestiert sie. Als ich ihr mit der Handfläche das Schienbein hinabfahre, um ihr über dem gestreckten Spann die Schlappen auszuziehen, und beginne, ihr die Fußballen und die Zehgelenke, dann auch die Zwischenräume zwischen den Zehen zu massieren, und so wieder einmal die Sprache auf das Schneiden zumal der Nägel der großen Zehen bringe, läßt sie sich überreden. Ich greife zu meinem Schweizer-Multifunktions- und Offiziers-Messer und schneide ihr die Zehennägel. Danach wundert sie sich selbst, wie angenehm sich ihre Zehen ohne die langen Nägel anfühlen. Nur seien jetzt leider die gefransten Löcher an der Spitze ihrer Schlappen leer. Aber das nimmt sie in Kauf. Zumal ja Nägel die Eigenschaft haben, immer wieder nachzuwachsen.«

»Laß uns einen Spaziergang machen«, sagt er.
»Bitte.«
»Dort unten, wo du noch nicht warst, wir brauchen nur, statt nach rechts in Richtung Friedhof und Altstadt, nach links zu gehen, da führt der Weg in die Tiefe, ins Gestrüpp und Gebüsch, den Wald, wo es kühl ist. Einen Hut oder eine Mütze brauchst du nicht. Unten ist genug Schatten.«
Wir sind dann schon die Kies- und Schotterstraße ein ganzes Stück hinabgestiegen und in die versprochenen Schatten gelangt, als er nahtlos an das anknüpft, was er mir zuvor anvertraut hat.
»Auch wenn du«, sagt er, »findest, daß ich nachtragend bin: der Gerechtigkeit halber muß ich sagen, daß sie, was

mich anbelangt, insgesamt etwas zurückhaltender ist. Habe ich einen Pickel auf dem Rücken, an den ich mit meinen kurzen Armen nicht rankomme, steht sie mir nicht bei. Zwar sieht sie ihn, aber sie wendet sich ab, wenn ich sie bitte, ihn mir auszudrücken. Bis ich selbst irgendwie unter Verrenkungen mit dem Fingernagel an die Stelle komme und ihn mir aufkratze. Drücken kann ich ja nicht. Und das blutet dann natürlich, was noch ekliger ist. Andererseits«, sagt er, »ist sie alles andere als etepetete. Sie schildert mir ihre frühe Jugend, nicht im Detail, aber doch so, daß ich aufhorche. Die Fleischigen und Rohen, die Feisten, die Knochigen unter den Arbeitersöhnen, zu denen sie schon früh den Kontakt gesucht habe, hätten sie immer am meisten angezogen. Nicht die Konfirmanden- und Organistentypen, mit denen sie es im Gymnasium zu tun gehabt habe. Sie sei mit ihren dünnen Beinen und dem noch mit 15 fast nicht vorhandenen Busen für die Derben, habe sie gefunden, gerade die Richtige gewesen. Sie sei mit dem Anführer der Bande zusammengewesen, dem Stärksten, die hätten ja auch immer wieder Dinger gedreht und seien dann in die weiteren Außenbezirke und in die Wälder bei Basel ausgewichen, wenn die Polizei hinter ihnen her war. Der Rudi, ihr Freund, der Anführer, habe sich später dort im Wald, keiner wisse, ob aus Versehen oder absichtlich, erhängt. Da habe sie dann den Kontakt zu der Gruppe abgebrochen. Und den Weg zum Kommunistischen Eidgenössischen Geheim- und Widerstandsbund gefunden. Für den habe sie Flugblätter gekurbelt und Transparente gemalt, falls sie auch mal öffentlich auftraten. Und natürlich bei diesen Gelegenheiten mehr als Bürgerinitiative und Jugend-Stadtteilgruppe firmierten. Damit habe sie ihre Mutter mit Sicherheit noch mehr aufgebracht, als sie es mit den Schmuddelig-Wilden, *von denen die Arme vermutlich keine blasse Ahnung hatte*, hätte schaffen können. Nur mit meinen Pickeln, wie gesagt, kam sie später nicht klar. Obwohl die mir auch nicht gerade wie eine die Grenzen des Überblickbaren sprengende Frühlingswiese auf meiner Rückansicht blühten. Aber ich beklagte mich nicht. Nur einmal, noch ziemlich am Anfang, das war dort unten am südlichen See weit unterhalb von Thalwil, wo es die schönsten wirklichen Frühlingswiesen gibt, durch die hin und wieder auf engstem Pfad Vereinzelte ziehen, da meldete ich mich zu Wort. Von weitem schon sah ich die Alten kommen, ein Paar, sicher, man sieht dem Rentner und seiner Frau schon von fern an, in welchen Behördenbüros und Wohnküchen sie ihr Leben verbracht haben, aber muß man ihnen deshalb Angst einjagen? Wir gehen den in der Ferne sich zeigenden Menschen entgegen, der Hund, ihr nie bellender, jedoch ansonsten durchaus wachsamer Husky Anita ist nicht angeleint, wir können uns nicht in allen Einzelheiten um die zahlreichen Ausschilderungen mit den hinter Glas gefaßten noch zahlreicheren Naturschutzgebietsanordnungen halten, wir wissen selbst, daß das Führen der Hunde an der Leine eine gesamtgesellschaftliche Auflage ist, aber so ein arktisches Tier braucht, wo es, zumal im späten Frühjahr, kein Eis und keinen Schnee gibt, Auslauf, den ihm zu bieten ist man dem Tier schuldig. Nur, kann man so ein Tier nicht auch zurückpfeifen, wenn es im Begriff ist, ein einem ahnungslos entgegenkommendes schweizerisches Rentnerpaar anzufallen? Und kann man nicht wenigstens, wenn man dann an den Verängstigten, die sich aneinanderklammern, vorbeikommt, während

Anita sie mit wedelndem Schwanz und gefährlich *nicht* kläffend, umspringt, als müßten sie sich alsbald zu Boden werfen, ihr Geschirr ausfahren und dem Arbeitstier als Schlitten dienen, kann man da nicht wenigstens den Bebenden ein Wort des Bedauerns gönnen? Ich finde: kann man. Sie findet: nicht. Ob ich nicht selbst gesehen hätte, wie die aussahen, heißt es nur kalt, als sie sich davongedrückt haben. Solche, sagt sie, sollen auch mal beben. Das ist dann Anlaß für eine der frühen Verstimmungen. Da ereifere ich mich. Da habe ich eine andere Meinung als sie. Und die bringe ich auch«, sagt Bronken, »vor. So wie die, in diesem Falle noch, im Jahr nach dem gemeinsamen Anfang, in Italien, als die Mirgelhub und der Maeggi uns im Auto mit nach Neapel nehmen. Ein Ausflug. Wir fahren über die unsäglichen Tangenten und auf Stelzen sich durch die Wohnküchen der halbfertigen Mietskasernen, die jedoch alle sichtlich überbelegt sind, führenden Stich- und Schnellstraßen, zwischen den Komplexen, den Autowracks, der Wäsche auf den Leinen und den teils brennenden, teils kokelnden und qualmenden Halden von Abfall und Müll hindurch, in denen die Kinder und Ratten spielen, und da ruft meine Drenger, ihr Auge glüht, begeistert aus: ›Toll, das ist die Wahrheit! Das ist das Leben!‹ Sie verstört mich. Es rührt sich etwas in mir. Die Emphase stört mich. Der ganze Ton. Obwohl ich weiß, daß sich hier Wahrheit kundtut. Nur welche? Und daß das Leben das Leben derer ist, die diese Wahrheit am eigenen Leib erfahren. Ich widerspreche. Wie im Falle der Zürcher Rentner und deren gewiß ganz anderem Leben meine ich hier etwas äußern zu müssen, ich meine: es äußert sich vielmehr von selbst, es ist ein Impuls und Affekt, ein Nicht-einwilligen-Wollen in den – ihre Freunde stehen ihr von vorn, den Vordersitzen, aus zur Seite – Kanon einer Ästhetik der Häßlichkeit und des Verfalls. Sie aber schweigt, so wie sie schwieg bei den ihren Ruhestand durch die Riedwiesen tragenden alten Schweizern. Gut«, sagt Bronken.

Wir steigen zwischen Kastanienbäumen, Eschen, Steineichen hinab. Das Licht flimmert und bestreicht den Weg mit glitzernden Flächen von Sommerschnee, Blättern, Blüten, Flocken, die die Kiesel und Steine hüpfen machen. Brombeeren streifen die Schulter, ich bleibe stehen, um mir einige zu pflücken. Brennesseln suchen die Stellen an den Sandalen, die für sie und die Belüftung freigelassen sind.

»Gut«, fährt Bronken, sich wiederholend, im Abstieg fort, »sie schweigt. Um mich dann, irgendwann, es ist längst Gras über die letzte Unstimmigkeit gewachsen, ohne Vorwarnung anzufallen. Mit aller Gewalt, die sie körperlich aufbringt, prallt sie, die eben noch einen Teller beiseite gestellt oder ein Buch beiseite gelegt hat, auf mich. Damit man mich aber nicht mißversteht«, sagt er, »dieser Aufprall hat nichts Aggressives. Eher im Gegenteil. Sie schlingt die Arme um mich, krallt sich fest. Während ich strauchle. Jetzt hält sie mich. Wir stehen wie verschmolzen, erstarrt. In Gegenseitigkeitsstarre. Eine Säule. Die stürzte oder einfach nur zerbröselte, träte jemand von außen an sie heran und erlaubte sich auch nur, sie näher in Augenschein zu nehmen. Es ist aber auch nichts Leidenschaftliches an diesem Aufprall, schon gar nicht Zärtlichkeit oder Bezug. Er ist nichts als ein Vorfall, ein Anfall und Aufprall, die Umklammerung selbst. In der sich nichts tut, in der nichts überfließt, in der sich kein Ziel verkörpert, es ist nur ein schreckliches Innehalten. Der Schraubstock. Ich blicke über ihre Schulter hinweg zur Tür, ins Bücherregal, aus dem Fenster. Wovor fürchtet sie sich? Wen meint sie? Ich bin versucht, mich mit ihr um die eigene Achse, die Säulenachse, zu drehen, um das zu sehen, was sie sieht. Aber ich weiß, es drehte sich mit mir und ihr. Ich sähe es nie, da sie so wie ich, der ich nur wenige Zentimeter größer bin als sie und über ihre Schulter blicke, über meine blickt. Ein jeder von uns in sein jeweiliges Leeres. Am Ende ist es immer wie ein allen Raum um uns einnehmender lautloser Schrei. Vielleicht das Wort, das sie nicht findet. Dessen sie durch die Kleidung, die Haut, durch Fleisch und Gebein hindurch verzweifelt und, nun, buchstäblich *habhaft* zu werden versucht. Wenn ich sie frage, was sei, sagt sie nichts, schweigt. Oder sagt, nein, haucht, als wäre es ein letzter Seufzer: ›Nichts.‹ Um ihren Leib um so heftiger gegen den meinen zu pressen. Es ist kein Raum mehr zwischen uns. Nackt stehen wir ineinandergegossen in unserer jeweiligen Kleidung. Denn nie ereignet sich – anders kann ich es am Ende nicht nennen: ereignet sich – dieser Aufprall, wenn wir tatsächlich nackt sind. Wenn wir tatsächlich nackt sind, gibt es immer noch den Ausweg, die Ausflucht der Lust. Sie läßt mich nicht los. Wir stehen Minuten. Ich stehe sie durch. Ich mache mich irgendwann frei. Fast übe ich Gewalt. Ihre Arme erlahmen. Ich blicke ihr ins Gesicht. Streife ihr den tiefdichten Pony aus der Stirn. Sie erwidert den Blick. Und blickt doch so, als sähe sie mich nicht. Als sähe sie irgendeinen oder irgend etwas anderes oder anderen. Sie blickt durch mich hindurch. Und legt nun ihre ermüdeten schlanken Hände schwer an meinen Hals, während ich meine auf ihre Hüften lege und die mir binnen weniger Minuten wieder einmal zur Fremden und Unerreichbaren Gewordene halte wie eine, die aus einer mir nicht zugänglichen Dimension, einer Dunkelheit, zu der ich keinen Zutritt habe, hervorgebrochen ist, um sich, wer weiß wovor, vielleicht dem Unsäglichen, *ihrem* Unsäglichen, in meine Arme zu flüchten und in Sicherheit zu bringen. Ich bin überfordert. Manchmal zittert sie, wenn ich ihre Hände von meinem Hals nehme, unter dessen erhitzter Haut es pulst. Dann dreht sie sich abrupt um, flieht in ihr Zimmer, zieht die Vorhänge vor oder läßt die Rollos und Jalousien herunter, um einen halben Tag dort auf dem Bett oder dem Sofa liegenzubleiben, wo sie sich zum Embryo zusammenrollt, bis der Hund kommt, ihre schlaff herabhängende Hand beschnuppert und schließlich, mir will vorkommen: *verständnisvoll* leckt.

Und dann, irgendwann, die Übelkeit, das Kotzen, wie sie es ungeschminkt nennt. Wir haben Sommer, vielleicht etwas später als jetzt, vielleicht schon Herbst, ja, die Blätter fallen, die Farben steigen an, als wäre deren Fülle eine Skala, auf der es immer noch zuvor nie erreichte Werte und Grade, Prägungen und Erscheinungsweisen der sichtbaren Welt gäbe, und es ist ja auch nicht nur so, daß zeitweilig Stockungen, Mißverständnisse und gewisse, jedoch nie uns wirklich trennende Unerreichbarkeiten zwischen uns zu verzeichnen wären, in den allermeisten Belangen sind wir uns einig. Ich habe es schon gesagt: Wir wollen keine Kinder. Zumal sie ja auch, das haben ihr die Gynäkologen schon in jüngeren Jahren zu verstehen gegeben, gar keine haben kann. Sie leide, hat es geheißen, als sie sich wegen zunächst, noch in der Pubertät, zu unregelmäßig einsetzender Regelblutungen untersuchen ließ und später zeitweise über Jahre keine Menstruation mehr auftrat, unter einer sogenannten sekundären Amenorrhoe. Als sie sich, nachdem wir uns kennengelernt hatten, noch einmal, schon weil mir der Gebrauch von Präservativen im Umgang mit der, mit der ich ausschließlich umgehen möchte, unangenehm ist, ein weiteres Mal gründlich untersuchen läßt und sich mit der einschlägigen Literatur vertraut gemacht hat, kommt sie zu dem Schluß, daß wir nicht verhüten müssen. Sieben Jahre sind wir auf diese Weise zusammen. Wir verhüten und verhalten uns nicht. Und dann plötzlich dieses Kotzen.

Nach heißen Sommern kann man sich in wärmeren Breiten«, Bronken bleibt stehen, stellt seinen Fuß auf einen umgestürzten Baumstamm am Rand des Wegs und wirft einen knappen Seitenblick auf mich, »das weiß zuallererst der Seemann, der die Weltmeere befuhr, manches holen, das den Verdauungstrakt in Unordnung zu bringen vermag, manchem«, fügt dieser zumindest in diesem Zusammenhang nicht unter Amnesie Leidende dann noch sinnigerweise hinzu, »genügt schon, unabhängig von den Witterungsverhältnissen, das Abseilen auf ein zu seinem Bestimmungsort zu lotsendes Schiff. Der Drenger ist dann aber doch ihre Übelkeit zunehmend verdächtig. Sie will einen Schwangerschaftstest machen. Sie zögert den Kauf des Tests hinaus, da immer mal wieder junge Damen und Herren auf der *Via Roma* in der Apotheke neben der *Fraschetta* stehen, die es inzwischen nicht mehr gibt, das neue Lokal, man glaubt es nicht, heißt *Venus Club*, und als die zunehmend in Panik Geratende es endlich schafft, einmal allein hineinzuschlüpfen und sich an die Medikamentenvitrine zu schlagen, um an das gewünschte Teststreifen-stäbchen zu kommen, mit dem sie dann hoch unter mein Dach geeilt kommt und im Klo verschwindet, stellt sich heraus, daß blau nun einmal blau und sie also zweifelsfrei schwanger ist. Sie ist verstört. Ich bin verstört. Wir liegen uns in den Armen. Und sagen: Ja. In Zürich, wohin sie anderntags reist, kann sie das Kind auf dem Bildschirm schon sehen. Mit allem was dran ist. Man hätte, sie ist am Ende des dritten Monats, selbst wenn sie es gewollt hätte, nichts mehr tun können. Ich erfahre es mit einigen Tagen Verzö-gerung. Ich sitze allein auf der noch nicht von einem Ge-länder umgebenen Dachterrasse, ich sitze auf dem kleinen Eckplatz, den ich sieben Jahre zuvor einmal mit eigener Hand in die Ecke der Tuffsteinabschüssigkeit geschlagen habe. Ich sehe das Kind im Gras, es krabbelt. Ich sehe, wie ich mit eigener Hand eine um ein Vielfaches größere Ni-sche in den Hang treibe, ich sehe mich bereits Kreuzhacke, Brecheisen und Schaufel schwingen. Den Aushub, den ich oben gewinne, schütte ich unten auf. Ich schaffe einen Aus-lauf fürs Kind. Ich bin der tiefen Überzeugung, daß das Kind recht daran getan hat, gegen alle prognostische Un-fehlbarkeit der Medizin und meiner klugen Kollegen, sein eigenes Erscheinen anzustreben. Ich schließe hinter mir ab und folge der Drenger nach Zürich.«

Wir sind inzwischen an einer Wasserstelle angelangt. Aus dem von Moos besetzten Fels, in das ein mit einem Vor-hängeschloß versehenes Auffangbecken eingemauert ist, ragt das Rohr, aus dem der Wasserstrahl plätschert. An-ders als an Bronkens früherer Wasserstelle, ist diese Quelle noch nicht versiegt. Es sei genau das Wasser, das sich in der

Waldschneise seinen Weg bahne, um acht oder neun Kilometer weiter unten den Bach zu füllen, aus dem Cesare im Notfall seinen *Laghetto* speise. Sofern eben die auf seinen Grund- und Quellwasserberechnungen beruhenden Hoffnungen sich nicht erfüllen. Wir setzen uns auf den Rand des offenen unteren Beckens, in das das Wasser aus dem oberen rinnt.

»Nun heißt es, um die Sache nicht aus den Augen zu verlieren«, sagt Bronken, ein Bein über das andere geschlagen, »das ewige Provisorium, ich werde fast fünfzig sein, wenn das Kind zur Welt kommt, zu einer späten Dauer zu wenden. Zwar werden wir nichts überstürzen, besprechen die Drenger und ich, aber wir sollten auch nicht vergessen, daß es nicht dasselbe ist, ob wir in Zürich oder zum Beispiel in Berlin leben. Auch wenn wir, seit wir zusammen sind, unter anderem sogar schon an stillgelegte ostfriesische Bahnhöfe oder Gasthäuser gedacht hatten, auch an Altstadthäuser im deutschen Südwesten, geostrategisch sozusagen idealer, da hatten uns sogar schon einmal Leute aus ihrem Umkreis Rechnungen aufgemacht, die nur die Volksbanken und Sparkassen des Hegaus bieten, man hat 10.000 Mark Eigenkapital, der Rest wird aus spottbilligen Krediten, Landesmitteln für den Denkmalschutz und Bundesmitteln für ich weiß nicht was finanziert, und schon ist man nach zwölf Jahren, innerhalb derer man in der Höhe einer vertretbaren Miete die Schuld getilgt hat, Eigentümer eines durchsanierten und renovierten 200-qm-Altstadtappartements, der Vermittler der Geschichte, der mit dem Bürgermeister des betreffenden Städtchens in gutem Kontakt stand, meinte sogar, daß man im Notfall die ganze Sache ja wieder mit Gewinn verkaufen könne, im Notfall, wie gesagt, das kam mir vor, als hätte ich es irgendwo schon einmal als Titel in einer Sendung im Radio gehört oder in einer Zeitschrift gelesen, aber da wären wir Eigentümer geworden, noch einmal Eigentümer«, sagt Bronken, »einmal Eigentümer reicht«, sagt er, »habe ich dir nicht erzählt, was mir hier oben bei mir mit meinem Nachbarn, meinem früheren Freund und dann Feind passierte?«

»Du hast so etwas angedeutet.«

»Ich werde das zwischenschalten«, sagt er. Dann beugt er sich hinüber zum Wasserrohr, wäscht sich die Hände, führt die Innenflächen ineinander, so daß sie eine Schale bilden, und schlürft ein paar Schluck. Ich hatte selbst schon daran gedacht, bin aber nicht dazu gekommen zu fragen, ob das Wasser auch gut sei. Jetzt mache ich es wie er.

»Ich schalte es sogar vor, denn unser Kind, die Valentina, wird ja schon geboren, sie wird schon mehr als ein Jahr alt sein, als wir – nachdem ich noch im Vorjahr, bei meiner Abreise, den Auftrag an Carlo, meinen Mann, der mir auch die Tomaten pflanzt, erteilt habe, fürs nächste Jahr an ganz bestimmter, nämlich höchster Stelle meines bescheidenen Gartens eine Pinie zu pflanzen, er werde rechtzeitig wissen, warum –, als wir, die Drenger, die das Auto lenkt, und ich auf dem Rücksitz, die Tochter im Arm, zusammen in den Ort einfahren. Das Land, der Garten, ein Chaos, keiner hat es, wie vereinbart, gemäht, wir kämpfen uns durch das Unkraut und die mannshohen Stauden und Ginsterstacheln in unsere verlassene Klause, in der die Siebenschläfer und Mäuse, gegen die ich Gift auslegte, verendet und vertrocknet sind, da kommt die Frau gelaufen, die Frau des Nachbarn oberhalb, die ich nur von

weitem kenne und die mich nur von weitem kennt, sie ist
außer Atem, wir sind, nach zweitägiger Autobahnfahrt,
noch keine Viertelstunde da und überlegen, wie wir des
Drecks und der Unordnung Herr werden sollen, ich habe
keine Ahnung, was sie von mir wollen könnte, sie nimmt
mich beiseite, damit uns die anderen Nachbarn, der Carlo,
mein Hüttenmitbesitzer, und sein Vater und sein Onkel
nicht sehen, sie sagt, der Sigismondo, ihr Mann, es stehe
schlimm um ihn, und ich wisse ja, der Sohn, der eine, ja
ich weiß, einer mit schweren frühkindlichen Hirnläsio-
nen, schwerfällig, fast sprechunfähig, ein Pflegefall fast,
sofern er nicht mithilft beim Schneiden der Bäume und
Tragen der Zweige oder Körbe, der Vater, sagt die Frau.
Wo er sei, frage ich sie«, sagt Bronken. »Im Hospital, dort
unten, sie weist hinunter ins Land, nicht weit, ich weiß«,
sagt Bronken, »wie weit: Berg und Tal, und Kurven, Serpentinen, eine Dreiviertelstunde, eine Stunde braucht man
mit dem Wagen dorthin, er liegt, sagt sie, im Sterben und
müsse unbedingt mit mir sprechen, ich müsse unbedingt
kommen, es sei *urgente, molto urgente*. Ja, da denke ich,
ich laß Gefährtin und Kind und kümmere mich um den
Sterbenden, vielleicht kann ich mich ja irgendwie nützlich
machen, vielleicht soll ich etwas für seinen kranken Sohn
tun, nur was? Der wartet dann schon unten, wo immer
meine Vespa stand zu der Zeit, ich steige zu der Frau in den
Wagen, wir fahren hinunter ins Tal, die Ebene, nehmen Ab-
kürzungen und Umwege, wir kommen ins Hospital, der
Sterbende sitzt auf der Bettkante, kehrt mir den Rücken.
Als er mich erblickt, sinkt er zurück in die Kissen und legt
mir etwas auseinander, das ich nicht verstehe. Ich denke,
ich müßte seinem Sohn, der die Hände und Füße am Fen-

ster verdreht, irgendwie beistehen in einer Grundstückssache, die der Vater nicht mehr wird betreiben können, es ist von *vincolare* die Rede, ein Wort, das ich nicht kenne, ich solle voncolieren/vicoloren/vincolieren, verstehe ich, dann sei alles in Ordnung, 2.000 qm fehlten ihm, damit er sein Haus bauen könne, sagt er, er würde mich bezahlen, wenn ich ihm mein Land überließe, *pro forma*, versteht sich. Überlassen? Wie überlassen? Bevor ich es einem anderen überließe. Wem was überlassen, welchem anderen? Es ist einfach nicht herauszukriegen, was der Sterbende will, ich sage ihm, ich würde mich mit einem Freund besprechen, ich bin dein Freund, sagt er, was ja auch ein bißchen stimmt, da er es immer schon gesagt hat. Noch einem anderen, sage ich. Sigismondo spricht starken Dialekt, ich sage, ich verstünde ihn schlecht, außerdem sei ich kein Jurist, vielleicht sollte ich, bevor ich ihm etwas überlasse, einen Anwalt oder Notar konsultieren. Nimm meinen, sagt der Sterbende. Oh, denke ich, jetzt wird's heikel. Ich nähme doch lieber meinen, den ich im übrigen natürlich noch gar nicht habe. Also bis dann, sage ich, in zwei Tagen würde ich Bescheid wissen und geben. Und kommen. Ich erkundige mich, *vincolare*, ich wälze Lexika, in einem, meinem Deutschen Universal Wörterbuch A-Z, das ich dabeihabe, steht: ›vinkulieren: das Recht der Übertragung eines Wertpapiers an die Genehmigung des Emittenten binden‹, ich besitze keine Papiere und will mich und auch sonst keinen binden, mir reicht's, mir reicht mein kleines Besitztum, und auch die Leute, die ich kenne und frage, sagen durchweg: *mai vincolare*, es bleibt zwar dein Eigentum, aber du verlierst die Rechte an deinem Grundstück, die sind dann seine. Und du wirst nie bauen können. Ich will, sage ich, nicht bauen. Aber wenn doch? sagen sie und bewegen den aufrechten Finger vor ihrem Gesicht. *No. Mai vincolare.* Nie.«

Bronken verändert seine Sitzposition, jetzt läßt er die Beine vom Beckenrand baumeln und stemmt seine Hände auf die kühle Kante.

»Nun muß man wissen«, sagt er, daß mir der Sigismondo einmal ein altes Weinfaß, das er nicht mehr brauchte, geschenkt hat. Und daß er mit einem anderen, den ich bezahlt habe, zusammen in meinem Auftrag und in meiner Abwesenheit meine beiden Wasserbehälter aufgebockt und mit einem Überlaufsystem versehen hat, das überlaufende Wasser geht nun zwar in die Zisterne, zu der ich laut Kaufvertrag als Teileigentümer der vier *Lotti*, der zusammengehörigen Parzellen, Zugang habe, die sie mir aber vom ersten Tag, nach dem Kauf meines Anteils, mit einem Vorhängeschloß wie diesem«, Bronken klappert am Schloß des Auffangbeckens, an dem wir sitzen, »versperrt haben. Soll ich da klagen? Zum Richter laufen? Ich sammle mein eigenes Regenwasser, und was überläuft, gut, sollen sie es haben. Daß ich auch die Überlaufverbindung, die Rohre und das unterirdische Gestänge samt der notwendigen Grabungen zahle für die, die mir meine Anrechte nicht gewähren wollen, setzt mir dann schon noch einige Jahre, und zwar jedesmal, wenn ich an der mir Verschlossenen vorbeikomme, was ungefähr fünf- bis sechsmal am Tag der Fall ist, zu. Jedenfalls hat Sigismondo den Lohn, den ich ihm für seine Mitarbeit nach meiner Rückkehr entrichten wollte, nicht angenommen. Er hat ihn geradezu von sich gewiesen. Jetzt soll ich statt dessen vinkulieren, coinvolvie- ren, vakuulieren. Ich schiebe die Sache bis zum dritten und vierten Tag auf. Ich kann nicht schon wieder ins Tal und in die Krankenanstalten und Sterbezimmer reisen. Ich habe eine Gefährtin mit Kind. Aber was widerfährt dem nichts Begreifenden, dem seelisch nicht weniger als vinkulationsmäßig Überforderten? Er spaziert bedrückt ob des Schicksals des Freundes durch die Stadt unten, er tritt an einen Brunnen, es ist immer das Wasser, auch wenn es nicht als Wein aus den Speiern gespieen kommt, das dieserorts den Hauptdreh- und Angelpunkt bildet, jemand legt mir, als ich gerade aus der Markthalle trete, wo ich mich mit ein paar Tomaten und Gemüse versorgt habe, von hinten die Hand auf die Schulter, ich wende mich um, ein Gespenst, der Verstorbene, er, Sigismondo, er habe sich inzwischen erholt, sagt er, lächelt, aber wenn wir die Sache am Nachmittag oben auf seinem Grundstück besprechen könnten, um so besser. Immer noch und allemal besser als hier.

Die Angelegenheit geht aus, wie sie ausgehen muß«, sagt Bronken. »Es treten sich zwei an sich friedfertige Männer auf der oberen Kuppe des Berges, dem Grundstück des Sigismondo, gegenüber, der eine sagt: *No*, Sigismondo, nicht möglich. Der andere antwortet: *Fa'in culo*. Jede weitere Verständigung ist schon schwer unterminiert. Du mit deiner Frau, die dich für tot erklärt, um mich auszutricksen. Du, du, Dummkopf. Du, der du nicht Herr deiner selbst bist, sondern … Was willst du damit sagen? Warst du nicht in Stuttgart bei Daimler? Hast du mir nicht geklagt, daß es deine Frau nicht ausgehalten hat dort, weil sie eine andere Sprache sprechen in Stuttgart? Hast du nicht selbst gesagt, daß du vor ihr eingeknickt bist? Paß auf, daß du nicht selbst einknickst! Und da erst, noch bevor er mich von seinem Grundstück jagt, hau ab, *Teodoro*!, begreife ich, daß ich inzwischen wohl auch verwundbarer bin als zuvor. Ich trete den Rückzug an. *Imbecille*, ruft der andere hinter mir her.«

Kurze Pause.

»Nun eines noch. Ich kann und will ja nicht behaupten, daß Sigismondo es war. Aber außer ihm habe ich nie einen Feind gehabt. Im Jahr darauf, die Tochter läuft inzwischen schon auf eigenen Beinen umher, ich öffne, kaum sind wir angereist, den Hahn der Dusche im Klo, die gespeist wird vom oberen kleinen Behälter, in den hinauf ich aus den beiden unteren, den großen, das Duschwasser pumpe, zuerst glaube ich, es sei der schmutzige Winteransammlungsrest, der da aus der Düse kommt, aber sie hört gar nicht mehr auf, die rotbraune Brühe. Ja, sie tröpfelt und tröpfelt, ich steige hoch zum Behälter, ich sehe den Rost an der verzinkten Innenwand, ich lasse das ganze Wasser ab, am Boden des senkrecht aufgebockten Schlamm, rotbrauner Schlamm, später kippe ich den Behälter, Duschen ist nicht mehr möglich, ich kratze den Schlamm aus dem Behälterboden, fülle eine Probe ab, um sie untersuchen zu lassen, ziehe Carlo hinzu, der zuckt die Achseln, er schmeckt den Schlamm mit der Zunge, Dünger, sagt er, der schaffe jeden Zink und sogar Stahl, er ist nicht nur der Segen als Boden-, er ist auch der Fluch als Gerätezersetzer. Wie kommt Kuhscheiße … Du erinnerst dich, Boddensiek.« Und ob ich mich erinnere. »Ich bin drauf und dran zu türmen«, sagt er, »aufzugeben. Ein Kind leckt am Wasser, mit dem es gewaschen wird. Das kann niemand verhindern. Sie werden mir mein Kind vergiften. Ich bin in Aufruhr. Panik. Trotzdem halte ich durch. Ich kann mich nicht von jedem Ort der Welt vertreiben lassen. Meine Schlammprobe in der Phiole bleibt ununtersucht auf dem Regal stehen. Hat nicht der, der mir Kunstdünger oder was sonst immer in den kleinen oberen Behälter getan hat, die beiden unteren großen ausgespart? Irgendwann sagt jemand, denn ich lasse es alle, diejenigen, die es wissen wollen, nicht weniger als die, die es nicht wissen wollen, wissen, was mir widerfahren ist, worauf alle ihre Häupter wiegen, irgendwann sagt dennoch jemand: So wie es aussieht, ist die Angelegenheit damit abgeschlossen. Fünfzehn Jahre oder sechzehn«, sagt Bronken. »Kein Wort zwischen Sigismondo und mir. Ich meide die Grenze zu seinem Grundstück, manchmal sehe ich ihn ein ganzes Jahr nicht. Bis mir jemand sagt, Sigismondo gehe es nicht gut, er leide an Vergeßlichkeit, nicht nur der üblichen, heißt es, einer vielmehr, die ihn gewissermaßen seinem Sohn näherbringt, er werde wie sein kranker Sohn, sie beide hackten mehr oder weniger stumm im Boden herum, der größte Teil seines Lands verkomme, werde zu Macchia, wachse um Vater und Sohn herum. Und so bin ich denn eines Tages, da ist die Drenger schon weg mit dem Kind, hinübergeschlurft und habe mich zu ihnen unters Weinlaub gesetzt. Eine Feindschaft muß nicht zwangsläufig ewig währen. Was Sigismondo, dessen Frau inzwischen verstorben ist, allerdings nicht vergessen hat, das ist, daß ich den roten Trockenen, den ich früher immer in seiner *Cantina* getrunken habe, besonders mochte.

Was habe ich gesagt?« sagt Bronken, der sich nun seine erdschweren Mokassins von den nackten Füßen streift und sich, den Rücken talwärts kehrend, die Füße ins eiskalte Wasser des Quellbeckens steckt. »Habe ich gesagt, ich wolle meine Feindschaftsgeschichte zwischenschalten?

Oder habe ich gesagt, daß ich sie vorschalte? Wie auch immer. Letztlich läuft es auf dasselbe hinaus. Die Geschichte, einmal in Gang gebracht, muß auf jeden Fall ausgebadet werden.«

Dabei plantscht der alte Schelm wie ein von einem atavistischen Anfall Geschüttelter mit den Füßen in dem schäumenden Becken. Seife gefällig? Dort liegt sie. Auf dem Tuffsteinblock. An einem jeden von uns haftet Dreck.

»Noch einmal zurück«, sagt er. »Zwar zeigt der Ultraschall, daß alles dran ist, aber mich treiben bis zur Geburt des Kindes Lähmungsschübe und ins vollkommen Unkontrollierbare, ja, Wahnhafte, sich steigernde nächtliche Angstattacken. Ich fasse nach sechfingrigen Neugeborenenhänden. Ich sehe Fontanellen, wie ich sie selbst im Klinischen nicht gesehen habe. Ich suche der Ahnungen und der Ausuferungen des Albs zu steuern. Und bleibe machtlos. Während ich den Bauch der Mutter abhorche. Das Zürcher Spital, das die Schwangere aufgenommen hat, schickt sie nach einem Tag wieder weg. Als die Wehen ein weiteres Mal einsetzen, muß sie noch achtzehn Stunden lang kämpfen, achtzehn Stunden lang halte ich ihre Hand. Und dann ist es da, die Mutter schöner denn je in ihrer unendlichen Erschöpfung. Als die Schwester das Kind wegtragen will, stürze ich hinter ihr her und bitte um Anweisung, ich selbst wolle es waschen. Ich wasche das Kind, lasse es einwickeln und lege es der Mutter, die noch genäht wird, in die Arme. Sie lächelt. Es gibt Photos, Boddensiek, die hat der Maeggi gemacht. Aber dann beginnt die Stillzeit, ich lasse die in das Zweibettzimmer Rein- und Rausrennenden reden. *Die erste Milch, die Vormilch, ist genau auf die Bedürfnisse des Neugeborenen abgestimmt, auf dessen*

Verdauungs- und Nährwertbedarf; sie hilft, das Kindspech auszuscheiden und die Neugeborenen-Gelbsucht in Grenzen zu halten. Die Vormilch versorgt das Neugeborene mit wichtigen Abwehrstoffen, die es selbst noch nicht bilden kann. Wenn die Brüste beim Milcheinschuß spannen und schmerzen, hilft das Saugen des Kindes am meisten. Und so weiter und so fort. Das Kind aber saugt nicht. Eine vorbeisegelnde Säuglingsschwester sagt zur Mutter: Der Mund ihrer Tochter ist ja auch viel zu klein. Die Mutter in Tränen, die nur ich sehe. Sie ist ja so tapfer. Während die halbe Ärzte- und Schwesternschaft schon im Skiurlaub ist. Das Kind wurde am Karfreitag geboren. Und so wird denn auch vom reduzierten Personal das übersehen, was ich zunächst gar nicht zu Gesicht bekomme, die Wunde. Den Nabel. Kaum ist die Mutter entlassen und mit mir und dem Kind in der Wohnung angelangt, sehen wir die Hinweise auf die Infektion. Ich will sie aber nicht sehen. Ich vertraue den Kollegen. Der erste hat mit der Drenger studiert. Kinderarzt. Wir suchen ihn auf. Er sieht kein Problem. Und was das Saugen anbelangt, nicht verzagen, es ist noch nie ein Kind an der Brust der Mutter verhungert. Ich bleibe wie gelähmt. Das Kind kriegt nichts, fast nichts. Die Mutter nimmt das Taxi zur Nachsorge. Dort sagen sie: Alles in Ordnung, das Kind ist keine Maschine, jedes ist anders. Und dann ist es, die Valentina ist keine Woche alt, auf der Kante, von einem Augenblick auf den anderen schwärzt sich die nicht heilende Nabelwunde, wir nehmen das Taxi, wir stürmen das Spital, wo der Kollege, der uns empfängt, nach einem Blick auf den ausgewickelten Leib des Kinds sagt, da sind Sie hoffentlich gerade noch rechtzeitig gekommen. *Hoffentlich gerade noch!* Die Mutter bleibt mit der Valentina, der die Infusionen über die Fontanelle verabreicht werden, drei Tage und drei Nächte im Spital. Dann ist das Kind über den Berg. Bei der Entlassung wird die Mutter darauf hingewiesen, daß sie, sofern sie *nachschöppele*, das heiße, Muttermilch-Ersatzpräparate zuführe, das Leben des Kindes riskiere. Das vertrüge es nicht. Aber es trinkt nicht, trinkt weiterhin nicht. Verliert an Gewicht, wie es sich gehört, um dann nicht mehr zuzunehmen. Nun ist auch der draußen hinzugezogene Kollege der Meinung, es dürfe nicht *geschöppelt* werden, er hat Rücksprache mit dem Klinikkollegen gehalten. Ein weiterer Arzt nimmt Rücksprache. Keine Zusatz- bzw. Ersatznahrung, kein Milupa, um Himmels willen. Das Kind verfällt. Wir können mit ihm nicht reisen. Wir lassen den Oberarzt in der Neonatalmedizin in Bern, der ein Freund und Sammler Maeggis ist, anreisen. Er ist bedächtig, wiegt den Kopf. Man müsse abwarten, sagt er, bevor er wieder abreist. Es vergehen Wochen. Das Kind wird zehnmal am Tag, nach jedem Versuch der Mutter, es mit eigener Milch zu nähren, gewogen, es verliert weiter an Gewicht. Jetzt verfällt auch die Mutter. Es gibt Photos. Es ist dann der vierte Fachmann, eine Fachfrau, die Frau Dr. Sichtbar, die uns, Mutter, Kind, mich, empfängt, das Kind anschaut und sagt: Ja, Sie lassen ja das Kind verhungern. Sie will nicht hören, daß ihre ortsansässigen Kollegen gewarnt haben, wir riskierten das Leben des Kindes, sie will auch die Namen der Kollegen nicht hören, wegen der Nabelentzündung, sagt die Frau Dr. Sichtbar zu recht, habe das Kind nicht mehr die Kraft gehabt zu saugen. Und die Mutter sowieso keine Milch mehr. Nichts wie runter, Herr Bronken, und Pulvermilch aus der Apotheke geholt, verstanden? Wie ein geprügelter Hund stürzt dein Freund, der Anästhesiologe Bronken, die Stufen der Kolleginnenpraxis hinab und kauft ein, was in dicken Paketen schon zu Haus bei der Drenger neben der Babywaage steht. Das muß einem Mann, Menschen und Mediziner passieren«, sagt er. »Alles, was man ist und gelernt hat, alles, was man glaubt, halbwegs im Griff zu haben, es ist weg, wenn es gilt, das zu tun, was einem das einzige und allerwichtigste ist. Jetzt verstehst du auch, warum der Chirurg sein Messer nicht bei den von ihm Geliebten ansetzt. Ihm ist nicht zu trauen. Wie er selbst am allerbesten weiß.«

Ich muß durchatmen. Der Mann, der mich zum ersten Mal seinen Freund genannt hat, läßt mich durchatmen. Inzwischen hat sich die Sonne so in den Wipfeln der Kastanien, Birken, Eschen und Eichen gedreht, daß uns die Sonne auf den Schädel brennt. Wäre vielleicht doch besser gewesen, sich eine Mütze aufzusetzen. Aber da steht Bronken auch schon vom Rand des Wasserbeckens auf. Und setzt sich auf einen der im Schatten liegenden Felsblöcke. Ich setze mich neben ihn, er rückt beiseite. So nah beieinander haben wir, man möchte meinen: seit unserer Schulzeit, da wir ja nicht unmittelbar nebeneinander gesessen haben, nie gesessen.

»Weiter geht's«, sagt er, »mitgefangen, mitgehangen.« Das habe ich, glaube ich, schon einmal aus dem Mund meines Gewährsmannes gehört, seit ich da bin. »Das Kind erholt sich, wenn auch nur langsam. Aus meiner grundlegenden Skepsis gegenüber dem Skifahren und dessen zwangsläufigen orthopädischen Folgeerscheinungen ist unterdessen eine durchaus geharnischte Aversion gegen, zumal bei festtagsbedingten organisationstechnischen

Engpässen, nicht abkömmliche, weil skifahrende Kollegen geworden. Und gegen ganz Zürich, seine Spitäler, seinen Charme, seinen See. Ein weiterer, der entscheidende Grund, gemeinsam nach Berlin zu gehen. Von meinem dortigen Dachstützpunkt aus gehe ich auf Wohnungssuche. Die noch nicht lange zurückliegende Vereinigung der beiden Teilstaaten und der Zuzug aus den Ländern des Ostens macht es nicht leicht. Fast drei Monate bin ich auf Achse«, sagt er, »bis es mir schließlich unter Zuhilfenahme von Techniken, die man gemeinhin Orientalen unterstellt, gelungen ist, die Blockverantwortlichen einer Wohnungsbaugesellschaft, die man gut und gern auch Blockwarte nennen könnte, soweit zu kochen, daß sie am Ende gar und also bereit sind, mir die Vierzimmerwohnung zuzuschlagen, die ich brauche. Die Drenger und das Kind nehmen das Flugzeug, ich nehme den Zug, die Zürcher Spedition übernimmt den Transport des spärlichen Mobiliars. Das Klavier der Drenger, auf dem ich gelegentlich spielte, überläßt sie dem Kind einer Nachbarin, das gern selbst spielen lernen möchte.

Familie«, sagt Bronken, »das ist zwar kein Spital, aber doch auch zuvorderst eine Frage der Organisation. Zwei Teilzeit-Anästhesiologen resp. Anästhesisten, ein Kind. Mal geht einer zur Arbeit, dann wieder der andere. Oder er fährt, sofern es am Ort nichts zu vertreten gibt. Dann ist der jeweilige für ein paar Wochen weg. Kann nur zu den Wochenenden oder, dem Organisationsschema des jeweiligen Einsatzortes entsprechend, den jeweiligen Ruhetagen kommen. Wir sind diszipliniert. Ungewohnt diszipliniert. Sind wir gemeinsam da, teilen wir die Aufgaben. Ich, der ich mich schon in Berlin und mit den Gepflogenheiten der

Stadt auskenne, übernehme im großen und ganzen den Behördenverkehr, der mir nicht liegt. Aber die Wäsche liegt mir noch weniger, die übernimmt die Drenger. Daß sie irgendwann, wenn ich das Kind anziehe, anfängt zu monieren, daß ich nicht mal wisse, wo und nach welchem Prinzip die Kinderkleidung im Schrank geordnet liegt, gehört noch zu den kleinen Widrigkeiten des Anfangs, die ich verkrafte. Ich schneide hingegen die Fußnägel der Kleinen, so wie ich früher die Fußnägel der Mutter geschnitten habe, ich massiere die Füßchen. Muß aber auch losziehen, um größere Schuhe für die Kleine zu kaufen, wenn die Zehen, was man ihrer Rötung ansieht, gegen die Kappen der zu klein gewordenen drücken. Seit die Drenger Anita, die altersschwache, die Hinterläufe nachziehende Hündin, noch in Zürich, zum Einschläfern gebracht hat, kann sie sich nicht vorstellen, daß auch andere, zum Beispiel das Kind oder ich, etwas fühlen. Nur die Huskyhündin Anita fühlte und wurde, wenn ihre Herrin ihr versehentlich auf die Pfote trat, unendlich geherzt und getätschelt. Wenn sie mir auf den Fuß tritt oder etwa, was auch schon mal vorkommt, die Hand einklemmt zwischen Türrahmen und Türblatt oder ein Glas Multi-Vitamin-Saft über meine Unterlagen kippt, dann würdigt sie den Aufjaulenden keines Blicks. Wieso, sagt sie auf Vorhalt, solle sie sich entschuldigen? Sie habe es nicht absichtlich getan. Sie findet keine Geste. Man richte aber, setze ich nach, in der Regel mehr Unheil an durch etwas, das man nicht beabsichtigt habe, als durch etwas, das man mit Mutwillen tue. Das sei, mit Verlaub und ein wenig Einfühlung, geradezu ein historisch-mechanisches Axiom. Über dieses kann sie nicht lachen. Dafür lachen wir über anderes.

Komisch, daß einem«, sagt Bronken, »im nachhinein aber nie einfällt, was lustig war. Nur das Dumme, Lästige, Nervende bleibt haften. Wie zum Beispiel die Mülltüten im Eimer, die sie, bevor sie darin Flüssigkeiten entsorgt, nicht daraufhin untersucht, ob sie dichthalten. Das ergibt dann am Boden des Eimers immer einen übelriechenden Sud, ich muß ins Badezimmer und den Eimer säubern. Oder der Kühlschrank. Ihre besondere Neigung, das, was sie gekauft hat, ihr dann aber nicht schmeckt, in die Tiefe der Fächer zu schieben, wo es über kurz oder lang anfängt zu kippen, zu schimmeln und zu riechen. Ich bin auch da der Entsorger. Ihre Angewohnheit, die Wurstpelle vom Frühstück bis zum Abendbrot auf dem Frühstücksbrettchen liegenzulassen, ist mir zuwider. Was ich auch immer wieder sage. Bis zu dem Augenblick, da sie mich *in flagranti* ertappt, auch ich habe einmal vergessen, nach dem Aufstehen vom Tisch, die Pelle der Wurst oder die Käsekruste wegzuräumen. Nie wieder kann ich ihre Gewohnheit beanstanden. Dann wiederum, und das erschreckt mich wirklich, beginnt sie, für mich zu stricken, die Strickjacke geht noch daneben, sie ist um einiges breiter als lang, der Pullover hingegen, den ich mit seinem schönen, angenehm zu tragenden Faden auch einen gehäkelten nennen könnte, gefällt mir sehr. Zumal die Giraffe mit ihrem Jungen, die mit schönem Blau ins Braun und Beige des Untergrunds eingewirkt ist. Sie gefällt vor allem auch Valentina.

Valentina ist überhaupt die Hauptsache. In der Regel bringt die Drenger das Kind zur Tagesmutter, später in den Kindergarten und dann zur Schule. Während ich es, hintendrauf auf dem Kindersitz, am Mittag mit dem Fahrrad abhole. Die Tagesmutterfahrten sind noch eine helle Freude,

Valentina springt mir entgegen und jubelt bzw. schimpft mit, wenn ich die eitlen Mercedes- und, ich weiß nicht wieviel Liter –, BMW-Fahrer, die uns die Vorfahrt nehmen, lautstark beschimpfe. Bald schon aber wird sie sich für den schimpfenden Vater schämen. Und sich überhaupt nicht freuen, wenn er sie aus dem Kindergarten und dann der Grundschule abholen kommt. Jetzt will sie nur noch die Mutter. Die brauchte ja ihre Zeit. Gut zwei Jahre habe sie gebraucht, sagt sie selbst, um sich an den Zustand des Mutterseins zu gewöhnen. Einmal nur sagt sie das. Wenn ich selbst einmal wage zu sagen: Aber du bist die Mutter!, dann ist sie zutiefst empört. Auch wenn ich hinzufüge, ich sei der Vater und hätte selbst nichts dagegen, als solcher angesprochen zu werden und zu gelten. Sie liebt ihr Kind, aber ist nicht die Mutter. Nach den ersten Jahren, da wir gemeinsam wickeln, sie vielleicht ein wenig öfter als ich, zugegeben, da ich aber, in Ermangelung von Gesangslust bei ihr und Textkenntnis deutschen Liedguts bei mir, die Brumm- und Summveranstaltungen übernehme und die Valentina an meinem Schreibtisch mitschreiben lasse, zeigt sich das Kind am Ende gar enttäuscht bis entrüstet, wenn ich im Kindergarten oder am Schultor erscheine. Ich halte durch, denke ich, das wird sich geben. Das Kind greift nicht einmal mehr nach meiner Hand. Es will jetzt immer nur noch die Mama, die Mama, die Mama. Das ist sein gutes Recht. Die hat sich ja inzwischen auch in ihre Rolle gefunden, ich werde den Teufel tun, sie die Mutterrolle zu nennen. Da fange ich mir nur unnötig was ein.

Nur die Spielplätze«, sagt Bronken, »die wiederum sind meine Domäne, dahin nehme ich sie mit, auch in Begleitung der Mutter, versteht sich, die sieht zu oder weg, wenn ich zulasse, daß sich die Kleine bis in die Wipfel der Klettergerüste und auf die oberen Plattformen der Baumhäuser wagt, sie hat nicht nur nichts dagegen, sie will es, nur hinsehen oder mitmachen, das kann sie nicht. Insofern erreichen wir auf den Spielplätzen, in den Parks, bei unseren Ausflügen die Spree entlang, auf denen ich meist das Kind auf dem Kindersitz habe, eine echte, wie soll ich sagen?, *partnerschaftliche* Arbeitsteilung, einer zwischen Mutter und Vater, ja. Ich mache auch viele Photos von der Mutter und dem Kind, nur sie kommt nicht darauf, welche vom Vater mit dem Kind zu machen, ich muß ihr die Kamera schon in die Hand drücken, damit sie es tut.

Nicht lange nach dem Umzug und noch vor dem ersten Geburtstag des Kindes sind wir zum Standesamt gegangen und haben geheiratet. Die Trauzeugen haben wir zwar nicht auf der Straße, aber doch in dem sehr kleinen Kreis unserer Bekannten gefunden. Wir kommen ja nicht raus und nicht weg aus unseren vier Wänden, wir wollen es nicht einmal. Wieder so etwas, in dem wir völlig und glücklich übereinstimmen. Wir sind nun einmal ausgesprochen einzelne, die sich zusammengetan haben. Und kommen zurecht ohne Großeltern, Onkel, Tanten. Den Doppelnamen Drenger-Bronken oder Bronken-Drenger erlaubt das deutsche Namensrecht nicht. Das Kind heißt Valentina Carla Drenger, es ist in Zürich als Kind der ledigen Mutter Ursula Maria Drenger geboren worden. Es wird weiter so heißen. Es sei denn, das Elternpaar stellt einen Antrag, nein, nicht beim Standesamt, beim Amtsgericht, dort kann der Vater seine Vaterschaft beurkunden und, sofern das Einverständnis der, wie es heißt, *nunmehrigen* Ehefrau und Mutter vorliegt, den Namen der

Tochter auf den seinen umschreiben lassen. Also Bronken, Valentina Carla Bronken. Die Mutter und Ehefrau ist einverstanden, ein Haufen Papiere müssen eingereicht, zwischen der Schweiz und Berlin hin- und hergeschickt werden, bis die Eheleute mit ihrem Kind schriftlich aufgerufen werden zu erscheinen, um sich die unwiderrufliche urkundliche Änderung des Kindsnamens persönlich bescheinigen zu lassen. Wir gehen hin, das Kind im Buggy. Als wir das Amtsgerichtsgebäude verlassen, bricht die Mutter in Tränen aus. Jetzt, sagt sie, ist sie nicht mehr meine. Nur noch deine. Sie schluchzt herzerweichend. Ich bin drauf und dran umzukehren, um das Ganze rückgängig zu machen. Aber da fängt das Kind, das etwas gemerkt, aber natürlich noch nichts verstanden hat, außer daß die Mutter schluchzt, seinerseits an zu weinen, es ist ein Desaster. Man bringt, nachdem man angetreten ist, das seine zur Geburt eines Kindes beizutragen, hat es den Anschein, als Mann nichts als Schmerz und Verlust und seelisches Elend in die Welt. Manchmal möchte man, wenn man nicht schon so sehr an dem hinge, für das man verantwortlich ist, passen.

Und dann liegt ja überhaupt ein Schatten über dem Ganzen. Ein großer dunkler Schatten. Vier Jahre vor der Valentina ist in Lyon eine Céline geboren worden. Eine«, sagt Bronken, »für die ich auch noch verantwortlich bin. Eine Frau, die ich auf dem Empfang bei der Anästhesiologen-Tagung in der *Mairie* kennenlernte und mit der ich eine Nacht, eine einzige Nacht, verbrachte, übrigens unter der Zusicherung, daß sie die Pille nehme, hat mich Monate nach der Geburt eines Kindes wissen lassen, daß ich dessen Vater sei. Obwohl sie meine Anschrift hatte, wurde ich die ganze Schwangerschaft über nicht unterrichtet. Als ich sie aufsuche, sagt sie, sie habe ein Kind ohne Vater gewollt. Dann wiederum sagt sie, sie müsse sich irgendwie vertan haben, mit der Pille oder den Tagen, eine wirre, undurchsichtige und durchaus unsaubere Geschichte«, sagt Bronken, »später wird sie der Tochter sagen, ich hätte sie sitzenlassen. Die Geschichte ist sogar festgehalten worden. Der Schriftsteller, der dabeigewesen ist bei der Tötung der Welpen hier unten vor der Kirche, der ist Jahre später noch einmal bei mir aufgekreuzt, wir verbrachten einen langen Abend miteinander, der Mensch hatte inzwischen auch schon so einiges zu schultern gehabt, wir haben uns gegenseitig erzählt, was uns im Laufe der Jahre zugestoßen ist, und da habe ich auch von diesem meinem Kind in Lyon berichtet, was dieser Kerl nun, so sind sie, die Schriftsteller, zum Anlaß nahm, aus meiner Geschichte, ohne mich zu fragen, einen Roman zu machen. Ich habe ihn«, sagt Bronken, »gelesen, von der Sache her stimmt er durchaus mit dem, was ich dem Mann erzählte, überein, nur die Zusammenhänge, in die er dann die Sache stellte, sind teilweise denn doch ein bißchen an den Haaren herbeigezogen. Aber das ist«, sagt Bronken, »halt die künstlerische Freiheit, die wir dem Künstler gestatten müssen. Wenn er sie denn wenigstens mit Begabung nutzt. Wir müssen sie ihm einfach gestatten. Ob wir wollen oder nicht. Findest du nicht auch?«

»Ich habe«, sage ich, »das Buch nicht gelesen. Wie ist denn sein Titel?«

Bronken nennt mir den Titel. Dumm, daß ich ihn mir nicht in mein Notizbuch schrieb, das ich ja doch auch unten an der Wasserstelle in der Brusttasche meines Hemds mit mir führte. Nun mag ich nicht mehr danach fragen.

»Die Drenger nimmt mir nicht nur dieses Kind heute nicht mehr übel, sie sagt eines Tages, da ist sie ein wenig angeschickert, genaugenommen verdanke sie diesem Kind unsere Tochter. Wie bitte? Wäre ich nicht so grenzenlos dämlich, und das dann gleich mit dem bekannten Ergebnis, hätte ihr Organismus es weiterhin nicht fertiggebracht, ein Kind *in sich aufzunehmen*. In der Art drückt sie sich plötzlich aus. Bei ihr gebe es keinen Unterschied zwischen Körper und Geist, die Hormone seien Teil des Geistes, und der Geist sei die Ursache des Körpers. Ein Gedanke, der mich in der Folge lange beschäftigen wird. Der Geist, sagt sie, habe endlich die Oberhand gewonnen über ihren Körper, der seit ihrer ersten, noch *unglaublich ausufernden* Menstruation den Geist beherrscht habe. Auch sei sie längst nicht mehr so mager wie früher. Zwar sei sie, ich hätte es ihr oft genug bestätigt, auch nicht dick, aber doch mittlerweile so, daß sie von sich sagen könne, sie sei mit sich eins und im reinen. Das habe sie nun davon. Sie lächelt, als sie es sagt. Sie greift sogar nach meiner Hand, fällt mich nicht an. Wir sind dann beide ganz eins.«

»Valentina lernt im Swimmingpool von Cesare schwimmen«, sagt Bronken. »Chiara und Simona, die Töchter, sind ihre älteren Schwesten, an der großen, Chiara, hängt sie besonders. Von der französischen Halbschwester weiß sie noch nichts. Nur die weiß von ihr.«

Und dieser Kerl hier hört gar nicht mehr auf; ich kann mir vorstellen, wie er sich seinem Schriftsteller gegenüber ausgebreitet hat, da kommt man ja, kann man nicht an sich halten, gar nicht darum herum, einen Roman zu schreiben.

Ich aber werde ihm den Gefallen nicht tun. Ich halte mich strikt an die Fakten. Und an seine Worte. Schmücke nichts aus. Und ziehe nichts an den Haaren herbei.

»Berlin tut ihr nicht gut«, sagt Bronken, »alles zu flach, sagt sie. Und tut so, als wäre Zürich, und ebenso Basel, das Hochgebirge. Sie wendet sich ab. Während die Tochter, wenn ich sie aus dem Kindergarten oder dann der Schule abhole, weiterhin nicht nach meiner Hand greift und sich immer wieder von neuem bei mir beschwert, daß ich und nicht die Mama gekommen sei, wenigstens auf mir herumspringt. Liege ich in meinem Liege- und Lesezimmer, das, nicht anders als das Liege- und Lesezimmer der Drenger, auch jeweils unser Schlafzimmer ist, in dem wir uns gegenseitig besuchen, öffnet die Valentina leise die Tür, blickt durch den Spalt, erblickt mich auf meiner Liege, schleicht sich, ich habe sie längst bemerkt, tu aber, als wüßte ich von nichts, schleicht sich also an, um sich, fast so wie ihre Mutter, wenn sie mich umarmt, anzuspringen. Und dann mit gesteigertem Vergnügen auf mir herumzuspringen. Auf meiner Brust, auf meinem Bauch. Ich bin ihr Trampolin und Sparringspartner. Sie entwickelt Kräfte, sie probiert mit Fäusten und Zähnen aus, wieviel ich aushalte. Sie traktiert, rücklings auf mir sitzend und auf- und abfedernd, derart meinen Magen und meine Eingeweide, daß ich eingreifen muß. Ich bin kein Stück Holz, sage ich, kein Baumstamm. Sie lacht. Dreht sich um. Schon seit dem Augenblick, da sie beim gemeinsamen Plantschen in der Badewanne Interesse an dem Unterschied gefunden hat, den ich zur Mutter aufweise, und ich also das gemeinsame Plantschen beende, ist sie mit um so entschiedenerem Interesse hinter dem sich ihr nun Verbergenden her. Sie will mir den Gürtel öffnen. Ich schiebe ihre Hand beiseite. Sie zieht den Reißverschluß auf. Ich schlage ihr sanft, aber entschieden auf die kleinen Finger, die bald fast so lang und schlank sind wie die der Mutter. Ich verbiete ihr, mich da anzufassen, wo sie mich anfassen will, ich würde sie, sage ich, auch nicht anfassen, wo sie es nicht will. Ich könne sie anfassen, wo ich wolle. Ich sage, ich wolle es aber nicht. Sie sucht die Auseinandersetzung. Am liebsten in aller Öffentlichkeit. Etwa hier«, sagt Bronken, »wo wir zusammen die Sommer verbringen, beim Mittelalterfest, an dem sie noch nicht als Burgfräulein verkleidet teilnimmt. Wir stehen am Bordstein, um hinter der orangeroten Absperrung das Ferkelrennen der *Via Roma* zu verfolgen, sie steht, schon um besser sehen zu können, vor mir, ich habe meine Hände auf ihren Schultern, plötzlich führt sie ihre Hände hinter sich und greift mir an die Eier, jawohl, Boddensiek, ich knicke ein, verstärke den Druck meiner Hände auf ihren Schlüsselbeinstreben. Bist du wahnsinnig, sage ich. Sie werden kommen und deinen Vater ins Gefängnis werfen, sage ich. Und was sagt sie, meine kleine Tochter, sie ist gerade mal sechs, sie sagt: Du hast doch gar nichts gemacht, da können die dich auch nicht ins Gefängnis werfen. Ich verbiete ihr ihre Spielchen. Sie wird noch bis zum zwölften Lebensjahr immer wieder die Gelegenheit suchen, nicht nur auf mir herumzuspringen, sondern mich abermals und abermals zu provozieren. Wobei sie mal verschmitzt lächelt oder, werde ich ernstlich ernst und will sie mir vorknöpfen, aufjauchzt: es ist erreicht, sie hat mich, den Vater, aus der Ruhe gebracht, *bravo Papa*. Aber ich wollte ja«, sagt dieser Vater, »eigentlich auf die Mutter zu sprechen kommen. Sie fühlt sich nicht wohl in Berlin. Sie fühlt sich mit ihrer immer noch stark dialektgetönten Aussprache behandelt wie die Russen, die nach der Vereinigung, die ja, nur leicht zeitverschoben, auch zu unserer Vereinigung und Familiengründung wurde, ihre alten Charlottenburger Siedlungstraditionen wiederaufgenommen haben. Der Schlachter an der Ecke, obwohl biologisch, rempele sie an, korrigiere ihre Aussprache, sagt sie. Und nicht nur das. Sein Fleisch und seine Würste kriegten von ihm Namen, die sie nicht kenne. Die es wahrscheinlich auch gar nicht wirklich gebe. Und sie bekomme nie das über die Theke geschoben, was sie verlange. Sie entwickelt Widerstände. Auch gegen mich, der ich finde, daß sie sich ein wenig Mühe geben müsse. Es heiße z. B. eben auf Deutsch *das* Radio und nicht *der* Radio. Es heiße, sage ich, *das gehört mir*, und nicht *das isch miir*. Und mit *Ich chume nüüd* kann der Berliner nun wirklich nichts anfangen, auch wenn es aus dem *Schwiizertüütsch* übersetzt tausendmal *fällt mir nicht ein* heißt. Mein Wörterbuch ist ihr Idiotikon. Gut. Aber daß *be*sammeln das Gleiche sein soll wie *ver*sammeln, will mir einfach nicht in den Kopf. Hat sie sich dann aber Mühe gegeben und spricht halbwegs hochdeutsch, dann finde ich trotzdem, daß es einen Unterschied macht, wenn einer sagt, er gehe auf *einen* Kongreß oder auf *einem* Kongress. Sie geht auf *einem* Kongreß, selbst wenn sie nur auf *einen* geht, auf dem sie ja meinetwegen auch noch herumgehen kann, wenn sie unbedingt muß oder will. Ja, der Akkusativ und der Dativ. Die Mundart ist etwas Schönes, nur gehört sie wie vieles Schöne an ihren Platz. Als ich dann auch noch bemerke, daß es der Valentina und ihrem Deutsch nicht zuträglich wäre, wenn sie die schweizerische Mundart mit dem Hochdeutschen verwechsle oder gar vermische, heißt es, daß die Sprache, die ein Kind als erste lerne, ja wohl auch im Deutschen nicht zufällig Mutter- und keinesfalls Vatersprache genannt werde. Aha! 1:0. Oder meinetwegen auch *Im Summer gaani go sörffe und im Winter go schiifaare*. Wobei mir das *gaani go* ganz besonders gefällt.

Am schönsten und am einverständlichsten«, sagt Bronken, »ist es immer noch hier, wo wir das meiste von dem, was die Leute so miteinander austauschen, von vornherein nicht verstehen. Das meiste von dem, was geredet wird, ist ohnehin nicht von Belang, jedenfalls nicht für uns. Sind wir, sie in der Schweiz, ich in Deutschland, müssen wir, ob wir wollen oder nicht, viel mitanhören, was wir gar nicht mitanhören wollen. Besonders seit es Handys gibt. Da brüllen sie einen, kaum tritt man auf die Straße, betritt man eine Bäckerei oder eine Drogerie und nimmt ein öffentliches Verkehrsmittel, in Grund und Boden. Und sabbern einen voll mit Zeug, auf das man gern verzichtete. Sprachvernichtung qua akustischem Raumgewinn. Ich glaube«, sagt er, »wir sollten uns auf den Rückweg machen. Der Aufstieg wird uns noch einigen Schweiß kosten.« Und ich taste reflexartig nach meinem Handy in der Hosentasche. Daß es mir nicht zufällig abhanden kommt. Oder, obwohl mich seit Tagen niemand mehr angerufen hat, schon versenkt wurde im Quellwasser, das zu Tal geht.

Er geht jetzt mit schwerem Atem neben, meist jedoch hinter mir her. Nach Phasen des Schweigens aber ergreift er, ich will nicht: hinterrücks sagen, aber doch immer wieder, während ich der Fülle des bereits Aufgenommenen nach-lausche und mir meine eigenen Gedanken mache, überfall-artig und mehr oder weniger zusammenhanglos das Wort. Hat er es aber ergriffen, bleibt er stehen, so daß ich natür-lich gezwungen bin, selbst stehenzubleiben. Man läßt un-gern jemanden hinter sich stehen und ins Leere sprechen.

Im Grunde, sagt er, habe sie ihn immer für einen Despo-ten gehalten. Die Sache mit der Mundart, die Sache mit dem Mülleimer, die mit der Wurstpelle auf dem Frühstücksbrett, seine Kühlschrankidiosynkrasie, wie sie sie *zartfühlend* nenne. Was nicht alles. Er gebe ja zu, daß er unangenehm sein könne. Irgendwann sei es dann auch so weit gekom-men, daß sie es gesagt habe, wenn auch nur ein einziges Mal, sagt er, ein für alle Male. Er sei, habe sie gesagt, schlimmer als ihre Mutter. Das, sagt er, habe ihn wirklich getroffen. Und zwar bis ins Mark. Denn er habe gewußt, was es bedeutete. Er habe von Anfang an irritiert *wahr*- und nichtsdestowe-niger – zunehmend bedrückt, aber auch zähneknirschend – *hin*genommen, dass sie sich ihm gegenüber gelegentlich aufführte, als habe sie es bei ihm mit ihrer Mutter zu tun, er habe immer gespürt, daß sie sich verfolgt fühlte. Da sie, kaum habe er auch nur eine noch so geringfügige praktische Zweckmäßigkeitserwägung geäußert oder einen Alltags-vereinfachungs- und häuslichen Arbeitsteilungsvorschlag gemacht (»du saugst staub, ich putz die Fenster«), diese wie im Reflex als geradezu totalitären Angriff auf ihre Person, ihre Persönlichkeit und deren Integrität und Autonomie verstand – um, fast immer schweigend und schon in Trä-nen, kehrtzumachen, die Tür, sofern sie aufgegangen sei, zu schlagen und davonzustürzen –, habe er selbst am Ende nicht mehr ein noch aus gewußt. Er selbst habe nicht mehr gesprochen, habe ihr Schweigen übernommen. Habe nicht mehr gewagt, auch nur irgend etwas zu äußern, zu erörtern, zu sagen. Was immer er hätte sagen können, es wäre das Falsche gewesen. Gleichzeitig aber habe sie, sobald es irgend etwas zu entscheiden gegeben habe, ihn aufgefordert, es zu entscheiden. Nach seinem Belieben. Er werde es schon recht und richtig machen, habe sie immer gesagt. Ihn alleingelassen gewissermaßen. Sie habe den Hamlet, als der er sich sozusagen schon von Haus aus, der Unbehaustheit wegen halt, verstanden habe, in ihm verstärkt insofern, als sie selbst sich noch hinzugetan habe in sein Zögern, Abwarten, Zweifeln. Sie habe ihm die ganze Verantwortung überlassen.

Was sie mit dem Geld tun solle? habe sie ihn gefragt, als ihr Vater starb, der ihr eine Summe hinterließ, keine große, aber doch eine, mit der man hier, sagt er, an diesem ja touristisch nicht sonderlich interessanten Ort, zu der Zeit schon noch etwas habe anfangen können. Die Summe hätte nicht gereicht, um sich ein Einzimmerappartement in Zürich oder eine Eigentumswohnung mit Ofenheizung in Berlin zu kaufen. Also habe er, Bronken, ihr geraten, etwas vor Ort zu erwerben. Hier. So hätten sie beide etwas, er sein Sommergrundstück und sie, für den Notfall, vielleicht sogar etwas fürs ganze Jahr. Sie habe sich, nach der Besichtigung verschiedener Objekte, eine Wohnung mit einer großen Terrasse gekauft, er habe für sie entschieden, die besitze sie immer noch, keine hundert Meter von dort entfernt, wo er später seine Höhle, mein derzeitiges Ferienquartier, bezogen habe. So hätten sie auch, sagt er, immer einmal, anders als in Berlin, etwas Abstand voneinander gewinnen können. Hätten. Und das Kind hätte die Wahl gehabt.

Bronken faßt wieder Fuß, setzt sich in Bewegung. Kaum aber hat er einen gewissen Steigrhythmus auf dem Gestein und im Geröll gefunden, bleibt er schon wieder stehen.

Als der Vater starb, sagt er, sei er mit der Tochter in Berlin geblieben. Sie habe es sich so gewünscht. Man solle das Kind nicht aus dem Kindergartenrhythmus herausnehmen. Sie sei allein zur Beerdigung nach Basel gefahren. Wo sie auch viele von denen wiedergetroffen habe, mit denen sie zur Schule gegangen war und mit denen sie, zunehmend, von Berlin aus telephonierte. Sie habe sich vor allem immer wieder von einem aus der Verwaltung der Basler Universität, ihrer ersten Liebe nach dem Rohen, der sich aufgehängt hatte, zurückrufen lassen, das kostete nichts, da sie in seiner Dienstzeit von ihm aus telefonierten. Und sich, wie er, Bronken, erst später erfahren habe, ausführlich berieten. Er selbst habe ihr eines der zu der Zeit noch gar nicht sehr weit verbreiteten schnurlosen Hausgeräte zum Geburtstag geschenkt, mit dem sie sich in ihr Zimmer in Berlin habe zurückziehen können. Er habe gespürt, daß sie es brauchte. In Berlin sei sie, wie wohl schon festgehalten, nie heimisch geworden. Es habe ja auch, sofern sie allein mit dem Kind gewesen sei und keinen Vertretungsdienst außerhalb angetreten habe, das Zuhauseherumsitzen schon hinreichend Kraft und Energie gekostet. Sie sei aber immer ausgeglichen, verläßlich und voller Hingabe an das Kind gewesen. In aller Regel beängstigend hingebungsvoll und perfekt. Nur seien ihr immer wieder Kleinigkeiten, zu denen er sich selbst, Bronken, längst keinen Kommentar mehr erlaubt habe, unterlaufen. Etwa der Unfall in Basel, als sie bei der Mutter zu Besuch gewesen sei. Das sei im Winter gewesen. Sie sei mit der Mutter und dem Kind unterwegs gewesen, sie hätte, ebenso wie die Mutter bzw. Großmutter, nicht bemerkt gehabt, wie die Valentina, was sie gern getan habe, wieder einmal beim Gehen ihre beiden Hände und Arme aus den Ärmeln ins Innere des Anoraks zog und wie sie daher, die leeren Ärmel beim Gehen schlenkern lassend, nicht in der Lage gewesen sei, sich, als sie über einen Eisbuckel im Schnee gestolpert sei, aufzufangen. Die oberen Schneidezähne habe sie sich ausgeschlagen. Zum Glück noch Milchzähne, sagt er. Aber so habe sie nun noch einige Jahre ohne obere Zahnreihe zurechtkommen müssen, was nicht immer leicht für sie gewesen sei, sagt er, im Kindergarten. Und dann in der Schule. Für gewisse Gefahren, in gewisser Weise wohl auch die, die er selbst zunehmend für sie dargestellt haben dürfte, habe die Drenger kein Gespür gehabt. Dann habe sie etwa nicht einmal gemerkt, daß er, Bronken, mit ihr und dem Kind am Tisch gesessen habe. »Hätte sie sonst«, sagt er, »zur Tochter, die sich, nur ein scheinbar belangloses Beispiel, ein Stück Apfelsine in den Mund gesteckt hatte, es dann aber offenbar zu sauer fand und es, um es nicht wegzuwerfen, nun der Mutter in den Mund stecken wollte, hätte sie«, sagt er, »sonst dem Kind gesagt: ›Was du einmal im Mund gehabt hast, will ich auch nicht im Mund haben.‹? Ich erinnere mich«, fügt er hinzu, »wie ich zögerte, bevor ich die Valentina aufforderte, es mir in den Mund zu stecken. Aber es mußte sein. Um aber auf den Sturz des Kindes zurückzukommen, es fällt ein jedes Mal auf die Nase. Daß es aber die Mutter des Kindes einfach nicht wahrhaben will, daß es so ist, und dem gegenüber ihren ganzen Vorrat an Groll verschwendet, der ihr die alleinige und ausschließliche Schuld daran geben könnte, die Großmutter etwa, das ist gerade für den nicht immer leicht, der mangels immerwährender Gegenwart dieser Großmutter wohl oder übel deren Rolle zu übernehmen hat. Es ist besonders lästig. Und am Ende auch belastend.«

Weiter geht's. Bronken atmet gleichbleibend schwer.

»Inzwischen sind die Mirgelhub und der Maeggi getrennt. Er hat ihr nicht die Kinder machen wollen, von denen sie, nachdem sie mit einer Arbeit über Hannah Arendt ihren philosophischen Doktor gemacht hatte, träumte. In Paris, wo sie an einem Symposion teilgenommen hatte, fand sie dann den Mann, der bereit war. Sie fand ihn nicht auf dem Symposion, sondern bei *Jo Goldenberg*, dem Restaurant im Marais, wohin sie mit einigen anderen Teilnehmern zum Abendessen gegangen war. Er war ein Geschäftsmann. In welchen Geschäften er tätig war, habe ich«, sagt Bronken, »nie herausbekommen. Obwohl er doch immer wieder einmal in Berlin auftauchte und die Drenger und mich, z. B. ins *Oren* an der Oranienburger Straße, einlud. Er hatte sich für die Mirgelhub von seiner Frau getrennt, später auch scheiden lassen und ihr die drei gemeinsamen Söhne in Paris gelassen. Der Mirgelhub, die sich ihrerseits«, sagt Bronken, »mit den Italienern, mit denen sie sich hier das Haus teilte, verkracht und, denen ihren Hausanteil überlassend, doch noch gütlich geeinigt hatte, verschaffte ich den Kontakt zu Carlo, du weißt, dem, der seinen Wein unter meinem Bett keltert, er hatte mich nicht nur einmal gefragt, ob ich nicht jemanden wüßte, der eine schöne dreistöckige Altstadtwohnung suche, seine in Rom lebende Tante habe sie wunderbar hergerichtet und dann nie mehr die Zeit gefunden, sie, im übrigen die, in der er selbst, Carlo, geboren sei, für sich zu nutzen. Die Mirgelhub erwarb diese Wohnung. Mit ihr tauchte auch immer wieder ihr neuer Mann mit den zwei Kindern auf, die sie inzwischen mit ihm hatte. Die Größere war zwei Jahre älter als meine Tochter Valentina, so daß die für einige Jahre in den Genuß kam, die teure Pariser Garderobe der Kleinen zu übernehmen und abzutragen, teure, aber dezente Kindergarderobe, auch strapazierfähige, doch. Jedenfalls blieb die Drenger mit der Mirgelhub in Verbindung, selbst als sie, nur ein oder zwei Jahre später, die neuerworbene Wohnung auch schon wieder verkaufte, da es ihren Mann, den Jacques Bleiveis, nach geschäftlichen Schwierigkeiten, in die er im internationalen Getreidehandel geraten war und die es ihn ratsam erscheinen ließen, sich für einige Zeit zurückzuziehen, nach Jerusalem trieb. Dort nahm die junge Familie Wohnung. Wiederholt luden er und seine Frau die Drenger und mich dorthin ein. Wir hatten auch die Absicht, die Einladung anzunehmen, aber dazu sollte es dann nicht mehr kommen.«

Bei diesen kleinen, mir noch so unbedeutend erscheinenden Einzelheiten über Leute, mit denen mich nun wahrlich nichts, aber auch gar nicht verbindet, war Bronken nicht stehengeblieben. Er arbeitete sich, Fuß vor Fuß setzend, wobei er einige Male stolperte, vielmehr ächzend voran. Jetzt blieb er stehen. Und faßte sich in den Nacken. Dabei drehte er, so als wollte er sich vergewissern, ob er noch da sei, seinen Kopf ruckartig hin und her. Etwas knackte. Es klang wie ein Zweig unter den Krallen eines Vogels.

»Es ist ja nicht etwa so, daß man sich nur was schenken läßt. Auch wir, die Drenger und ich, bringen immer Geschenke aus Deutschland mit. Der Italiener braucht seine *Regali*. Auch wenn er sie – weil der *Bentornato*, der Zurück-kehrende, die Hauptsache bleibt – zunächst scheinbar acht-los beiseite stellt oder legt. Die Einkäufe auf den Flohmärk-ten, in den Antiquitätenläden und Antiquariaten Berlins, Freiburgs, Hildesheims, Stralsunds und wo sonst noch, übernehme in der langen Winterperiode, die sich dafür eig-net, ich«, sagt Bronken, »ich erstelle eine Liste, durch die ich durchmuß. Giancarlo – altes Werkzeug. Alfredo – Bü-cherstützen. Cesare – Zirkelkasten und Riesen-MAGLITE-Taschenlampe. Chiara – Brosche. Simona – Brosche. An-gelo/Rosaria – Tischtuch Biedermeier. Aldo – Zinnkrug. Silvio – Pferd, geschnitzt. Und Zuckerdosen und Schnaps-gläser, *Stamper*, und noch eine Brosche und sechs Unter-setzer fürs Bierglas, die den Italienern fremd sind, das Bil-derbuch fürs Kind, die Vase, die Landschaft aus Stroh und Trockenblumen, ein Bild zum Aufhängen. Zinnteller, Glas-schwäne und Telephonkarten, die zu der Zeit noch von den jungen Leuten gesammelt werden wie einst Briefmarken von uns. So.

Warum an erster Stelle Giancarlo? Giancarlo ist der Maurer, der mit seinem Vier-Mann-Trupp die Wohnung renoviert, die die Drenger erworben hat. Denn sie ist zu-nächst noch eine Ruine. Ich«, sagt Bronken, »berate mich mit ihr, dann berate ich mich mit den Männern, es ist nun mal so, daß die Herren sich, bei aller Freundlichkeit und auch einer gewissen Ergebenheit der Drenger gegenüber, schwertun mit ihr. Was nicht allein an ihr liegt. Sie neh-men einfach, da er schon da ist, der Einfachheit halber den Mann. Auch wenn es die Frau ist, die den Auftrag erteilt. Und dann kennen sie mich ja auch länger, haben für mich schon einmal das Dach repariert und, nicht zu vergessen, das Loch in die *Cantina* geschlagen, um ein Fenster einzusetzen ins Loch, damit diese von mir, dem ohnehin keinen Wein Anbauenden, nur gering genutzte Abstellkammer zu einem unabhängigen Arbeits- und Leseplatz werde. Den hatte ich, wie gesagt, gleich nachdem mir die Drenger von Zürich an den Ort unseres ersten Zusammentreffens gefolgt war, extra für sie in Auftrag gegeben. Jetzt aber kommt ihre am Ende recht geräumige Wohnung mit der, soweit wir wissen, größten Terrasse der ganzen Altstadt hinzu. Als hinreichend Zeit, das Sommerhalbjahr Beratung mit den Männern und noch ein Winterhalbjahr unserer Abwesenheit, ins Land gegangen sind, ist das Schmuckstück mit allem, Kamin, Therme, neuen Deckenbalken, moderner glitzernder Einbauküche, fertig. Den genau, in Kleinformat, die längliche Trapezform der Küche, die es vorher nicht gab, beim Tischler von Cesare in unserem Namen nach genauester Skizze in Auftrag gegebenen Tisch will der Tischler, als es an den Abschluß des Unternehmens geht, nicht von mir bezahlt haben. Das sei schon erledigt, sagt er. Es bleiben die eigens gefertigten Sitzbänke, die als Truhen von mir konzipiert worden sind, und die übrigen Sitzgelegenheiten und Regale.«

Und wieder ächzt Bronken los. Was hat der eigentlich? Hat er Asthma? Oder säuft er zuviel? Wir haben uns doch in den letzten Tagen beide ziemlich zurückgehalten. Kaum ist er stehengeblieben, hat seinen Anschlußspruch losgelassen und macht wenige Schritte, bleibt er schon wieder stehen, jetzt greift er sogar zu einem Ast, einem Haselnußstrauch, der ihm auch nicht eben Halt bietet. Man muß sich um ihn sorgen.

»Du mußt mir das nicht alles auf einmal erzählen,«, sage ich, »nimm dir Zeit. Sofern du nicht ohnehin am Ende bist.«

»Am Ende bin ich irgendwie schon«, sagt er.

Ich reiche ihm die Hand. Er läßt den Strauch los.

»Aber mach dir keine Sorgen. Ich bin immer schon von Anfang an am Ende. Zwar werden die Frauen schwanger, aber ich trug zumindest das Kind, von dem ich von Anfang an wußte, meine neun Monate mit. Das wollen die dann Austragenden nur nicht wahrhaben. Sie denken, wir setzen uns in die Ecke und überlegen, wie wir uns aus dem Staub machen können. Oder hast du andere Erfahrungen gemacht?«

Wieder einmal eine dieser rhetorischen Fragen, die folgenlos bleiben, denn jetzt scheint er unter Beweis stellen zu wollen, daß er sowohl den Anstieg des sich aufwärts schlängelnden öffentlichen Waldwegs und die Fortsetzung seines, fürchte ich schon, höchstpersönlich-privaten Kreuzwegs in einem schafft.

Er entzieht mit Entschiedenheit seine Hand meinem Griff, wankt und läuft auch schon in seinen ausgetretenen alten Mokassins wie ein ausgefuchster Wackelindianer weiter.

»Rolf Boddensiek«, sagt er, sich wieder einmal gedankenleserisch, hat es den Anschein, betätigend, »die Prärie ist Flachland, unsereins aber steigt dem Dasein aufs Dach. Ich hoffe« – er sagt das, nicht ich! –, »du kommst mit. Wo war ich stehengeblieben?«

»Da an dem Strauch«, sage ich, »die Haselnuß.«

»Quatsch nicht.«

»Du quatschst«, sage ich. Ich denke, er verträgt es.

»Also gut«, sagt er, »Magermilch und Butterkuchen.«

»Wie bitte?«

»Die Drenger hat im zweiten Jahr, dem ersten Grundschuljahr der Tochter, die jeweils zweite atypische Lungenentzündung, auch Pneumonie genannt. Falls du dich da nur ein wenig auskennst. Ich werde dir jetzt, selbst nicht in bester Atmungsverfassung, wie dir nicht entgangen sein dürfte, nicht mit den Klassifikationen kommen. Jedenfalls hustet die Drenger über die Berliner Winter hinweg auf eine Weise, daß man denkt, da säße ein Tier im Karton, das raus will. Es kratzt, es schnüffelt, es beißt und zerrt. Der Freund und Kollege am Lietzensee, der unser aller Hausarzt ist, sagt: Habt ihr nicht immer noch euer Refugium da unten? Haben wir. Wenn er an meiner oder ihrer, der Drenger, Stelle wäre, hätte er sich schon längst aus dem Staub gemacht, dem Staub, sagt er, buchstäblich. Den Emissionen. Höhenlage? 600 Meter. Industrie, bis auf ein Zementwerk Richtung Neapel: keine. Worauf wartest du? sagt er. Meine Vertretungen könne ich auch von da unten aus organisieren. Die Agentur sei doch froh, daß sie überhaupt jemanden habe wie mich. Danke für die Blumen. Ich bespreche mich mit der Drenger. Der Frühling und der Sommer stehen ins Haus. Sie zuckt die Achseln. Wenn du meinst, sagt sie. Es ist deine Lunge, sage ich. Wenn du meinst, gibt sie auch darauf zurück. Es ist nicht meine, sage ich, aber wenn sie meine Meinung hören wolle, ich sähe nicht, was uns hindert, das zu tun, was vernünftig sei. Es gibt immer nur einen begrenzten Vorrat an Vernunft. Den sollten wir, bevor es zu spät sei, nutzen. Also bestelle ich Zapf, den Spediteur. Zapf kommt in seinem dicken Mercedes persönlich, ich weiß nicht, warum, ich war nicht auf Sonderbehandlung erpicht, aber er steigt dick und schnaufend zu uns hoch in die Vierzimmerwohnung, wirft als erstes einen Blick hinunter zu seinem Fahrer, ich weiß, sie haben den alten Kreuzberg-Charlottenburger Widerspenst mal entführen wollen, weil er angeblich von der Stange seiner revolutionären Anfänge gegangen ist, er durchschreitet die Räume, schätzt, sagt: Anderthalb Container. Ob er die Sachen nicht in einem unterbringen könne. Er könne alles, sagt er, aber wisse nicht, ob ich auf einen Teil meiner Habe verzichten wolle. Alles, was nicht reingeht, sage ich, lasse ich hier. Glückwunsch, sagt der Meister. Nur will er noch wissen, wie ich mir, Arzt?, na ja, meine Zukunft mit Frau und Kind dort unten vorstelle. Ich würde sehen, sage ich. Glückwunsch, sagt er ein weiteres Mal. Sollte die Sache schiefgehen, Anruf genüge, sagt er: Wir bringen das Zeug auch wieder hier nach oben. Der muß«, sagt Bronken, »irgendeinen Instinkt haben, der hat geahnt, daß es nicht klappt, das ist der wahre revolutionäre Instinkt. Willst du das Ende hören?«

Jetzt bleibt er stehen, um erst einmal nicht zu reden. Er atmet vorsichtig und verhalten, hält sich aber nirgends fest.

»Ach«, sagt er, »laß uns vor dem Schluß noch eine kleine Auszeit nehmen. Er tritt zur Seite, läßt sich nieder im Gras am Wegrand. Zum Glück ist überall Schatten, nur das Blau zwischen den Wipfeln der Bäume glüht hinüber ins Weiße.

Und so bekomme ich an diesem Tag noch den Rest zu hören. Obwohl ich eigentlich fürs erste genug habe. Aber man ist bekanntlich nicht Herr der Dinge, die erst einmal von einem renommierten revolutionären Transportunternehmer in die Hand genommen worden sind.

»Wohnungsauflösung. Die Teppiche meiner verstorbenen Mutter, die meine Schwester nicht wollte, bleiben liegen. Die Waschmaschine geht an die Nachbarin. Desgleichen der Geschirrspüler. Gratis. Die große Doppelklappcouch, die in ihrem Zimmer stand, wird mit an den Cordbezug gehefetem Zettel in den Hof und zur freien Verfügung gestellt. Das Klavier hingegen geht mit, wie gesagt. Am Ankunftsort mieten wir erst einmal eine Garage, in der wir die Bücherkisten und -kartons einlagern. Wir richten uns in der Wohnung der Drenger, die sich alsbald als zu klein für uns drei erweist, ein. Ich sitze ja, solange nicht der Winter angebrochen ist, noch bei mir im Horst oben. Und fasse eine Unterkunft wie meine jetzige Höhle unten ins Auge. Aber die muß erst noch gefunden werden. Valentina sieht zum ersten Mal in der Nacht Sternschnuppen fallen. Dutzende. Sie sagt: Was bin ich glücklich, was bin ich froh. Sie ist, nachdem sie die erste Charlottenburger Grundschulklasse hinter sich gebracht hat, auch froh, ein weiteres Mal eine erste Grundschulklasse machen zu dürfen, zumal die in Charlottenburg, wie sie findet, gar keine richtige Schule war, jetzt, hier in Italien, ist Schule, da fängt man am ersten Tag an zu schreiben. Und die Hände gehören auf den Tisch. Und man darf keinen Mucks von sich geben. Sie ist überglücklich und froh.

Es ist Herbst, es geht auf den Winter zu, ich habe mir eine Erkältung eingefangen«, sagt Bronken. »Um die noch Schlafende auf der Doppelbettcouch im Durchgangszimmer zwischen Küche und Bad mit meinem Husten und Schniefen nicht zu stören und um ein bißchen Licht zu haben, ziehe ich in ihr Zimmer um und wickle mich ein auf der dort stehenden Liege. Das Kind schläft in seinem Zimmer nebenan. Es fehlt ja eines für mich. Die Drenger ist am Vorabend aus Basel zurückgekehrt. Dort hat sie die Mutter begraben. Wie schon nach dem Tod des Vaters hatte sie es für besser gehalten, wenn ich mit dem Kind dort bliebe, wo wir waren. Wie schon nach dem Tod des Vaters war sie, um die Bestattungsmodalitäten und den Behördenkram zu erledigen, gut zehn Tage geblieben. Über einen Basler Kollegen, den ich aus meiner Studienzeit kannte, hatte ich ihr noch im Vorjahr, also vor unserem Umzug von Berlin, eine Vertretung in Basel verschafft. Valentina und ich reisten in den Ferien an und wohnten im Hause eines Paars, bei dem auch sie wohnte und das sie noch aus der Schulzeit kannte. Bei dieser Gelegenheit machte ich auch die Bekanntschaft des Chefarztes im Spital, in dem sie arbeitete. Ein großer, ruhiger Mann, vollbärtig und mit dem Händedruck und den Schultern eines Bergsteigers. Wir gingen einmal zusammen essen. Als mich gerade bei diesem Essen wie aus heiterem Himmel ein wurzeltiefer, böser Zahnschmerz überfiel, der es mir unmöglich machte, wirklich am Tischgespräch teilzunehmen, erbot sich der Mann, obwohl ich weder einen Krankenschein noch eine Versicherungskarte aus Berlin mit dabei hatte, mich zu einem ihm bekannten niedergelassenen Zahnarzt zu bringen, der mir sehr schnell und professionell Linderung verschaffte. Dem Zigarre rauchenden Bergsteiger, der mich später telefonisch daran erinnerte, daß ich nicht vergessen dürfe, meine Dinge mit seinem Zahnarzt zu regeln, schickte ich eine kleine Cohiba-Auswahl für seine Dienste. Ich hörte nichts mehr von ihm. Außer, von der Drenger, daß er ihr, als die Einlieferung der Mutter in ein Pflegeheim und die Auflösung der elterlichen Wohnung angestanden hätten, zusammen mit anderen Freunden zur Seite gestanden habe.

Ich denke an jeden anderen als den. Obwohl es mich schon kurzzeitig nachdenklich gestimmt hatte, daß er nach der Wohnungsauflösung der Auskunft der Drenger zufolge mit dem Gedanken gespielt habe, die Wohnung, in der sie einmal aufgewachsen war, zu *übernehmen*, zu mieten. Ein Chefarzt in so einer Wohnung? Ich fragte nach. Worauf sie antwortete, es solle ja nur ein Ausweichquartier sein. Seine täglichen Fahrten hinaus aufs Land zu Frau und Kindern seien ihm zunehmend lästig. Oh, ich Schwachkopf, ich Einfaltspinsel, ich von meiner anästhesiologischen Klasse und von meiner Bescheidenheit Berauschter. Während ihrer sich auch bei der Beerdigung der Mutter hinziehenden Abwesenheit aber habe ich einmal, auf der Suche nach ich weiß nicht was, das kleine Toilettenschränkchen aufgemacht, in dem sie ihre Kosmetika verwahrt. Es purzelte mir aus einem aufgerissenen Karton ein Schwall LONDON *Gefühlsecht* entgegen. Davon wußte ich nichts. Wir hatten uns seit der Geburt Valentinas auf den klassischen Knaus-Ogino, auf *interruptus* und anderes verständigt. Selbst wenn sie, was einzukalkulieren ist, in Basel für eine Nacht irgendeinen Jugendkontakt wieder aufnimmt, fast alle Männer, mit denen sie noch befreundet ist aus der Zeit, waren auch einmal ihre Geliebten, frage ich mich doch, was dann diese Verhüterli hier in ihrer – unserer – landrömischen Wohnung machen. Es kommt mir alles sehr merkwürdig vor. Und wird es letztlich auch bleiben. So liege ich denn mit dickem Schal um den Hals fiebrig da und warte auf das Erwachen der Frau. Die dann auch tatsächlich, ich habe sie im Bad gehört, zu mir ins Zimmer tritt. Sie fragt nicht nach meinem Befinden. Sie fragte nie nach meinem Befinden. Auch nicht, wenn ich bis zum Hals und unter die Gehirnschale in der Rotz- und Verschleimungssoße stand. Warum sollte sie mich jetzt fragen? Dafür frage ich sie, wie es *ihr* gehe. Oh, lächelt sie, *ihr* gehe es gut. Ich sage, sie habe vermutlich die Beerdigung genutzt. Für was genutzt? fragt sie, leicht verunsichert zurück. Für einen Lover. Oder? Ich habe inzwischen auch schon diese unaufhörliche Oder-Angewohnheit und merke es gar nicht mehr. Sie lächelt. Ja. Sagt sie. So. Sage ich. Und wo? Das geht dich nichts an. Und wer ist es? Kenne ich ihn? Sie zuckt die Achseln. Ist es dieser Basler Chef? Der Chirurg? Keine Antwort. Wer ist es sonst? Das geht dich nichts an. Liebst du ihn? frage ich. Ja, sagt sie, sie liebe ihn. Also ist es eben dieser Professor, dieser Dingsbums. Der, oder? Oder ist er es nicht? Keine Auskunft, sagt sie. Sie wiederhole, es gehe mich nichts an. Was das Seltsamste aber ist«, sagt Bronken, »ich fühle mich erleichtert. Wenn auch nur fürs erste. Sie rechnet ja auch auf. Nicht daß sie jene erwähnte, die mich in Lyon zum Vater ihrer Tochter Céline erklärte, sie kommt auf etwas viel weiter Zurückliegendes zurück, auf eine, mit der ich zehn Jahre, bevor ich sie, die Drenger, überhaupt erst kennenlernte, eine sich über vier Jahre hinziehende furchtbare, nicht nur furchtbar schmerzliche und verzweifelte, sondern auch furchtbar glückhaft-ausschweifende Affäre gehabt hatte. Diese Helga, sagt sie, hast du sowieso mehr geliebt als alle anderen. Und auch mehr als mich. Ich schweige. Dann sage ich, mit heißem Kopf auf ihrem Kissen, kalt: Da ist was dran. Nur, füge ich hinzu, kennt jedes Lebenszeitalter seine Höhepunkte. Jeder ist anders. Ich frage nach: Du liebst also diesen Unbekannten wirklich. Sie antwortet: Ja. Ich sage: Ich lasse mich scheiden. Worauf sie mich an etwas erinnert, an das ich in diesem Augenblick nicht gern erinnert werde. Daran nämlich, daß ich immer wieder einmal Zeiten und Klassen und Zivilisationen beschwor, da bräuchte man gar nicht zu rekurrieren auf *Die Wahlverwandtschaften* oder ähnliches, da hätten halt die miteinander Verbundenen, in Rücksicht auch auf die gemeinsame Verantwortung für ihren gemeinsamen Nachwuchs, ein Nebenleben geführt. Das könne mit dazugehören zur Liebe. Davon will ich nun aber in meinem Fieber und meinem verletzten Stolz, der ja nur die Kehrseite eines Befreiungshochgefühls ist, nichts wissen. Sie habe genug juristische Bekannte. Sie solle sich einen Anwalt nehmen. Sie könne einleiten. Unter einer Bedingung. Und zwar der, daß die Valentina bleibt. Daß wir sie uns teilen. Daß sie mir bleibt. Und zwar hier, wo sie nun schon ein Vierteljahr zur Schule gehe, wo es ihr gefalle. Ich werde mir eine eigene Bleibe suchen. Okay, sagt sie. Die Sache übrigens mit der Scheidung sei bereits eingeleitet, sie habe vorausgedacht. Ich frage dann nur noch nach, wie lange das Verhältnis mit dem Mann, den sie liebe, denn schon andauere. Und da nun gibt sie zurück, was mich denn doch auffahren läßt auf die Kante meines Krankenlagers, ihrer Liege. Seit einem Dreivierteljahr. Ich rechne. Vor einem Jahr habe ich ihr auf das Anraten unseres Berliner Freundes und Hausarztes hin, zuallererst aufgrund ihrer chronisch wiederkehrenden Lungenentzündungen, den Vorschlag gemacht, ganz hierher nach Italien zu ziehen. Im Juli, wir haben Dezember, haben wir den Umzug hinter uns gebracht. Wozu dann dies alles? Wenn sie den Mann schon im März geliebt habe. Sie zuckt die Achseln. Dann wendet sie sich ab. Und sagt nur noch: Du hast doch entschieden, hierher in dieses gottverlassene Nest zu ziehen. Ich? Ja, du. Sie, sagt sie, sei doch gar nicht gefragt worden. Ich falle zurück auf ihr Kissen. Das ist eine Lüge. Wird allerdings, zugegeben, außer der Täuschung und dem Wortbruch, die mir noch bevorstehen und die zusammen eine noch größere Lüge darstellen werden, die einzige bleiben.

Kannst du noch?« Mein Mann räkelt sich im Gras, hat ein Bein über das andere gelegt, stützt sich mit einem Ellenbogen ab und stochert mit der freien Hand, in der er einen Halm hält, in den Lücken zwischen seinen Zähnen.

»Wir wollen es zu Ende bringen«, sage ich.

»Um so besser«, sagt er. Er richtet sich schon wieder auf. Ich sehe sein schütteres graues Haar, die Schweißtröpfchen darin, die das Grau schwärzen und sich auf der Kopfhaut zu bewegen scheinen wie kurzleibige Silberfischchen, das Licht fällt von oben ein.

»Habe ich früher im wesentlichen die administrativen Obliegenheiten wahrgenommen, ist sie es jetzt, die die Sache in die Hand nimmt. Sie bucht den Zug nach Zürich, seit einiger Zeit hat sie kein Auto mehr, der *Passat* ihres Vaters ist für ein Handgeld an irgendeinen Freund weitergereicht worden, sie wird sich mit dem Mann treffen, denke ich, und sich mit ihrem Anwalt ins Benehmen setzen. Sie kehrt zurück. Ich sehe sie selten, da ich oben bei mir im Land bin«, sagt er. »Der anberaumte Termin rückt näher.

Inzwischen ist fast schon wieder ein halbes Jahr ins Land gegangen. Als es soweit ist, verschaffe ich dem Schulkind eine Aufsicht und eine Schlafstelle über Nacht und reise nach Zürich, wohin sie wieder vorausgeeilt ist. Von dem, was der Richter von sich gibt, verstehe ich kein Wort. Ich erhebe Einspruch. Der Mann weigert sich, Hochdeutsch zu reden. Oder ist außerstande, es zu tun. Ich zitiere stellvertretend das, was ich in der Mundart von der Drenger gelernt habe: DIE VERGÄNGLICHKEIT, Johann Peter Hebel *(Gespräch auf der Straße nach Basel zwischen Steinen und Brombach, in der Nacht)*

Der Bub seit zum Ätti:
    Fast allmol, wenn mer's Röttler Schloß
    so vor den Auge stoht, se denki dra,
    öb's üsem Hus echt au e mol so goht.
    Stoht's denn nit dört, so schuderig, wie der Tod
    im Basler Totetanz. Es gruset eim … usw. usf.

Noch in der Nacht fahre ich über den St. Gotthard zurück. Die Drenger bleibt einige Tage länger. Aber nun wird es Schlag auf Schlag gehen«, sagt Bronken. »Hieb auf Hieb. Ich war ja schon kurz nach der Eröffnung, die sie mir im Dezember gemacht hatte, aus der gemeinsamen Wohnung ausgezogen. Hatte mit Berlin telefoniert, wo die wohnen, die von der Mirgelhub die Wohnung übernahmen, die ich ihr vor noch gar nicht so langer Zeit vermittelt hatte. Die neuen Eigentümer sind freundliche Leute, ein arbeitsloser Ingenieur der Lichttechnik und eine Lehrerin, die ihre Ferien nutzt, um immer wieder einmal aus der neuen Hauptstadt herauszukommen. Ich hatte angefragt, ob ich mich vorübergehend einmieten könne. Sie hatten, als ich meine Situation schilderte, Verständnis. Ich lag den ganzen Winter über in dem fremden Bett. Von Sonnabend auf Sonntag lag die Tochter daneben. Der Winter war feucht und kalt. Die Wohnung ließ sich nur mit einem Propangasstrahler heizen. Trotzdem kam die Tochter nach der Schule auch die Woche über regelmäßig zu mir, um mit mir die Schularbeiten zu machen. Oben bei mir«, sagt er, »kann man ja, das hast du gesehen, trotz des Kamins, schwerlich überwintern. Unterdessen mache ich mich auf die Suche nach einer eigenen Wohnung in der Altstadt, die nicht allzuweit entfernt von der der Drenger ist, da hätte ich das Kind täglich in meiner Nähe, vielleicht finde ich irgendeines dieser zahlreichen verrotteten Löcher, das ich kaufen und dann sukzessive mit Hilfe von Giancarlo und seinen Leuten, aber vor allem durch Einsatz der eigenen Hände, instandsetzen kann. Ich finde und entscheide mich für die dir bekannte Höhle. Das Geld reicht nicht. Die Drenger bietet mir einen Kredit, sie hat ja noch etwas von der Erbschaft übrig. Und dann, wie gesagt, Schlag/Schlag, Hieb/Hieb, der Winter ist klamm überstanden, der nicht weniger klamme Frühling ist vorbei, der Sommer kündigt sich an und ist, wie die Zeit vergeht, da, ich bringe wieder einmal die Tochter von der Schule zur Mutter nach Haus, da bittet mich die von mir Geschiedene in ein Café. Und zwar das mit der großen Terrasse, wo am Tag außer den paar Alten niemand sitzt. Warum nicht auf ihrer Terrasse? frage ich. Oder oben bei mir, auf meiner? Nein, draußen, sagt sie. Also gut, draußen. Obwohl auch bei ihr oder mir draußen wäre. Es ist Juni, demnächst beginnen die Schulferien, das Kind wird das erste Schuljahr in der fremden Sprache hinter sich haben. Es kommt inzwischen gut zurecht, nimmt teil an Ausflügen und Theateraufführungen. Es ist noch Unterrichtszeit, als ich die Drenger auf der Caféterrasse treffe. Wir sitzen dicht am Geländer. Der sich uns in die Tiefe eröffnende Blick gleicht dem von meiner Terrasse und dem von ihrer Wohnung aus. Sie bestellt einen *Caffè*, ich bestelle einen *Caffè*. Sie müsse, beginnt sie, mir etwas sagen. Ich habe keinerlei Ahnung. Bitte. Sie ziehe weg, sagt sie. Ich verstehe sie nicht. Was das heiße, frage ich: sie ziehe weg. Sie ziehe weg, wiederholt sie. Und wohin? Weg, sagt sie. Aber, sage ich. Ja, sagt sie, die nehme sie mit, die Valentina. Es ist nur eine Schrecksekunde. Dann schießen mir die Tränen in die Augen, ich wende mich ab. Ich hatte es nicht auch nur einen Augenblick gedacht, ich kann es nicht denken und glauben. Sie hat mich nie, abgesehen von dem, was wir uns gegenseitig, wenn auch nicht als gutes Recht, so doch als Möglichkeit, einräumten, wirklich getäuscht. Sie hat sich immer, wie ja schon in der Umzugssache, mit mir abgesprochen. Auch wenn sie es nicht mehr wahrhaben will. Aber ich kenne sie. Wo sie will, schweigt sie. Spricht sich nicht ab und tut, was sie will. Ich weiß, daß ich machtlos bin. Es würgt mich. Sollen wir das Kind in zwei Hälften schneiden? Es wie an Seilen zwischen zwei gepeitschte Gäule gespannt, die in entgegengesetzte Richtung getrieben werden, zwischen uns zerreißen? Als ich mich notdürftig gefangen habe und sage, daß sie den Mann, um den es ihr offenbar gehe, doch auch hierher kommen lassen könne oder, falls es sich eben um diesen, ich vergesse immer wieder seinen vertrackten Namen, Schirkelschoch oder Schikkeldantzer, den Basler Chefarzt, handele, selbst auch immer wieder zu ihm reisen, das kennte sie ja, wir hätten es lange Jahre nicht anders praktiziert, da sagt sie, sie habe hier nichts mehr verloren, sie habe hier niemanden, überhaupt: das ganze Italien. Die Valentina komme mit, sie gehöre zur Mutter. Plötzlich Mutter! Es tue ihr leid, aber die Sache sei entschieden. Am kommenden Wochenende gehe es los. Ich muß dir, Boddensiek, nicht schildern, wie mir zumute ist. Wahrscheinlich fürchtete die Drenger eine körperliche Attacke, weswegen sie die öffentliche Caféterrasse vorschlug, in sechzehn Jahren drei nicht ausgeführte, sondern sie, da es mir um etwas anderes ging, nur an der Wange streifende Ohrfeigen, von ihrer Seite mit mehr als drei geballten Angriffen, die mich zum Ziel hatten, in ein Verhältnis gebracht, scheinen ihr Grund genug zu sein, um sich vor mir zu fürchten und in acht nehmen zu müssen. Vielleicht hat sie recht. Obwohl ich durch die Wucht des Schlags und Hiebs, den sie mir hier nun ohne jeden körperlichen Einsatz verpaßt hat, auf eine Weise ausgeknockt bin, daß ich nur noch in meinem Terrassenplastikstuhl in mich zusammensacken kann. Das Stärkste aber«, sagt er, »ist, daß sie sich ausgesprochen, ha!«, sagt er und betont, »*ausgesprochen* kurz faßt, als sie sagt: Jetzt weißt du Bescheid. Und aufsteht. Und, du wirst es nicht glauben, weit die Hand ausstreckt, um sie mir mit steifem ausgestreckten Arm, genau so wie nach der Scheidung in Zürich vor dem Gerichtsportal, entgegenzuhalten. Wie zur Versöhnung. Als hätten wir gestritten und müßten uns nun wieder vertragen. Ich verweigere wie schon in Zürich den Handschlag. Ich frage nur noch, ob ich die Valentina, bevor es losgehe, einmal einen Tag für mich haben könne. Sie antwortet, sie hätten so viel zu tun und zu packen, sie könne es nicht garantieren. Aber die Leute, die sie abholen kämen, wollten noch mal ins *Sora Maria*, da könne ich ja am Samstag, dem Abend vor dem *Umzug*, dazustoßen. Es findet am Abend nach dem Empfang dieser Nachricht wieder einmal ein Sommerfest statt. Ich treffe die Valentina mit der Mutter. Die Valentina sieht mich an wie einen Fremden. Und schmiegt sich an die Seite der Mutter. Ich trinke. In der Nacht sitze ich am Rand des Brunnens, dessen Speier bei diesem Fest keinen Wein speit, mit der Flasche in der Hand auf den Stufen und sage jedem, der vorbeikommt und mich fragt, wie es mir gehe, daß sie mir meine Tochter genommen hätte. Niemand fragt nach: wer? Und ich werde anderntags nicht wissen, wie ich in das Bett hier oben in meinem Horst gekommen bin, weiß nicht, ob ich zu Fuß gegangen bin oder ob mich jemand gefahren hat. Jedenfalls finde ich meine Vespa erst zwei Tage später, als ich mich hinunterwage, in der Nähe des Brunnens wieder.«

Bronken erhebt sich schwerfällig, ich traue mich nicht, ihn zu stützen. Er macht Schritte wie einer, der das Laufen erst lernt. Auch humpelt er wieder einmal merklich.

»Um die Sache noch abzurunden«, sagt er im mühsamen weiteren Anstieg, »eine kleine Zusatzinformation. Ich treffe meine Ex noch einmal in der Markthalle. Ach, sagt sie, was ich dir noch sagen wollte. Was? frage ich. Vielleicht, habe ich mir gedacht, sagt sie, wäre es doch besser, wenn du am Samstag nicht zum *Archangelo* kommst. Wieso? Es ist so schon, sagt sie, schwierig genug für die Valentina. Sie muß ja nun nicht auch noch ihren Vater weinen sehen.«

Pause. Pause in Bronkens Rede. Tja, das muß ja nun wirklich eine gewesen sein. Und wohl noch immer sein. Dagegen war die Aischa ein Glück, ein Lebenssegen. Ein Engel.

»Und«, frage ich, weil es mich nun tatsächlich interessiert, »bist du dann hingegangen?«

»Natürlich«, sagt er, »und ich habe keine Träne vergossen. Nur in der Nacht dann, oben auf meinem Dach über der *Cantina*, die ich einmal zu ihrem persönlichen Refugium habe ausbauen und von dem ich ja dank des Geländers, das ich später für die Valentina habe anbringen lassen, nicht herunterkippen konnte, habe ich geheult, ich sage dir, über das Geländer hinweg zu Tal geheult wie keine ostfriesische Marschenkuh pißt, nur damit du es weißt. Es glaubt mir ja sonst sowieso niemand.«

Ich will es ihm glauben.

Auch, daß er dann am Morgen wieder nach unten gefahren ist, um in seinem noch nicht instandgesetzten Loch, der späteren Höhle, auf die Tochter zu warten, die versprochen hatte, an die Tür seiner neuen Bleibe zu klopfen und sich von ihm zu verabschieden. Und dazu, daß er sie dann vom Balkon aus, mit dem schweren Rucksack auf ihrem schmalen Rücken, hinter der Mutter her den Weg zu dem Wagen, der sie wegbringen würde, hat hinabgehen sehen, wo sie sich ein einziges Mal nur noch nach ihm oben umgedreht und er ihr gewinkt habe, was sie rücklings aus dem Handgelenk erwidert haben soll, um ihm dann aus dem Blickfeld zu geraten und zu verschwinden. Und selbst daß er noch Monate, wenn er vom Balkon aus in die Leere zwischen den Buschwindröschen und Schilfstauden und der Mauer blickte, zwischen denen sie verschwunden war, immer wieder geschüttelt wurde. Und immer wieder noch einmal, bis heute, geschüttelt werde. Das will ich ihm, wenn ich es ihm auch früher nicht zugetraut hätte, gerne glauben.

Wir sitzen dann schon wieder oben auf eben der Terrasse, der falsche Lorbeer mit seinen tiefvioletten Lorbeerkirschen beschattet die zwei Liegestühle mit der Leinenbespannung, in der ich schon einmal in die Lüfte entführt worden bin, wir haben ziemlich lange geschwiegen. Bronken hatte ja auch kaum mehr Luft, um zu sprechen. Das Steigen an sich war ihm schon sichtlich genug. Jetzt gilt es nur noch, in Erfahrung zu bringen, wie denn das Leben des so dramatisch Verlassenen weiter verlief.

»Die Drenger ist heimgekehrt. Zwar nicht in die Wohnung ihrer Eltern. Aber doch an den Ort ihrer Geburt, ihrer Kindheit und Jugend. Dorthin, wo sie sich auskennt. Und wo man sie kennt. Frau Doktor. Sie hat mir«, sagt Bronken, »an jenem letzten Abend in der *Sora Maria ed Archangelo* die neue Anschrift gegeben. An wessen Hand aber in Zukunft meine Tochter durch den schweizerischen Wald und über die Wiesen und das Feld wandern würde, das hat sie mir weiter vorenthalten. Sie wird es mir bis heute vorenthalten, obwohl ich es schon bald wissen sollte. Es müssen ja nicht nur viele und kräftige Hände gewesen sein, die ihr aus dem Stand die Einrichtung der neuen Wohnung herbeischafften. Mitgenommen hatte sie in dem Pkw, in dem sie mit der Tochter abgeholt worden war, so gut wie nichts, hatte alles stehen- und liegenlassen. Bis heute. Und hinter sich abgeschlossen. Keine vierzehn Tage später, ich melde mich an, bin ich in Basel«, sagt er, »ich will wissen, wie die Tochter untergebracht ist, wie sie wohnt. Und mit wem. Sie wohnen an einer lauten Einfallstraße, der Verkehrslärm, der zum Fenster des Kindsschlafzimmers dringt, ist ohrenbetäubend. Die Valentina stört das nicht, sie erfreut sich, beteuert sie, an den ständig wechselnden roten und weißen Bögen, Streifen, Spots, die die Scheinwerfer der Autos und Lastwagen, aber auch die benachbarte Fußgängerampel an die Wand des Zimmers zaubern. Da habe sie was zu *kucken*. Das *Kucken* hat sie von mir behalten. Aber sie spricht nicht im mindesten *Schwüizerdüütsch*. Als ich sie bitte, mal ein bißchen so wie die Mama oder so, wie sie sich mit ihren neuen Mitschülern verständige, zu sprechen, weigert sie sich. Ich werde es nie zu hören bekommen, nur später, zufällig, als sie nicht weiß, daß ich in der Nähe bin, werde ich sie hören. Und es wird mich, obwohl ich meine Reaktion unvernünftig und vor allem völlig unsinnig finde, noch weiter von ihr entfernen. Sonst aber ist sie wie immer. Sie ist offen, aufmerksam, nachdenklich. Wir gehen an den Barfüßerplatz Eis essen. Wir gehen den Rhein entlang. Dort sagt sie, die inzwischen Siebenjährige: Ich habe jetzt einen Ersatzpapa. Mir werden für einen Augenblick die Knie weich. Ich wußte vorher nicht, daß es das tatsächlich gibt. Hatte es immer für ein mehr metaphorisches Bild gehalten. Ich muß stehenbleiben«, sagt er. »Sie fügt noch hinzu: Du bist die Reserve. Wir gehen weiter. Mit einem Mal ist der Vorname des Mannes mit dem unerfindlichen Nachnamen da, der Name des Chefs der Klinik, in der die Mutter, wie ich inzwischen weiß, alsbald *fest* anfangen wird. Norbert. Norbert Schirkelschoch oder Schikkeldantzer. Oder ähnlich. Ja, sagt die Tochter, der. Kennst du ihn? Ich kenne ihn, sage ich. Als ich sie zur Mutter gebracht habe und am Bahnhof noch einmal, bevor ich nach Rom zurückfahre, anrufe und ebendiese dran habe, kann ich nicht an mich halten. Ich sage, daß ich es *unanständig* fände, den Herrn Norbert, der nunmehr das Leben an meiner Stelle mit der Valentina teile, nicht einmal zu Gesicht zu bekommen. Vielleicht gäbe es ja dies und jenes, schon im Interesse des Kindes, zu besprechen. Da lacht doch tat-

sächlich meine Verflossene jäh und schrill, ja, seltsam jung-
fräulich und irgendwie nicht zuständig auf, um, noch im
Lachen, aufzulegen.

Lieber Rolf!«

Ich zucke zusammen. Es ist schon seltsam, wie einer,
der sich nicht mit einem unterhält, allein durch sein Reden,
das ja letztlich eine Form des Selbstgesprächs in Anwesenheit eines Fremden ist, sich allein durch seinen ununterbro-
chenen Redefluß in die andere Existenz hineinspült und
derartig nicht nur in dieser so etwas wie Vertrautheit, ja,
Zutrauen hervorzubringen vermag, sondern sich selbst,
obwohl man als Zeuge des Geschehens so gut wie nichts
zu dem fluvialen Geschehen beigetragen hat, offenbar in
eine Art Vertrautheit und Zutrauen zum anderen einzu-
schwemmen versteht. Er schafft es aus eigener Kraft. Ich
bleibe austauschbar. Er könnte es, denkt man, jedem erzählen. Oder vielleicht doch nicht? Er weiß so gut wie nichts
von mir. Nicht mehr als ich bis zu seiner ausufernden Le-
benssuada von ihm wußte. Da ist eben doch ein Ungleichgewicht entstanden. Trotz des unzweifelhaften gegenseiti-
gen Zutrauens und Vertrauens. Letztlich ist einer von uns
beiden nicht auf seine Kosten gekommen. Ich habe noch
kein Wort verlauten lassen über mich. Und überhaupt:
über den tieferen Grund meines Besuchs. Über mein eigenes Lebensdrama. Wann soll ich denn dazu kommen? Wo
er mir immer wieder das Wort abschneidet. Das ich ihn,
zugegeben, ohne Bedauern und Vorbehalt abschneiden
lasse. Ja, ich gebe zu, siehe oben, ich hätte auch etwas zu
erzählen. Aber wenn dann einer wie Bronken kommt!

»Lieber Rolf Boddensiek«, schon wieder etwas Distanz;

dafür aber soll er mich im folgenden noch mit, seltsam isoliert voneinander, drei Nachrichten ausstatten, ohne die ich durchaus ausgekommen wäre. Nichts von dem so unvorhersehbar zwischen uns entstandenen Vertrauen und Zutrauen wäre verlorengegangen.

Ich mache es kurz. Sich in seinem, gegenläufig zu mir, mittels seiner nackten Füße auf den Dachterrassenfliesen in Schwung gehaltenen Liegestuhl wiegend und den Blick zwischen Geländerstreben hindurch in die verhangene Ferne gerichtet, gibt er zum besten:

1., daß die Drenger, als wäre es nicht genug gewesen und als hätte sie nicht inzwischen eine Festanstellung als Anästhesistin in dem Spital oder der Klinik, was weiß ich, des Herrn Prof. Dr. Dr. Schuckeldunst oder Schachtelhalm, noch einmal in einen ganz speziellen privaten Ring steigt, um sich offenbar einem Kampf, den sie nicht ausgetragen hatte – oder den sie glaubte, nicht hinreichend ausgetragen zu haben –, zu stellen. In einem deutschen Privatsender, ein schweizerischer hätte wohl nicht die hinreichende Reichweite gehabt, tritt sie ein Jahr nach der Trennung von Bronken in einer Talkshow auf. Bronken weiß natürlich von nichts. Alle anderen, die ihn kennen, aber wissen es. Nur lassen sie ihn nun wiederum nicht wissen, daß sie es wissen. Sie wollen den vermeintlich Armen schonen. Ihm Mitleid ersparen. Die Kassette mit der aufgezeichneten Sendung kriegt er dann anonym in sein italienisches Versteck geschickt. Der Sendetitel des schon längst nicht mehr aktuellen Abends, laut Bronken: *Schluß mit dem reinen Geist – Intelligente Frauen befreien sich.* Irgendwann habe er die Kassette, er meine, in Bruchsal, wo er zu seinem Dienst in einem Zimmer untergebracht gewesen sei, in dem er einen Videorecorder vorgefunden habe, reingesteckt. Sie, die Drenger, habe da mit anderen beruflich und irgendwie rundum erfolgreichen Frauen auf dem Sofa gesessen und, ohne Namen zu nennen, versteht sich, über die Qual des Ehelebens Kunde gegeben. Sie, die ihn, Bronken, in den Anfängen ihrer Beziehung, noch frech und frohgemut gefeiert habe als ihren *schlechthinnigen Macho*, den, welchen sie ihr Leben lang gesucht habe – wobei sie die triftigen Einwände der seinerzeit von ihr Erschreckten, die sie dabei einkassierte, sozusagen *locker* beiseite wischte –, kennzeichnete ihn nun als eine Art terroristischen Waschlappen und mit einem fatalen Helfersyndrom behafteten Versager. Von dem, was sie dazu beigetragen haben könnte, sei allerdings keine Rede gewesen. »Sie verleumdet und höhnt. Und, was das Erschreckendste, ja, eigentlich Vernichtende ist«, sagt Bronken, »sie leugnet ihr eigenes Leben. Alles, was gewesen ist, war. Sie verwirft aus dem Stand gemeinsames Elternschaftserbe und wuchtet in die Welt, was, in irgendeiner Zukunft oder auch schon jetzt, für die Tochter, die fragen wird oder schon fragt, legitimieren soll: Ächtung, Selbstverleugnung, Verrat. Häme als Prophylaxe, in der sich das Phobische austobt. Üble Nachrede zur Rechtfertigung eigenen Versagens. Wahrscheinlich glaubt sie inzwischen selbst schon, was sie sagt. Als wäre sie, unschuldig, erst im Schaum ihrer gegenwärtigen Rede geboren.« Zusätzlich zu dem Video habe der Anonymus auch noch eine Rezension der Show, in der es ja, wie der Titel schon versprach, um oder gegen jene Männer gegangen sei, die sich immer nur *souverän* zurücklehnten oder sich ausstreckten und nachdächten auf ihren Gedankenkanapees, die immer nur Argumente anzuführen wüßten und den Geist im Munde führten, während sie ihre Frauen nicht nur schmählich vernachlässigten, sondern, schlimmer noch, mit ihrem angeblichen Geist hinderten, sich selbst zu entwickeln und zu verwirklichen, zusätzlich also zu der Kopie des gesendeten Ursprungsdokuments auch gleich noch die Rezension der Sendung im nationenübergreifenden, in diesem Falle bis ins Österreichische hinein- und ins Schweizerische rückwirkende Magazin beigelegt. Da wird mein Freund Bronken offenbar zum Popanz gemacht. *Wutanfall eines Ausgesaugten.* So habe der Titel gelautet, der sogar, sagt er, genaugenommen, gestimmt habe. Das Wort *ausgesaugt* sei schon einmal gegen Ende ihrer Ehe gefallen. Weswegen er ja auch die Drenger mit der Überlegung konfrontiert habe, ob der Kredit, den sie ihm zum Kauf seines Lochs gewährt hatte, nicht eigentlich verrechenbar wäre mit der Arbeit, die er für die Umwandlung ihres Lochs in ein ansehnliches Appartement geleistet habe. Aber da sei sie ja, damals noch, bevor sie das Weite gesucht habe, spontan in ein furchtbares Heulen und Zähneklappern verfallen und habe, sie, die nicht Gläubigere als er, die Hände gen Himmel gerungen, so daß er sofort, schon weil er, was allgemein bekannt ist von Männern, die ihre Frauen niederhalten, Tränen nicht sehen könne, Abstand von dem in Erwägung gezogenen Ausgleich genommen habe. Daß er dafür dann auch noch den ihm an den Kopf geworfenen Titel *Erpresser* habe in Kauf nehmen müssen, sei jedoch nicht in die Fernsehsendung mit eingegangen. Dafür habe, sagt Bronken, das Magazin ein Foto von der Drenger abgedruckt, das ihn schaudern gemacht habe. Sie habe die Hände in ihre immer noch an-

sehnlichen Hüften gestemmt und dazu ein Lächeln aufge-
setzt, das nicht das ihre gewesen sei. Es habe ausgesehen
wie ein zum Zwecke des Fotografiertwerdens ausgeliehe-
nes. Ein ihr verpaßtes. Der »gnadenlose Amoklauf« des
namentlich ungenannt Gebliebenen aber, der aus ihr die
gemacht hatte, die sie nunmehr geworden war und darstellte, sei fortan Geschichte. »Wenn ich daran denke, was
ich einmal alles verbunden habe mit den Frauen: Liebe,
Glück, Geborgenheit«, läßt der Reporter und Kritiker
die Ursula Drenger ihren Ex-Gatten, den »großmäuligen
Schlappschwanz«, so jedenfalls habe er ihn genannt, aus
dem Off, ohne den Satz zu Ende zu bringen, klagen. Und
zitiert die Überbringerin der Botschaft wörtlich, um sie,
die er offenbar unmittelbar nach der Show aufsuchte und
befragte, noch einmal schwarz auf weiß auf die Frage, ob
sie unter den gegebenen Umständen und den Erfahrungen,
die sie gemacht habe, noch einmal zu heiraten gedenke, antworten zu lassen: »Einmal versuche ich es noch. Dann ist
endgültig Schluß.«

2., daß er, Bronken, seine Tochter regelmäßig sehe. Da
halte die Drenger alle Verabredungen peinlich ein. Nur
müsse er sich nun selbst peinlich genau organisieren und
die Ferien Valentinas in Übereinstimmung mit seinen
Einsatzplänen bringen. Er halte sich für alle Ferien frei,
für die Sommermonate, für den Herbst, die Weihnachts-
ferien, Ostern. Im Sommer komme sie in der Regel runter
zu ihm und in Cesares Schwimmbad, sie schlafe auf der
Ikea-Couch, die ich derzeit belegte. Die Weihnachts-
ferien teilten sich die Eltern, heißt es. Er lasse sie, da er
inzwischen eben wieder ein kleines Berliner *pied-à-terre*
gemietet habe, für fünf bis sechs Tage zu ihm dorthin kom-

men, anfangs auch noch zum Maeggi nach Zürich, wo sie gemeinsam, und sei es, weil die Zeit zum Kauf einer Weihnachtstanne zu knapp wird, unter dem mit Glitzerkugeln, Lametta und Süßigkeiten geschmückten Philodendron des Gastgebers feiern. Die zweite Hälfte der Ferien, die vom 29. Dez. bis nach Heilige Drei Könige, gingen für den Skiurlaub in der Hütte der neuen Freundin Maeggis drauf. Zu Ostern sei das Kind ebenfalls in Berlin. Oder es begleitet den Vater nach Lyon, wo er die beiden Halbschwestern miteinander bekannt macht. Oder genauer, sagt er, miteinander bekannt zu machen versucht habe. Das sei aber nicht gut ausgegangen. Inwiefern, erfahre ich nicht. Immer wieder auch fahre er, wenn er auf der Durchreise sei, anders als früher über den Brenner, über Zürich, um die Tochter, und sei es für ein Wochenende, zu sehen. Dann komme sie ihm aus Basel entgegen. Einmal, Bronken hätte es sich, sagt er, erspart, auch noch darauf zu sprechen zu kommen, hätte er es bei mir nicht mit einem Fachmann zu tun. Er kommt auf die Flut zu sprechen, die, wie die meisten Fluten, natürlich eine Jahrhundertflut gewesen sei, die zumindest, die nicht nur einen Teil des deutschen Ostens und Bayerns unter Wasser gesetzt, sondern auch die Adria einigermaßen durchgerüttelt habe. Der Mann, mit dem seine Ex lebte oder verkehrte, was wisse er, selbst die Tochter gebe nur unzureichend Auskunft, habe ein Segelboot gemietet, der Herr Professor, der an seinen Wochenenden den Bodensee besegele, sagt Bronken, nunmehr auf dem offenen Meer. Er habe bei der Gelegenheit, trotz der allseits bekanntgemachten Wetterlage, die auch die dalmatinischen Küstengewässer erreichte, noch irgendeinen hübschen Umweg machen wollen. Er hingegen, Bronken, habe im

Haus der Mutter von Maeggis Freundin in Zürich auf die Rückkehr vom Törn gewartet, um die Tochter von dort aus nach Berlin mitzunehmen. Statt sie aber vom Maeggi, der mitgesegelt sei, zum vereinbarten Zeitpunkt in Zürich in Empfang zu nehmen, habe er ausharren müssen. Niemand sei gekommen, ihm die Tochter zu übergeben. Ohne jedwede Zwischennachricht habe er zwei Tage und Nächte vor dem Fernseher gesessen und das Wettergeschehen, die Stürme, Überschwemmungen und, ja, Havarien, auf dem Zürcher Bildschirm verfolgt. Er sei im geräumigen Haus der alten Dame herumgelaufen wie ein Tier in seinem Käfig. Und sie habe Tee gekocht. Und sich zurückgezogen. Bis dann der Maeggi doch noch mit der Valentina in seinem Auto gekommen sei. Die Valentina habe etwas gegessen und sei dann in dem für sie vorbereiteten Zimmer verschwunden. Während der Maeggi ihm, dem Vater, nun bei einer und dann einer zweiten und dann noch einer dritten Flasche Wein gestanden habe, daß sie in Seenot geraten seien, aufgelaufen auf eine Klippe. Am Abend. Das Boot habe kieloben gelegen, die Valentina habe die Mutter unter dem Bootskörper verschwinden sehen. Sie seien aber dann doch – er erzähle das, habe der Maeggi gesagt, damit er, der Vater, es nicht von seiner Tochter hören müsse und überhaupt, damit er schon Bescheid wisse –, sie seien dann doch geortet, gefunden und gerettet worden. Zwar hätten sie in klatschnassen Kleidern auf der Inselklippe, noch im vollen Unwetter, die Nacht verbringen müssen, aber der Notruf vom Vorabend habe verläßlich die Seenotrettung erreicht. Die hätte sie bei Anbruch des Tages vom Hubschrauber aus auf dem Felsen ausgemacht und, einen nach dem anderen, gerettet. Daß sie nun zwei Tage Verspätung hätten, liege einzig und allein daran, daß man sie in der Klinik in Rijeka nicht habe entlassen wollen, bevor nicht sichergestellt sei, daß sich keiner von ihnen etwas Ernstliches geholt hätte. Als er, läßt Bronken mich noch wissen, nachgefragt habe, wo denn nun der Skipper und die Mutter des Kindes seien, ob sie sie in Rijeka dabehalten hätten, habe es geheißen, die seien mit ihrem Wagen gleich durchgefahren nach Basel. Natürlich habe er, Bronken, nicht eben die Ruhe bewahrt, als er von den das Leben seiner Tochter aufs Spiel setzenden Abenteuern dieses, wie er ihn nennt, Bergsteiger- oder seinetwegen auch Skifahrertypen vernommen habe, der besser daran täte, offene Gewässer zu meiden, und der sich zu fein, der zu feige oder einfach nur zu dumm und charakterschwach sei, sie ihm, dem Vater, nach einem solchen Ereignis wenigstens persönlich zu übergeben. Er habe ihn verflucht. Und dann die Plastiktüte mit der noch adriadurchweichten Kleidung Valentinas darin im Zug von Zürich mit nach Berlin genommen, wo er sie, da das Kind die Sachen wechseln wollte, die man ihr in Rijeka geschenkt hatte, über der Badewanne entleert, deren Inhalt durchgewaschen und auf die Leine gehängt habe. Der Geruch von Algen und Fischkadavern sei erst aus dem Zeug gewichen, als er es anderntags zu einem Bekannten gebracht habe, um es in dessen Waschmaschine zu stecken. Ob, fragt mich mein Gewährsmann, ich, der Kenner der Meere und Buchten, der Winde und Fluchten, der ich sei, noch eine Frage hätte. Die habe ich nicht.

3. und letztens – fürs erste zumindest –, daß es ein Übermaß gebe, sagt der, dem ich längst auf Gedeih und Verderb ausgeliefert bin, das sich unsereins nicht ausdenken und nicht ausmalen könne.

(Und hier nun der Sprung. Der Zeit- und, wie er in der Geodäsie heißt, wenn es nach unten geht: der Tiefenwinkel- oder auch Depressionswinkel-Sprung. Mitten in der Rede steht Bronken auf, sagt nichts, räuspert sich nicht. Hebt nur die Hand, so daß ich verstehe. Er will weg. Jetzt tastet er mit seinen dicken Zehen umständlich nach seinen Latschen, tritt von der Terrasse und schließt die Tür vom früheren Geräte- und jetzigen großen Aufenthaltsraum mit dem Schlüssel. Ich trotte hinter ihm her zu meinem *Panda*. Er steht an der Beifahrertür. Ich steige ein, er steigt zu. Ich fahre ihn, den Ort umkurvend, nach unten, wo er wieder die Hand hebt. Ich folge ihm zu seiner Höhle. Wir haben kein Wort miteinander gesprochen. Er schließt die Eisentür auf, betritt den ersten Raum, die Bibliothek, dann den zweiten, das Arbeitszimmer mit den beiden Schreibtischen, nimmt Platz auf dem schwarzen Samt seiner Liege, wobei er den Blick aus der Tür und durch die Schilfmattenverkleidung des Balkongeländers in die verhangene Ferne richtet, die, im Vergleich mit der Ferne von der oberen Terrasse aus, wie eine nur geringfügig parallelverschobene und dergestalt wie spielerisch und zugleich strategisch den Höhenunterschied überwindende erscheint, und setzt nun – ich weiß nicht, wie er das macht, aber er macht es: ich werde es nachvollziehen und kann es beglaubigen, *es stimmt* – genau an der Stelle der oben begonnenen Rede an, an der er sie unterbrochen hatte. Es paßt nahtlos!)

Man bleibe, sagt er, wenn man Glück habe, besser auch von der Nachricht verschont. Denn sie sei für sich schon ein Übermaß an Schrecknis. Aber er könne es mir, sagt er, nicht vorenthalten. Und zwar weil es entweder Zusammenhänge gebe: oder nichts. Weil es Zufälle gebe: oder nichts.

Weil es die Vernichtung gebe, die kein Traum und keine Vorstellung sei, auch nicht Erinnerung also als Trauma, sondern immer nur das allgegenwärtige Heute. Die Mirgelhub, die, der er gewissermaßen im Verein mit dem Maeggi seine sechzehn Jahre, und das bedeute, auch glückliche Zeiten, mit der Drenger verdanke, die gebürtige Frankfurterin, die von einem Haus zum anderen gewandert sei, die Philosophin, die es nach Kindern verlangt habe, weswegen sie sich vom Maeggi trennte, um zu dem überzulaufen, der bereit war, ihr das Ersehnte zu bieten, sie habe bezahlt wie keine. Und er, Bleiveis, der Gatte und Vater ihrer zwei Kinder, mit dem er, Bronken, immer wieder einmal aneinandergeraten sei, wenn er die Kleidung für die Valentina brachte, und auch, als er die Mirgelhub und ihn einmal mit der Drenger in Paris besuchte. Es habe ihn, Bronken, nicht nur der Händedruck dieses Mannes irritiert, mit dem er ihm die Knöchel derart quetschte, daß sie knackten und noch tagelang schmerzten, es habe ihn auch die Sprache dieses Überlebenden einer Sippe, die in Auschwitz ermordet worden war, verstört und dann auch empört, es sei eine Brachialsprache gewesen, die er nicht allein in Gegenwart seiner drei Söhne aus erster Ehe, sondern auch in Anwesenheit seiner Kleinen, der Judith und des Shimon, im Munde führte. Da habe er irgendwelchen nicht anwesenden Geschäftspartnern, die Faust auf den Tisch schmetternd, gedroht, ihnen, wörtlich, die Knochen zu brechen, sie über die Klinge springen zu lassen, der Mann habe perfekt Deutsch gesprochen und, ob ich, Rolf Boddensiek, mich erinnerte an den Quill, Geschichte, unseren Rumpelstilz?, genauso habe der zur Zeit der Shoah noch ungeborene Jude seine Gegner offenbar bannen müssen, nicht anders als jener wildgewordene deutsche Studienrat die Vernichtung der Vorfahren unseres Freundes. Er, Bronken, habe die Botschaft in dem Haus erhalten, das er der Frau des Bleiveis, der Mirgelhub, einmal vermittelt hatte, bis es in den Besitz jenes Berliners, des arbeitslosen Lichttechnikers, und seiner Frau übergegangen sei, die es ihm für die kühlen feuchten Wintermonate nach dem Auszug bei der Drenger zur Verfügung stellten. Zu denen sei er gegangen, um abzurechnen. Der Mann habe freundlich abgewinkt, als er, Bronken, auf den zu zahlenden Mietpreis zu sprechen gekommen sei. Zahl mir Wasser und Strom, habe er gesagt. Jeder könne mal in eine Notlage geraten. Da wasche am Ende eine Hand die andere. Trotzdem habe der Mann seltsam bedrückt dort in dem tiefen, von den Vorbesitzern mit übernommenen Sessel gesessen, auffällig umständlich die Knie der langen dünnen Beine aneinandergedrückt und wie eingeknickt in der Mitte des dünnen Leibs, um ihn, Bronken, zu fragen, ob er das mit der Mirgelhub und dem Bleiveis schon wisse. Was? Das, was ihnen passiert sei. Was ihnen denn, um Himmels willen, passiert sei? Sie seien verstorben, habe der Mann gesagt, oder richtiger, hingerichtet worden, hingemetzelt, habe er gesagt. Und so habe er, Bronken, die kargen Worte, selbst in seinem Sessel einknickend und versinkend, vernommen, die aus dem belegt-trockenen Mund seines Gegenübers gekommen seien. Die Mirgelhub und der Bleiveis hätten in Jerusalem ein Restaurant eröffnet, die Kinder seien zur Schule gegangen, sie, die inzwischen ja promovierte Philosophin, habe selbst Hebräisch gelernt und den beiden Kindern Deutsch und Französisch beigebracht, inzwischen seien auch die beiden jüngeren der drei Jungen ihres Mannes aus Paris nach Israel eingewandert, seien beide zur Armee gegangen, nur der Älteste sei in Paris bei der Mutter, der ersten Frau, geblieben, aber auch mit dem sei sie nicht zurechtgekommen, er sei ihr über den Kopf gewachsen, habe wohl Drogen genommen, so daß der Vater ihr befohlen, ja, befohlen habe, vernehme ich, ihn ihm nach Jerusalem zu schicken, er werde es schon richten. Der Ablauf des Geschehens sei, habe Bronken daraufhin erfahren, angeblich folgender gewesen. Der Junge, der aus Paris, habe seiner Stiefmutter in Gegenwart von deren zwei Kindern, der Judith und dem Shimon, vor den Augen seines Vaters beim gemeinsamen Mittagessen mit einem Küchenmesser die Kehle durchgeschnitten. Als der bewaffnete Vater, der in städtischen Sicherheitsdiensten eingesetzt gewesen sei, um dem allgegenwärtigen palästinensischen Selbstmordterror zu begegnen, die Waffe nicht gegen seinen Ältesten erheben konnte, habe der auch ihn, hieß es, abgestochen. Herbeieilende – die Umstände des Geschehens seien nicht unbemerkt geblieben –, die ebenfalls über Waffen verfügt hätten, oder auch Polizisten, seien in die Wohnung, in dem sich der Doppelmord zugetragen hatte, eingedrungen und hätten ihrerseits den Täter erschossen. Nur die zwei Kleinen seien übriggeblieben.

Wenn nun ich, Boddensiek, jemals einen Zerrütteten vor Augen hatte, dann ihn, Bronken. Er sitzt inzwischen am Schreibtisch, dem linken der beiden Schreibtische, dem ohne Schreibmaschine. Er starrt auf die Schreibtischplatte, sein Brustkorb hebt und senkt sich, nun kann er nicht mehr an sich halten, er gibt dem Druck nach, schluchzt auf.

Dann greift er in eine Ablage auf dem Tisch, sieht mich

nicht an und reicht mir zwei Blätter. Ich sitze auf dem schwarzen Überwurf seiner Liege. Ich lese die Kopie der Todesanzeige, die die Frankfurter Eltern der Mirgelhub an die verschickten, deren Anschriften sie in den Adreßbüchern der Tochter gefunden haben. »Wir trauern um Dr. Hildegard Mirgelhub, geboren 30.2.1953, gestorben 18.9.2002, Jacques Bleiveis, geboren 7.6.1948, gestorben 18.9.2002, die durch ein tragisches Geschehen ihr Leben verloren. Jehuda, Benjamin, Shimon, Judith. Und die Namen der übrigen Angehörigen, auch der wenigen des Bleiveis. Jerusalem, Israel, Frankfurt a. M., Deutschland. Es folgt dann noch eine zweite Seite, in der der Hergang, übereinstimmend mit dem, was mir Bronken berichtet hat, in knappen Worten geschildert wird. Ich werde sie hier nicht wiedergeben, obwohl ich sie noch die wenigen Tage, die mir bei Bronken verbleiben, in der Ablage auf seinem Schreibtisch vor Augen habe und sie mir abschreiben könnte.

Nur in einem Punkt sollte ich mich vielleicht noch korrigieren. Oder wenigstens ergänzen. Es ist nicht die Hildegard Mirgelhub, die bezahlt hat wie keine. Es sind die Überlebenden, die Kinder, die bezahlt haben wie niemand sonst. Und bezahlen werden. Alle.

16

»Aischa ist tot!«

Ich sage es ihm nicht sofort. Ich meine, nicht gleich nach seinem Bericht über den Tod ihrer Freunde. Ich frage ihn vielmehr, ob ich ihm nicht lästig sei. Ob ihn meine Anwesenheit, die mittlerweile schon weit in die dritte Woche gegangen sei, nicht störe. Er winkt ab.

»Wir haben uns ja inzwischen schon ganz gut aneinander gewöhnt«, sagt er. »Wer hätte das gedacht? Früher.«

»Ja, früher.«

Aber dann kommt eben doch der Tag, da ich es ihm sagen muß. Man macht sowieso am besten die Dinge immer in einem Abwasch. Damit man sie hinter sich hat. (Oder geht es, wenn es sich im Spülbecken – meinetwegen auch in der Badewanne – nicht in einem Gang bewerkstelligen läßt, in der nachzuschaltenden Geschirrspül- oder eben Waschmaschine an.)

Dazu habe ich ihn wieder einmal ins *Sora Maria ed Archangelo* eingeladen. In das er aber nicht wollte. Er läßt mich in meinem *Panda* ein Stück ins Land fahren, bis wir über enge asphaltierte, aber auch unbefestigte Nebenstraßen, die sich durch die Weinberge und die Olivenhaine winden, in einem Ort ankommen, der mir – staubig, karg, sonnendurchglüht – wie eines jener gottverlassenen, trostlosen, sich ins Gestein und in den Staub duckenden mexikanischen Nester vorkommt, die ich von Juan Rulfo und den später unternommenen eigenen Landgängen her kenne, mühseligen Ausflügen, die ich zu dem einzigen Zweck unternahm, mich zu vergewissern, ob die Dinge tatsächlich so aussehen, wie der Schriftsteller sie in seinem einzigen Roman, dem so schmalen wie unvergleichlichen *Pedro Páramo*, schilderte: Sie sehen so aus!

Wir betreten das *La Pace*, in dem es hausgefertigte Kakaospaghetti gibt. Und die Bronken mich, sagt er wörtlich, *zwingen* werde zu probieren. Ich fürchte schon das Schlimmste. Aber die Spaghetti sind dann tatsächlich nicht süß, wie ich hatte annehmen müssen, sondern bitter, wie eben Kakao von seinem Ursprung her ist. In dem mit Kräutern angereicherten Sahne-Gorgonzola-Sugo schmecken sie tatsächlich, weich und sanft, vorzüglich, auch wenn ich mich noch bis zur letzten Nudel nicht so richtig an die Farbe, das Erdbraun, dieser Pasta gewöhnen kann. Nach dem ersten Gang aber – und noch vor der Bestellung der zweiten Flasche Wasser und der zweiten Flasche Roten, die wir, wieder gemeinsam, ich schließe mich jetzt einfach an, zum Kaninchenragout, bestellen – nehme ich noch einmal einen kräftigen Schluck, atme zwei-, dreimal durch und sage es, so wie es oben steht: »Aischa ist tot!«

»Aischa? Aischa Bruns?«

»Aischa Boddensiek«, sage ich.

»Nun mal sachte«, sagt er. »Gibt es in unseren herben, windverwehten nördlichen Gesche-, Swantje- und Dörte-Breiten inzwischen noch eine zweite Aischa?«

Ich denke, er tut nur so, tut, als hätte er keine Ahnung. Oder hätte nicht so schnell begriffen. Bis ich etwas begreife, was ich wirklich nicht ahnen konnte. Bronken weiß offenbar nicht, daß seine Aischa meine Frau geworden ist.

»Bronken«, sage ich, »Aischa Bruns, deine Aischa Bruns, ist meine Frau gewesen.«

Er blickt mich verständnislos an, legt Messer und Gabel beiseite.

»Du hast sie …«

Ich nicke. »Ich habe.«

»Du bist mit Aischa verheiratet?«

»Verheiratet gewesen«, sage ich. »Du solltest genauer hinhören. Aischa ist tot.«

»Tot?«

»Ja, tot.«

»Ja, aber«, sagt er. Und blickt hinüber zu der von hier aus gesehen weitläufigen Hügelkette, auf der ich, noch bevor wir uns unter das Sonnensegel der Restaurantterrasse gesetzt hatten, beim besten Willen nicht die Mauer seiner Terrasse und die Pinie seiner Tochter, die er mir auch von dort aus zeigen wollte, auszumachen imstande gewesen war.

»Nein«, sagt er.

»Doch.«

»Warum hast du es mir nicht früher gesagt?« fragt er.

»Was? Daß sie meine Frau gewesen oder daß sie tot ist?«

»Daß sie deine Frau gewesen ist«, sagt er.

»Ich glaubte, du wüßtest es.«

»Aber du hast mich doch versetzt, hast mich abgeseilt. Da hättest du es mir doch spätestens sagen müssen. Oder hast du sie erst später geheiratet.«

»Ich hatte sie lange vorher geheiratet«, sage ich.

»Warum«, sagt er, unbeirrt fassungslos, »hast du es mir verschwiegen?«

Ich hätte es ihm nicht verschwiegen, sage ich. Nach allem, was ich von ihr über ihn gewußt hätte, sei ich zu der Überzeugung gelangt, daß es ihn nicht interessierte. Selbst wenn er es gewußt hätte.

»Nicht interessierte?« Er schüttelt den Kopf. »Sie war meine große Liebe«, sagt er.

Jetzt wird doch nun wirklich alles von unten zuoberst gekehrt. Was ist hier los?

»Nach allem, was ich inzwischen weiß«, sage ich, »ist nicht sie *deine* große Liebe gewesen, du bist *ihre* gewesen«, sage ich. »Jawohl. Sie hat es mir selbst auf ihrem Sterbebett gesagt.« Ich kann nicht anders als zu bekräftigen: »Und zwar aus ihrem eigenen erkaltenden Mund.«

Bronken sieht mich an. Jetzt endgültig entgeistert. Und sagt, was ich eben noch wortwörtlich gedacht habe: »Jetzt wird doch nun wirklich alles von unten zuoberst gekehrt. Was ist hier los?«

Wir werden an diesem Mittag und Nachmittag, zum Glück sind keine anderen Gäste in der Nähe, noch lange zusammensitzen. Er, der einstmalige Kunst- und Turmspringer, und ich, immer noch so etwas wie der Bungeespringer unter den in die Jahre gekommenen Seelotsen vor Weser und Jade, sitzen und lassen zusammen andere springen, sozusagen. Lassen dem freien Lauf, was sich in seiner Sprunghaftigkeit, gerade dann, wenn man über das gewohnte Maß den Speisen und Getränken zuspricht, so meldet. Niemand, der im Begriff ist, es am eigenen Leib und in den Grenzen – respektive Grenzenlosigkeiten – des eigenen Überschaubarkeitsraums zu erfahren, käme auf den Gedanken, er drehte sich im Kreise. Und das womöglich sogar auf der Bahn, die am Ende wie von selbst zur einzig denkbaren Geraden wird.

»Woran ist sie gestorben?« fragt er.

»Sie hörte einfach auf«, sage ich. Seine Kollegen hätten vor einem Rätsel gestanden.

An einem schönen grauen Sonntag, wir hätten noch am Nachmittag beim gemeinsamen Tee mit Sahne und Kluntjes gesessen, habe sie »Oh« gesagt und an die Decke geblickt, so als sähe sie, was im Obergeschoß unseres Penthouse passierte. Dort, wo überhaupt nichts habe passieren können, da ich ja eben ihr gegenüber in den Rattansesseln am Glastisch mit dem Tee gesessen hätte, sage ich.

»Es war keines unserer Kinder im Haus«, sage ich.

»Keines eurer Kinder«, murmelt er vor sich hin.

»Sie fragte mich«, fahre ich fort, »wann ich wieder rausmüsse mit meinem Helikopter. Ich sagte, daß ich es nicht wisse. Die Bereitschaft. Die Wartestellung. Sie wisse doch. Worauf sie sagte, so lange könne sie nicht warten.«

Sie sei, sage ich, während Bronken mich die ganze Zeit nicht aus seinem seltsam starren Blick entläßt, aufgestanden, habe von oben ihren Blick auf mich gesenkt und gesagt, dann werde sie jetzt gehen.

Ich hätte gefragt, wohin.

Sie habe gesagt, nach oben.

Nun müsse er wissen, daß oben nichts gewesen sei, nichts. Nur meine Bücher, die alten Seekarten, ein von innen zu beleuchtender Globus, eine alte Schiffsglocke und das Seil eines Fallreeps, das ich mir, noch als junger Seeoffizier, als es ausgemustert werden sollte, unter den Nagel gerissen hatte. Es habe von der Decke gehangen und meinem

Jens die kurzen Jahre, da er sich noch sportlich betätigte, als Kletterseil gedient.

Dorthin also, sage ich, habe sie gewollt.

Natürlich hätte ich sie gehen lassen. Warum hätte ich sie nicht gehen lassen sollen?

Dort oben aber habe sie sich hingelegt, auf mein Feldbett. Eine Art Notbett und Pritsche, wie sie auch in der zivilen Schiffahrt, faltbar, wie es ist, immer wieder zum Einsatz komme. Und von dort aus habe sie sich fortan nicht mehr fortbewegt.

Sie habe sich nur noch erhoben, wenn sie zum Klo mußte, sage ich.

Nach drei Tagen, ich sei inzwischen einmal draußen vor Helgoland gewesen, ein ungemütlicher Flug, anders als der, den ich ihm, Bronken, geboten hätte, »nach drei Tagen«, sage ich, »hatte sie sich immer noch nicht erhoben.«

Ich hätte den Hausarzt gerufen, er erinnere sich, der von rechts vorn, erste Reihe, unseren Primus, den später zum Allgemeinmediziner promovierten Egon Friedrichs. Der habe sie abgehorcht und nichts gefunden. Wir wollten abwarten.

»Sie habe keine Schmerzen, sagte sie. Es gehe ihr gut. Sie müsse nur ruhen.«

»Ja, aber«, sagt Bronken.

Ich hätte die Tochter in Holland angerufen. Sie müsse mir beistehen, ich wisse nicht, was ich tun solle.

Bevor die Tochter eingetroffen sei, habe es dann dieses Gespräch gegeben.

»Was für ein Gespräch?« fragt Bronken.

»Eigentlich kein Gespräch«, sage ich, »eher die Beichte.«

Bronken sieht mich weiter unverwandt an.

»Sie sagte, ausgestreckt auf meiner segeltuchbespannten Pritsche, verkrochen unter dem Federbett, das ich ihr von unten aus dem Ehebett hatte hinaufbringen müssen, sie habe ein reiches Leben gehabt.«

Natürlich habe mich dieser Ton, dieser Abschiedsduktus, das gedeckte Timbre der Stimme der vor mir Liegenden, die Situation insgesamt, nun schon wirklich beunruhigt, erkläre ich Bronken. Ich hätte an ein Fieber gedacht. Irgend etwas Tropisches, das ich mir auf einem der zu lotsenden Schiffe eingefangen haben könnte und das sie sich bei mir, der selbst einiges überlebt hatte und sich ja auch dank der regelmäßigen Pflichtimpfungen für insgesamt immun halten durfte, geholt hätte. Ich sei vollkommen ratlos gewesen. Ich hätte ihr vorgeschlagen, sie ins Krankenhaus zu bringen. Oder gleich nach Hamburg, wo sie sich auskennten. Dort sei das Institut, das für die außereuropäischen keim- und virenkulturellen Gefahrenquellen und Infektionsherde zuständig sei.

»Aber sie winkte nur ab«, sage ich. »Und kommt auf dich, ja, Bronken, dich!, zu sprechen. Sie habe es nie verwunden, daß du dich nach Hamburg, nach ihrer Zeit im Konsulat, nie mehr gemeldet hättest, du habest Karriere gemacht, sagte sie, und sie hinter dir gelassen. Sie sei einfach noch nicht reif gewesen, damals, sie von unten, du von oben.«

Da hakt er natürlich ein. »Was heißt hier: Sie von unten, ich von oben?«

Ich erkläre es ihm. Und zwar mit den Worten, mit denen sie es mir erklärte.

Sein Vater sei doch wohl ein Fabrikbesitzer gewesen, ein Unternehmer, sage ich.

»Weiter«, sagt er.

Er, der Sohn eines Fabrikbesitzers, sei für sie immer etwas Besseres gewesen. Dagegen habe sie nichts machen können. Er habe sich ja, so jedenfalls dürfte sie es empfunden haben, auch immer dementsprechend aufgeführt. Er sei hochnäsig, arrogant, irgendwie unerreichbar gewesen.

»Nun mach mal halblang«, sagt Bronken. Er glaube, er müsse da etwas richtigstellen.

Sie habe ihn – ich lasse mich jetzt nicht auf Diskussionen ein, schließlich tu ich nicht mehr und nicht weniger als zu berichten: – sie habe ihn, immer allein ihn, und zwar ein Leben lang nur ihn, wirklich geliebt. Das habe sie mir, wenn auch schon mit schwächer werdendem Atem, an den Kopf geworfen, mir, mit dem sie zwei Kinder gehabt, mit dem sie vier großgezogen und an dessen Seite sie fünfundzwanzig Jahre gelebt hatte.

»Aber da ist sie«, sage ich, »selbst wenn ich das, was ich hier äußere, ihr gegenüber geäußert hätte, schon nicht mehr erreichbar gewesen.« (Ich weiß in diesem Augenblick sehr genau, was ich sage, wenn ich *nicht mehr erreichbar* sage.)

»Sie starb«, sage ich, »nachdem unsere Tochter eingetroffen und in ihrer Konfusion und Verzweiflung noch gelaufen war, um sich beim örtlichen Roten Kreuz eine Bettpfanne auszuleihen, in meinen Armen. Sie hauchte, heute weiß ich, was das bedeutet, ihr Leben aus. Und hatte sich zuvor, nach ihrem, wie du dir denken kannst, für mich nicht gerade ersprießlichen Liebesgeständnis, mit einer letzten Entschiedenheit, die wie ein Sich-Aufbäumen gewesen sei, verbeten, daß sie einer der Ärzte, die noch an ihr Lager, meine Pritsche, traten, auch nur anrührte. Sie schrie auf, wenn sie einer anrühren wollte. Nur mich«, sage ich, »läßt sie, bevor sie dahingeht, noch ihre Hand ergreifen und die Wange streicheln. So.«

Zikaden, Grillen. Von irgendwoher spricht ein Papagei.

»Es tut mir leid«, sagt Bronken.

Mehr sagt er nicht.

So daß auch ich, der ich noch einiges, ja, genaugenommen, die noch ausstehende und noch längst nicht angesprochene Hauptsache, zu sagen hätte, die mir aber in genau diesem Augenblick nicht einfallen will, was mich gleichzeitig daran hindert, mit irgendwelchen, auf welche Weise und in welchem Umfang auch immer die Sache betreffenden Nebensachen aufzuwarten, verstumme.

Also frage ich ihn nach einem kurzen Schluck und einem längeren Schweigen und Lauschen, was das für ein Tier sei, das da spreche und krächze.

»Es ist«, bekomme ich zur Antwort, »der Hauspapagei des *La Pace*. Er sitzt gegenüber, hinter den Rosenkulturen, auf der Stange in seiner Voliere. Und verträgt es nicht, wenn Hausgäste zu lange reden.«

Ich weiß, daß es nicht besonders einfallsreich ist, was ich darauf antworte. Aber es fällt mir halt in diesem Augenblick tatsächlich nichts Besseres ein als: »Vielleicht ist es ja in diesem Falle weniger die Länge der Rede als ihr Thema.

Laß uns über etwas anderes reden«, schlägt nun nicht *er* aber vor: *ich* schlage es vor.

»Worüber?«

Es sei da noch etwas offengeblieben, sage ich.

Ich frage ihn nach seinem Besuch in Lyon, wohin er

seine Tochter Valentina mitgenommen habe. Und will wissen, wie er das eigentlich vor zwei Tagen gemeint habe, die Wendung, er habe sie, was aber nicht gut ausgegangen sei, miteinander bekannt zu machen versucht.

»Gut«, sagt er.

Er habe nach der Geburt der Valentina in Zürich und dem Umzug nach Berlin der Mutter des Kindes in Lyon mitgeteilt, daß er es, schon wegen ihrer widersprüchlichen Auskünfte und Aussagen über die Bedingungen, verschwiegenen Absichten und herbeigeführten Umstände, die der Begegnung zwischen ihnen vorausgegangen seien, und der inzwischen von ihr schon schamlos in Umlauf gebrachten Behauptung, er habe sie mit dem Kind sitzenlassen, für das Kind und sein Wohl zuträglicher erachtet, wenn er sich fürs erste zurückziehe. Er habe ihr schon in jener Nacht gesagt, daß er mit einer anderen lebe. Jetzt habe er selbst Familie. Die wenigen Besuche, die ihm in den verstrichenen vier Jahren möglich gewesen seien, hätten den Umgang mit dem Kind für alle nur um so schmerzlicher gemacht.

Eines Tages, er habe im Abstand von wenigen Tagen, zunächst in Tübingen, dann in Stuttgart, einen Vortrag ausgerechnet über (ich bitte um deutliche und langsame Aussprache und notiere:) *die Peridural- und Spinalanästhesie, welche die Auswirkungen des Kompressionssyndroms bei Gebärenden verstärken*, zu halten gehabt. Jemand muß die Daten der Veranstaltung der lokalen Presse entnommen und nach Lyon durchgegeben haben. Jedenfalls hätten nach dem Tübinger Vortrag die Frau und das inzwischen vierzehnjährige Kind am Eingang des Vortragssaals in Stuttgart gestanden. Die Céline habe es so gewollt, soll es geheißen haben. Er habe beide nach den zehn Jahren, die sie sich nicht gesehen hatten, in die Arme geschlossen und, da er nun, die Drenger lebte inzwischen mit der Valentina in Basel, sozusagen frei gewesen sei, jedenfalls über mehr Zeit verfügt habe, versprochen, sich auch um die Céline zu kümmern. Zweimal habe er sich in Lyon eingemietet. Einmal für zweieinhalb, einmal für dreieinhalb Monate. Er habe der Heranwachsenden zur Verfügung gestanden, sie habe sich an ihn geklammert und ihm das Gefühl gegeben, daß er ihr guttue. Es sei aber jedesmal ein schwieriger Abschied gewesen, die Gymnasiastin habe mit ihm fliehen wollen. Wohin? Wenn irgendwo nicht hin, dann nach Basel, habe es geheißen. Die Céline habe ihre Schwester Valentina nicht kennenlernen wollen. Bis sie sie dann doch einmal habe kennenlernen wollen. Er, Bronken, habe erst jetzt der Valentina von der anderen erzählt. Die sei Feuer und Flamme gewesen. Und so sei er mit ihr gereist. Habe sie mitgenommen. Die nunmehr sechzehnjährige Französin und die zwölfjährige Deutschschweizerin hätten sich im Foyer des Hotels, in dem Bronken mit der Jüngeren abgestiegen war, in den Armen gelegen. Nur sprechen hätten sie nicht miteinander können. Der Vater habe den Dolmetscher gemacht. Die Ältere habe darauf bestanden, daß die Jüngere ihre, die französische Sprache, erlernen müsse, die Jüngere sei sofort bereit gewesen. Die Ältere habe darauf bestanden, daß die Jüngere sie zu ihrer Mutter begleite, aber ohne ihn, den Vater, der, habe sie gesagt, auch wiederum nicht ihr Vater sei. *Auch wiederum!* Er, Bronken, habe die Valentina der Céline nicht mitgeben, habe sich als Vater nicht *ausbooten* lassen wollen, wie er sich – vermutlich, damit ich es besser verstünde – ausdrückte. Entweder er gehe mit. Oder nichts. Wer hätte ihm, sagt er, garantiert, daß es wirklich zu Célines Mutter gehen sollte? Er hätte durchaus verstanden, daß eine Halbschwester den Wunsch verspüren könne, ihrer Mutter die andere vorzustellen. Aber wer hätte sich dafür verbürgen mögen, daß sie sie wirklich vorstellen wollte? Daß es sie nicht ganz woanders hingezogen hätte. Er habe hinreichend Grund gehabt zu der Befürchtung, daß die Ältere sich mit der Jüngeren, die schließlich noch ein Kind gewesen sei, weiß Gott wo hätte herumtreiben wollen. Um ihn, dem sie nicht einmal habe sagen wollen, wie lange die Vorstellung bei der Mutter voraussichtlich dauern würde, im Hotel warten zu lassen? So daß er sich irgendwann hätte auf die Suche machen müssen. Wo? Lyon sei ein Pflaster, auf dem er sich immer noch nicht besonders ausgekannt habe. Also nichts. So ginge das nicht, habe er gesagt. Entweder er ginge mit. Oder gar nichts. Die Céline habe sich empört, die Valentina habe geweint und dem Vater, ihm, alle Schuld gegeben. Sie seien abgereist. Die Céline habe die Briefe, die die Jüngere ihr aus der Schweiz geschrieben und sich auch schon vorab für sie habe ins Französische übersetzen lassen, nicht beantwortet. »Eine vorerst und immer noch unglückliche Geschichte und durchaus schmerzliche Sache«, sagt Bronken, »dies nur in aller Kürze.«

Der Nachtisch. *Zuppa inglese.* Eingeschwemmt gewissermaßen in den oder – was weiß ich – die *Grappa.* Der Papagei spricht, wenn er nicht krächzt. Der Ober läßt die

Grappaflasche auf dem Tischtuch stehen. »*Frutta?*« »*No, grazie*«, sagt Bronken. Ob ich vielleicht *Frutta* möchte, fragt er mich nicht. Dafür schenkt er mir noch eine(n) *Grappa* ein.

»Du bist doch, soviel ich weiß, selbst auch ohne Vater aufgewachsen«, sage ich. »Ich wüßte gern, was Aischa damit gemeint haben könnte, als sie von oben und unten sprach.«

»Ich auch«, sagt Bronken.

Das sei es ja eben gewesen. Sie hätten seiner Meinung nach gar nicht so schlecht zusammengepaßt. Zwar sei sein Vater tatsächlich Maschinenbauingenieur gewesen und habe die kleine Fabrik im Schlesischen besessen, eine als kriegswichtig eingestufte Zigarettenpapierproduktion, aber das sei eben einmal gewesen und habe später auf die Mutter und die zwei Kinder keine nennenswerten finanziellen oder auch nur gesellschaftlichen Auswirkungen mehr gehabt, die schmale Rente, sicher, für die Frau und die Kinder, aber im übrigen, auch wenn es manchmal ziemlich gezogen habe – und man habe zusammenrücken müssen – in unserer kleinen, kalten, allein von den herben Winden der Geschichtslosigkeit und der Gesichtslosigkeit durchfegten norddeutschen Küstenstadt, die ja nur für eine dürftige Weltsekunde eine gewaltige Kriegsstadt gewesen sei: der Mantel der Gnade und des Vergessens über seinen Vater und dessen in jedem Falle auch nicht eben rühmliches Ende. Sie hätten ihn kurz nach Kriegsende erschlagen. Er, der Sohn, habe nie erfahren, wer *die* gewesen seien. Es hätten verschiedene Versionen kursiert. Die Mutter habe gesagt, es seien die polnischen Arbeiter, also was anderes als Zwangsarbeiter?, gewesen. Der Onkel in Dresden, zu dem sie schon im Januar 45 evakuiert worden seien und von dessen Vorortkellerfenster aus sie, auch er, der Junge, die Bombardierung der Stadt mitverfolgt hätten, habe gesagt, es seien den sowjetischen Einheiten immer wieder entkommene SS-Leute auf der Flucht gewesen, die den angeblichen oder tatsächlichen Regimegegner umgebracht hätten. »Unklarheit über Unklarheit«, sagt Bronken, »Schweigen, Lüge, Verrat. Schwamm drüber.« Er sei nicht derjenige, der die Rolle des Investigatoren spiele.

»Also«, sagt er, »proletarisierter Mittelstand. Ich weiß nicht, was Aischa an mir hätte aussetzen können.«

»Aber sie hat dich eben doch wohl für hochnäsig, arrogant und irgendwie unerreichbar gehalten. Und dich offenbar von Anfang an und, wie ich ja nun weiß, bis ans Ende geliebt.«

»Pah«, Bronken ist aufgesprungen, gießt sich in die kleine Grappatulpe ein, »was will sie? Was wollte sie? Ich bin mit dem Fahrrad hinter ihr hergejapst, wenn sie mit den Älteren unterwegs war.«

»Ich weiß«, sage ich.

»Du weißt?«

»Sie hat es mir erzählt.«

»Ich lag, nehmen wir nur Hamburg, im Hotel vor ihrer Tür, während sie sich drinnen im Zimmer mit irgend so einem Tönezwirbler und Gasthaustrommler vergnügte.«

»Ich weiß.«

»Ich habe ihr zu Füßen gelegen und ihr immer gesagt, daß ich ihr, wenn ich einmal so groß sein werde wie sie, also mindestens einmeterzweiundsiebzig, etwas sagen würde, etwas, das sie nicht sah, nicht spürte, aber hätte sehen und spüren müssen.«

»Und?« frage ich. »Hast du es ihr dann gesagt?«

»Ach Gott«, sagt er und setzt sich nun wieder an den Tisch – er hat sich beruhigt –, »als es soweit war und ich ihre lichte Höhe erreicht hatte, war es zu spät, ja, so ist es. Das, was ich ihr all die Jahre, also bis ca. siebzehn, nicht zu offenbaren gewagt hatte, blieb dann nur noch in dem hochgeklappten Umschlag meiner kurzen Lederhose stehen, in den ich es, unsichtbar für alle, einmal mit dem ersten Kugelschreiber, den ich in meinem Leben, übrigens von einem der britischen, in der Strandhalle Jazz spielenden Besatzungssoldaten geschenkt bekam, hineingeschrieben hatte. In aller Kürze und in vier Sprachen: Englisch, Französisch, Italienisch, Deutsch. Damit du es weißt.«

»Ich weiß es«, sage ich, »denn sie hatte ja dein Bekenntnis längst in deiner Lederhose entdeckt.« Ich mache hier absichtlich eine kleine Pause.

»Du hast sie dann aber doch noch gekriegt«, sage ich.

»Wen?«

»Sie, Aischa.«

»Wieso?«

»Zusammen mit dem Lucky, Lucky, leck. Dem Hund.«

»Du spinnst.«

»Und mit der Faust, mein Lieber.«

»Welcher Faust?«

Ich gebe zu, ich bin drauf und dran, ihr, die da so altersknotig auf dem Tisch neben der feinen Batistserviette liegt, einen Klaps zu geben, tu es aber natürlich nicht.

»Und was ist«, bohre ich allerdings weiter, »mit der Badewanne?«

»Was für einer Badewanne?«

»Der *kaiserlich iranischen Konsulatsbadewanne*«, präzisiere ich.

Jetzt scheint er zu begreifen.

»Ach«, sagt er, »die Badewanne, die war ein solches hochverziertes Schmuckstück, daß ich drauf und dran war, sie eines Nachts zu demontieren und mir einen kommen zu lassen, der sie auf dem Heiligengeistfeld zu Bargeld macht. Da siehst du, wer unsereins ist und zu wem wir geworden waren.«

»Weißt du noch«, frage ich diesen Dissidenten, »wie Kühe aufstehen. Vor allem unsere friesischen Lieblinge, die schwarzweißen?«

»Deine Rede, großer Manitu, ist dunkel.«

»Noch gar nicht lange her zumindest, daß du mich wissen ließest, wie du dein oberes Naß auf die Art, wie die pissen, in die römische Campagna sprühtest.«

»Natürlich weiß ich, wie die pissen. Hätte ich es sonst gesagt?«

»Ich für mein Teil hätte aber«, beharre ich – ich gebe zu, Grappa ist Grappa und kein unschuldiges kleines Wässerchen, das, wie soll ich sagen? aus jedem beliebigen Hahn sprudelt und das man einfach so aus- und, nach seinem unausweichlichen metabolischen Umwandlungsprozeß, abschlagen kann –, »ich hätte gern gewußt, ob du weißt, wie sie aufstehen.«

Jetzt *kuckt* mich der alte Fuchs nachgerade kuhäugig an. Weiß aber um so weniger, wie eine Kuh aufsteht. Ich werde ihm und damit, versteht sich, eben auch ihr, denke ich, auf die Sprünge helfen.

»Meist liegen und wiederkäuen sie ja eher seitlich, nicht wahr? Dann drücken sie sich mit ihrem schweren Leib ins Prekäre und, erinnere dich, steigen aus dem Dreck auf ein Vorderknie, *kucken* dumm, staunen, steigen auf das zweite Vorderknie und wissen nicht weiter. Jetzt beginnt der kuhliche Denkprozeß«, sage ich, »*kuck* nicht so, Bronken. Daraufhin steigen sie mit dem, was sie selbst nicht im Blick haben, nämlich mit den Hinterschenkeln und -wackeleien hintereinanderweg auf die Hinterhufe, daß man Angst kriegt, sie könnten vorn mit dem nassen Kuhmaul in den kalten Matsch fallen, aber weit gefehlt. Jetzt erst, nachdem sie sich mit dem Hinterteil ein bißchen zurechtgeruckelt haben, gehen sie vorn von einem Knie auf einen Huf, das noch ausgesprochen vorsichtig, um dann mit einem gewissen Überschwang, der einen, wenn man zusieht, noch einmal um sie bangen läßt, auch vom anderen Knie auf den Huf zu kommen. Wenn man diese einzigartige Schönheit der tierischen Aufsteh- bzw. Aufstandskultur vom Gatter oder dem Weidezaun aus beobachtet hat und der aufgestandenen Kuh die Chance gibt, zu erkennen, daß man sie bewundert, kommt sie leichtfüßig angetrabt und leckt einem das Salz, das Salz des Lebens, von den Handrücken. Hast du, Bronken, das alles vergessen?«

Jetzt noch einmal er:

»Weißt du eigentlich, daß oft Patienten bei vollem Bewußtsein operiert werden?«

»Nein, weiß ich nicht.«

»Dann hör zu. Internationalen Studien zufolge ist das bei jeder 1.000. bis 500. Operation der Fall. Das heißt, frag z. B. den klinischen Psychologen Michael Wang von der

Universität von Leicester, daß täglich mehrere Patienten in England oder Deutschland ihre Operation bewußt und womöglich unter Schmerzen miterleben. Warum aber, muß man sich fragen, werden solche Narkosezwischenfälle während der Operation nicht erkannt? Ganz einfach: Die Patienten können sich nicht bewegen und Zeichen geben, weil sie Mittel erhalten, die die Muskeln vollkommen entspannen. Das ist wichtig für den Chirurgen, sonst kann er nicht ruhig arbeiten. Der Anästhesist merkt nicht, ob der Patient wirklich betäubt ist. Es gibt Daten über Patienten, bei denen der Herzschlag und der Blutdruck völlig normal sind. Demzufolge müßten sie also in tiefer Narkose liegen. Und doch sind sie während der Operation wach und erleben alles mit. Kannst du dir das vorstellen?«

»Vorstellen schon«, sage ich, »aber ob meine Vorstellung dann mit der Wirklichkeit übereinstimmt, kann ich natürlich als Laie nicht sagen.«

»Wir sind alle Laien«, sagt er, »ausgefuchste« – siehst du!, siehst du! denke ich – »Laien. Wir haben eine Technik getestet, bei der der Unterarm mit einer Manschette von der Blutzufuhr und damit vom Narkosemittel abgeschnitten ist. Die Patienten können dadurch während der Operation zumindest eine Hand bewegen. Dann haben wir die Patienten über Tonband aufgefordert, die Finger zu bewegen. Bei gynäkologischen Eingriffen etwa haben – trotz Vollnarkose – etwa 44 Prozent der Patientinnen reagiert. Hinterher hat sich keine der Frauen daran erinnert. Das hängt damit zusammen, daß viele der verwendeten Narkosemittel die Abspeicherung des Erlebten im Gedächtnis verhindern – ähnlich wie K.o.-Tropfen, die Vergewaltigungsopfern in den Drink gemischt werden. Da fragt man sich natürlich, lieber Boddensiek, welche seelischen Folgen es hat, wenn man eine Operation wach miterleben mußte. Panikattacken, wiederkehrende Alpträume, die natürlich vor allem in der Nacht auftreten, sind noch das Geringste. Stell dir nun aber vor, man wacht unoperiert auf.«

»Halt ein«, sage ich. »Hör auf.«

Als ich gezahlt habe und wir auf die Straße treten, stolpere ich über die gegenüberliegende Bordsteinkante und pralle mit der Stirn gegen das Drahtgeflecht der Voliere. Der Papagei flattert auf, sagt kein Wort. Krächzt nicht einmal. Ist mucksmäuschenstill und kehrt uns die Federn. Taxen gibt es nicht in der Gegend.

17

Papa! Papa!

Wir Veteranen.

»Ich kannte mal eine Ungarin«, sagt Bronken, »habe ich die nicht schon irgendwann einmal erwähnt?«

Ich antworte nicht.

»Der Kelch, der an einem vorübergeht. Aber eben doch ein Kelch mit seiner in ihm verborgenen vollen Süße.«

Wir haben ausgenüchtert und sitzen aufgeräumt am Küchentisch seiner Höhle, zu der er heruntergekommen ist, nachdem ich ihn am frühen Abend des vorangegangenen Tages offenbar heil in seinen Horst zurückgefahren hatte.

»Hör auf mit den alten Geschichten. Hast du immer noch nicht genug?«

»Lieber Boddensiek«, sagt er. Mehr nicht.

»Ja?«

In diesem Augenblick läutet das Telefon. Bronken erhebt sich und schlurft durch die Bibliothek hinüber zu seinem Festnetz. Ich höre ihn sprechen. Nicht lange. Dann ist er wieder zurück.

»Wir können uns«, sagt er, »das Frühstück sparen. Wenn du Lust hast, fahren wir zu Cesare runter. Sie sind dabei, die Tomaten zu *nüdeln*.«

Natürlich weiß ich, was *nüdeln* heißt. Aber wie *nüdelt* der Italiener seine Tomaten?

»Eigentlich wollte ich mich heute um ein Ticket kümmern«, sage ich. Mein gebuchter Rückflug sei ja längst verfallen.

»Das darfst du mir nicht antun«, sagt er. »Oder tu's mir an«, macht er ein bißchen auf mädchenhaft-weinerlich, »aber nicht für morgen.«

Ich hätte, sage ich, in der Tat an morgen gedacht.

»Übermorgen«, sagt er.

»Gut, übermorgen.«

Alles, womit er dienen könne, sei die Nummer vom Flughafen, sagt er. Mit dem Rest müsse ich selbst fertigwerden. »Nimm mein Telefon, bevor du dich in zusätzliche Unkosten stürzt.«

Ich gehe hinüber in das Arbeitszimmer und erledige die Sache. Mein Ausflug in die Vergangenheit ist mich, muß ich zugeben, dann doch nicht so teuer zu stehen gekommen, wie ich befürchtet habe. Der um das Dreifache verlängerte Aufenthalt ist wettgemacht durch den Wegfall von Übernachtungskosten. Ich will nicht klagen. Muß aber doch immer ein wenig aufpassen. Die Beerdigung von Aischa hat ein kleines Loch in meine Kasse gerissen, die Kosten für den Jens, die Unterstützung, die ich für die Amsterdamer Tochter und den, scheint mir, nicht wenig anspruchsvollen Afrikaner, den sie mir nicht vorstellen will, erübrige, müssen zusätzlich berappt werden. Aber das ist nicht das eigentliche Problem. Ich habe meinen ganzen Urlaub aufgebraucht. Ich hatte noch einen kleinen Flug mit den Brüdern, den Kollegen, nach Riga geplant. Eine Einladung der dortigen Brüderschaft. Bezahlt hatte ich auch schon. Das ist nun ebenfalls weg. Am bedenklichsten allerdings ist der Mangel an Sammlung, unter dem ich, das weiß ich schon, zu leiden haben werde. Ich kann, nach dem, was ich in den vergangenen Monaten zu bewältigen hatte – und was nun hier noch mit diesem Anästhesisten hinzugekommen ist –, nicht so von heute auf morgen an Deck springen. Ich bin müde.

Aber er reißt mich noch einmal mit. Also gut. Hab ja schon ja gesagt.

Vom Tomaten*nüdeln* bekomme ich dann nichts mit. Denn ich fahre ihn zuerst einmal hinüber zum *Laghetto*, dem See. Der hat keinen Zentimeter mehr Pegelstand als zwei Wochen zuvor. Aber es fangen schon die ersten zarten Gräser im Aushub um den See herum an zu sprießen. Einerseits. Andererseits sieht es danach aus, als würde die Trauerweide auf der Mini-Insel inmitten des Lochs ihre Isolierung von den Baumgefährten nicht überleben. Sie läßt ihre schon von Natur aus hängenden Blätter noch tiefer, vor allem bräunlicher, hängen als beim letzten Mal. Man kann richtiggehend ein Mitgefühl mit so einem stolzen Gewächs kriegen.

Es ist Cesare da, wieder in seinen senkellosen Stiefeln, jetzt aber im verwaschen roten kurzärmeligen Baumwollhemd. Und der Arbeiter mit der Halbglatze, dessen Namen ich vergessen habe. Und zwei Herren, nicht die Fischer, sondern ein gesetzter älterer, der zum Pflegepersonal der Tiberinselklinik gehört, und sein Freund, ein jüngerer mit ungesunder Gesichtsfarbe. Der Ältere mit seinem prallen Embonpoint paßte, fügte man die Herren zusammen, schön in die leicht konkave Gekrümmtheit des Jüngeren. Dann ist da noch ein winziges Hündchen unerfindlicher Rasse, das der Jüngere sich gelegentlich, wenn es erschöpft ist vom vielen Laufen, in den Ausschnitt seines offenstehenden Holzfällerhemds steckt. Die beiden Herren leben mit dem Hündchen zusammen. Und es sind der Dalmatiner und der inzwischen seinen Lauf nachziehende Irish Setter da. Und der große wuschelige Weiße, der Hirtenhund. Wir sind eine richtige kleine Mannschaft. Und bewundern gemeinsam das Boot. Das Boot? Ja, das Boot. Zwar ist noch kein Wasser im See, aber das Boot ist unterdessen auch schon eingetroffen. Cesare hat es sich unter Zwischenschaltung seiner Fischersfreunde aus Ostia kommen lassen. Natürlich kein neues, dafür aber um so größeres. Legt man es, wie es mir im Jadefahrwasser mit einem der Super-Tankereinheiten in der Fahrrinne passieren könnte, in den Seitenflügeln zwischen der Insel und dem Aushubrand quer, bräche es, wenn es nicht aus einem Spezialharzkunststoff gegossen wäre, genauso in der Mitte auseinander.

Wir stiefeln oder wedeln alle immer wieder um den letztlich noch wasserlosen See herum, wir diskutieren, wobei ich seltsamerweise weniger denn je verstehe, worum es sich im einzelnen dreht, obwohl gerade ich mit nautischen und seefahrtstechnischen Fragen bestürmt werde. Bronken zählt mir, sehen wir ab von den Aalen, die Fischsorten auf, die im kommenden Jahr den See bevölkern sollen: Karpfen, Barsche, Barben, Störe. Dazu Süßwasserkrebse und Flußlangusten. Die ich inzwischen, versteht sich, alle schon kenne, denn ich habe, nachdem sie mir die Hausherrin auf Italienisch ins Notizbuch geschrieben hatte, in meinem Langenscheidt nachgesehen. Der Truthahn unter dem Sonnenkollektor zeigt sich nervös und hackt ins Leere. Bis dann das Handy Cesares seinen Mozart von sich gibt (Don Giovanni) und die Karawane, die wir in den ausgedörrten

Reifenspuren des Waldwegs bilden, die Fahrzeuge anstrebt, mit denen wir hinauf zum *Pranzo* fahren. Vorher haben wir uns noch ein paar Plastiktüten mit Tomaten, Fenchel, Auberginen und verschiedenem anderen gefüllt, die jeder für sich mit nach Hause nehmen wird. Und natürlich einen großen Sack voll für die gemeinsame Tafel, die ansteht.

Wir kriegen dann nicht das geringste vom *Nüdeln* mit. Es ist schon von den Frauen *genüdelt* worden. Ich hätte gern einmal gesehen, wie die das hier machen. Machen sie es wie in Brasilien? Oder in der Dominikanischen Republik? So ähnlich, scheint mir. Nur daß hier nicht die große Trommel gerührt, barfuß wilde Tänze vollführt und, bevor die einzelnen Tomaten in den Trichter kommen, von Garden ausgesuchter braungebrannter Superjongleure bis zu zehn Tomaten gleichzeitig in der Luft gehalten werden.

Die verschraubten alten Weinflaschen und Tomatenmarkgläser liegen schon im Wasser des quer aufgebockten Ölfasses, eines, das nicht anders aussieht als die, welche die Kariben, allerdings sie aufrecht stellend, rhythmisch mit ihren Stöcken und Schlägeln traktieren, und die Flammen des Holzfeuers züngeln auch schon die Wände des Fasses hoch, die sie, so schwarz sind sie noch vom Vorjahr, gar nicht mehr schwärzen können. Obwohl die Sonne auf einen herabglüht, möchte man an die Vorrichtung treten, um einen Blick in die Öffnung zu werfen, die einmal mit grobem Querschneiderschnitt in die Wölbung des Blechs mehr gerissen als geschnitten worden ist, und den dort eingelagerten Flaschen mit ihrem Inhalt beim Brodeln und Kochen zusehen. Aber das würde einen selbst auch gleich mitkochen und eindicken.

»Papa! Papa!«

Die Töchter sind angekommen. Sie haben sich extra freigenommen. Zählt man die, die schon unter dem Dach der *Cantina* mit dem Tomaten*nüdeln* in den Fleischwölfen ähnelnden Geräten und dem Saft-in-Flaschen-Abfüllen beschäftigt waren, zu uns, die wir währenddessen um den See herumspazierten, hinzu, kommen am Ende gut zwanzig Personen zusammen.

Bronken hat das in der Bar an der Piazza aus der Truhe geholte *Semifreddo*, die Eistorte mit Waldbeerenbelag, im Kühlschrank des Küchenanbaus verstaut.

Am sandwüstengelben Himmel Paraglider mit bunten Segeln, die kreisen und in der tiefen Ebene Richtung Rom niedergehen.

Cesare kommt mit den Blechen aus dem Küchenanbau und schiebt sie in den mit Holz befeuerten eisernen Pizzaofen, der unter der Überdachung steht und seinen Rauch und die überschüssige Hitze über ein in die Überdachung geschnittenes Loch entläßt.

Die Trecker, Traktoren, Zugmaschinen sind von vorn hinter das Gebäude verbracht worden.

Das eiserne Tor der *Cantina* steht weit offen.

Es werden weiße, leichte, ineinander stapelbare und an den runden Kanten angeknackste Plastiktische verschoben und in einer Linie quer zum Tal hintereinandergestellt. Wer wird mit dem Rücken zum Tal sitzen?

Ich beteilige mich am Heranschleppen der hölzernen Klappstühle und an ihrem Entfalten.

Bronken sitzt herum.

Jetzt werden die weißen Wachspapierbecher, die ineinanderstecken, auseinandergefingert und abgezählt auf die Papierbahnen gestellt, die die Tische bedecken. Dann folgen die in den Händen knisternden tiefen Plastikteller. Schließlich der Wein, der in Karaffen aus der *Cantina* gebracht wird. Ich trete näher, es ist jetzt Bronken, der sie, in die Hocke gegangen, unter den Hähnen der 1.000-Liter-Edelstahlbehälter abfüllt.

»Papa! Papa! Das Huhn brennt an.«

Es sind die Töchter, die in die *Cantina* treten, um nach dem Vater zu sehen. Der ist zwischenzeitlich verschwunden. Noch in der Hocke, die Karaffe in der Hand, erklärt mir Bronken, was die jungen Frauen sind, ich meine, was sie machen. Die ältere, Chiara, hat nach dem Kunstgeschichtestudium, Spezialgebiet: europäische Moderne, einen Posten in der römischen Museumsverwaltung besetzt. Die jüngere, sichtlich stillere, ist Reporterin beim *Messagero*. Man sieht solchen jungen Damen nicht auf Anhieb an, was sie leisten.

Und dann geht ein Luftzug. Er dringt warm in die kühlere *cantina*.

Ich trete ins Freie. Und sehe noch das Flattern des Papiers an den Tischecken. Und die Becher, die fliegen. Dann sehe ich nichts mehr. Der Wind hat mir Sand und ich weiß nicht was für Blütenstäube in die Augen geblasen, die ich mir nun reibe.

Plötzlich ist Cesare da. »Nicht reiben!« Und verschwindet auch schon wieder. Um, während ich nicht reibe und nichts sehe, nach etwas zu sehen und damit wiederzukehren. Der Ophthalmologe drückt mir mit der von der Landarbeit schrundigen Hand den Kopf in den Nacken und träufelt mir eine Tinktur in die Augen, die binnen weniger Minuten den Schmerz unter den Lidern lindert.

Und dann ist es irgendwann soweit. Die Pasta, wahlweise *Cannelloni* und *Penne*, wird aufgetragen. Gianna verteilt den *Sugo* auf den in den Tellern dampfenden Haufen. Die Hände der Töchter, die den *Parmeggiano* und den *Pecora* streuen. Die Andacht der Alten mit dem Blick auf die Hände, auch die eigenen.

Das Mahl kann beginnen.

Heute schmeckt mir der Weiße besser als der Rote. Alle reden. Reden kreuz und quer durcheinander. Bronken redet mit.

Nach den gerösteten Schweinerippchen und den Hühnerkeulen, zu denen die knusprigen Kartoffelwürfel gereicht werden, mache ich einen Fehler. Ich weiß nicht, was mich reitet. Obwohl gar kein Grund vorliegt, reitet mich eine Art Mitgefühl, ja, fast Mitleid, mit Bronken. Er gehört doch eigentlich eher zu uns, zu uns oben im Norden. Obwohl er, trotz des Blaus seiner Augen, von außen schon vollständig an die Örtlichkeit und seine Bewohner angepaßt scheint. Trotzdem, dies seltsame Gefühl. Sie haben uns in kluger Voraussicht und also keineswegs zufällig nebeneinandergesetzt. Wahrscheinlich, damit ich mich nicht langweile. Und da frage ich in dieser mir selbst völlig unverständlichen Gefühlsaufwallung, was denn nun gewesen sei mit dieser Ungarin, über die er mir noch am Morgen in seiner Küche etwas habe erzählen wollen.

Bronken blickt mich an. »Willst du es wirklich hören?« fragt er. Und fügt, ohne auch nur eine Antwort abzuwarten, auch schon an: »Selbst schuld.« Um ein letztes Mal auszuholen.

»Zsuzsa«, sagt er. »Bezaubernde alte Zsuzsa, bis zum Scheitel geliftet und bis an Stellen, die ich womöglich übersehen habe, mit Botox versetzt und durchspritzt. Eine wirkliche Schönheit.«

Enkelin eines Parlamentsabgeordneten in Budapest, sei es ihr, sagt er, gelungen, sich, noch in den Sechzigern, davonzumachen aus ihrem Vaterland, sie habe dazu Seilschaften genutzt, sei in Deutschland gelandet, wo sie einen Hamburger Finanzvorstand geheiratet habe, der habe ihr auch ihr Biologie-, genauer: ihr Biochemie- und Humangenetikstudium finanziert. Als sie das mit einer Promotion abgeschlossen habe, sei sie dem sie, wie es geheißen habe, seelisch und sogar körperlich mißhandelnden Vorstand davongelaufen und nach Zürich getürmt, wo sie als Aushilfe bei einer Kunstgalerie angefangen habe. Dort sei ihr der Maeggi, der Freund der Drenger, mit dem die natürlich zu früheren Zeiten auch schon einmal etwas gehabt habe, über den Weg gelaufen. Und habe sie mit seinem Bruder, dem labilen, aber hochbegabten Agrarökonomen bekannt gemacht. Bei dem, einem Mann von ungewöhnlicher Ausstrahlung, sei sie eingezogen. Sie hätten, sagt Bronken, an die zwanzig Jahre miteinander gelebt. In einer, wie er auch vom Bruder selbst erfahren habe, geradezu symbiotischen, krankhaft symbiotischen Beziehung. Sie habe bald eine Galerie eröffnet und mehr oder weniger Hof gehalten. Er selbst, Bronken, habe sie mit der Drenger in der Galerie unweit der Limmat kennengelernt, sie seien auch mit dem Mann zusammengekommen. Maeggi, er, sie, und eben er, Bronken, und die Drenger. Ein wirklich bemerkenswertes Paar, habe er gefunden. Sie habe den Ökonomen, er habe es gehört, obwohl es mit Sicherheit nicht für fremde Ohren bestimmt gewesen sei, zärtlich »mein Tadzio« genannt.

Als er, Bronken – er beugt sich, die Hähnchenkeule in der Linken, den Trinkbecher in der Rechten, zu mir herüber –, das erste Mal die Valentina in Zürich getroffen habe, nachdem sie ihm von der Mutter entführt worden sei, und sie beide beim Maeggi gewohnt hätten, habe er sich, sagt er, auch nach dieser Person erkundigt, der Zsuzsa. Bei der Gelegenheit habe er erfahren, daß der um einige Jahre Jüngere als sie, der Tadzio, mit einer ganz Jungen durchgebrannt sei, einer peruanischen Indianerin, die in seiner Firma ein Praktikum absolvierte. Die Zsuzsa habe noch kürzlich einen Selbstmordversuch unternommen. Er, Bronken, habe sich vom Maeggi ihre Telefonnummer geben lassen, habe sie angerufen, sie, die in Maeggis Haus verkehrte, sei sofort gekommen. Sicher, eine etwas dünne, fast magersüchtige, exaltierte, aber doch strahlende Frau. Immer noch. Ihm, Bronken, sei das Mysterium, das sie für ihn dargestellt habe, um so geheimnisvoller und also anziehender vorgekommen, als er in keinem Augenblick gewußt habe, ob es das nicht zu übersehende Nachlassen der physischen Straffheiten in Gesicht und Gestalt oder dessen mit Nachdruck und offenkundig eiserner Disziplin betriebene Überwindung gewesen seien, die ihn angezogen hätten. Jedenfalls habe er sich, die Tochter im Schlepptau, am nächsten Tag noch einmal mit ihr im *Sprüngli* am Paradeplatz getroffen. Dann sei er, der aus Berlin angereist gewesen sei, weitergereist in sein italienisches Refugium.

Es sei, sagt er, der *Rausch der Verlassenen* geworden.

Er habe gefaxt. Er habe ihr Sachen gefaxt. Er habe sie faxend entkleidet, geherzt und geküßt. Und sie sei unter diesen, ja, Boddensiek, Faxen geschmolzen. Sei schon nach drei Wochen angereist, er habe sie am Flughafen in Fiumicino abgeholt. Sie sei ganz in Weiß gewesen, einem wallenden und gerüschten. Er habe sie in seine rohe, dürftige Einsiedelei verschleppt. Und in Weiß mit hintendrauf auf seine Vespa genommen. Sie hätten hinter ihnen hergepfiffen. Als er versagt habe, habe sie ihm ein kleines blaues Päckchen, Viagra, zugesteckt.

Dann sei sie, nach drei wilden Tagen, wieder weggewesen. Und er habe weitergefaxt. Alles auf die Spitze getrieben. So daß sie nach drei Wochen schon wieder für ein verlängertes Wochenende dagewesen sei. Nun habe sie – ihn, Bronken, bereits ungefragt als zukünftigen Bodyguard einsetzend – die Eröffnung einer Galerie in Dubai ins Auge gefaßt. Ohne eine Gestalt wie ihn könne sie sich ja in so einem Land nicht bewegen. »Sie fönte ihre Riesendauerwelle, toupierte das goldene Blond, setzte sich die Haftschalen vor die, verzeih«, sagt Bronken, »rehbraunen Augen.« Am Flughafen, Minuten vor ihrem Abflug, habe sie ihm, nach dem von ihm offenbar bestandenen Test, ein Hin- und Rückflugticket Rom-Budapest zugesteckt. Fürs Wochenende darauf. Sie wolle ihm ihre Heimat zeigen.

Unglücklicherweise hätte sie sich nun aber beim Rollkofferziehen und -heben auf der Piste des Flughafens, die er nicht betreten durfte, aufgrund des gerade stattfindenden Streiks des Zubringerpersonals, etwas zugezogen. »Du wirst es nicht glauben«, sagt er, »im Jahr zuvor habe ich meine Traubentonne geschultert und mir den Nerv zwischen die Rückenwirbel geschoben, jetzt tat sie es mir gleich.«

Sie habe aber das Treffen, sie aus Zürich, er aus Rom anreisend, in Budapest deshalb nicht ausfallen lassen wollen, zumal ihre alte Mutter schon eingeweiht gewesen sei. Und, sagt Bronken, offenbar auch noch andere. Im Staatlich Ungarischen Flieger sei eine der Stewardessen auf ihn zugetreten, habe sich zu ihm herabgebeugt und ihm zugeflüstert, es sei in der First Class noch etwas frei, er sei eingeladen. Lächeln. »Dort servierte man Kaviar und Champagner, ungarischen Champagner.« Dann sei die Stewardess abermals auf ihn zugetreten, habe sich abermals zu ihm herabgebeugt und ihm geflüstert, der Kapitän hätte ihn gern gesprochen. Also gut, Kaviar, Champagner, Kapitän, habe er sich gesagt, und sei in die Kanzel getreten. Sie, der Kapitän und der Co, hätten ihm alles erklärt. Route, die Geschichte der Magyaren, Kultur, Schachspiel, das die Ungarn mehr liebten und beherrschten als alle Russen zusammen. Nur woher er, Bronken, seine Privilegien bezogen habe, sei ihm nicht vermittelt worden. Natürlich ahnte er es, aber wie eine zu staatssozialistischen Zeiten Republikflüchtige und spätere Zürcher Betreiberin einer Kunstgalerie es hatte bewerkstelligen können, einen Flugkapitän, ja, die gesamte Flugbegleitung einer staatlichen Fluggesellschaft, derart weichzuklopfen, daß die den von ihr Bevorzugten derart bevorzugt behandelten, das habe er nicht in Erfahrung zu bringen vermocht.

Budapest sei dann eine Mischung aus sechsundzwanzigstündigem Totentanz und Entpersönlichungsdelirium geworden. Er sei um die Mittagszeit gelandet. Sie habe ihn, wieder in Weiß, nun aber in engsten Leggings, am Gate empfangen. Sie mit der roten Rose für ihn, er dem selbstgepreßten Öl in den Flaschen für sie und die Mutter. Vor dem Flughafengebäude das Taxi, gemietet für »bis zum

Abflug«, habe sie gesagt. Sie seien in den Garten ihrer Kindheit, zu ihrer Mutter, gefahren. Dort hätten ca. fünfzig Personen um die Grills mit den darauf schmorenden Schaschliks und Debreczinern gestanden. Man habe ihn beäugt und begutachtet, während sie sich bei ihm einhakte. Sie hätten auch beide noch, nur sie beide, niemand sonst, auf der Veranda, hinter der sich ein winziger Pool verbarg, ein kleines Bad genommen, dann hätten sie sich verabschiedet, um in das vor dem Garten wartende Taxi zu steigen und in die Budapester Altstadt zu fahren.

Ich kann mich nicht erinnern, wie die Cafés und Restaurants, die berühmten Budapester Bäder und Aussichtspunkte und Brücken heißen, die Bronken mir nennt, und zu denen sie, Zsuzsa, ihn mit »zusammengebissenen« Botox-Lippen schleppt. »Sie greift sich«, sagt er, »in die Hüfte, sie streicht sich über den schmalen Oberschenkel, sie hat Schmerzen. Das Taxi folgte diskret.«

Durch Nachtbars sei es gegangen. Ein gebeugter und ein wenig zotteliger Herr im Frotteemorgenmantel und mit den nackten geschwollenen Füßen in Filzpantoffeln habe ihnen auf dem Klavier um vier in der Frühe nicht nur Wiener Walzer, sondern auch Chopin, Béla Bartók und am Ende sogar Zoltán Kodály vorgespielt. Sie habe sich bei der Wirtin erkundigt. Es habe sich um den berühmtesten lebenden Filmkomponisten der ungarischen Nation gehandelt, der für sie aufgespielt hatte. Sie hätten in einer Wohnung in der Altstadt die Nacht verbracht, der einer Schulfreundin Zsuzsas, die sie extra für sie freigemacht hatte. Und natürlich nicht geschlafen. Das Taxi habe unterm Fenster gestanden. Wenigstens hat dessen Fahrer ein Nickerchen einlegen können. Am Morgen seien sie in Kirchen und Kathedralen gewesen, sie hätten die Zeit genutzt. Als sie ihn zum Flughafen gebracht und ihn im Fonds des Taxis darüber in Kenntnis gesetzt habe, daß der, der sie verlassen hatte, über zwanzig Jahre hinweg nicht ein einziges Mal mit ihr in ihrer Vaterstadt gewesen sei und daß sie am Wochenende darauf schon wieder bei ihm, Bronken, sein werde, habe er ihr gewinkt. Dann sei sie, zurückwinkend, davongefahren.

Erst am Schalter habe er gemerkt, daß er hinter sich und ihr auf der Ablage des Taxis seine Jacke mit dem Flugticket und dem Reisepaß vergessen hatte. Er sei in Orientierungslosigkeit, Panik, verfallen, sagt er. Er habe nicht gewußt, wo sie bzw. die Mutter wohnte. »War es in Pest oder in Buda?« Er habe ja inzwischen schon mancherlei verwechselt. Und es nicht gewußt. Erst als er dem Mann von der Staatlichen Ungarischen Fluggesellschaft am Informationsdesk ihren Mädchennamen, den er sich gemerkt hatte, genannt habe, sei der in seinem Dienstkabuff verschwunden und habe eine telephonische Verbindung hergestellt. Er, Bronken, habe Zsuzsa dann an der Strippe gehabt. Das Taxi sei eine halbe Stunde darauf *noch gerade so rechtzeitig* am Flughafen *angebrettert* gekommen. Der Fahrer, sagt er, habe ihm die Jacke zugeworfen. Nur sei er selbst dann, nachdem er, gewissermaßen im Vor-Flug, die Zoll- und Kontrollschleusen überwunden gehabt habe, beim *richtigen* Flug nicht mehr in die First Class gebeten worden. Auch nicht ins Cockpit. Lediglich einmal sei die Stewardess gekommen, habe sich zu ihm hinabgebeugt und ihm ins Ohr geflüstert, die Familie Papp-Medgyessy wünsche ihm einen guten Flug und eine glückliche Landung auf *Leonardo da Vinci*.

Zwei Tage später sei sie, sie habe ihm am Telephon gesagt, »damit sie nicht mit so einem Schlappfuß ende wie er«, in

Zürich an der Bandscheibe operiert worden. Und sei nach weiteren vier Tagen trotzdem, denn sie habe ja doch schon gebucht gehabt, und natürlich gegen den Rat der Ärzte, wieder bei ihm gewesen. Das sei dann nicht gutgegangen.

Zwar habe er sie – der Mann geht weit an der Tafel, an der wir sitzen, aber zum Glück kann niemand sonst Deutsch –, zwar habe er sie, sagt er, oben bei sich auf der schweren, breiten Schafwollmatratze unter sich gehabt, sie habe es gewollt, sie habe es gefordert, auf allen vieren, er habe aufgepaßt um das Pflaster herum, das sie auf die Fäden im Rücken, die natürlich noch nicht gezogen sein konnten, geklebt hatte, aber der Schmerz sei wohl zu groß gewesen. Nicht der von seinen behutsamen Stößen, sagt er, nein, der von dem noch lange nicht verwundenen Verlust. Tadzio. Ihr Tadzio. Venedig. Wo sie mit dem über Jahre eine kleine Wohnung am Kanal gemietet gehabt hatte. Sie habe getrunken. Sie habe ihn, Bronken, der mit ihr getrunken habe, dann mehr oder weniger unvermittelt, der Gewalttätigkeit bezichtigt. Welcher Gewalttätigkeit? habe er sie gefragt. Die, die er der Drenger gegenüber … »Wie bitte?« habe er gesagt, sei aufgesprungen, sei hin und her auf dem schwankenden Boden des Zimmers. Wie sie denn darauf komme? Worauf sie gesagt habe, sie wisse Bescheid. Er bräuchte gar nicht erst so zu tun. So daß er sich selbst die Fäuste gegen die Stirn geschlagen und sein dünnes Haar gerauft habe. Und sie, folgerichtig nicht nur hätte sagen können, sondern auch tatsächlich sagte: »Da siehst du's ja selbst, Gewalttäter. Schon deine Körpersprache. Die verrät alles.« Sie habe ihr diesmal kleineres Köfferchen genommen und sei hinaus in die Nacht. Er sei neben ihr hergefahren auf seiner Vespa. Er habe sie angefleht zu bleiben. Er habe sich ihr mit seinem Gefährt unter einer der flackernden Bogenlampen an der Friedhofsmauer in den Weg gestellt. Sie sei eiskalt gewesen und unbeugsam geblieben, habe ihn nicht erhört. Und sei nicht umgekehrt.

»Meine letzte Liebe«, sagt er. »Oder, wenn du willst, Affäre. Ja.«

Wenn ich ihn nicht kennte, würde ich sagen: Der Mann ist wahnsinnig. Was soll man einem solchen entgegensetzen? Der setzt doch allem, seiner Anmaßung nicht weniger als seinem Scheitern, noch die Krone auf; die sprichwörtliche, versteht sich, die, die nicht glänzt. Und gewiß alles andere darstellt als ein Insignium von Herrlichkeit, von Macht. Oder gar Größe.

Trotzdem fühle ich mich von dem Menschen im Stich gelassen.

In meiner Hilflosigkeit, einem stechenden Gefühl der Zurücksetzung, ja, Einschüchterung, und der aus dieser resultierenden Erhebung, sage ich ihm, daß ich unter Mordverdacht gestanden hätte.

»Ach so?«

Er läßt sich nicht einmal dadurch beeindrucken.

Ich wiederhole: »Ich habe, wenn auch nur kurzzeitig, unter Mordverdacht gestanden.«

»Wegen ihr? Aischa?«

Der ahnt auch alles.

»Ja«, sage ich. Sie hätten sie natürlich obduziert. Es käme schließlich nicht alle Tage vor, daß sich jemand einfach so hinlege und sterbe.

»Du hast sie also wirklich nicht umgebracht?«

Mir stockt der Atem. Was glaubt er eigentlich?

»Ich habe den medizinischen Befund«, sage ich, »sie ist an Herzversagen gestorben, ich kann dir das Papier kopieren und schicken.«

»Danke«, sagt er.

Er wendet sich einer Person zu seiner Rechten zu. Läßt mich einfach so, als wir schon bei seiner Eistorte sind, von der ich nur ein winziges Stück, wie man bei uns sagt, *abkriege*, links liegen. Um sich dann nach einer Weile wieder zu mir umzudrehen und mich unverblümt zu fragen: »Sag mal, Rolf, Hand aufs Herz, hast du mit ihr?«

»Was? Und mit wem?«

Er verzieht keine Miene, ich weiß wirklich nicht, wie ich ihn verstehen soll.

»Hast du es mit der Sandra?«

Ach, du mein liebes bißchen (wie nun wiederum speziell meine Mutter immer sagte, wenn ihr mein Vater zu nahe trat)!

Sandra. Sandra.

Jetzt bin ich schon drauf und dran zu glauben, daß er selbst dahintersteckte. Hat vielleicht er die ganze Sache eingefädelt? Hat er die Frau für mich bestellt? Und geschickt? Und womöglich bezahlt? Ist er nichts als die verkappte Fortsetzung, die Reinkarnation meines Vaters?

Der Mann ist wirklich atemberaubend. Und ich tue gut daran abzureisen. Besser früher als später. Aber für früher ist es zu spät. Mein Flieger geht erst übermorgen.

Ich habe mich von allen verabschiedet. Sie haben mich gefragt, wann ich wiederkäme. Sie haben gesagt, sie würden sich freuen.

Inhalt

Ich danke dem Deutschen Literaturfonds, Darmstadt, und der Stiftung Preußische Seehandlung, Berlin, für die Förderung der Arbeit an diesem Buch.

G.-P. E.